国家社科基金项目"奥威尔批评的思想史语境阐释"
（批准号：15BWW038）研究成果

思想史语境下的
西方奥威尔批评阐释

陈勇 ◎ 著

中国社会科学出版社

图书在版编目(CIP)数据

思想史语境下的西方奥威尔批评阐释/陈勇著. —北京：中国社会科学出版社，2023.5
ISBN 978-7-5227-1553-7

Ⅰ.①思… Ⅱ.①陈… Ⅲ.①奥威尔(Orwell, George 1903-1950) —文学研究 Ⅳ.①I561.065

中国国家版本馆CIP数据核字(2023)第040881号

出 版 人	赵剑英
责任编辑	郭晓鸿
特约编辑	杜若佳
责任校对	师敏革
责任印制	戴　宽

出　　版	中国社会科学出版社
社　　址	北京鼓楼西大街甲158号
邮　　编	100720
网　　址	http://www.csspw.cn
发 行 部	010-84083685
门 市 部	010-84029450
经　　销	新华书店及其他书店
印　　刷	北京明恒达印务有限公司
装　　订	廊坊市广阳区广增装订厂
版　　次	2023年5月第1版
印　　次	2023年5月第1次印刷
开　　本	710×1000　1/16
印　　张	20.25
插　　页	2
字　　数	293千字
定　　价	109.00元

凡购买中国社会科学出版社图书，如有质量问题请与本社营销中心联系调换
电话：010-84083683
版权所有　侵权必究

目　录

前言 ……………………………………………………………（1）

绪论 ……………………………………………………………（1）
　第一节　西方奥威尔批评的思想史视域 ……………………（2）
　　一　奥威尔及其时代思想图景 ………………………………（3）
　　二　西方奥威尔批评的时代思想图景 ………………………（6）
　第二节　文献综述 ……………………………………………（8）
　　一　西方奥威尔研究综述 ……………………………………（8）
　　二　西方奥威尔批评研究综述 ……………………………（18）
　　三　国内奥威尔研究和译介综述 …………………………（26）
　第三节　思想史视域下西方奥威尔批评的研究方法和路径 …（33）

第一章　文学批评与奥威尔文学声望的确立 ………………（39）
　本章前言 ………………………………………………………（39）
　第一节　利维斯夫人："具有文学评论的才智" ……………（41）
　　一　《鲸腹之内及其他论文》书评 …………………………（42）
　　二　社会学文学批评 ………………………………………（43）
　第二节　普里切特："一代人冷峻的良心" …………………（47）
　　一　BBC 的奥威尔介绍 ……………………………………（48）
　　二　奥威尔讣告 ……………………………………………（51）

三　普里切特批评的特征和影响 …………………………………（53）

第三节　罗素："另外一半我还在寻找" ……………………………（57）
　　一　《世界书评》 ……………………………………………………（57）
　　二　罗素与奥威尔 ……………………………………………………（59）

第四节　威尔逊："温情和善良之人具有的理想" …………………（63）
　　一　《纽约客》书评 …………………………………………………（63）
　　二　威尔逊与奥威尔 …………………………………………………（66）

本章小结 ……………………………………………………………………（69）

第二章　理想的形成、幻灭与坚守：英国左派的奥威尔批评 ……（72）

本章前言 ……………………………………………………………………（72）

第一节　英国左派读书俱乐部 ………………………………………（76）
　　一　戈兰茨："现在需要的是科学社会主义" ……………………（77）
　　二　拉斯基："对社会主义的情感需求" …………………………（86）
　　三　斯特拉奇："压抑下的呼喊" …………………………………（89）
　　四　英国左派读书俱乐部的兴衰 …………………………………（95）

第二节　奥登诗人团体的奥威尔批评 ………………………………（99）
　　一　斯彭德："信仰真理和正派" …………………………………（99）
　　二　失败的"上帝" …………………………………………………（101）
　　三　奥登诗人团体 …………………………………………………（106）

第三节　共产党背景的英国左派 ……………………………………（110）
　　一　沃西："小资产阶级根深蒂固的幻想和偏见" ………………（110）
　　二　多伊彻："施虐狂式的权力欲望" ……………………………（112）
　　三　英国共产党的发展历程 ………………………………………（118）

本章小结 ……………………………………………………………………（122）

第三章　文化与政治：英国新左派的奥威尔批评 …………………（124）

本章前言 ……………………………………………………………………（124）

第一节　威廉斯："流放者的悖论" ……………………………………（128）

一　批评的缘起和视角的提出 …………………………… (129)
　　二　文化分析：身份问题 ………………………………… (130)
　　三　政治动机：资本主义民主的本质 …………………… (141)
　第二节　汤普森："我们必须从鲸腹之内出来" ……………… (147)
　　一　《鲸腹之外》 …………………………………………… (148)
　　二　《鲸腹之内》 …………………………………………… (152)
　　三　社会主义人道主义 …………………………………… (154)
　本章小结 ………………………………………………………… (160)

第四章　激进、自由与保守：纽约知识分子的奥威尔批评 …… (164)
　本章前言 ………………………………………………………… (164)
　第一节　麦克唐纳："普通常识的庸俗主义" ………………… (166)
　　一　《狮子与独角兽》书评 ……………………………… (167)
　　二　革命失败主义还是社会主义革命：英国左派争论
　　　　在美国的延续 ………………………………………… (168)
　第二节　拉夫："权力的目的就是权力" ……………………… (175)
　　一　《一九八四》评论 …………………………………… (175)
　　二　"美国知识分子的资产阶级化" ……………………… (178)
　第三节　特里林："真相的政治" ……………………………… (183)
　　一　《向加泰罗尼亚致敬》序言 ………………………… (184)
　　二　反抗的自我 ………………………………………… (188)
　　三　自由主义的想象 …………………………………… (190)
　　四　从自由主义到新自由主义 ………………………… (197)
　第四节　欧文·豪："知识分子的英雄" ……………………… (202)
　　一　文学定位：反乌托邦小说 …………………………… (203)
　　二　政治思想：政治文献经典 …………………………… (206)
　　三　道德力量：有骨气的作家 …………………………… (215)
　第五节　玛丽·麦卡锡："一位盛宴上的幽灵" ……………… (225)
　　一　《不祥之兆》 ………………………………………… (226)

二　越南战争与美国知识分子的职责 ……………………… (229)
  第六节　波德霍雷茨："新保守主义的一位先驱" …………… (237)
　　一　《如果奥威尔今天还活着》…………………………… (238)
　　二　克里克论奥威尔 ……………………………………… (245)
　　三　美国新保守主义 ……………………………………… (246)
  本章小结 ………………………………………………………… (253)

第五章　从知识分子团体走向个体：当代西方奥威尔批评 …… (256)
  本章前言 ………………………………………………………… (256)
  第一节　诺瑞斯："神话之内"
　　　　　——当代西方马克思主义左派的奥威尔批评 ……… (258)
　　一　"神话之内" …………………………………………… (259)
　　二　语言、真理和意识形态 ……………………………… (260)
  第二节　帕苔："奥威尔之谜"
　　　　　——当代西方女权主义者的奥威尔批评 …………… (263)
　　一　"奥威尔之谜" ………………………………………… (263)
　　二　《一九八四》中的"男性中心主义" ………………… (267)
  第三节　罗蒂："欧洲最后一位反讽主义者"
　　　　　——新实用主义者的奥威尔批评 …………………… (269)
　　一　对苏维埃政权的重新描述和对"奥勃良"的创造 …… (270)
　　二　自由主义的反讽主义者 ……………………………… (272)
  第四节　希钦斯："奥威尔为何重要？"
　　　　　——一位"正派反对者"的奥威尔批评 …………… (274)
　　一　"奥威尔为何重要？" ………………………………… (275)
　　二　奥威尔与威廉斯 ……………………………………… (275)
　　三　"奥威尔名单" ………………………………………… (279)
　　四　希钦斯与奥威尔 ……………………………………… (281)
  第五节　当代西方主要奥威尔研究专家 ……………………… (283)
　　一　戴维森：文献学研究 ………………………………… (284)

二　迈耶斯：历史和传记研究 …………………………… （285）
　三　罗登：接受研究 …………………………………………… （288）
本章小结 ……………………………………………………………… （291）

结语 ………………………………………………………………… （294）

参考文献 …………………………………………………………… （297）

前　言

　　本书以"西方奥威尔批评"（Western Orwell Criticism）为研究对象。"西方奥威尔批评"即西方奥威尔研究的学术史研究，是研究之研究，也是西方奥威尔总体研究（Western Orwell Studies）的重要领域。与一般学术史研究课题不同的是，本书首先是将"西方奥威尔批评"这个学术史课题放置到20世纪以来的西方思想史语境之下；其次，本研究致力于在思想史语境之下对具体的西方奥威尔批评文本进行阐释，力图揭示其背后的政治诉求和思想史意义。具体而言，本书研究20世纪以来西方30多位重要知识分子的"奥威尔批评"，首先是追溯西方奥威尔批评的源头，考察文学批评大家与奥威尔的文学声望在西方确立的关系，然后分别论述西方知识分子团体和个体在文学批评中，如何利用奥威尔的声望来表达自身的学术主张和政治诉求，揭示其对奥威尔进行政治和文化利用的本质特征。

　　就思想史的研究视域而言，本书认为，文学可以当作思想史的一部分。以思想史切入外国文学研究，主要是研究具有思想史意义的经典文学文本，从字里行间读出微言大义，并结合历史语境考察其渊源、发展、流变和影响，挖掘这一人类智慧的价值，为当下的社会生活带来启示和借鉴。

　　在"西方奥威尔批评"的总体研究路径方面，本书以西方奥威尔研究的主要盲点"奥威尔批评"为研究对象，从本质上说这是一个学术史课题，但是这个学术史课题必须要放置到思想史语境中才能得到有效和深入的阐释，这是由奥威尔和奥威尔批评在20世纪以降的思想史意义所决定的。因此，本书选择批评文本的基本原则是在考虑文本的学术史价值（比如批评的渊源、话语和策略等）基础之上，更加强调的是文本的思想史价值，即选择与20世纪以来的重大历史事件、政治意识形态和思想论争有密切关系的文本。基于学术史和思想史的双重视角，本书在具体研究中首先对批评文本进行细读，并根据文本的论证逻辑归纳和分析批评的内容、策略、特征和意义，同时参照其他相关批评文本，然后从文本语境拓展至思想史语境，由内到外，层层"深挖"，以期揭示批评家对奥威尔声望利用的最深层次原因，从而在思想史语境中深刻理解其学术史价值。这是一个从学术史到思想史，再到学术史的阐释和认知过程。

具体而言，本书主要坚持"辨章学术、考镜源流"的学术史研究方法和"个案深挖提炼，以点、线、面逐层推进"的思想史研究方法。基于此，西方奥威尔批评将被放置于20世纪以来的西方思想史语境之中，主要以英美知识分子团体和个体作为研究个案，层层深挖他们奥威尔批评的思想诉求，通过对知识分子个体研究这个"点"，带出知识分子团体思想演变这条"线"，并力图展现20世纪以来西方思想史这个"面"，同时以马克思主义辩证唯物主义为理论指导，在思想史语境中"同情之理解"他们的研究成果，并以当今"批判之阅读"立场分析和审视他们的评论观点。本书具体的写作思路是从文本之内逐层拓展至文本之外：批评文本（具有思想史价值）→文本语境→批评家的思想语境（与奥威尔的思想冲突或认同）→知识分子团体的思想史语境→20世纪以降的思想史语境→思想史意义。

在具体研究内容方面，本书由绪论、主体五章、结语和参考文献组成，主体各章都有前言和小结，以介绍背景和总结观点。绪论部分主要涉及"西方奥威尔批评"思想史视域提出的缘由、国内外奥威尔研究和西方奥威尔批评研究的文献综述，以及从思想史视域考察奥威尔学术史的路径和方法等。

第一章主要讨论文学批评与奥威尔文学声望的确立。20世纪以来，西方文学批评大家的经典评价对奥威尔文学声望的确立发挥了关键作用。英国的利维斯夫人（Q. D. Leavis）认为奥威尔"具有文学评论的才智"，普里切特（V. S. Pritchett）称其为"一代人冷峻的良心"和"圣人"，罗素（Bertrand Russell）在其身上找到"当今世界所需要的一半"；美国的威尔逊（Edmund Wilson）称其为"最有才能、最有吸引力的作家"，特里林（Lionel Trilling）称其为"有德性的人"。这些评论作为西方奥威尔批评的源头构建了文学世界、现实世界和圣人世界的立体"声望"评价体系。本章详细分析早期重要批评文本，通过批评家与作家的交集和各自诗学、政治主张来阐明批评家作出经典评价的原因。

第二章主要讨论英国左派的奥威尔批评。英国（老）左派是指20世纪30年代思想激进左倾、积极投身社会主义运动的社会主义者，信仰"苏联共产主义"。由于后来英共政策的摇摆和对斯大林主义的揭露，部分左派认为这个"上帝"已失败而产生幻灭，但是也有始终坚守理想的英国共产党人等其他左派。本章讨论的奥威尔批评文本主要是英国左派读书俱乐部，包括戈兰茨（Victor Gollancz）、拉斯基（Harold Laski）和斯特拉奇（John Strachey），正统英国左派共产党，包括多伊彻（Isaac Deutscher），左派文人知识分子代表"奥登诗人团体"，包括斯彭德（Stephen Spender）、奥登（W. H. Auden）等。这三个知识团体的批评文本的时间跨度从30年代到60年代，涉及左派读书俱乐部的兴衰、冷战两大阵营的思想交锋等重要思想史话题，这些评论反映英国左派从理想的形成，到理想的幻灭或坚守的思想史。

第三章主要讨论英国新左派的奥威尔批评。新左派是部分幻灭的左派新开辟的政治斗争平台，不过他们以文化政治取代了激进政治。本章讨论英国第一代新左派威廉斯（Raymond Williams）和汤普森（E. P. Thompson）等的批评文本，同时论及第二代新左派安德森（Perry Anderson）等对奥威尔的态度。威廉斯首先建构一个"奥威尔"人物，然后分析其情感结构"流放者的悖论"，这种文化分析以及他对奥威尔"仰慕—质疑—批判"的态度变化表明的是他的新左派政治立场。汤普森以史学家身份批判奥威尔"置身鱼腹"的"冷漠消极"态度,但是他颠倒了奥威尔的真实意图,其文学批评担当的是"新左派宣言书"功能,积极宣扬他的社会主义、人道主义主张。第二代新左派思想激进,倾心于西方马克思主义的理论建构,因而对奥威尔严厉批判。

第四章主要讨论纽约知识分子的奥威尔批评。纽约知识分子是具有"犹太性"的知识团体,对美国的社会文化产生了重要影响。他们同英国左派一样在20世纪30年代是激进主义者,但在50年代转向(新)自由主义,在70年代投向(新)保守主义,而他们的奥威尔批评反映了这段思想史。本章讨论第一代纽约知识分子麦克唐纳(Dwight Macdonald)、拉夫(Philip Rahv)、特里林(Lionel Trilling)、玛丽·麦卡锡(Mary McCarthy),第二代欧文·豪(Irving Howe)和第三代波德霍雷茨(Norman Podhoretz)等的批评文本,涉及美国参加二战、新自由主义、美国越战和知识分子职责问题、新保守主义等重要思想史话题,同时论及乔姆斯基(Noam Chomsky)、戴安娜·特里林(Diana Trilling)、丹尼尔·贝尔(Daniel Bell)等的相关评论。

第五章主要讨论当代西方奥威尔批评。本章讨论的时间跨度是从20世纪80年代至今,其中1984年和2003年前后是两个重要时间节点,出现了"奥威尔热"。这段时期的典型特点是延续围绕奥威尔的声望展开的意识形态之争这一思想史话题,但已呈现出从知识分子团体走向个体,公共走向专业的鲜明时代特征变化。本章论及以诺瑞斯(Christopher Norris)为代表的西方马克思主义左派、以帕苔(Daphne Patai)为代表的女权主义者、以罗蒂(Richard Rorty)为代表的新实用主义者、以希钦斯(Christopher Hitchens)为代表的"正派反对者"(decent contrarian)知识分子个体,以及当代西方主要奥威尔研究专家戴维森(Peter Davison)、迈耶斯(Jeffrey Meyers)和罗登(John Rodden)等的批评文本。

结语部分总结西方奥威尔批评的主要特征和思想史意义,揭示西方知识分子利用奥威尔声望表达自身学术主张和政治主张的深层次目的，并反思知识分子的职责所在。

本书作者从事奥威尔学术研究二十余载，作为"国际奥威尔学会"会员，曾在英国遍访奥威尔足迹，并与奥威尔养子 Richard 共同实地考察，如《一九八四》的创作之地朱拉岛、奥威尔故居和墓地等。同时，作者本人收集了齐备的奥威尔研究资料，在世界范围内也处于前列，这部专著是基于大量的第一手外文资料写就。本书是国内外首部以"西方奥威尔批评"为研究对象的学术专著，不仅系统地梳理了西方奥威尔研究的学术史，而且从更为广阔的思想史视域对重要的西方奥威尔批评文本进行了细致的阐释，深入探讨了学术史背后的政治诉求和文化政治利用，揭示了其重要的思想史价值和意义。本书是国家社科基金一般项目"奥威尔批评的思想史语境阐释"的研究成果，鉴定专家给予高度评价，部分研究内容曾先期在《外国文学评论》《中国比较文学》等国内重要学术期刊发表，受到学界关注。

《思想史语境下的西方奥威尔批评阐释》这部专著可供国内奥威尔研究及外国作家学术史研究参考。同时，该研究成果也是本书作者期望以中国学者身份积极参与并推进国际奥威尔研究的一次尝试。

绪　　论

本书是以"西方奥威尔批评"为研究对象。这里的"西方奥威尔批评"特指西方研究奥威尔的学术史，而非奥威尔本人同样闻名于世的文学和文化评论。"西方奥威尔批评"是西方奥威尔研究的学术史研究，即研究之研究，也是西方奥威尔总体研究的重要领域。与一般学术史研究课题不同的是，本书首先是将"西方奥威尔批评"这个学术史课题放置到20世纪以来的西方思想史语境之下；其次，本研究致力于在思想史语境之下对具体的西方奥威尔批评文本进行阐释，力图揭示其背后的政治诉求和思想史意义。

具体而言，本书主要研究20世纪以来西方30多位重要知识分子的"奥威尔批评"，首先是追溯西方奥威尔批评的源头，考察文学批评大家与奥威尔的文学声望在西方确立的关系，然后分别论述西方知识分子团体和个体在文学批评中，如何利用奥威尔的声望表达自身的学术主张和政治诉求，揭示其对奥威尔进行政治和文化利用的本质特征。

本书研究的出发点主要源于以下两点。

第一，基于中国立场，参与国际学术对话。基于中国立场，首先是本书始终坚持以马克思主义辩证唯物主义为理论武器，客观归纳和分析西方奥威尔批评文本的内容，并且以批判的眼光看待西方知识分子在奥威尔批评中的观点。其次就学术推进而言，目前西方奥威尔批评研究的形式主要有目录清单和提要、批评文集、论文和指南等，但是缺少前沿而又系统的学术专著。而在国内，学界和知识界对奥威尔这位在西方产生了重要影响的作家仍有较大的争议和误解，没有充分认识到奥威尔作为英国著名左翼作家的身份和地位，学术上的整体研究质量也尚待提高，这其中的重要原因是对西方奥威尔学术史缺乏必要的了解和研究。西方奥威尔研究目前的一个主要盲点是没有把散见的奥威尔批评的文献基础成果转化为奥威尔学术史专著，这是本书追求学术突破的出发点。

第二，思想史视域和批评文本的详细阐释。"西方奥威尔批评"是重要的学术史课题，但必须要放置到相关思想史语境中才能得到有效和深入的阐释。就国内外文学研究语境而言，学术史研究已成为前沿领域并具有重塑经典的使命（如陈众议主持的"外国文学学术史项目"），意义重大。但在研究方法上，目前仍以文献梳理、规律总结和专题研究为主，缺乏对具体批评文本及其背后的动机进行深度分析和阐释，较少将学术史提升到思想史这一更高层面进行讨论。由于文学与思想、学术与思想，以及学术史与思想史之间，存在无法割裂的关系，同时西方奥威尔批评在此方面又具有典型性，本书因此引入思想史视域和研究方法，对相关批评文本进行细读和阐释，并揭示其深层次的批评动机，同时探索以思想史视域研究外国文学的有效路径。

本章绪论部分主要包括："西方奥威尔批评"课题提出思想史视域的缘由、国内外奥威尔研究和西方奥威尔批评研究的文献综述，以及从思想史视域考察西方奥威尔学术史的路径和方法。

第一节　西方奥威尔批评的思想史视域

英国作家乔治·奥威尔（George Orwell，1903—1950）是"20世纪拥有读者最多、影响力最大的严肃作家"[1]，并且"当今仍然重要"[2]。奥威尔如此巨大的影响力和文学声望使20世纪以来西方不同政治谱系

---

[1] Jeffrey Meyers, *Orwell: Life and Art*, Urbana: University of Illinois Press, 2010, p. ix.
[2] 引自希钦斯（Christopher Hitchens）著作《奥威尔为何重要》（*Why Orwell Matters*）的书名。

的知识分子团体和个体（特别是英美知识界）竞相发表评论。这些极其丰富的评论褒贬不一，策略各有不同，不仅凸显出重要的学术史价值，而且还因其特殊的历史语境和显著的政治动机承载着重要的思想史意义，可谓走进了一些论者所说的"一个思想史的博物馆"。① 因此，本书提出的研究课题正是基于奥威尔和西方奥威尔批评在 20 世纪以降西方知识界的思想史价值和意义。

一 奥威尔及其时代思想图景

奥威尔是英国小说家、散文家和文学评论家，一位举世闻名的政治作家，也是严肃的世界经典作家。2003 年，美国威尔斯利学院（Wellesley College）举办了纪念奥威尔百年诞辰的国际研讨会，会议的邀请广告这样写道："奥威尔预言、批判或者警告了 20 世纪进程中的重要事件：帝国主义的遗产、无家可归和贫困的悲剧、冷战、原子弹、超级大国的国家权威主义②幽灵和毫无休止的傀儡战争、左派的背叛、大众文化和传媒时代的来临、驯服职员的兴起。"③ 这足见奥威尔在西方的深远影响力。

奥威尔的一生可以说是由 20 世纪上半叶发生的重大事件的节点串联起来。1903 年 6 月 25 日，奥威尔出生在印度孟加拉邦莫蒂哈里（Modihari, Bengal）的一个具有浓厚殖民传统的家庭。1904 年，奥威尔随母亲回英国定居，8 岁进入寄宿学校圣塞浦里安（St Cyprian's），这是一个培养英国海外殖民地官员的"摇篮"，从后来记录这段痛苦生活的散文《如此欢乐童年》（*Such, Such Were the Joys*, 1953）可以看到小说《一九八四》中"惩罚"和"权威"的影子。1917 年，奥

---

① John Rodden, *Every Intellectual's Big Brother: George Orwell's Literary Siblings*, Austin: University of Texas Press, 2006, p. 104.
② 在本书中，"totalitarianism"除引自他人文献外，均译为"国家权威主义"，专指对 20 世纪西方出现的如法西斯主义、斯大林主义等国家政体和意识形态及其发展的讨论，下同。
③ John Rodden, *Scenes from an Afterlife: The Legacy of George Orwell*, Wilmington, DE: ISI Books, 2003, pp. xiii – xiv.

威尔进入伊顿公学，对贫穷和阶级差异有很深体会——他称自己属于"上层中产阶级偏下"（lower-upper-middle class）。1922—1927 年，奥威尔在缅甸当警察，对帝国主义制度有切肤之痛，《缅甸岁月》（*Burmese Days*，1934）即是祛除"负罪感"之作，被誉为"20 世纪英国最重要的反帝国主义小说之一"[1]。反帝国主义是奥威尔作品的重要主题，缅甸经历是奥威尔的第一次人生顿悟，"被压迫者总是对的，压迫者总是错的"，他反对一切人统治人的制度，决定与被统治者结伴同行，沉入社会底层。

从缅甸辞职回到英国后，奥威尔开始使用笔名"乔治·奥威尔"，这标志着他开始了政治作家这一新的身份建构。奥威尔选择到伦敦、巴黎的贫民窟与流浪者一起落魄。他洗过盘子、教过书、当过书店职员。这个时期的《巴黎伦敦落魄记》（*Down and Out in Paris and London*，1933）、《牧师的女儿》（*A Clergyman's Daughter*，1935）、《让叶兰继续飞扬》（*Keep the Aspidistra Flying*，1936）反映了英国 20 世纪 30 年代经济危机带来的物质贫困和精神贫困。1936 年，奥威尔受英国左派维克多·戈兰茨资助去英国北部矿区考察工人阶级生活状况，后写成重要作品《通往维根码头之路》（*The Road to Wigan Pier*，1937），这是类似恩格斯《英国工人阶级状况》的考察报告，集中表达了他的社会主义观。也是在 1936 年，他参加西班牙内战，在反法西斯主义一线战场喉部中弹，险些丧生。不过根据后来的解密档案，他因参加托派军队组织马党（POUM）而受到苏联克格勃的追杀，遭受了比战场更可怕的生命威胁。他将共和政府（受苏联支持）的党派内部争斗和清洗记录在《向加泰罗尼亚致敬》（*Homage to Catalonia*，1938）中。1936 年这两次经历是奥威尔人生的第二次顿悟，从此走向"拥护社会主义""反对国家权威主义"的文学道路。

西班牙内战只不过是二战的开幕曲，《上来透口气》（*Coming Up for Air*，1939）反映了英国人在战前的"忧郁"心态和对一战前英国

---

[1] John Newsinger, *Orwell's Politics*, Houndmills: the Macmillan Press Ltd., 1999, p.89.

爱德华和平时代的"眷念"之情。1939年9月二战爆发，奥威尔立场从反战突转为支持，《狮与独角兽》（*The Lion and the Unicorn*，1941）表达了他期望将爱国主义和反法西斯主义转变为社会主义革命的思想。1940年，奥威尔加入民兵组织（Home Guard）。1941—1943年，他在BBC负责对印度广播，展开反法西斯宣传战。1943年加入英国工党左派的《论坛报》（*Tribune*）。在德国投降4个月后，也就是广岛原子弹爆炸11天后、日本战败投降2天后，奥威尔的《动物庄园》（*Animal Farm*，1945）出版，"不合时宜"地揭穿了当时西方知识分子广为信奉的"苏联神话"。1946年3月5日，英国首相丘吉尔发表"铁幕"演说（"Iron Curtain" speech），[①] 美苏两大阵营"冷战"开始。之后，奥威尔来到偏远的朱拉岛（Jura），以生命为代价创作了《一九八四》（*Nineteen Eighty-Four*，1949），描绘了西方国家权威主义可能统治世界的"梦魇"。1950年1月21日，奥威尔因肺结核病去世，终年46岁，墓碑上刻着他的原名"埃里克·阿瑟·布莱尔"（Eric Arthur Blair）。

从奥威尔1903—1950年的人生经历及其创作来看，上面邀请广告所说他参与或影响了20世纪进程中的重大事件是非常有道理的。奥威尔活了半个世纪，经历了头十年的爱德华的和平时期；第二个十年的一战；20年代帝国主义的衰落；30年代的资本主义经济危机、希特勒法西斯主义、苏联斯大林主义、西班牙内战、苏德签订互不侵犯条约、二战；40年代的原子弹爆炸、二战胜利、冷战；等等。如果将上面所列的奥威尔作品按时间顺序排列，可谓20世纪上半叶的历史文本，也是代表英国知识分子如何看待这些问题的思想史文本。

奥威尔对20世纪下半叶和21世纪的影响同样巨大。无论是西方知识分子提出的"如果奥威尔还活着，他会怎样做"，还是"奥威尔为何重要"，也无论是20世纪50年代、80年代，还是21世纪初西方社会出现的"奥威尔现象"或者"奥威尔热"，无不说明奥威尔去世

[①] 在美国总统杜鲁门陪同下，丘吉尔在威斯敏斯特学院发表了题为"和平砥柱"的演说。他在演说中宣称"从波罗的海的什切青到亚得里亚海边的里雅斯特，一幅横贯欧洲大陆的铁幕已经降落下来"。

后，他本人及其作品仍然深深影响着后世的西方知识分子（无论他们具有什么样的政治谱系），也仍然成为当代西方社会讨论的热点议题。

二　西方奥威尔批评的时代思想图景

如果说奥威尔与20世纪以来的西方社会进程关系是一幅内容丰富的思想图景，那么这个时期众多西方知识分子团体和个体对奥威尔的评价则构成了另外一幅同样丰富多彩的思想图景。

知识分子有着"自由结社"的传统。就近现代知识分子而言，判断一个知识分子团体是否存在的重要标志是看有没有一些核心成员以一份（或多份）文化期刊（或报纸、文集、诗集）为中心对有关社会和文化问题发表相同或者相似的观点。比如，英国左派读书俱乐部的会刊《左派讯息》（the Left News）、英国共产党机关报《工人日报》（Daily Worker）、"奥登诗人团体"（Auden Group）的《牛津诗歌》（Oxford Poetry）、英国新左派的《新左派评论》（the New Left Review）、美国共产党的《新群众》（The New Masses）以及纽约知识分子的《党派评论》（Partisan Review）等。在20世纪西方知识分子团体当中，当数英国左派（老左派）、英国新左派和美国纽约知识分子三大知识分子团体的奥威尔批评最为典型，具有重要的学术史和思想史意义。[①] 首先，这三个团体的奥威尔批评都与30年代的西方知识分子因信奉"苏联神话"而左倾激进有很大关系，比如英国左派读书俱乐部会员和第一代纽约知识分子。英国新左派，特别是第一代新左派，是从英国（老）左派发展而成，他们对"苏联神话"的幻灭，对斯大林主义的反对，促使其放弃激进的政治而转向文化政治。纽约知识分子则从激进政治转向新自由主义再发展到最后的新保守主义。他们的奥威尔批

---

① 20世纪英美知识分子团体的奥威尔批评还有以乔治·伍德库克（George Woodcock）为中心的无政府主义团体、以《论坛报》（Tribune）为中心的英国工党左派、英国"愤怒青年"作家（Angry Young Man）等。本书以最为典型的英国（老）左派、英国新左派和纽约知识分子团体为重点，同时拓展到当代西方奥威尔批评的最新发展。

评文本涉及20世纪30年代到80年代许多重大历史事件，不仅勾勒出各自团体兴衰的思想史，而且也典型地反映了20世纪西方思想史的重要内容和特征。比如，从历史事件而言，涉及西班牙内战、二战、冷战、越战等；从政治谱系而言，这些知识团体的讨论涉及左派、右派和自由派等；从意识形态而言，涉及资本主义、社会主义、法西斯主义、斯大林主义、新自由主义、新保守主义、西方马克思主义、女权主义、新实用主义等。

21世纪以来，从事奥威尔批评的西方知识分子呈现出从团体走向个体，从公共走向专业的显著变化，意识形态等政治因素与20世纪相比相对减弱，但是讨论奥威尔对当代西方社会影响的争论仍然持续。这个时期，公共知识分子、生态主义、后殖民主义、文化研究，甚至反恐战争、斯诺登事件、特朗普政府等热点问题也引发了西方知识界对奥威尔的激烈讨论。

同时，西方知识分子还围绕着奥威尔展开了激烈的意识形态"争夺战"，这更加彰显出西方奥威尔批评的思想史意义。奥威尔在评论狄更斯的首句说道："狄更斯是那些很值得借用的作家之一。""借用"他的是马克思主义者和天主教徒——"马克思主义者说他'几乎'是个马克思主义者，天主教徒说他'几乎'是个天主教徒"，但在奥威尔看来，"狄更斯对社会的批评几乎完全限于道德上的"。[①] 不少批评家能从这篇评论狄更斯的名篇中找到奥威尔的影子，事实情况是，奥威尔也成为"值得借用的作家"。这个"借用"就是指对作家"声望"的利用，包括"肯定"和"否定"两种。如果有若干政治派别、知识团体和个体在同一时期或者不同时期对同一作家都实施了"借用"（比如奥威尔所说的马克思主义者和天主教徒），这就形成了"竞争"，成为一场激烈的意识形态"争夺战"。美国新保守主义领袖诺曼·波德霍雷茨深谙其中的秘密。他认为奥威尔所说的马克思主义者相当于

[①] [英]乔治·奥威尔：《奥威尔文集》，董乐山编译，中国广播电视出版社1997年版，第239、242页。

当今社会的左派，天主教徒则相当于右派。将有着巨大声望的作家（特别是政治作家）"争夺"到己方阵营，可以给自己的政治立场带来"自信、权威和份量"，① 这是"肯定"利用的动机。在"否定"利用的情况下，各政治派别和知识团体或是将"害群之马"（作家）驱逐出门，或是批判其成为"叛徒"，或是划清界线，揭露其"真实面目"，以免己方成员受其蛊惑，从而对读者起到规范的作用。

奥威尔的影响力导致了各方的"争夺战"，而各方的"争夺战"又滚雪球式地扩大了奥威尔的影响力，奥威尔这种经典生成的现象具有唯一性。因此，无论是奥威尔研究还是奥威尔批评研究，都应该放置到更为广阔的思想史语境中仔细考察才能得到透彻的理解。如果只对奥威尔批评进行学术史的梳理而不是进一步拓展到思想史语境，那么就会对批评家的某些重要评价感到迷惑不解，也会对他们在奥威尔批评中的文化利用和政治目的一无所知，凸显出只见"树"不见"林"的阐释弊端。因此，由于奥威尔和奥威尔批评都承载着思想史价值，具有典型性，以思想史视域研究奥威尔学术史应该是一条颇具意义的有效路径。

第二节 文献综述

既然奥威尔研究与奥威尔批评研究都具有重要的思想史价值，这里首先对这两方面的学术史进行梳理。本节文献综述包括西方奥威尔研究综述、西方奥威尔批评研究综述和国内奥威尔研究和译介综述三个部分。

一 西方奥威尔研究综述

（一）奥威尔研究文献的整理

文献包括文集、日记、书信、家谱、年谱、传记、方志、档案等。

---

① Norman Podhoretz, *The Bloody Crossroads: Where Literature and Politics Meet*, New York: Simon and Schuster, 1986, pp. 51, 53.

奥威尔研究的文献整理总体情况比较完善。奥威尔的档案（The George Orwell Archive）收藏在伦敦大学学院（University College London，UCL），由其第二任妻子索尼娅·奥威尔（Sonia Orwell）于1960年交予托管，是国际奥威尔研究的文献中心。①

  作品整理是作家研究的重要基础。奥威尔著作在西方曾有两次重要的整理，每次都极大地推动了奥威尔研究的进程。1968年，索尼娅与安格斯（Ian Angus）共同编辑了4卷《乔治·奥威尔散文、新闻和信件集》(*The Collected Essays, Journalism and Letters of George Orwell*)，这为研究奥威尔的生平和思想提供了最为重要的第一手资料。作品集按时间顺序编排，第一卷从20世纪20年代到二战开始，第二卷从1940年到1943年，第三卷从1943年到1945年，第四卷从1945年到奥威尔去世。索尼娅没有过多收入奥威尔在BBC工作时期对印度广播的稿件。1985年，韦斯特（W. J. West）将相关内容编入《奥威尔：战时广播》(*Orwell: The War Broadcasts*)和《奥威尔：战事评论》(*Orwell: The War Commentaries*)这两个作品集。1998年，戴维森的20卷《奥威尔全集》(*The Complete Works of George Orwell*)（以下简称《全集》）②历经20余年终于编订完成。戴维森的《全集》工程始于他在1984年完成的《〈一九八四〉：原稿的复制本》(*Nineteen Eighty-y-Four: The Facsimile of the Extant Manuscript*)。《全集》的第1—9卷

---

  ① 伦敦大学学院收藏奥威尔档案的网址英文介绍原文："The George Orwell Archive is the most comprehensive body of research material relating to the author George Orwell (Eric Blair) (1903—1950) anywhere. Manuscripts, notebooks and personalia of George Orwell were presented in 1960 on permanent loan by his widow on behalf of the George Orwell Archive Trust, supplemented by donations and purchases. The aim of the Trustees of the Archive was to make a research centre for Orwell studies, by bringing together all [Orwell's] printed works, including newspaper items; private correspondence; other private papers in the possession of his widow; printed matter other than his own which will help later generations to understand the controversies in which he was involved; and tape recordings or written statements by all with first hand experience of him of any consequence"，详见奥威尔档案网址：http://www.ucl.ac.uk/Library/special-coll/orwell.shtml。

  ② George Orwell, *The Complete Works of George Orwell*, ed. Peter Davison, London: Secker & Warburg, 1998. 后文引用该奥威尔作品全集文献时，"*The Complete Works of George Orwell*"用"CW"表示。

于 1986 年和 1987 年出版，收入了奥威尔的 6 部长篇小说和 3 部纪实报道。第 10—20 卷于 1998 年出版，按时间顺序收入了奥威尔的散文、日记、信件和其他重要档案资料。每卷都附有大量的注释和版本说明。戴维森对《全集》的编订原则是首先详细比对不同版本每个字的差异，然后根据奥威尔当时的写作原意进行考证。这一不朽的文献工程直接推动了 21 世纪的奥威尔研究，成为目前奥威尔研究最为重要的文献资源。2006 年，他又编订了《失去的奥威尔：〈奥威尔全集〉补遗》(*The Lost Orwell: Being a Supplement to The Complete Works of George Orwell*)，因此也可称 21 卷《奥威尔全集》。在《全集》基础之上，戴维森在 2001 年以 "奥威尔与流浪者"（Orwell and the Dispossessed）、"奥威尔的英国"（Orwell's England）、"奥威尔在西班牙"（Orwell in Spain）、"奥威尔与政治"（Orwell and Politics）为题分别对《巴黎伦敦落魄记》、《通往维根码头之路》、《向加泰罗尼亚致敬》和《动物庄园》这四部作品及其相关散文、评论、信件和诗歌等以专题形式单独结集出版。2009 年，戴维森编辑了《奥威尔日记》(*George Orwell: Diaries*)[①]。2010 年，他又编辑了《奥威尔书信》(*George Orwell: A Life in Letters*)。另外，戴维森在 1996 年还出版了研究专著《奥威尔的文学生涯》(*George Orwell: A Literary Life*)。

  21 世纪以来对奥威尔作品整理作出贡献的还有卡瑞（John Carey）选编的《散文集》(*Essays*, 2002)、《观察家报》(*The Observer*) 汇集的《奥威尔的〈观察家〉岁月》(*The Observer Years: Orwell*, 2003) 和安德森（Paul Anderson）编辑的《奥威尔在〈论坛报〉："随我所愿" 及其他作品 1943—1947》(*Orwell in Tribune: "As I Please" and Other Writings 1943—1947*, 2006)、维雷伯丝（Dione Venables）编辑的《奥威尔诗歌全集》(*George Orwell: the Complete Poetry*, 2015) 等。

  奥威尔生前曾立下不为自己立传的遗嘱。当两位美国人斯坦基

---

① 该书有中文译本，参见 [英] 乔治·奥威尔著，[英] 彼得·戴维森编《奥威尔日记》，宋金译，上海译文出版社 2014 年版。

(Peter Stansky)和阿伯拉汉姆斯(William Abrahams)合著的《未知的奥威尔》(*The Unknown Orwell*,1972)和《奥威尔的转变》(*Orwell: The transformation*,1979)出版后,索尼娅十分气恼,随即授权政治学教授克里克(Bernard Crick)为奥威尔立传,并允许他使用所有的奥威尔材料。但是她后来对克里克的传记《乔治·奥威尔传》(*George Orwell: A Life*,1980)很不满意,并拒绝在传记上冠以"授权"两字。因此,这部传记直到索尼娅去世前一个月才在英国出版。奥威尔的传记主要有6部。第一部为斯坦基和阿伯拉汉姆斯的合著,主要记录了奥威尔早期的生活经历。由于索尼娅不允许他们直接引用相关材料,他们只能通过采访和考察的方式把各个事实细节串联起来。克里克的传记是第二部,他主要从政治角度解读奥威尔,详尽罗列事实,一定程度上忽视了对传主心理历程的阐释。第三部是谢尔登(Michael Shelden)的《奥威尔传记:授权①本》(*Orwell: The Authorised Biography*,1991),他主要从文学角度来叙述奥威尔的生平。戴维森《奥威尔全集》的出版掀起了在21世纪为奥威尔立传的高潮。2000年,迈耶斯(Jeffrey Meyers)出版了第四部传记《奥威尔:一代人的冷峻良心》(*Orwell: Wintry Conscience of a Generation*),他首次系统地探寻了奥威尔的心理世界。2003年,泰勒(D. J. Taylor)出版了第五部传记《奥威尔传》(*Orwell: The Life*)。泰勒在这部传记中时常中断叙述,发表关于奥威尔性格的观点。② 同年,伯克(Gordon Bowker)的第六部传记《乔治·奥威尔》(*George Orwell*)出版。他在传记中试图从不断变化的社会和政治背景去描写奥威尔的心理演变。另外,斯伯林(Hilary Spurling)还出版了索尼娅的传记《来自小说部的女孩:索尼娅·奥威尔的肖像画》(*The Girl from the Fiction Department: A Portrait of Sonia Orwell*,2003)。

---

① 由 the Orwell estate 授权。
② 这两部传记在中国已有译介,参见[美]杰弗里·迈耶斯《奥威尔传》,孙仲旭译,东方出版社2003年版;[英]D. J. 泰勒《奥威尔传》,吴远恒、王治琴、刘彦娟译,文汇出版社2007年版。

奥威尔的一些好友在著作中回忆了奥威尔。如伊顿同学康诺利（Cyril Connolly）的《希望之敌》（*Enemies of Promise*，1938）、室友河彭斯多（Rayner Heppenstall）的《四位缺席者》（*Four Absentees*，1960）、童年密友布蒂科姆（Jacintha Buddicom）的《埃里克和我们：回忆奥威尔》（*Eric & Us：A Remembrance of George Orwell*，1974）、《论坛报》同事费维尔（T. R. Fyvel）的《奥威尔：我的回忆》（*George Orwell：A Personal Memoir*，1982）等。另外科帕德（Audrey Coppard）和克里克主编的《记忆中的奥威尔》（*Orwell Remembered*，1984）、瓦德汉姆（Stephen Wadhams）的《回忆奥威尔》（*Remembering Orwell*，1984）以及格罗斯（Miriam Gross）的《奥威尔的世界》（*The World of George Orwell*，1971）汇集了奥威尔昔日朋友对他多个方面的回忆文章。

目录学和作家编年是文献学的重要内容，20世纪和21世纪之交的奥威尔研究在这两方面卓有成效。芬尼克（Gillian Fenwick）在《奥威尔文献目录》（*George Orwell：A Bibliography*，1998）中对奥威尔主要作品的出版情况进行了详细的编目和注释。哈蒙德（J. R. Hammond）的《奥威尔编年》（*A George Orwell Chronology*，2000）不仅对奥威尔的生平作了详细的编年，而且还对奥威尔的朋友圈进行了介绍。

西方学者也十分重视奥威尔读本或者学习指南的编写工作。早期的读本或指南有《奥威尔读本：小说、散文和新闻报道》（*The Orwell Reader：Fiction，Essays，and Reportage*，1956）、欧文·豪的《奥威尔的〈一九八四〉：文本、来源及批评》（*Orwell's Nineteen Eighty-four：Text，Sources，Criticism*，1963）、迈耶斯的《乔治·奥威尔指南》（*A Reader's Guide to George Orwell*，1977）和哈蒙德（J. R. Hammond）的《奥威尔小说、纪实报道及散文导读》（*A George Orwell Companion：A Guide to the Novels，Documentaries and Essays*，1982）。21世纪以来，罗登（John Rodden）和布朗斯戴尔（Mitzi Brunsdale）分别编写了面向学生的学习指南：《理解〈动物庄园〉：问题、来源和历史文献学生指南》（*Understanding Animal Farm：A Student Casebook to Issues，Sources，and Historical Documents*，1999）和《奥威尔学生指南》（*Student Com-*

panion to George Orwell, 2000)。罗登还于2007年主编了《剑桥乔治·奥威尔指南》(The Cambridge Companion to George Orwell),对奥威尔最新研究成果作了全面的介绍,是了解21世纪奥威尔研究的必读书目。

(二) 西方奥威尔研究专著

西方奥威尔研究可以大致分为四个时期:第一个时期是20世纪30—40年代,以作家介绍和书评为主,散见在各种报纸和杂志;第二个时期是20世纪50—60年代,主要是奥威尔朋友圈的介绍性评论,还算不上真正意义上的文学批评,但这些珍贵的第一手资料提出了许多值得后来研究者重视的真知灼见,也为奥威尔作品的经典化奠定了基础;第三个时期是20世纪70—80年代,标志着专业文学批评的开始,比如采用了形式主义、心理学、现象学、女权主义、存在主义等批评视角和方法;第四个时期是20世纪90年代至今,主要在文献、文化、政治、语言和知识分子等研究领域拓展和推进。这四个时期中有两个时间标志着奥威尔研究的热潮:小说《一九八四》预言国家权威主义统治梦魇来临的1984年和奥威尔诞生100周年的2003年。在这两个时间前后,国外出版了大量有价值的研究专著。以下对50—90年代文中未谈及的重要奥威尔批评文献作简要介绍,而对21世纪以来的文献有必要作较为详细的介绍。①

20世纪50年代是奥威尔朋友的一些介绍性研究。主要成果有霍普金森(Tom Hopkinson)的《乔治·奥威尔》(George Orwell, 1953)、布兰德尔(Laurence Brander)的《乔治·奥威尔》(George Orwell, 1954)、安特金斯(John Atkins)的《奥威尔:文学研究》(George Orwell: A Literary Study, 1954)以及霍利斯(Christopher Hollis)的《奥威尔研究:其人其作》(A Study of George Orwell: The Man and His Works, 1956)。另外,1950年6月,《世界书评》(World Review)杂志编辑了一期奥

---

① 20世纪30—40年代的奥威尔研究文献没有形成专著,有代表性的文章收录在迈耶斯编订的《奥威尔:批评遗产》(George Orwell: Critical Heritage)和《乔治·奥威尔:批评文献注解目录提要》(George Orwell: Annotated Bibliography of Criticism)中。另外,关于这个时期的重要文章也会在后面论及。

威尔的专刊，收录有重要的纪念文章。

20世纪60年代除了奥威尔朋友的介绍性著作如托马斯（Edward M. Thomas）的《奥威尔》（Orwell，1965）和沃克斯里（B. T. Oxley）的《乔治·奥威尔》（George Orwell，1967）之外还有其朋友写的一些研究专著。重要的专著有：瑞斯的《乔治·奥威尔：胜利阵营的逃亡者》（George Orwell: Fugitive from the Camp of Victory，1961）、沃黑斯（Richard J. Voorhees）的《乔治·奥威尔的矛盾》（The Paradox of George Orwell，1961）、伍德库克（George Woodcock）的《水晶般的精神：乔治·奥威尔研究》（The Crystal Spirit: A Study of George Orwell，1966）、沃德里特（Keith Alldritt）的《成就乔治·奥威尔：文学史的论文》（The Making of George Orwell: An Essay in Literary History，1969）等。另外，还有奥威尔与其他作家的比较研究，如卡德尔（Jenni Calder）的《良心的记录者：乔治·奥威尔与亚瑟·柯斯勒研究》（Chronicles of Conscience: A Study of George Orwell and Arthur Koestler，1968）。

20世纪70年代出现了奥威尔的一些重要文学批评专著。第一部研究奥威尔小说的专著是罗伯特·李（Robert A. Lee）的《奥威尔的小说》（Orwell's Fiction，1970）。研究奥威尔的文学艺术价值的专著主要有库柏尔（David L. Kubal）的《鲸腹之外：乔治·奥威尔的艺术和政治》（Outside the Whale: George Orwell's Art & Politics，1972）和科恩坎农（Gerald J. Concannon）的《乔治·奥威尔艺术的演变》（The Development of George Orwell's Art，1973）。其他重要学术专著还有热沃德林（Alex Zwerdling）的《奥威尔与左派》（Orwell and the Left，1974）、斯特恩霍夫（William Steinhoff）的《乔治·奥威尔与〈一九八四〉的起源》（George Orwell and the Origin of 1984，1975）、斯迈尔（Richard I Smyer）的心理学批评代表作《原始的梦和原始的罪：乔治·奥威尔作为心理小说家的演变》（Primal Dream and Primal Crime: Orwell's Development as a Psychological Novelist，1979）。另外，《现代小说研究》（Modern Fiction Studies）1975年第2期出版了奥威尔专刊。

20世纪80年代出现大量从不同角度解读奥威尔的文学批评专著和论文集。重要的有帕苔（Daphne Patai）在《奥威尔之谜：男性意识研究》（*The Orwell Mystique：A Study in Male Ideology*，1984）中的女权主义解读、亨特（Lyntte Hunter）在《乔治·奥威尔：寻找一种声音》（*George Orwell：The Search for a Voice*，1984）中的现象学解读、卡特（Michael Carter）在《乔治·奥威尔和真实存在的问题》（*George Orwell and the Problem of Authentic Existence*，1985）中的存在主义解读等。这个时期其他重要研究文献还有诺瑞斯（Christopher Norris）主编的《神话之内：左派眼中的奥威尔》（*Inside the Myth：Orwell：Views from the Left*，1984）和伍德库克的《奥威尔的信息：〈一九八四〉和现在》（*Orwell's Message：1984 and the Present*，1984）等。

20世纪90年代出现研究奥威尔语言、宗教和政治等领域的专著。奥威尔语言研究专著有约翰·扬（John Wesley Young）的《奥威尔的新话和国家权威主义语言：其纳粹主义和共产主义的前因》（*Orwell's Newspeak and Totalitarian Language：Its Nazi and Communist Antecedents*，1991）和福勒（Roger Fowler）的《乔治·奥威尔的语言》（*The Language of George Orwell*，1991）；研究奥威尔与宗教关系的专著如哥特理伯（Erika Gottlieb）的《奥威尔之谜：绝望的呼喊还是人灵魂的信仰?》（*The Orwell Conundrum：A Cry of Despair or Faith in the Spirit of Man?*，1992）等；研究奥威尔政治观的专著有英格尔（Stephen Ingle）的《乔治·奥威尔的政治生涯》（*George Orwell：A Political Life*，1993）和纽辛尔（John Newsinger）的《奥威尔的政治观》（*Orwell's Politics*，1999）。另外，还有研究奥威尔与其他作家关系的专著如科恩内利（Mark Connelly）的《奥威尔与吉辛》（*Orwell and Gissing*，1997）。

21世纪以来奥威尔研究又有新的推进，出现了不少具有新视野、新观点的学术专著。奥威尔的语言观是一个十分重要的话题，乔姆斯基曾提出语言学的两大问题："柏拉图问题"和"奥威尔问题"。瑞日尼科夫（Andrei Reznikov）在《奥威尔的语言理论》（*George Orwell's Theory of Language*，2001）一书中对这个问题进行了初步的研究。他主要分析了奥威尔的语言观、小说《一九八四》中的语言和奥威尔的语言风格。香港大学教授科尔（Douglas Kerr）的专著《乔治·奥威尔》（George Orwell, 2003）根据作品的不同背景和主题揭示了个体与环境的错位关系。特别是他把这种关系放置在东西文化的不同语境中，为西方的奥威尔研究提供了亚洲的视角。

卢卡斯（Scott Lucas）的《奥威尔》（Orwell, 2003）认为奥威尔是位非常复杂的作家，因此不能简单地把他看作"正派"（decency）这一符号的化身，进而认为他能够对于过去和现在的所有不确定性事件都能发挥指导作用。这本书和他的另一部专著《异见者的背叛：超越奥威尔、希钦斯和美国新世纪》（The Betrayal of Dissent: Beyond Orwell, Hitchens and the New American Century, 2004）针对的是希钦斯（Christopher Hichens）的《奥威尔为何重要》（Why Orwell Matters, 2002）一书的观点。希钦斯把奥威尔当作知识分子的楷模，认为奥威尔对当代社会仍会产生重要影响。希钦斯与卢卡斯对奥威尔的褒贬之争成为21世纪奥威尔研究的一个重要话题。

斯特沃特（Anthony Stewart）的《乔治·奥威尔：双重视角和正派的价值》（George Orwell, Doubleness, and the Value of Decency, 2003）一书也非常具有启发意义。他认为奥威尔能够站在真正知识分子的立场，以独立于官方意识形态和主流知识话语的视角来思考当前的问题，说出事实的真相并采取解决问题的实际行动。这种独特的双重视角形成了他关于"正派"的价值观念，即始终给予每个人以人的地位，特别是那些处在边缘地位的他者。英格尔拓展了奥威尔政治思想的研究。他的《重估奥威尔的社会和政治思想》（The Social and Political Thought of George Orwell: A Reassessment, 2006）主要通过作品文本的分析对奥威尔的政治思想进行了新的阐述。

克拉克（Ben Clark）在《在社群、神话和价值背景下的奥威尔》（Orwell in Context: Communities, Myths, Values, 2007）一书中将奥威尔作品放置在历史和文学背景之下来考察他有关阶级、性别和国民性等问题的观点。索恩德斯（Loraine Saunders）的《奥威尔未被颂唱的艺术：从小说〈缅甸岁月〉到〈一九八四〉》（*The Unsung Artistry of George Orwell：The Novels from Burmese Days to Nineteen Eighty-four*，2008）揭示了奥威尔风格的独特美学价值在于他运用了自由间接思想、有效地建构系统以及作者和人物之间一种新的二元关系来表达他的政治观点。伯恩德（Philip Bound）的《奥威尔与马克思主义：奥威尔的政治与文化思想》（*Orwell and Marxism：The Political and Cultural Thinking of George Orwell*，2009）认为英国的马克思主义文化研究应该是解读奥威尔作品的一个重要背景。

卡尔（Craig L. Carr）的《奥威尔、政治与权力》（*Orwell，Politics，and Power*，2010）认为奥威尔对于权力滥用的担心是因为政治文化中一些基本道德观念和自由主义价值观的丧失。迈耶斯的《奥威尔的生活和艺术》（*Orwell：Life and Art*，2010）运用了历史和传记的研究方法对奥威尔的生平和作品的艺术特点进行了新的分析。他认为奥威尔对于人与人的团结具有康拉德式的关怀；他的仁慈精神甚至可以扩展至敌方的囚犯；他具有公正的判断力和勇于承认错误的诚实；他敢于对任何卑鄙或者怯懦的思想进行对抗，对当时一些具有挑战性和不受欢迎的观点进行坚决的捍卫。① 近年来的奥威尔研究代表性成果主要是曾任"奥威尔学会"（The Orwell Society）会长的科博（Richard Lance Keeble）主编的最新论文集《奥威尔在今天》（*Orwell Today*，2012）和《奥威尔在现在》（*George Orwell Now*，2015）。

这个时期的另外两本专著也值得关注。一本是理伯（Daniel J Leab）的《颠覆后的奥威尔：CIA与〈动物庄园〉的影片制作》（*Orwell Subverted：The CIA and the Filming of Animal Farm*，2007）。该书详细研究了《动物庄园》的电影改编与冷战时期的文化宣传之间的复杂关系，是一部研究奥威尔与传媒关系的力作。另一本是拉金（Emma Larkin）的《在缅甸寻找奥威尔》（*Finding George Orwell in Burma*，2004），该书以新闻报道的形式追踪了奥威尔在缅甸工作时期

---

① Jeffrey Meyers，*Orwell：Life and Art*，Urbana：University of Illinois Press，2010，p. x.

留下的足迹。①

二 西方奥威尔批评研究综述

西方奥威尔批评是本课题的研究对象,因此必须要先对这个领域的学术史进行详细的历时考察。

20世纪60年代 目录学研究是早期西方奥威尔批评研究的主要方法。奥威尔目录的编撰工作大致始于50年代伊安·威利森（Ian Willison）的《乔治·奥威尔目录的一些资料》（George Orwell: Some Materials for a Bibliography）。② 1962年，佐坦·热科（Zoltan G. Zeke）和威廉姆·怀特（William White）发表了《乔治·奥威尔目录选》（George Orwell: A Selected Bibliography），不仅提供了奥威尔作品最初发表的出版社、期刊等重要信息，而且还列出奥威尔批评文献的目录清单。该目录共分为"奥威尔研究著作"（Books About George Orwell）、"著作中有关奥威尔的章节"（Chapters in Books）、"评论奥威尔的期刊文章"（Periodical Articles）、"奥威尔作品和研究著作的书评"（Book Reviews）、"奥威尔讣告"（Obituaries）、"奥威尔肖像"（Portraits）以及"奥威尔作品的电影、广播和电视改编"（Movies，Radio，TV）等七个类别。③ 这份批评文献目录内容十分全面，是弥

---

① 在缅甸追踪奥威尔的足迹是非常有意义的工作，因为这部分材料在日本侵略缅甸战争中已经散失。奥威尔缅甸经历的重要文献是：Maung Htin Aung, "George Orwell and Burma", *Asian Affairs*, 57（February 1970）, pp. 19 – 28；Maung Htin Aung, "Orwell of the Burma Police", *Asian Affairs*, 60（June 1973）, pp. 181 – 186。Maung Htin Aung 是仰光大学教授，曾在火车站与奥威尔产生争执，该事件是《缅甸岁月》中埃利斯（Ellis）将本地人一只眼打瞎而导致围攻白人俱乐部这一情节的创作素材。

② Ian Willison, *George Orwell: Some Materials for a Bibliography*, Librarianship Diploma Thesis, University College London, 1953.

③ Zoltan G. Zeke and William White, *George Orwell: A Selected Bibliography*, Boston: Boston Linotype Print, 1962, pp. 1 – 12. 参见 Zoltan G. Zeke and William White, "George Orwell: A Selected Bibliography", *Bulletin of Bibliography*, 1961（23）: 110 – 114; Zoltan G. Zeke and William White, "Orwelliana", *Bulletin of Bibliography*, 1961（23）: 140 – 144; Zoltan G. Zeke and William White, "Orwelliana", *Bulletin of Bibliography*, 1962（23）: 166 – 168。文中所述版本汇集了这三份最初发表的目录。

足珍贵的研究资料，为以后对奥威尔批评论文集的整理打下了坚实基础。

另外，欧文·豪编辑的《奥威尔的〈一九八四〉：文本、来源及评论》于1963年出版，该书的第三部分"评论"（*Criticism*）汇集了13篇重要论文。①

20世纪70年代　迈耶斯（Jeffery Meyers）早期致力于奥威尔批评的研究，他为奥威尔批评遗产的清理作出了卓越贡献。迈耶斯这个领域的研究也始于目录编撰。他在1974年的《目录报告》（Bulletin of Bibliography）上发表了《乔治·奥威尔目录选》（*George Orwell：A Selected Bibliography*）。之后，在1975年《现代小说研究》（*Modern Fiction Studies*）奥威尔专刊上发表了《乔治·奥威尔目录清单》（*George Orwell：A Selected Checklist*），列出了除报纸刊载的文章、书评和博士论文以外的奥威尔批评研究文献。②

在此基础之上，迈耶斯编订了奥威尔批评论文集《奥威尔：批评遗产》（*George Orwell：Critical Heritage*）。该书按奥威尔作品出版的时间顺序收入了1933年到1969年之间的重要评论，把早期目录中散见在各种期刊的重要论文汇集在一起，这既对以前的批评遗产进行了梳理，又为后面的研究者提供了方便。该书的"绪论"部分（Introduction）首先详细介绍了学术界对奥威尔其人其作的争论、评论和声望的建立（Controversy, Reviews and Reputation），接着逐一介绍了奥威尔作品的批评历程，其中还特别列出奥威尔的朋友乔治·伍德库克对奥威尔的研究（George Woodcock on George Orwell）和奥威尔讣告（Obituaries）。最后，迈耶斯介绍了奥威尔的主要批评家及其论著以及奥威尔对后世的影响③（"绪论"的部分内容同时收录在他1977年所著的

---

① Irving Howe, *Orwell's Nineteen Eighty-four：Text, Sources, Criticism*, New York：Harcourt, Brace & World, Inc., 1963.

② Jeffrey Meyers, "George Orwell：A Bibliography", *Bulletin of Bibliography*, 31 (July-September 1974), pp. 117 – 121; Jeffrey Meyers, "George Orwell：A Selected Checklist", *Modern Fiction Studies*, 21：1 (1975：Spring), pp. 133 – 136.

③ Jeffrey Meyers, *George Orwell：Critical Heritage*, London：Routledge, 1975, pp. 1 – 37.

《乔治·奥威尔指南》的结论部分①)。这篇绪论是对 20 世纪 70 年代中期（1975）以前的西方奥威尔批评的最好总结，具有重要的参考价值。1977 年，迈耶斯又编撰了《乔治·奥威尔：批评文献注解目录提要》(George Orwell: Annotated Bibliography of Criticism)，对 70 年代中期以前的奥威尔批评重要论文和专著进行了汇编并逐一按照目录提要的形式进行了注解，包含文献来源和主要内容等信息。② 迈耶斯以目录、论文集、读者指南和目录提要这四种形式对 70 年代中期以前的西方奥威尔批评进行了整理。

奥威尔的朋友伍德库克（George Woodcock）在 1975 年的论文《奥威尔，布莱尔和他的批评家》(Orwell, Blair, and the Critic) 中介绍了奥威尔早期传记的撰写情况，并指出，虽然目前还没有奥威尔遗孀索尼娅授权的传记出版，但是存在三种类型的隐形传记（phantom biography）。第一类是奥威尔的自传类作品，第二类是奥威尔的朋友在 1954 年到 1966 年间出版的 6 部论著（包括伍德库克本人），这些论著实质上都具有传记性质，包含了作者对奥威尔的回忆，但是他们都只是透过个人的立场聚焦奥威尔的某一方面。第三类也是最为重要的隐形传记是索尼娅 1968 年编订的 4 卷本《乔治·奥威尔散文、新闻和信件集》。最后，伍德库克评论了 60 年代至 70 年代中期奥威尔朋友圈以外所著的研究专著，包括托马斯（Edward M. Thomas）、沃黑斯、罗伯特·李（Robert A. Lee）、阿德里特（Keith Alldritt）、卡尼克弗斯基（Roberta Kalechofsky）、萨得森（Alan Sandison）、威廉斯（Raymond Williams）、热德林（Alex Zwerdling）和斯特恩霍夫（William Steinhoff）等的著作。伍德库克具有奥威尔批评家和朋友的双重身份，他的这篇论文受到后来研究者的普遍重视。③ 另外，这里提及的沃黑斯

---

① Jeffrey Meyers, *A Reader's Guide to George Orwell*, Totowa: Rowman & Allanheld, 1977, pp. 155 – 159.

② Jeffrey Meyers and Valerie Meyers, *George Orwell: Annotated Bibliography of Criticism*, New York & London: Garland Publishing, Inc., 1977.

③ George Woodcock, "Orwell, Blair, and the Critics", *The Sewanee Review*, Vol. 83, No. 3 (1975: Summer), pp. 524 – 536.

也于 1975 年发表了《近期奥威尔研究书评》(Some Recent Books on Orwell: An Essay Review)，介绍了格罗斯（Miriam Gross）、斯坦基和阿伯拉汉姆斯、库伯（David L. Kubal）、卡尼克弗斯基和热德林的专著。①威廉斯 1974 年也编有《乔治·奥威尔批评论文集》(George Orwell: A Collection of Critical Essays)，汇集了 11 篇重要论文。②

20 世纪 80 年代 1984 年 4 月 30 日—5 月 1 日，美国国会图书馆举办了奥威尔国际研讨会，会议论文《奥威尔与〈1984〉》于 1985 年出版。该书最后一部分"奥威尔参考文献目录"(Bibliography: A Selected List of References) 按照"布莱尔和奥威尔"(the man and the author)、"小说《一九八四》"(Nineteen Eighty-Four, a novel) 和"《一九八四》在今天"(Nineteen Eighty-Four today) 三个类别对 80 年代中期以前的奥威尔主要研究文献进行了目录汇编。其中第一部分包括"整体研究和传记"(generous works and biographies)、"回忆录"(personal recollections)、"奥威尔的政治与社会观点"(Orwell's political and social views)、"奥威尔的作品：评论与阐释"(Orwell's writings: criticism and interpretation) 和"目录"(bibliographies) 五项；第二部分包括"小说的特殊版本"(special editions of the novel)、"小说评论"(criticism of the novel) 和"与其他作品比较"(comparison with other works) 三项。这个分类与前面的目录相比更加全面，更具特点。比如对于重要的论著，该目录不仅提供了版本信息，还提供了书号、内容目录或者内容简介以及书中的参考目录，具有很高的文献价值。③

1984 年斯科拉特（Paul Schlueter）在《大学文学》发表研究目录《奥威尔批评的趋势：1968—1983》(Trends in Orwell Criticism: 1968—

---

① Richard J. Voorhees, "Some Recent Books on Orwell: An Essay Review", *Modern Fiction Studies*, 21: 1 (1975: Spring), pp. 125 – 131.

② Raymond Williams, ed., *George Orwell: A Collection of Critical Essays*, Englewood Cliffs: Prentice-Hall, Inc., 1974.

③ Gertrude Clarke, Whittall Poetry and Literature Fund, *George Orwell & Nineteen eighty-four: the Man and the Book: a Conference at the Library of Congress April 30 and May 1, 1984*, Washington: Library of Congress, 1985, pp. 123 – 150.

1983），后收入 1986 年的《乔治·奥威尔批评论文集》(*Critical Essays on George Orwell*) 最后一部分。该目录在总体介绍中认为之所以选择 1968 年为起点是因为这一年索尼娅与安格斯共同编辑的 4 卷本《乔治·奥威尔散文、新闻和信件集》出版。该全集"能够使我们十分清晰地发现奥威尔比我们过去单单从他那几部主要的小说看到的要更为复杂和多面"。作者认为之前的奥威尔批评多为奥威尔的朋友所作，已被"仔细和睿智地"收入迈耶斯的《乔治·奥威尔批评目录注解》一书中，值得后来研究者重视。他还认为任何对奥威尔批评的介绍都会分为三大类：奥威尔的生平 (Orwell's life)、整体研究 (General studies) 和奥威尔的作品 (Orwell's writings)，这样每一类便于进一步细分。作者对 1968 年以后的批评文献编目就是按照这三个大类。第一类主要介绍了从斯坦基、克里克再到菲维尔 (T. R. Fyvel) 的奥威尔传记。他认为奥威尔仍然还是一个谜，需要更多的传记家去解谜。第二类目录按照"论文集"(collection of essays)、"论文和论著"(essays and books)、"奥威尔和其他作家"(Orwell and other writers)、"奥威尔与政治"(Orwell and politics)、"奥威尔的宗教批评"(religious approaches to Orwell)、"奥威尔的心理学批评"(psychological approaches to Orwell) 进行编目。第三类按照时间顺序分 11 项对奥威尔的主要作品的批评文献进行编目。根据目前掌握的资料来看，本书是少有的以"奥威尔批评"(Orwell Criticism) 为题的目录文章。它增加的奥威尔批评的宗教视角和心理学视角标志着奥威尔批评的趋势开始从传记式的批评发展到文学理论阐释文本的文学批评。[1] 另外，这里提到的《乔治·奥威尔批评论文集》[2] 也收入了重要的批评论文。哈蒙德的《奥威尔小说、纪实报道及散文导读》(*A George Orwell Companion: A Guide to the Novels, Documentaries and Essays*, 1982) 的参考目

---

[1] Paul Schlueter, "Trends in Orwell Criticism: 1968—1983", *College Literature*, 11: 1 (1984: Winter), pp. 94 – 112.

[2] Bernard Oldsey and Joseph Browne, *Critical Essays on George Orwell*, Boston: G. K. Hall & Co., 1986.

录部分①和卡特（Jenni Calder）的《〈动物庄园〉和〈一九八四〉》（*Animal Farm and Nineteen Eighty-Four*，1987）的第七节"阐释"部分（interpretations）②也涉及奥威尔批评。

1998年奥威尔的第一本目录专著《乔治·奥威尔文献目录》（*George Orwell：A Bibliography*）出版，作者是芬尼克（Gillian Fenwick）。该目录详细地介绍了奥威尔主要作品的出版历程，并提供了各种版本（包括译本）的信息和检索方式。同时，作者也列出了奥威尔作品在出版后学界对此的评论。③

2001年出版丹尼尔·李（Daniel Lea）的《奥威尔〈动物庄园〉和〈一九八四〉主要评论的读者指南》（*George Orwell Animal Farm/Nineteen Eighty-Four：A Reader's Guide to Essential Criticism*）。该书共分六章：第一章介绍两部小说的早期评论；第二章是关于小说体裁的争论；第三章和第四章介绍批评模式，首先介绍政治学、心理学、女性主义这三种主要批评模式，然后分别具体介绍了两部小说的批评主题，如《动物庄园》的形式和《一九八四》的权力关系、自我的丧失和语言的堕落等国家权威主义特征；第五章是介绍1984年前后的奥威尔研究；第六章介绍了两部小说的电影电视改编。该书在介绍中主要采取批评文本节选加作者评论的办法，其特点是既可以了解每种批评方法的发展脉络，又可以将不同观点的批评并置进行比照，该书把奥威尔批评中这种张力关系很好地体现出来。④

罗登（John Rodden）一直致力于奥威尔的后世影响和接受研究。他于1989年出版的《文学声望的政治：圣乔治·奥威尔的形成和利用》（*The Politics of Literary Reputation：The Making and Claiming of*

---

① J. R. Hammond, *A George Orwell Companion：A Guide to the Novels, Documentaries and Essays*, Houndmills: the Macmillan Press Ltd., 1982.

② Jenni Calder, *Animal Farm and Nineteen Eighty-Four*, Milton Keynes: Open University Press, 1987.

③ Gillian Fenwick, *George Orwell：A Bibliography*, Winchester: St Paul's Bibliographies, 1998.

④ Daniel Lea, ed., *George Orwell Animal Farm/Nineteen Eighty-Four：A Reader's Guide to Essential Criticism*, Houndmills: Palgrave Macmillan, 2001.

St. George Orwell）是这个领域的经典之作。他通过批评家的评论、多种媒体（报刊、电视、电影、广播）的报道、各级文学教学课程设置等大量文献详细地梳理了由"叛逆者"（the rebel）、"普通人"（the common man）、"预言家"（the prophet）和"圣人"（the saint）四张"面"（faces）组成的奥威尔形象和奥威尔文学声望的确立过程。罗登在讨论奥威尔的接受过程当中十分注意将不同政治立场的知识分子团体与个体知识分子、英美知识界与苏联和东德、文学界与公众这几者关系紧密地结合起来。另外，该书不仅是关于奥威尔文学声望的建立，也可以视为奥威尔研究的百科全书。① 2003 年，罗登在《后世的场景：奥威尔的遗产》（*Scenes from an Afterlife*：*The Legacy of George Orwell*）一书中使用"场景"（scenes）的视角分析了奥威尔对世界当今文化的持续影响。全书共由 17 "场"组成了三"幕"（act）："《一九八四》的小说世界和 1984 年及以后"（Glimpses of the World of Nineteen Eighty-Four and 1984—and After）、"奥威尔的民主德国？或者对于'更好德国'消亡的分析"（Orwell's GDR? or Post-Mortems on the "Better Germany"）和"常人与导师，神话与丰碑"（Man and Mentor, Myth and Monument）。这三"幕"分别涉及奥威尔在 1984 年及以后的美国文化生活、在民主德国和统一后的德国以及奥威尔名望在不同层面上的提升。② 他的另一部专著《每个知识分子的老大哥：奥威尔的文学后裔》（*Every Intellectual's Big Brother*：*George Orwell's Literary Siblings*）于 2006 年出版，详细分析了奥威尔对英美两国几代知识分子的思想演变所产生的重要影响。该书的第一部分涉及了奥威尔与 20 世纪英国 30 年代和 40 年代左派、50 年代的"愤怒青年"作家；美国的纽约知识分子、文化保守主义者和从英国移民到美国被称为"奥威尔继承者"（Orwell successor）的希钦斯（Christopher Hitchens）之间的关系。本书的第二

---

① John Rodden, *The Politics of Literary Reputation*：*The Making and Claiming of St. George Orwell*, Oxford: Oxford University Press, 1989.

② John Rodden, *Scenes from an Afterlife*：*The Legacy of George Orwell*, Wilmington, DE: ISI Books, 2003.

部分主要是罗登对一些受奥威尔影响的当今年青一代知识分子的采访。最后罗登提出从之前研究以奥威尔接受的政治维度（the politics of reception）向本书以奥威尔接受的伦理维度（the ethics of reception）转换的问题。① 在罗登2007年主编的《剑桥乔治·奥威尔指南》（*The Cambridge Companion to George Orwell*）收录了一篇论文《乔治·奥威尔研究文献综述》（*George Orwell: a bibliographic essay*），对一些重要批评专著进行了回顾，主要强调了心理学和政治学这两个方面的阐释视角。② 罗登2011年专著《未看到的奥威尔》（*The Unexamined Orwell*）继续从18个"场景"来讨论奥威尔的生平和后世影响方面目前尚未观察到、观察不够或者还没有过多讨论的重要问题。该书第一部分考察奥威尔对战后美国知识分子的影响，包括纽约知识分子、希钦斯和卢卡斯（John Lukacs）；第二部分讨论奥威尔在德国的影响；第三部分讨论奥威尔的生平和作品。③ 罗登21世纪以来的这几部有关奥威尔影响和接受的专著是对1989年出版的《文学声望的政治：圣乔治·奥威尔的形成和利用》这本书的拓展和补充，关注的是奥威尔在21世纪仍然重要这一话题。④

奎因（Edward Quinn）在2009年编辑了《奥威尔生平和著作的文学批评指南》（*Critical Companion to George Orwell: A Literary Reference to His Life and Work*）一书，对奥威尔作品中的情节、人物以及奥威尔与朋友圈、重要思潮之间的关系等都作了较为详细的介绍，是一部十分有用的奥威尔评论指南。⑤ 另外美国著名文学批评家布鲁姆（Harold Bloom）在20世纪80年代编有《奥威尔》和《一九八四》的论文集，

---

① John Rodden, *Every Intellectual's Big Brother: George Orwell's Literary Siblings*, Austin: University of Texas Press, 2006.
② John Rodden, ed., *The Cambridge Companion to George Orwell*, Cambridge: Cambridge University Press, 2007.
③ John Rodden, *The Unexamined Orwell*, Austin: University of Texas Press, 2011.
④ 本课题与罗登的研究在研究范围、内容、方法和立场上均不相同，其中最本质的不同在于"criticism"与"reception"的不同。本课题的"criticism"强调对批评家的批评文本进行细读和具体分析，然后再以思想史视域从文本内部拓展至研究文本以外的因素，而罗登的"reception"则强调批评家对于作家的接受过程和变化及其原因，以外部因素研究为主。
⑤ Edward Quinn, *Critical Companion to George Orwell: A Literary Reference to His Life and Work*, New York: Facts On File, Inc., 2009.

90 年代编有《动物庄园》的论文集,这些论文集在 21 世纪以后又有新的版本,收录了十分有价值的论文。①

三 国内奥威尔研究和译介综述

首先,国内学者涉及奥威尔批评的论文目前主要是两篇(笔者除外②)。一篇是李锋的《当代西方的奥威尔研究与批评》,认为冷战期间不少西方批评家出于意识形态需要给奥威尔贴上了简单的政治标签,而冷战后则开始采取较为客观的态度来研究奥威尔政治立场的复杂性③;另一篇是王晓华的《奥威尔研究中的不足》,提出从人道主义角度对奥威尔进行整体研究、挖掘奥威尔作品中的生态意识等当代话题以及将奥威尔与福斯特、莱辛等同时代英国作家作对比研究等思路。④在译介研究方面,许卉艳等简要介绍了奥威尔的《动物庄园》和《一九八四》在中国的翻译和出版情况。⑤ 总体来看,国内对奥威尔批评和译介的研究还远远不够,新观点不多。对于这样一位在西方产生重要影响的英国作家,我们应该首先加强有关他的学术史研究。下面简要介绍国内奥威尔研究和译介的历程。

中华人民共和国以前奥威尔 1941—1943 年在英国 BBC 广播公司远东部负责对印度广播时就与当时在英国的中国记者萧乾和外交官叶

---

① Harold Bloom, ed., *George Orwell*, New York: Chelsea House Publishers, 1986; Harold Bloom, ed., *George Orwell's 1984*, New York: Chelsea House Publishers, 1987; Harold Bloom, ed., *George Orwell's Animal Farm*, Broomall: Chelsea House Publishers, 1999; Harold Bloom, ed., *George Orwell's 1984*, New York: Chelsea House, 2004; Harold Bloom, ed., *George Orwell*, Updated edition, New York: Chelsea House Publisher, 2007; Harold Bloom, ed., *Bloom's Modern Critical Interpretations: Animal Farm—New Edition*, New York: Bloom's Literary Criticism, 2009.

② 参见陈勇《新世纪以来国内乔治·奥威尔研究综述》,《兰州学刊》2012 年第 8 期;《关于国内对乔治·奥威尔研究的述评——以 20 世纪 50—90 年代的研究为据》,《安顺学院学报》2012 年第 3 期;《新世纪以来西方奥威尔研究综述》,《佳木斯大学社会科学学报》2012 年第 4 期;《乔治·奥威尔在中国大陆的传播与接受》,《中国比较文学》2017 年第 3 期。

③ 李锋:《当代西方的奥威尔研究与批评》,《国外理论动态》2008 年第 6 期。

④ 王晓华:《奥威尔研究中的不足》,《东岳论丛》2009 年第 3 期。

⑤ 参见许卉艳《奥威尔〈动物农庄〉在中国大陆的翻译出版与展望》,《时代文学》(下半月)2010 年第 8 期;《奥威尔〈一九八四〉在中国的翻译与出版》,《名作欣赏》2011 年第 5 期。

公超有书信交往。① 早在1941年，他的散文《缅甸射象记》（Shooting an Elephant）就被金东露翻译成中文并连载在上海的《大陆》杂志第5—6期上。奥威尔的《动物庄园》在1947年8月被当时住在美国的任穉羽翻译成中文，并于1948年10月作为"少年补充读物"由商务印书馆出版。译者认为"这篇寓言式的小说富于讽刺的趣味，即对于动物心理的了解与描写，也有其特至的地方。这是一部文学的书，读者若作政治小说观，那就错了②。"这应该是中国最早的奥威尔研究。1949年，应北大任教的燕卜逊（William Empson）请求，奥威尔在《一九八四》在英美出版不久便嘱托出版社将小说邮寄到北京，这是《一九八四》最早传播到中国的记录。

中华人民共和国成立以后的50—70年代 受国内外政治气候的影响，奥威尔在国内被当作"反苏反共"作家，他的作品也成为禁书，自然无法涉足奥威尔研究。因而在这个时期，奥威尔只是零星地出现在译介国外评论文章的一些期刊之中，并且译者和编者在按语中都对奥威尔进行了批判。这些文章有1956年《译文》7月号《谈谈英国文学》、1958年《译文》6月号刊载的《五十年代的英国小说》③ 和《现代外国哲学社会科学文摘》、1959年第10期上刊载周煦良摘译自《伦敦杂志》的《赫胥黎：〈美丽的新世界重游记〉》④ 等。十一届三中全会以后，国内开启了思想解放和改革开放的新时期。著名翻译家董乐山在翻译《西行漫记》和《第三帝国的兴亡》之后选择将奥威尔影响最大的小说《一九八四》译成中文，并于1979年以"内部发行"的形式在《国外作品选译》第4—6期上连续刊载。

20世纪80年代的奥威尔研究虽然开始"解冻"，但仍受到"反苏

---

① 参见陈勇《奥威尔与萧乾、叶公超交游考》，《新文学史料》2012年第4期。
② 任穉羽：《关于本书的作者》，[英]乔治·奥威尔：《动物农庄》，任穉羽译，商务印书馆1948年版。
③ 这两篇文章都译自苏联的文学杂志。详见[英]阿诺德·凯特尔《谈谈英国文学》，载《译文》1956年7月；[苏]弗·伊瓦谢娃《五十年代的英国小说》，载《译文》1958年6月。
④ [英]布鲁克：《赫胥黎：〈美丽的新世界重游记〉》，周煦良译，《现代外国哲学社会科学文摘》1959年第10期。

反共"这一意识形态评价的影响。因此，国内期刊在译介奥威尔研究文章时都首先强调奥威尔是反社会主义和共产主义的资本主义作家。随着思想解放运动和改革开放进程的推进，不少学者开始注意到奥威尔对国家权威主义的揭示。1982年，《大百科全书》开始有介绍奥威尔的条目，由巫宁坤撰写。① 1985年，董乐山的《一九八四》译本作为"乌托邦三部曲"之一内部出版，并在1988年的第二版中取消了"内部发行"字样。董乐山翻译的《一九八四》是国内最有影响的译本，对当时的知识分子如王小波等影响颇深。这时，小说《动物庄园》也逐渐解禁，在1988—1989年间该小说连续有四个中译本发表和出版。②

1984年来临之际，西方掀起了奥威尔研究热潮。1983年《科学对社会的影响》第2期刊登了三篇翻译文章，涉及机器导致的标准化和一致化、技术与战争的关系以及人如何被管制等问题。梅布理（Robert H. Maybury）在《本期说明》中用了六个"如果"和一个"警告"，揭示了小说《一九八四》的反国家权威主义主题。③《国外社会科学》1984年第8期发表了沃尔伯格《1984年——当代西方文化研究》的译文。该文认为奥威尔代表着"晚期资本主义的知识先锋"，透露了"西方知识分子所处的困境"，因此他的著作成为"失望留下的遗产"。④ 国内最早对奥威尔进行详细研究的当数侯维瑞的《现代英国小说史》和发表在《外国文学报道》1985年第6期的论文《试论乔治·奥韦尔》。他认为奥威尔创作的两个基本主题是贫困和政治，并率先提出国内外文学界对奥威尔进行全面研究的重要性和必

---

① 中国大百科全书总编辑委员会《外国文学》编委会等编：《中国大百科全书》外国文学 I，中国大百科全书出版社1982年版，第85页。

② 参见［英］乔治·奥威尔《动物农庄》，景凯旋译，《小说界》1988年第6期；［英］乔治·奥威尔《动物庄园：一个神奇的故事》，张毅、高孝先译，上海人民出版社1988年版；［英］乔治·奥威尔《动物农庄》，《译海》1988年第4期；［英］乔治·奥威尔《动物农场：一个童话》，方元伟译，上海翻译出版公司1989年版。

③ Robert H. Maybury：《本期说明》，田冬冬译，《科学对社会的影响》1983年第2期。

④ E. 沃尔伯格：《1984年——当代西方文化研究》，迪超译，《国外社会科学》1984年第8期。

要性。①

20世纪90年代的奥威尔研究虽然还受到"反苏反共"作家这一评价的影响,但是更多学者主张应该对奥威尔进行全面客观的评价。另外,受到董乐山观点的影响,更多学者开始把奥威尔当作反国家权威主义的作家。董乐山在1998年的译本序言中认为奥威尔"不是一般概念中的所谓反共作家",《一九八四》"与其说是一部影射苏联的反共小说,毋宁更透彻地说是反极权主义的预言",而他反抗的动力来自"对于社会主义的坚定信念"。② 对奥威尔有了一个新的定性后,孙宏的《论阿里斯托芬的〈鸟〉和奥威尔的〈兽园〉对人类社会的讽喻》和刘象愚的《奥威尔和反面乌托邦小说》等都认为在新的历史时期,国内学界应该对奥威尔及其作品进行客观公正的评价,避免简单贴上政治标签的做法。③ 另外还有两篇论文影响较大,一是张中载的《十年后再读〈1984〉——评乔治·奥威尔的〈1984〉》,二是朱望的《乔治·奥韦尔的〈一九八四〉与张贤亮系列中篇小说之比较》。张中载认为奥威尔是用绝望的心态写出这样的反乌托邦小说;朱望以张贤亮系列为参照分析奥威尔及其作品的思想价值,并认为奥威尔研究应该考察奥威尔的思想史意义。④

21世纪以来 随着迈耶斯的《奥威尔传》译介到中国,国内学术界和思想界对奥威尔有了较为深刻的认识,开始重视对奥威尔思想价值的挖掘,奥威尔逐渐被提升到"圣徒"、"先知"、"公共知识分子"和"鲁迅是中国的奥威尔"等地位。国内学者的研究领域也开始拓

---

① 侯维瑞:《现代英国小说史》,上海外语教育出版社1985年版,第357—375页;侯维瑞:《试论乔治·奥韦尔》,《外国文学报道》1985年第6期。
② 董乐山:《奥威尔和他的〈一九八四〉》,[英]乔治·奥威尔:《一九八四》,董乐山译,辽宁教育出版社1998年。该文为译文序,原文没有页码。
③ 孙宏:《论阿里斯托芬的〈鸟〉和奥威尔的〈兽园〉对人类社会的讽喻》,《西北大学学报》(哲学社会科学版)1996年第3期;刘象愚:《奥威尔和反面乌托邦小说》,黄梅主编:《现代主义浪潮下:1914—1945》,中国社会科学出版社1995年版,第256—278页。
④ 张中载:《十年后再读〈1984〉——评乔治·奥威尔的〈1984〉》,《外国文学》1996年第1期;朱望:《乔治·奥韦尔的〈一九八四〉与张贤亮系列中篇小说之比较》,《外国文学》1999年第2期。

展。例如,翁路在国内较早地提出《一九八四》中国家权威主义权力的秘密在于对语言的操纵,[①] 另外一些学者讨论了"奥威尔问题"[②],这些研究都涉及新领域:奥威尔的语言观。在比较文学领域,也有学者考证了奥威尔对中国作家王小波[③]、萧乾[④]等作家的影响。

在奥威尔作品的具体阐释方面,一些新的理论方法开始广泛应用。首先以《一九八四》为例,王小梅认为小说体现了奥威尔的男权中心论和根深蒂固的两性差异思想[⑤];李锋认为边沁的全景式监狱设计的有效规训与惩罚机制在小说中得到生动的再现,但是边沁无意毁灭人类大脑的感知、认知系统,而小说则能对思想进行彻底清洗和重塑[⑥];贾福生认为小说采取了内聚焦来反映温斯顿的内心世界,外聚焦来再现奥布赖恩(O'Brien)的言行,温斯顿的毁灭来自外界的权威统治,同时也来自他本人自我认证的欲望[⑦];丁卓认为小说中个人空间的结局都是被公共空间同化或者被极限空间摧毁[⑧]。再以《动物庄园》为例,李零在《读书》杂志 2008 年第 7—9 三期连续发表了小说的阅读札记,通过对作品的历史语境解读以厘清奥威尔政治思想脉络[⑨];潘一禾认为小说表现了一个政治世界从建立到衰败,然后迅速从起点

[①] 翁路:《语言的囚笼——〈一九八四〉中极权主义的语言力量》,《乐山师范学院学报》2002 年第 6 期。

[②] 根据乔姆斯基的观点,"柏拉图问题"是指尽管人的一生短暂,与世界接触十分有限,但为何他的知识却如此丰富;"奥威尔问题"是指为什么人对事实似乎知之甚少,尽管现实中的证据是如此丰富。国内相关研究参见单波、李加莉《奥威尔问题统摄下的媒介控制及其核心问题》,《上海大学学报》(社会科学版) 2008 年第 4 期;刘晓东《论"奥威尔问题"》,《学术界》2010 年第 11 期。

[③] 参见仵从巨《中国作家王小波的"西方资源"》,《文史哲》2005 年第 4 期;罗晓荷《行走在入世与出世之间——论奥威尔和卡尔维诺对王小波小说的影响》,硕士学位论文,复旦大学,2005 年,第 6—17 页。

[④] 参见陈勇《奥威尔与萧乾、叶公超交游考》,《新文学史料》2012 年第 4 期。

[⑤] 王小梅:《〈一九八四〉中的男性中心论》,《当代外国文学》2005 年第 3 期。

[⑥] 李锋:《从全景式监狱结构看〈一九八四〉中的心理操控》,《外国文学》2008 年第 6 期。

[⑦] 贾福生:《〈1984〉的聚焦分析:自我的追寻与破灭》,《河南大学学报》(社会科学版) 2004 年第 3 期。

[⑧] 丁卓:《〈1984〉的空间解读》,《东北师大学报》(哲学社会科学版) 2011 年第 2 期。

[⑨] 李零:《读〈动物农场〉(一)、(二)、(三)》,《读书》2008 年第 7—9 期。

回到起点的"恶性循环"过程①；杨敏从批判式语篇分析理论的角度分析了小说中语言的鼓动、强制、误导和塑造等功能以及与权力的关系。②另外，受后殖民理论的影响，奥威尔的早期小说《缅甸岁月》受到重视，另外一部早期小说《上来透口气》的生态意识也受到关注。

  以奥威尔为选题的博士学位论文目前主要有七篇。王小梅的《女性主义重读乔治·奥威尔》从女权主义视角重新解读了奥威尔的五部小说，认为奥威尔有着强烈的厌女情结，并大力宣扬男权中心论③；李锋的《乔治·奥威尔作品中的权力关系》通过意识形态视角分析了统治者对受控对象行使权力时所采取的三种方式：身份的建构、话语的操纵和思想的控制④；王晓华的《乔治·奥威尔创作主题研究》认为奥威尔的创作贯穿的一条主线是人道主义思想，而公共知识分子情怀是其人道主义思想的重要载体。这种思想通过贫困、殖民话语、权威、传媒和生态等主题得以体现⑤；许淑芬的《肉身与符号——乔治·奥威尔小说的身体阐释》运用身体理论分析了《缅甸岁月》、《牧师的女儿》、《让叶兰飞扬》和《一九八四》中的殖民主义、基督教信仰、文学神话和国家权威主义统治这四个现代化进程中形成的强大的符号体系对人的自然之身的侵害和剥夺，作者也分析了身体特征在小说中的叙事功能以及奥威尔关于拯救和解放身体的主张⑥；陈勇的《奥威尔批评的思想史语境阐释——以20世纪英美知识分子团体为中心》将20世纪英美知识分子团体的奥威尔批评放置到更为广阔的思想史语境中进行具体阐释，以揭示其背后的政治诉求和文

---

① 潘一禾：《小说中的政治世界——乔治·奥威尔〈动物庄园〉的一种诠释》，《宁波大学学报》（人文科学版）2008年第2期。
② 杨敏：《穿越语言的透明性——〈动物农场〉中语言与权力之间关系的阐释》，《外国文学研究》2011年第6期。
③ 王小梅：《女性主义重读乔治·奥威尔》，博士学位论文，北京外国语大学，2004年。
④ 李锋：《乔治·奥威尔作品中的权力关系》，博士学位论文，南京大学，2007年。
⑤ 王晓华：《乔治·奥威尔创作主题研究》，博士学位论文，山东大学，2009年。
⑥ 许淑芬：《肉身与符号——乔治·奥威尔小说的身体阐释》，博士学位论文，浙江大学，2011年。

化利用①；丁卓的《乔治·奥威尔三十年代小说研究（1934—1939）》从主人公和他者的关系角度阐释了四部 20 世纪 30 年代小说中主人公逃逸行动的结果，揭示人自由解放的前提是在特定的境域下对他者的发现、理解与关爱②；孙怡冰的《乔治·奥威尔后期作品中的无政府主义思想》以奥威尔在西班牙内战中的经历为切入点，详细探讨奥威尔的政治思想与无政府主义之间的深刻渊源，考察奥威尔在《向加泰罗尼亚致敬》中对"内战中的内战"的有意误写，同时借助巴枯宁的无政府主义学说揭示《动物农场》和《一九八四》中隐含的无政府主义思想。③

以上对国内外奥威尔研究，特别是西方奥威尔批评研究的学术史梳理，可以看出奥威尔批评研究是目前西方奥威尔研究中的主要盲点。从西方奥威尔批评研究的形式来看，主要有目录清单（bibliography checklist）、批评遗产（critical heritage）、注解目录提要（annotated bibliography）、论文（article）和指南（guidebook，companion）等，很显然，西方奥威尔批评缺少的形式是学术专著（monograph）。目录、文集、论文和指南都具有很高的文献和学术价值，比如《批评遗产系列》（the Critical Heritage Series）的主编说道："本系列各卷把许多很难找到的文献汇集，既方便了文献的利用，也希望能帮助当代读者站在文献的基础之上（informed understanding）对文学的阅读方式和评价方式有更好的理解"；通过"批评遗产"，我们既能"厘清批评的总体情况，特别是对某一作家批评态度的发展脉络"，又能"洞察某一时期读者的趣味和文学思想"，从而能更加深入地理解"作家的历史背景，他的读者群的实时状态，以及他对这些压力的反应"。④ 主编强调

---

① 陈勇：《奥威尔批评的思想史语境阐释——以 20 世纪英美知识分子团体为中心》，博士学位论文，福建师范大学，2013 年。

② 丁卓：《乔治·奥威尔三十年代小说研究（1934—1939）》，博士学位论文，吉林大学，2015 年。

③ 孙怡冰：《乔治·奥威尔后期作品中的无政府主义思想》，博士学位论文，北京外国语大学，2016 年。

④ Jeffrey Meyers, *George Orwell*: *Critical Heritage*, London: Routledge, 1975, p. vii.

"站在文献的基础之上理解"的学术规范,不过要把文献基础的理解转化成系统理论观点的话,学术专著的这种形式是不可或缺的。因此,当今西方奥威尔研究的一个主要盲点就是没有把奥威尔批评前期分散的文献基础成果转化为具有系统性的奥威尔批评学术专著。

第三节 思想史视域下西方奥威尔批评的研究方法和路径

本书以西方奥威尔研究的主要盲点"奥威尔批评"为研究对象,从本质上说这是一个学术史课题,但是这个学术史课题必须要放置到思想史语境中才能得到有效和深入的阐释,这是由奥威尔和西方奥威尔批评在20世纪以降的思想史意义所决定的。因此,本书对批评文本的选择的基本原则是在考虑文本的学术史价值(比如批评的渊源、话语和策略等)基础之上,更加强调的是文本的思想史价值,即选择与20世纪以来的重大历史事件、政治意识形态和思想论争有密切关系的文本。在这种情况下,特别是在20世纪,知识分子团体的批评文本相对而言比个体更具典型性,因为团体代表的是政治利益、思想运动和时代变迁。当然,在以知识分子团体为考察中心的基础之上,还注重团体中个体成员的差异性。正是基于学术史和思想史的双重考虑,本书在具体研究中首先对批评文本进行细读,并根据文本的论证逻辑归纳和分析批评的内容、策略、特征和意义,同时参照其他相关批评文本,然后从文本语境拓展至思想史语境,由内到外,层层"深挖",以期揭示批评家对奥威尔声望利用的最深层次原因,从而在思想史语境中深刻理解其学术史价值。这是一个从学术史到思想史,再到学术史的阐释和认知过程。下面对本书研究的基本原则和具体方法进行一些说明。

先看奥威尔批评的学术史维度。中国自古以来就具有学术史研究的治学传统。比如,梁启超的《中国近三百年学术史》论述了清代学术变迁与政治的影响、清初各学派建设及主要学者成就和清代学者整理旧学的总成绩这三个大问题。他提出编撰学术史的四个必要条件：
"第一，叙一个时代的学术，须把那时代重要各学派全数网罗，不可以爱憎为去取。第二，叙某家学说，须将其特点提挈出来，令读者有很明晰的观念。第三，要忠实传写各家真相，勿以主观上下其手。第四，要把各人的时代和他一生经历大概叙述，看出那人的全人格。"①该书以"论"说"史"，以"史"证"论"，史论结合的实证方法很值得借鉴。

在目前国内的外国文学领域，学术史研究已经成为关注热点。其中最重要的两个标志是中国社会科学院陈众议研究员主持的"外国文学学术史研究大系"项目和国家社科基金重大项目"新中国外国文学研究60年"。陈众议在《塞万提斯学术史研究》中指出了当前外国文学研究的主要问题：在后现代主义解构思潮下，绝对的相对性取代了相对的绝对性，许多人不屑于相对客观的学术史研究而热衷于空洞的理论。学术史研究则是对后现代主义颠覆的拨乱反正，是重构被解构的经典，重塑被抛弃的价值。这是外国文学学术史研究大的背景和意义所在。具体而言，学术史研究"既是对一般博士论文的基本要求，也是一种行之有效的文学研究方法，更是一种切实可行的文化积累工程，同时还可以杜绝有关领域的低水平重复"。②《塞万提斯学术史研究》由三部分组成：第一部分为学术史的梳理（陈众议认为这部分一定要引用批评家的原话）；第二部分是研究之研究；第三部分是详尽的文献目录③。陈众议不仅十分明确地阐述了当前研究外国经典作家学术史的重要意义和价值，也提供了值得认真参考的研究方法。④

综上，在学术史的研究方法层面，本书认同和借鉴梁启超提出的

---

① 梁启超：《中国近三百年学术史》，东方出版社2004年版，第55页。
② 详见陈众议《总序》，《塞万提斯学术史研究》，译林出版社2011年版。
③ 国内外奥威尔研究文献目录年编详见陈勇《跨文化语境下的乔治·奥威尔研究》，中国社会科学出版社2018年版。
④ 另外经典作家学术史研究的写法还可以参考谈瀛洲《莎评简史》，复旦大学出版社2005年版；何宁《哈代研究史》，译林出版社2011年版；张和龙主编《英国文学研究在中国：英国作家研究（上下卷）》，上海外语教育出版社2015年版；等等。

学术史撰写四项原则，"史""论"结合、互证，陈众议所说的引用批评文本原文；《批评遗产系列》主编所说的"站在文献基础上理解"的学术基本原则和奥威尔研究权威专家迈耶斯的实证研究方法——"历史和传记的方法"。

同时，史料必须与思想结合起来才能发挥出最大的价值，因此本书的学术史研究是放置在更为宏大的思想史的视域下进行考察。① 英国历史学家柯林伍德（Robin George Collingwood）说："一切历史都是思想史。"② 这就是说，历史的过程是行动的过程，而行动与思想是互动的关系。约翰·洛克（John Locke）认为："人们头脑中的思想或意象是看不见的力量，时时支配着人们。"思想会影响行动，因此思想有可能决定历史的进程。思想史关注在重大历史事件的形成过程中思想和行动之间的互动；思想史家试图寻找每个时代"思想基础的词语、情感和概念"，撰写"一般意识的历史"。③

思想史的研究方法是多样和复杂的。美国的"观念史"研究奠基人洛夫乔伊（Arthur O. Lovejoy）认为思想史应该研究"单元观念"（unit ideas）。人们的思想系统来自这些基本的"单元观念"的组合，"观念史"则是考察它们形成、孕育、发展和成熟的过程，基本途径是研究和阐释蕴含着"永恒智慧"的经典文本。英国"剑桥学派"政治思想家昆廷·斯金纳（Quentin Skinner）认为"观念史"学派在一开始就把这些"单元观念"如存在之链（the great chain of Being）、平等、进步、社会契约等当作理想类型，即预设了某种期待，忽视了思想产生的历史语境。斯金纳主张："我们需要将我们所要研究的文本放在一种思想的语境和话语的框架中，以便于我们识别那些文本的作

---

① "思想史"一词的英译一般有"history of thought"、"history of ideas"和"intellectual history"。由于本课题致力于在思想史语境中考察奥威尔学术史，因此赞同斯金纳的"intellectual history"。

② [英]柯林伍德：《历史的观念》（增补版），何兆武等译，北京大学出版社 2010 年版，第 431 页。

③ 详见 [美]斯特龙伯格《导论》，《西方现代思想史》，刘北成、赵国新译，中央编译出版社 2005 年版，第 3—7 页。

者在写作这些文本时想做什么。"斯金纳在政治思想史研究中没有把政治思想当作抽象的观念,而直接是政治行动,参与了那个时代的"政治辩论"。①

《西方现代思想史》的作者斯特龙伯格则将上面的方法综合。他认为思想史研究一是选取一些公认的代表了人类思想成就顶峰的思想家;二是选取一些重要观念,如平等、正义等;三是选择不太抽象但完全符合19世纪的思想,如民族主义、自由主义等支配那个时代的词语;四是选取重大的历史事件中(如二战)至少可以一定程度上归因于纯粹的思想家;五是寻找各个时代的时代精神,如何跨越各种界限而影响所有的领域,如19世纪的浪漫主义。②

西方这些思想史的研究方法为本书提供了一些思路,比如选取时代的代表人物、深挖经典文本、放置到思想史语境中和考察思想观念的流变等。如何将思想史视域引入外国文学研究,或者以思想史的研究方法阐释外国文学经典文本目前在学界还在探讨当中。目前外国文学界一些重要专家如陆建德、赵一凡、黄梅、殷企平、叶隽、赵国新、张辉、葛桂录等的研究成果体现出了思想史的视域。③

其中,赵国新教授指出,对于思想人物的考察需要在一个兼顾时空的三维坐标系中进行,即首先考察其思想渊源,看他在何处承继先辈,何处自出机杼;其次要以同时代人为参照比较,审视优劣短长,察看他与时贤的异同;最后还要顾及其思想遗泽、后续影响,由此确

---

① 详见李宏图《笔为利剑:昆廷·斯金纳与思想史研究》,[英]詹姆斯·塔利《语境中的洛克》,梅雪芹等译,华东师范大学出版社2005年版,第3—7页。
② 详见[美]斯特龙伯格《导论》,《西方现代思想史》,刘北成、赵国新译,中央编译出版社2005年版,第3—7页。
③ 参见陆建德的《破碎思想体系的残编——英美文学与思想史论稿》、赵一凡的《从胡塞尔到德里达:西方文论讲稿》和《从卢卡奇到萨义德:西方文论讲稿续编》、黄梅的《推敲"自我":小说在18世纪的英国》、殷企平的《推敲"进步"话语——新型小说在19世纪的英国》、叶隽的《史诗气象与自由彷徨——席勒戏剧的思想史意义》、赵国新的《新左派的文化政治:雷蒙·威廉斯的文化理论》、张辉的《文学与思想史论稿》及葛桂录等的专著。另外,张辉教授曾主持"文学与思想史"专栏系列论文,参见《文艺理论研究》2012年第1期、《跨文化对话》2012年总第30期、《文艺理论研究》2013年第2期、《北京大学学报》(哲学社会科学版)2014年第3期、2015年第2期、《中国比较文学》2017年第1—2期。

定其思想地位。①

殷企平教授主持的国家社科基金重大招标项目"文化观念流变中的英国文学典籍研究"中提出"经由文学研究和思想史研究的交互视角,该项目着重审视英国民族和英国社会建设公共文化的独特经验,探索英国公共文化思想形成与发展的源泉、脉络、形态和现实影响,提出一个新型的、旨在服务于中国文化建设的外国文学研究项目"。②

张辉教授指出文学与思想应该是一种相互渗透和交融,而不是杂糅和分割,因此应该首先从文本的表层、从文本的直接事实出发,正确地进入对作者的理解。既理解其"思",也理解其"心";既理解其言说的意图,也理解其体现在言说方式中、潜藏在字里行间的微言大义,做到以小见大。③

葛桂录教授在《思想史语境中的文学经典阐释——问题、路径与窗口》一文中,明确地提出以思想史视野或者研究方法来阐释外国文学经典的研究思路。这种方法是对"理论加文本"阐释策略的反思,探索"何为有生命力的学术研究"。文章提出6条可行路径:(1)挖掘文学经典发生学意义上的思想价值;(2)在经典化过程中,那些被遮蔽的文本有何价值;(3)考察"被经典化"文本的思想史意义;(4)考察吸纳异文化、思考人类问题的思想史文本;(5)文学经典化过程中的思想史意义,如媒体宣传、评论著述(含学术讨论、争论);(6)学术史的梳理引入思想史的语境,对历史上的研究成果作"同情性的理解"。文中还提到:"考察文学经典化的过程,也是关于文学问题的评论史的话题。在此进程中可以解释文学思想的演进轨迹——民族文化的思想、当时主流的思想、文人集团的思想、底层民众的思想——构建一个立体多元的思想史平台。"④ 这些论述呼应了国内著名思想史学者葛兆光提出的思

---

① 详见赵国新《新左派的文化政治:雷蒙·威廉斯的文化理论》,外语教学与研究出版社2009年版,第27页。
② 参见杭州师范大学网站:https://rwskc.hznu.edu.cn/c/2012-10-16/290195.shtml。
③ 张辉:《文学与思想史研究的问题意识》,《中国比较文学》2017年第2期。
④ 详见葛桂录《思想史语境中的文学经典阐释——问题、路径与窗口》,《福建师范大学学报》(哲学社会科学版)2012年第3期。

想史研究的加法和减法思路。特别是第5、6点的研究路径为本课题提供了重要思路。葛桂录教授认为:"思想史的功夫是深挖与提炼,基础是有深度的个案研究,并努力在个案深入的基础上'以点带线'。"①

综合以上国内外有关文学与思想史的重要论述,本书认为,文学可以当作思想史的一部分,以思想史切入外国文学研究,主要是研究具有思想史意义的经典文学文本,从字里行间读出微言大义,并结合历史语境考察其渊源、发展、流变和影响,挖掘这一人类智慧的价值,为当下的社会生活带来启示和借鉴。

就本书研究路径而言,主要坚持"辨章学术、考镜源流"的学术史研究方法和"个案深挖提炼,以点、线、面逐层推进"的思想史研究方法。具体而言,西方奥威尔批评将被放置于20世纪以来的西方思想史语境之中,主要以英美知识分子团体和个体作为研究个案,层层深挖他们奥威尔批评的思想诉求,通过对知识分子个体研究这个"点",带出知识分子团体思想演变这条"线",并力图展现20世纪以来西方思想史这个"面",在思想史语境中"同情理解"他们的研究成果,并为当今"批判眼光"审视他们的评论观点。本书具体的写作思路是从文本之内逐层拓展至文本之外:批评文本(具有思想史价值)→文本语境→批评家的思想语境(与奥威尔的思想冲突或认同)→知识分子团体的思想史语境→20世纪以降的思想史语境→思想史意义。

---

① 详见葛桂录《思想史语境中的文学经典阐释——问题、路径与窗口》,《福建师范大学学报》(哲学社会科学版)2012年第3期。

第一章　文学批评与奥威尔文学声望的确立

本章前言

"文学声望并非与生俱来，而是后天造就的。"① 奥威尔评论狄更斯是"值得借用的作家"，他后来也成为这样被"借用"的作家。

奥威尔从小就立志成为作家，希望有朝一日他的作品全集整齐地排在书架上。从8岁读寄宿学校起，他便博览群书，热心文学创作。然而，后来在缅甸做警察的五年几乎使他的作家梦破灭，于是他辞职回家，在巴黎、伦敦贫民区落魄流浪，一是为赎罪，祛除为帝国主义机构效力的负罪感；二是考察下层阶级的生活状况，为文学创作积累素材。奥威尔20世纪30年代的作品除《通往维根码头之路》外，在当时并没有引起太大反响，不过也为他在英国伦敦文学界赢得一席之地。但是，真正让奥威尔声名鹊起的是《动物庄园》和《一九八四》，他的早期作品也因此而受到关注。奥威尔去世以后，他的文学声望迅速上升，成为当时许多知识分子的英雄和榜样，这就是从一位不知名作家成为经典作家的"奥威尔传奇"（the Orwell legend）。

这段传奇是由诸多因素编织的，除了作家自身的魅力和传奇经历、作品的思想和文学价值等内部因素外，时代特征和历史事件等外部因

---

① John Rodden, *The Politics of Literary Reputation: The Making and Claiming of St. George Orwell*, Oxford: Oxford University Press, 1989, p. viiii.

素也发挥了至关重要的作用。正所谓"时势造英雄"。奥威尔的文学创作独树一帜，能够在历史的关键节点对世界现状和未来方向作出自己独立的价值判断。冷战时期，不同意识形态的政治派别和知识分子团体及个体，广泛利用奥威尔的声望来表达自身的政治诉求。"奥威尔极高的'声望'导致许多人在他去世后不断地歪曲他的观点，为了宣传他们的政治主张而不惜盗用他的声望。"[①] 同时，书籍、报纸、杂志、广播和电视等当时流行的媒体或对奥威尔大肆宣传，或对其作品进行介绍、改编和翻译，而美国中央情报局（CIA）也在暗中推波助澜。正是这些因素共同作用，推动了奥威尔声望在全世界的传播。

在不同的时代，文学批评对作家文学声望的确立起到了举足轻重的作用。单就文学圈而言，作家的地位和作品的价值需要圈内人士的认可和评价，其中，文学批评大家的评论尤为重要。他们"权威的声音"不仅可以对作家的创作前景作出独具慧眼的判断，而且可以在出现评价不一的情况下，对作家的文学声望的确立起到一锤定音的作用。本章分析的利维斯夫人、普里切特、罗素、威尔逊和特里林（详见第四章第三节）等则是这样的文学批评大家，他们的文学批评对奥威尔文学声望在英美两国，乃至整个世界的确立，发挥了非常关键的作用。[②]

本章专题讨论文学批评与奥威尔文学声望的确立有其目的。第一，本课题聚焦学术史研究，而这些批评家的评论是西方奥威尔批评的源头；第二，后面各章分析的重点正是各个英美知识分子团体和个体对奥威尔声望的利用；第三，本章谈论的是五位批评家作为个体的奥威

[①] John Rodden, ed., *The Cambridge Companion to George Orwell*, Cambridge: Cambridge University Press, 2007, p. 100.

[②] 有人可能会对罗素的文学批评家身份提出质疑。但是，20 世纪文学批评家的身份是多重的，比如这里提到的批评家也是作家。他们的文学批评主要是对生活的批评，通过文学评论关注社会现实问题。罗素虽然也是著名的哲学家，但他在 1950 年获得诺贝尔文学奖，写过不少文学、文化的评论，也写过《自传》和其他虚构类作品，与伦敦文学圈也有着十分密切的交往。最重要的是，他在英国的声望很高，他的奥威尔批评具有很大的影响力。另外，这里并不是说只有这几位批评家就确定了奥威尔的声望，其他如福斯特、柯斯勒（Arthur Koestler）等也非常重要，《世界书评》（*World Review*）1950 年刊发的文章也起到推动作用。选择这几位批评家是综合考虑他们的声望、批评内容以及为推动奥威尔文学声望在英、美两国的确立作出的实际贡献。

尔批评,但是他们无疑也有自己的政治主张,其中一些也是知识分子团体的成员,比如利维斯夫人属于以《细察》(Scrutiny)为中心的利维斯主义细绎派,特里林是纽约知识分子团体的重要成员,威尔逊与这个团体的关系也十分密切。他们对奥威尔赞誉评价的背后有着深层次的认同。

认同的英文"identify"有识别和趋同之意。批评家看到了批评对象的某些特征而引起共鸣,从而产生认同感。正如本章所述,利维斯夫人认同的是奥威尔的社会学文学批评;普里切特认同的是奥威尔与他相似的人生经历和文学观念;罗素认同的是奥威尔对人生的探索;威尔逊认同的是奥威尔的知识分子品质和文学批评;特里林认同的是奥威尔的"德性"和"真相的政治"。认同是一种批评策略,批评家与批评对象达成"共鸣"或"理解",表达的是他们的文学主张和人生态度。从思想史语境考察批评家的"认同"就会发现他们背后具有强烈的思想诉求。相比而言,本章讨论的特里林的批评更具思想史意义,因为他对奥威尔"认同",与纽约知识分子在20世纪50年代初期的思想困惑不无关系。在特里林看来,奥威尔的"真相的政治"(politics of truth)为他们提供了一种出路,那就是修正之后的新自由主义。

第一节 利维斯夫人:"具有文学评论的才智"

奎·多·利维斯(Q. D. Leavis, 1906—1981)是英国著名文学评论家弗·雷·利维斯(F. R. Leavis, 1895—1978)的妻子。1932年,利维斯夫人出版由瑞恰兹(I. A. Richards)指导的博士学位论文《小说与读者大众》(Fiction and the Reading Public),同年与丈夫利维斯共同创办文学评论杂志《细察》。利维斯夫妇共同完成《美国讲座》(Lectures in America)和《小说家狄更斯》(Dickens the Novelist)。利维斯夫人的小说评论独具特色,对利维斯的代表作《伟大的传统》(The Great Tradition)影响至深。

一 《鲸腹之内及其他论文》书评

1940 年 9 月，利维斯夫人在《细察》杂志上发表了对奥威尔论文集《鲸腹之内及其他论文》（Inside the Whale and Other Essays）① 的书评。首先，利维斯夫人采取了奥威尔评论狄更斯的方法，通过作家的社会出身来分析其独特性。她认为奥威尔的出身和教育背景与当时大多数的伦敦文学界精英并无不同，但是他的成长历程却与他们迥异。他具有鲜明的个性，能够摆脱束缚、置身于外去看待这些精英的世界。因此，他的作品"具有责任感、成熟而又正派"。利维斯夫人认为如果把奥威尔的《通往维根码头之路》与"奥登诗人团体"代表诗人斯彭德（Stephen Spender）的《从自由主义前进》（Forward from Liberalism）加以比较，就可以发现"一位诚实之人"和"一派谎言之人"的明显区别。

其次，利维斯夫人十分明确地指出虽然奥威尔是位小说家，但是从这三篇评论可以看出他具有文学批评家的天赋。第一，他具有自己的政治立场，对工人阶级的了解来自其内部的体验，因此能够发现只是马克思主义理论空谈者的破绽。同时，他具有与生俱来的坦诚，比如他在评论狄更斯时表达了对一些资产阶级道德观念的认同，因此他对于当时一些马克思主义者冷漠的理论教条十分厌恶。利维斯夫人特别提到《鲸腹之内》一文中关于 20 世纪 30 年代英国知识分子对苏联模式共产主义的盲信，以及对于奥登的诗歌《西班牙》（Spain）中"必要的谋杀"（necessary murder）的批评，她认为这正是体现奥威尔文学批评天赋的很好例证。第二，利维斯夫人认为奥威尔文学批评的非凡之处在于大量使用第一手材料，旁征博引，但是却不使人感到是满纸学究或者卖弄学问。第三，奥威尔的文笔清新自然，言之有物，

---

① 奥威尔的评论文集《鲸腹之内及其他论文》在 1940 年由英国维克多·格兰兹公司（Victor Gollancz）出版，包括《狄更斯》（Charles Dickens）、《男生周报》（Boys' Weeklies）和《鲸腹之内》（Inside the Whale）三篇文学评论。

目的明确。由此，利维斯夫人得出以下十分有影响的观点：

> 奥威尔先生为成为小说家真是浪费了大量的精力——我想我已经读过他的三、四部小说，这些乏味的小说给我留下的唯一印象就是，上天并没有赋予他成为小说家的天赋。但是他的非虚构类作品却是发人深省的……这样看来，要是奥威尔先生能够放弃成为小说家这种想法的话，他就能发现他具有文学评论的才智。他的文学评论独具特色，这种独到的方法是现在特别需要的。①

利维斯夫人认为奥威尔这种独特性首先表现在他思维活跃，能够在文学、生活和观念中自由穿梭。他的狄更斯评论虽然与《细察》的批评路数不尽相同，但是能够传递丰富的信息，因为他对文学作品具有高人一等的敏感。其次，奥威尔十分坦诚，他能够自由地发表观点。例如，他直截了当地指出米勒（Henry Miller）的《北回归线》并不是所谓的色情小说，但也不是一流的小说，而是"一部现在能够写出的还算过得去的小说"。利维斯夫人大胆预测："假如他所期望和预见的革命（比如说社会主义）有朝一日真地来临的话，我们可以推断他[的作品]也会在这一浪潮中不受任何影响地流传于世，而且当今文学家中仅他一位。"显然，利维斯夫人认同奥威尔评论狄更斯的观点，认为评价小说家的好坏在于其作品本身能否流传久远。

二 社会学文学批评

由上可知，利维斯夫人的书评有三个重要观点：第一，与小说家相比，奥威尔更具有成为文学批评家的才智；第二，奥威尔的评

---

① Jeffrey Meyers, *George Orwell: Critical Heritage*, London: Routledge, 1975, pp. 188 – 189. 该段引文为笔者自译，此后的奥威尔批评文本引文，除标注译者外，均为笔者自译。

论坦诚直率,具有独立思想;第三,奥威尔与狄更斯具有相似性。那么为什么利维斯夫人会对奥威尔的文学批评有如此高的评价呢?

对于这个问题的解释,应该是利维斯夫人对奥威尔的社会学文学批评方法颇为认同。《鲸腹之内及其他论文》出版不久,奥威尔在1940年4月3日写信给戈尔(Geoffrey Gorer)时提到了该书:"这里有一篇关于狄更斯的评论,你也会感兴趣。我发现这种可以称为半社会学的文学批评(semi-sociological literary criticism)非常有意思,我也想在其他作家中大量尝试……"① 有学者认为奥威尔的社会学文学批评方法"把作家和作品与社会和历史语境相联系,同时也会关注当代读者的语境"②;奥威尔偏向于"一种从文本内部出发的方法",即"将作品当作独立的世界,以之作为具有代表性的文本,充分挖掘文本内部蕴含的各种文化价值"。③ 另外,奥威尔在1936年5月23日给戈尔的另一封信中提到:"我经常在想如果从人类学的视角去研究作品中的各种习俗会是非常有趣……比如将埃德加·华莱士(Edgar Wallace)这位作家的信仰和他的总体想象背景予以考察会很有意思,也很有价值。"④ 奥威尔的朋友戈尔是著名的英国社会人类学家,著有《美国人:国民性格的研究》(*The American People*: *A Study in National Character*, 1964)和《当代英国的悲痛和悼念》(*Grief and Mourning in Contemporary Britain*, 1965)。奥威尔与他的长期交往对这种研究方法会有所借鉴。因此,奥威尔的社会学的文学批评是将文本分析、社会和历史语境、人类学考察和读者反应等要素进行综合考察的批评方法。

比如,奥威尔在评论狄更斯时认为"与其他大多数作家相比,从狄更斯的社会出身来进行分析更为充分",狄更斯属于城市小资产

---

① George Orwell, *CW*, Vol. 12, ed. Peter Davison, London: Secker & Warburg, 1998, p. 137.
② Edward Quinn, *Critical Companion to George Orwell: A Literary Reference to His Life and Work*, New York: Facts on File, Inc., 2009, p. 98.
③ John Rodden, *The Politics of Literary Reputation: The Making and Claiming of St. George Orwell*, Oxford: Oxford University Press, 1989, p. 230.
④ George Orwell, *CW*, Vol. 10, ed. Peter Davison, London: Secker & Warburg, 1998, p. 482.

阶级，因此他的世界观具有局限性——他"把世界看成是一个中产阶级的世界，一切在这个世界范围之外的东西，不是可笑便是有些邪恶"。① 这是社会学的分析方法。奥威尔在现代作家中找到了与狄更斯社会身份相似的人：H. G. 威尔斯（H. G. Wells）和阿诺德·贝纳特（Arnold Bennet）。对于这个阶级，奥威尔评论道："我们现在对19世纪这个新兴有钱阶级感到特别的是，他具有完全不负责任的态度；他从个人成功的角度来看待一切事物，几乎没有任何群体存在的意识。"② 这种比较和评论显然能够调动现代读者的内心体验。③ 奥威尔认为狄更斯没有庸俗的民族主义态度。他在任何地方都没有典型的英国式吹嘘："岛国人种"、"纯种斗牛狗"和"地小志大的小岛"。④ 这反映了奥威尔的社会人类学分析方法。关于文本分析，奥威尔在整篇评论中运用得更为突出。奥威尔的妻子艾琳（Eileen Blair）在给奥威尔曾工作过的书店老板弗朗西斯·韦斯特罗普（Francis Westrope）的信中请求他把狄更斯的早期作品《马丁·翟述伟》（*Martin Chuzzlewith*）和《罗纳比·拉奇》（*Barnaby Rudge*）寄往当时他们所在的摩洛哥，她还提到"我们身边已有《共同的朋友》（*Our Mutual Friend*）。如果对这本书有最为全面的测试的话，我们现在完全有能力通过"。⑤ 奥威尔对狄更斯作品的谙熟程度可见一斑。

无独有偶，利维斯夫妇的博士学位论文都与社会学的文学批评方法有关。利维斯的博士学位论文题目是《从英格兰报业的发源与早期

---

① ［英］乔治·奥威尔：《奥威尔文集》，董乐山编译，中国广播电视出版社1997年版，第258页。
② ［英］乔治·奥威尔：《奥威尔文集》，董乐山编译，中国广播电视出版社1997年版，第260页。
③ 狄更斯其实也深谙此法，比如在《远大前程》（*Great Expectations*）中，罪犯曼格维奇（Magwitch）从澳大利亚来伦敦探望匹普（Pip）的那个狂风暴雨的夜晚有这句描写："现在寺区（the Temple）已与那个时候大不相同，当时的荒凉景象，面临洪水袭击的危险，现在已经无法想象。"
④ ［英］乔治·奥威尔：《奥威尔文集》，董乐山编译，中国广播电视出版社1997年版，第263页。
⑤ George Orwell, *CW*, Vol. 11, ed. Peter Davison, London: Secker & Warburg, 1998, pp. 262 - 263.

发展看新闻业与文学之关系》，这与伊恩·瓦特《小说的兴起》是类似的话题。利维斯夫人的博士学位论文《小说与读者大众》讨论小说作家与读者大众趣味的互动关系。利维斯夫人在该书序言中阐述了她独特的小说批评方法。她认为"小说需要作为一个整体来进行审读，因为它的触角已经伸向许多非技术类的范畴，已无法从中完全抽脱"。① 利维斯夫人这里显然批评的是詹姆斯（Henry James）、卢伯克（Lubbock）和福斯特（E. M. Forster）把小说当作一门技艺的小说批评方法。利维斯夫人对小说的分析主要考察的是"文学的环境"（environment of literature）、"观念的气候"（the climate of opinion）以及社会与思想发展的不同阶段，而不是将问题放置在"美学真空"之中，她称这种方法为"人类学"的调查方法。利维斯夫人这样解释道："这种方法主要是以一种公正的但又很好奇的心态考察相关问题②的所有材料，特别关注文化背景下显示出的趣味转移和变化，需要完全通过比较、对照和分析等方法得出最后的结论。"③ 利维斯夫人曾在回忆中谈到两位剑桥老师的社会学文学批评方法对她的影响，比如雷斯里·斯蒂芬（Leslie Stephen）的方法是："为了考察在整个社会发展中表现的文学变化，第一步要关注的是这个时期主要的思想特征；第二步是考察文学家面对的读者群发生了什么变化，而逐渐扩大的读者群又是如何影响了这类文学的发展。"④ 换言之，这种文学观念是"作家与读者相互作用的产物"，是"在作家所继承的传统支配下作家与读者的合作"。⑤

钱钟书曾这样评价利维斯夫人的文学批评："虽颇嫌拘偏不广，而材料富，识力锐，开辟一新领域，不仅为谈艺者之所必读，亦资究心

---

① Q. D. Leavis, *Fiction and the Reading Public*, Harmondsworth: Penguin Books Ltd., 1932, p. 14.
② 相关问题在本书是指"自从 18 世纪以来，小说与大众读者之间发生了什么？"
③ Q. D. Leavis, *Fiction and the Reading Public*, Harmondsworth: Penguin Books Ltd., 1932, p. 14.
④ Q. D. Leavis, *Collected Essays*, Vol. 1, Cambridge: Cambridge University Press, 1983, p. 13.
⑤ Q. D. Leavis, *Collected Essays*, Vol. 1, Cambridge: Cambridge University Press, 1983, pp. 13 – 14.

现代文化者之参照焉。"① 作为文学批评家的利维斯夫人同样敏锐地发现了奥威尔的文学批评的才智，这为提升奥威尔在英国伦敦文学圈的名望起到助推作用。需要特别指出的是，后来一些奥威尔研究者并没有细读利维斯对奥威尔的总体评价，而是由此武断地得出"上天并没有赋予他成为小说家的天赋"的结论。这显然是片面的，因为利维斯夫人这里强调的是奥威尔的文学批评。另外，她这篇书评是写于奥威尔创作《动物庄园》和《一九八四》这两部小说之前，她对于奥威尔小说的评价也只是限于早期小说。②

第二节　普里切特："一代人冷峻的良心"

普里切特（V. S. Pritchett，1900—1997）是英国久负盛名的小说家和文学评论家，被誉为短篇小说艺术大师。普里切特与奥威尔在1940年结识。两人曾就现代短篇小说这一话题有过争论和交流。③ 奥

---

① 陆建德：《弗·雷·利维斯和〈伟大的传统〉》，[英] F. R. 利维斯：《伟大的传统》，袁伟译，生活·读书·新知三联书店2002年版，第28页。
② 补充说明，奥威尔与利维斯也有一些交集。根据《全集》记载，奥威尔写信邀请利维斯为他编辑的《论坛报》（Tribune）撰稿。参见 George Orwell, CW, Vol. 16, ed. Peter Davison, London: Secker & Warburg, 1998, p. 58. 利维斯的《伟大的传统》发表于1948年，奥威尔在1949年2月6日的《观察家报》（The Observer）发表了该书的书评。首先，奥威尔认为《伟大的传统》对英国小说的评论会让读者注意到一些常被忽视的作品。比如康拉德的政治小说《特务》（The Secret Agent）和《在西方人的眼睛下》（Under Western Eyes）和狄更斯的《艰难时世》（Hard Times）。但是，奥威尔也指出利维斯对于英国小说传统的谱系缺乏连续性，比如詹姆斯（Henry James）和康拉德并不完全算是英国作家。另外，奥威尔还指出这种根据价值的大小来评判英国小说的传统，犹如"喝酒的人时刻提醒自己在每喝一口时都要考虑每瓶酒的价格"。最后，奥威尔对利维斯在评论时居高临下的语气以及对利维斯在属于伟大传统的英国小说家的选择上都提出了质疑。参见 George Orwell, CW, Vol. 20, ed. Peter Davison, London: Secker & Warburg, 1998, pp. 37 - 38.
③ 奥威尔在1941年1月25日的《新政治家》（The New Statesman and Nation）杂志上发表书评，认为现代短篇小说的弊病是没有故事，没有情节，没有结局，结尾无悬念，好像"什么都没有发生"。普里切特在2月1日给该杂志的信中提到人物、气氛和时间片段的分离，对短篇小说特别适用。奥威尔在2月22日于该刊上回应说，短篇小说中一定要有事情发生，比如某些事件、环境的转移和足够的悬念要素。详见 George Orwell, CW, Vol. 12, ed. Peter Davison, London: Secker & Warburg, 1998, pp. 371 - 374, 435 - 437. 另外奥威尔和普里切特还曾在1941年6月16日的广播节目中共同讨论了"现代短篇小说问题何在？"（What's Wrong with the Modern Short Story）的话题。详见 George Orwell, CW, Vol. 12, ed. Peter Davison, London: Secker & Warburg, 1998, p. 513.

威尔也为普里切特编选的史蒂文森小说和短篇故事写过书评。① 另外奥威尔还邀请普里切特为 BBC 作过介绍"马克·吐温"②、"威尔斯"③ 的讲座和法国作家梅里美短篇小说《卡门》（Carmen）的广播节目。④ 普里切特早在 1935 年 3 月 22 日的《旁观者》（Spectator）上发表过对奥威尔小说《牧师的女儿》的书评。该文认为奥威尔是个"冷酷的天才",具有讽刺的天赋。⑤ 后在书评中对《狮与独角兽》（The Lion and the Unicorn）有很高的评价。⑥ 普里切特在《评〈1984〉》（Review of 1984）一文中说道:"我想我没有读过如此令人恐惧和压抑的小说。但是,小说的原创性、悬念、事件发展的速度、让人毁灭的怒火都会使读者难以释怀。"⑦ 在《奥威尔之前,还原艾里克·布莱尔》（Before Orwell, the Unmaking of Eric Blair）一文中,普里切特认为奥威尔童年时期父爱的缺失或许可以解释奥威尔的绝望和情感的克制。⑧ 不过,普里切特影响深远的奥威尔批评应该是在 BBC 介绍奥威尔的广播节目和奥威尔去世后一周在《新政治家》上发表的讣告。

一 BBC 的奥威尔介绍

普里切特在 BBC 第三套节目（BBC Third Programme）中对奥威尔

---

① 书评发表在 1945 年 11 月 18 日的《观察家报》（The Observer），详见 George Orwell, *CW*, Vol. 17, ed. Peter Davison, London: Secker & Warburg, 1998, pp. 389 – 390。
② George Orwell, *CW*, Vol. 14, ed. Peter Davison, London: Secker & Warburg, 1998, pp. 299, 322, 345.
③ George Orwell, *CW*, Vol. 15, ed. Peter Davison, London: Secker & Warburg, 1998, pp. 148, 161, 183.
④ George Orwell, *CW*, Vol. 15, ed. Peter Davison, London: Secker & Warburg, 1998, p. 331.
⑤ Jeffrey Meyers, *George Orwell: Critical Heritage*, London: Routledge, 1975, pp. 59 – 60.
⑥ J. R. Hammond, *A George Orwell Chronology*, Houndmills: Palgrave, 2000, p. 105.
⑦ Edward Quinn, *Critical Companion to George Orwell: A Literary Reference to His Life and Work*, New York: Facts On File, Inc., 2009, p. 374.
⑧ Jeffrey Meyers and Valerie Meyers, *George Orwell: Annotated Bibliography of Criticism*, New York & London: Garland Publishing, Inc., 1977, p. 88.

进行了介绍，后收录在《当代作家》（*Living Writers*）① 一书中。首先，普里切特把奥威尔归入英国叛逆者传统："我打算介绍的是一位当代作家中年轻一代的作家——乔治·奥威尔，他延续了英国的叛逆传统。"② 普里切特认为英国除了"保守"传统外，还具有"叛逆"传统。归入这一传统的有弥尔顿、笛福、威廉·科贝特（William Cobbett）、穆勒（John Stuart Mill）和威尔斯（H. G. Wells）等。他们共同的特点是不墨守成规，具有叛逆和批判的精神。普里切特使用了一个形象的比喻："他们将现实世界看作是需要迎头撞上去的几堵暴虐的砖墙（tyrannous brick walls）。"③ 奥威尔显然具备这些叛逆者的特征，普里切特对此形象有如下描述：

> 奥威尔在英国作家中是一个格格不入的人。他完全是特立独行。他是当代最具有原创性的作家。他可以被称为一位已经完全"融入"（go native）本国文化的作家。他不属于任何派别，也不选边站队。假如他要对同行的一个观点发表看法，他一定会是针锋相对。他总是自有主见。他的这种自恃并无炫耀和夸张姿态，这与萧伯纳或者卡宁汉姆·格雷汉姆（Cunningham Graham）④ 等人不同。他总是毫不犹豫地坚持己见，虽然几乎有些苍凉、单调和痛苦的味道，但是他并没有停滞不前。他的诚实使其作品独具特色——事件发展速度快，具有戏剧性；主题变换多样，令人惊异。⑤

---

① "当代作家"是1946年10月到12月之间在BBC第三套节目播出的介绍英国当代作家的广播节目，受邀的介绍者都是一些有名的作家。本书共收录了12位当代作家的介绍，包括福斯特（E. M. Forster）、格林（Graham Greene）、赫胥黎（Adlous Huxley）、沃（Evelyn Waugh）等。
② Gilbert Phelps and British Broadcasting Corporation, eds., *Living Writers*: *Being Critical Studies Broadcast in the B. B. C. Third Program*, London: Sylvan Press, 1947, p.107.
③ Gilbert Phelps and British Broadcasting Corporation, eds., *Living Writers*: *Being Critical Studies Broadcast in the B. B. C. Third Program*, London: Sylvan Press, 1947, p.106.
④ R. B. Cunningham Graham（1852—1936），苏格兰人，英国知名作家，旅行家和政治家，为英国第一位信奉社会主义的议员。
⑤ Gilbert Phelps and British Broadcasting Corporation, eds., *Living Writers*: *Being Critical Studies Broadcast in the B. B. C. Third Program*, London: Sylvan Press, 1947, p.107.

其次，普里切特对奥威尔作品的具体特征进行了分析。第一，题材具有多样性。普里切特将奥威尔称为"英国旅行家"[1]。每到一个地方，"他对自己该做什么具有令人吃惊、唯其独有的确定性。他总是寻找邪恶的事实和遮蔽的动向；他总是去揭露那些已被接受的传奇"[2]。第二，不同的作品反映了作者不同的特征。对于缅甸题材的散文《射象》(Shooting an Elephant)，普里切特认为奥威尔具有"拖延的眼光"，即放慢叙事节奏，聚焦射象的瞬间。在《缅甸岁月》中，奥威尔是一位"活跃的道德家，一位鼓吹压迫导致虚伪，虚伪导致堕落的说教者""有点平淡的倦意，有点像疲惫的圣人"[3]。在小说的景色描写中，奥威尔表现出了"受压抑的诗人气质"[4]。对于《巴黎伦敦落魄记》、《通往维根码头之路》和《牧师的女儿》，奥威尔是一位"纪实作家""社会人类学家"[5]，描写了下层阶级和中产阶级的流浪者。在西班牙内战中，他是一位"旅行中的革命者、战士"[6]。奥威尔的《动物庄园》虽然表达了对苏联最为严厉的批判，但是也表露出温暖、悲情和人道的一面[7]。在文学评论集中，奥威尔是"第一位真正意义上流行文化和商业文化的批评家"[8]。特别是《论狄更斯》，普里切特认为这篇评论探索了狄更斯广受大众欢迎的原因：他弘扬了正派

---

[1] Gilbert Phelps and British Broadcasting Corporation, eds., *Living Writers: Being Critical Studies Broadcast in the B. B. C. Third Program*, London: Sylvan Press, 1947, p. 112.

[2] Gilbert Phelps and British Broadcasting Corporation, eds., *Living Writers: Being Critical Studies Broadcast in the B. B. C. Third Program*, London: Sylvan Press, 1947, p. 113.

[3] Gilbert Phelps and British Broadcasting Corporation, eds., *Living Writers: Being Critical Studies Broadcast in the B. B. C. Third Program*, London: Sylvan Press, 1947, p. 109.

[4] Gilbert Phelps and British Broadcasting Corporation, eds., *Living Writers: Being Critical Studies Broadcast in the B. B. C. Third Program*, London: Sylvan Press, 1947, p. 109.

[5] Gilbert Phelps and British Broadcasting Corporation, eds., *Living Writers: Being Critical Studies Broadcast in the B. B. C. Third Program*, London: Sylvan Press, 1947, p. 111.

[6] Gilbert Phelps and British Broadcasting Corporation, eds., *Living Writers: Being Critical Studies Broadcast in the B. B. C. Third Program*, London: Sylvan Press, 1947, p. 112.

[7] Gilbert Phelps and British Broadcasting Corporation, eds., *Living Writers: Being Critical Studies Broadcast in the B. B. C. Third Program*, London: Sylvan Press, 1947, p. 112.

[8] Gilbert Phelps and British Broadcasting Corporation, eds., *Living Writers: Being Critical Studies Broadcast in the B. B. C. Third Program*, London: Sylvan Press, 1947, p. 113.

(decency)、普通的善意和怜悯等价值观念。奥威尔正是这些价值的推崇者:"他思想的背后总是和那些正派的人有关,这使他具有十足的英国性,也使他所有的马克思主义观点具有毫不妥协的英国性。"① 普里切特这些对奥威尔作品的评论十分精辟,抓住了每部作品的精神实质。

普里切特最后总结道:"叛逆和固执——当然是属于英国方式的——这就是奥威尔。他对所有引起愤怒和绝望的事物都具有讽刺并不考虑后果的态度。他是我们这个时代最诚实的作家。"②

二 奥威尔讣告

奥威尔研究专家迈耶斯认为普里切特在《新政治家》发表的这篇讣告对奥威尔声望的确立有着极其重要的影响。③ 讣告的开篇这样描述奥威尔:

> 奥威尔是一代人冷峻的良心。这一代人在30年代都听到了政治信仰的某些轻率设想的召唤。他是一位圣人。因此,与他的对手相比,他更能在政治方面让自己得到磨练。无论在精神方面还是在物质方面,他都本能地选择艰辛,他习惯走自己的路,这些看上去有点像英国人所具有的古怪性格。如果真是这样的话,这种古怪也属于流浪汉类型(vagrant)而不是清教徒类型。他为能够看穿谎言而感到自豪。同样令他自豪的是,他传递了一种无需安慰,或者甚至无需一点幻想而生活下去的印象。④

---

① Gilbert Phelps and British Broadcasting Corporation, eds., *Living Writers: Being Critical Studies Broadcast in the B. B. C. Third Program*, London: Sylvan Press, 1947, p. 115.
② Gilbert Phelps and British Broadcasting Corporation, eds., *Living Writers: Being Critical Studies Broadcast in the B. B. C. Third Program*, London: Sylvan Press, 1947, p. 115.
③ Jeffrey Meyers and Valerie Meyers, *George Orwell: Annotated Bibliography of Criticism*, New York & London: Garland Publishing, Inc., 1977, p. 88.
④ Jeffrey Meyers, *George Orwell: Critical Heritage*, London: Routledge, 1975, p. 294.

普里切特所描绘的奥威尔"圣人"形象包含以下特征：第一，他具有冷峻的良心。这种良心来自他的负罪感："他的良心是一位有知识、有特权的人所产生的负罪的良心。"① 而这种负罪感他认为只有采取近乎自虐的行为才能够祛除：'这种负罪的良心在一个腐朽和无望的时代如果要得到缓解的话，只能是把痛苦、悲惨、肮脏、感伤和庸俗默默承受。'"② 而祛除良心的负罪正是奥威尔进行抗争的驱动力："在堕落和不断恶化的年代，由于对一些事情觉得可疑，他总是要比别人痛苦地早起一个小时，然后拔营出发，独自来到一个荒凉的地方，置身于困难之境。他经常是首当其冲地探寻令人不快的真实，或者将诱人的虚伪拒之门外。"③ 第二，他在经历苦难的同时仍保持优雅。普里切特认为奥威尔存在两面（two George Orwells）。虽然他"脸上刻着饱经沧桑的印记"，但却不失仁慈、幽默和智慧。第三，他具有"流浪者"的特征，这与前面所说的"旅行家"相似。在他的"流浪"过程中，他是一个"叛逆者"，普里切特将他比作"堂吉诃德"（Don Quixote）④。第四，他与英国文化紧密融合，推崇普通民众所具有的道德和正派，认为他们为英国的未来添加了一种"虽然是原始、混杂的，但又错不了、离不开的风味"。⑤ 第五，他能发出重要预言和警告。普里切特在结尾中说："他给人们常常留下的印象是，他是一位在路上的'旅行家'，当他遇到守候在站台的旅客时，他会告诉你的列车是开往错误的方向，然后他便消失得无影无踪。"⑥ 普里切特认为从小说《一九八四》可以看出，奥威尔最后完全被致命的痛苦侵扰，他将未来看作"一场梦魇"。⑦

---

① Jeffrey Meyers, *George Orwell: Critical Heritage*, London: Routledge, 1975, p. 294.
② Jeffrey Meyers, *George Orwell: Critical Heritage*, London: Routledge, 1975, p. 294.
③ Jeffrey Meyers, *George Orwell: Critical Heritage*, London: Routledge, 1975, p. 294.
④ Jeffrey Meyers, *George Orwell: Critical Heritage*, London: Routledge, 1975, p. 294.
⑤ Jeffrey Meyers, *George Orwell: Critical Heritage*, London: Routledge, 1975, p. 295.
⑥ Jeffrey Meyers, *George Orwell: Critical Heritage*, London: Routledge, 1975, p. 296.
⑦ Jeffrey Meyers, *George Orwell: Critical Heritage*, London: Routledge, 1975, p. 296.

三 普里切特批评的特征和影响

普里切特不愧为文学评论和短篇小说大家。他在很短的篇幅用了十分精妙的语言对奥威尔及其作品进行了生动的描述和分析。总体而言，他的批评有如下特征：首先，他以一种"权威的声音"采用"奥威尔是什么"这种直接定性的句式结构。"叛逆者""圣人""冷峻的良心""旅行家""最诚实""第一位""从没有其他人像他那样"等结论都是采用此法。其次，他采用塑造典型形象的方法，使奥威尔的形象跃然纸上，令人难忘。比如"叛逆者"和"圣人"这两个典型形象、"堂吉诃德"的流浪汉形象、他的"瘦高、饱经沧桑、仁慈、幽默"的相貌和个性特征都深深打动了不同时代的读者。最后，他多采用隐喻的手法对奥威尔及其作品进行介绍。比如上文提到的"他总是要比别人痛苦地早起一个小时"，虽然表达的是奥威尔的先知先觉的圣人特征，但是熟悉奥威尔传记的都知道，奥威尔在圣塞浦里安寄宿学校读书的时候，他最愉快的一件事就是趁早晨别人还熟睡未醒的时候不受打扰地读一小时小说。虽然按照当代文学理论和文学批评的标准，这些描述不够"深奥"和"专业"，但却更能把握问题的实质，体现了他对奥威尔及其作品的熟悉和深刻的理解。

通过以上分析可以得出结论：普里切特对奥威尔的评论既生动又准确，对奥威尔文学声望的确立发挥了极其重要的作用，同时他的评论也是西方奥威尔批评的源头。

具体而言，第一，他批评的重要结论是"奥威尔是一位圣人"。这种"圣人"形象第一个层次是"冷峻的良心"。所谓"冷峻"是指他深切感受到阶级社会的"冷漠"而产生道德"负罪感"；其次是"冷静"，唯我独醒，看穿政治谎言；最后是反抗的"冷酷"，以"讽刺"为武器，一针见血，不留情面。普里切特这样生动地描述奥威尔作品的讽刺风格："奥威尔的作品如同士兵的战斗场面，苍凉而又惨淡。作品叙述快速、清晰、简练,中间有许多快速进行着的插曲、突兀的结论、痛苦的反思,就像冷冰冰的河水在流淌。"① 而奥威尔的"良心"是他对"严峻"现实的道德反应,表达了他坚定的批判立场和采取行动的勇气。"圣人"形象的第二个层次是"叛逆",这位"叛逆者"具有"坦诚直率"、"特立独行"、"浪迹天涯"、"行侠仗义"和"义无反顾"的特征。"圣人"形象的第三个层次是预言家,为人类预示未来、指明方向。同时,"圣人"形象的这三个层次又深深植根于他的"平民"情结和意识。他看重的是普通民众的"正派";他的政治观点来源于"自下而上"的生活经历;他从英国传统文化中汲取营养;他深入挖掘当代流行文化的价值。正如特里林所说,他的"天赋"并不是遥不可及,因为"他给我们的感受是他所做的一切其实我们每一个人也都能做到"。② 奥威尔研究专家罗登十分形象地将奥威尔在西方的接受分为四张"面"(faces):"叛逆者"、"普通人"、"预言家"和"圣人"。西方奥威尔批评也是围绕着这四张"面"对奥威尔及其作品进行深入的分析。普里切特的批评可谓包含这四张"面"的"头"像(head),是西方奥威尔批评的源头。奥威尔在去世后的声望急剧上升,这与普里切特对奥威尔形象的生动描写和塑造大有关系。他的"圣人"形象成为年青一代知识分子的榜样,比如英国"愤怒青年"作家。迈耶斯 2000 年出版的传记则是以"一代人冷峻的良心"为题,"冷峻的良心"已成为知识分子不可或缺的品质。

第二,普里切特的许多批评话语已成为西方奥威尔批评的关键词或讨论的话题。除了以上的描述,具有影响力的还有"道德家""纪实作家""大众文化批评家";"正派"、"英国性"或者"融入本土";"自虐症"、"梦魇"、"厌恶人类"、"悲观"或者"绝望";等等。普

---

① Gilbert Phelps and British Broadcasting Corporation, eds., *Living Writers: Being Critical Studies Broadcast in the B. B. C. Third Program*, London: Sylvan Press, 1947, p. 114.

② Lionel Trilling, *The Opposing Self: Nine Essays in Criticism*, New York: The Viking Press, 1955, p. 157.

里切特关于两个"奥威尔"的区分对后来雷蒙·威廉斯的埃里克/奥威尔（Eric/Orwell）、流浪汉/流放者（vagrant/exile）的二元对立分析方法具有重要的启示。奥威尔的"痛苦"和"绝望"成为阐释小说《一九八四》创作主题的一个重要批评方向。另外，普里切特关于奥威尔作品风格的论述也广为批评家所接受。

那么，普里切特何以能够对奥威尔作出如此生动和准确的评价呢？首先，这与普里切特和奥威尔的生活经历具有相似性有关。普里切特与奥威尔是20世纪的同代人，人生轨迹经历了几乎整个世纪，生活阅历丰富。普里切特早年生活贫困，15岁便辍学，没有上过大学。他做过皮鞋生意、当过记者，到过法国、西班牙、摩洛哥等地。他对俄罗斯作家非常熟悉，写过《契诃夫传》等，经常为杂志撰写书评，如为《新政治家》供稿有四十年之久。普里切特接受的教育、从事的职业以及到过的地方都与奥威尔有相似之处。普里切特和奥威尔接受的都是社会生活的大学教育。普里切特曾说到这些经历对他受益匪浅："我失去的很多，深知落在了同代人后面，直到23、24岁的时候才赶上他们。但是读过大学的作家好象用某一种同样的腔调说话，因为那是他们听过的唯一的一种腔调。"① 因此他们相似的经历使他们走着与那些牛津、剑桥的文学精英迥然不同的道路。在他们的作品中，都十分关注中下层阶级的生活，对弱者有极大的同情，因此他们都十分看重这些底层人士的"尊严"。普里切特认为："作家应该给予作品中的人物以尊严，甚至对那些卑微鄙陋之人亦是如此。起码作家要尽可能这样看待他们。"②

其次，相似的生活经历使他们具有相似的文学观念和风格。虽然前面提到他们在短篇小说艺术观点上有所不同，比如奥威尔批评普里切特的短篇小说对话过多，而普里切特却对对话有浓厚兴趣。但是总

---

① ［英］阿伦·马西：《富有同情心的艺术大师——访当代最杰出的、最谦逊的作家维克托·普里切特》，华思译，《文化译丛》1989年第4期。
② ［英］阿伦·马西：《富有同情心的艺术大师——访当代最杰出的、最谦逊的作家维克托·普里切特》，华思译，《文化译丛》1989年第4期。

体而言，他们丰富的生活经历（如记者身份）使他们对生活观察十分敏锐，行文也非常精练和生动。普里切特认为短篇小说艺术魅力在于它是诗人和记者这两者综合起来所产生的特殊感觉。① 因此，普里切特在奥威尔批评中经常会关注到奥威尔的诗人气质、丰富的题材和快速的叙述节奏。普里切特论契诃夫好比奥威尔论狄更斯，他们都擅长从生活日常中挖掘题材，具有讽刺和幽默的天赋。普里切特的评论是属于散文随笔式的，"既明快又流畅明确，读起来沁人心腑，掩卷默思又句句有新意"②。这些特点如果与奥威尔论狄更斯的最后一部分进行比较，就会一目了然：

> 这是一个大约 40 岁的人的脸，有一撮小胡须，脸色红润。他正在笑，笑声中有一丝怒意，但是没有得意，没有恶意。这是一个总是在对什么东西进行斗争的人的脸，但是他是在公开斗争的，而且并无惧意，这是一个虽有怒意但生性宽容的人的脸——也就是说，一个 19 世纪自由派，一个有自由思想的人，一种被所有如今正在争夺我们灵魂的发出臭味的小气的正统思想以同样的憎恨所憎恨的类型的脸。③

从这篇被普里切特誉为最好的狄更斯评论中，我们不仅看到了狄更斯的形象，也看到奥威尔的形象，同时还体悟到了普里切特评论奥威尔时与之极为相似的风格。罗登对奥威尔"面"的分析或许也是从普里切特形象而准确的评论中得到了启示。普里切特的批评塑造了奥威尔的典型形象，是奥威尔成为经典作家的重要标志。

---

① 根据 Douglas A. Hughes 于 1975 年 5 月 27 日在普里切特伦敦住处的采访。
② 叶子：《普里切特〈有识之士〉》，《读书》1986 年第 12 期。
③ ［英］乔治·奥威尔：《奥威尔文集》，董乐山编译，中国广播电视出版社 1997 年版，第 299 页。

第三节 罗素:"另外一半我还在寻找"

罗素(Bertrand Russell,1872—1970)是英国著名的哲学家、数学家,诺贝尔文学奖获得者,也是著名的评论家。奥威尔去世不久,罗素便在《世界书评》(*World Review*)奥威尔专刊上发表纪念文章。

一 《世界书评》

在文章开篇,罗素这样描述奥威尔:

> 乔治·奥威尔作为一位普通人和一位作家都同样非同凡响。他的个人生活是悲剧的,这部分原因与他的疾病有关,但是更多的原因还是出于他对人性的关爱和他对舒适生活不抱幻想。如果在维多利亚时代,这种人会是一位过着舒适生活的激进分子,相信人的完美性(the Perfectibility of Man)和有序的演化过程。但是在我们这个时代,他要比那些为我们祖辈出色的辩论提供宝贵机会的人,面临更为严峻的现实。像每位善良、具有同情心的年轻人一样,奥威尔首先反抗的是他这个时代和国家的社会制度,并且他还受到了俄国十月革命的鼓舞,而对未来充满希望。奥威尔对托洛茨基比较仰慕,但是他在西班牙内战中目睹了托派分子所遭受的一切,他对苏联的希望破灭了,但是又没有其他新的希望填补空缺,这些因素和疾病共同导致了奥威尔在《一九八四》中的完全绝望。[①]

罗素通过比较的方法分析奥威尔对人性的关爱和在严峻现实中的

---

① Bertrand Russell, "George Orwell", *World Review*, 16 (June 1950), p.5.

反抗。他认为奥威尔在《论狄更斯》中表达了对狄更斯这个信念的认同:"如果人们有良好的行为举止,那么世界的一切都会很美好。这才是真正重要的,而不是对社会机构进行改革。"罗素把《动物庄园》当作奥威尔政治作品的代表。在分析该小说时,他将奥威尔与斯威夫特(Jonathan Swift)作了一番比较:"斯威夫特的讽刺表达的是一种广泛的、甚至是不加区分的仇恨,而奥威尔的讽刺总是有一种潜行的暖流:他仇恨他所喜欢的人的敌人,而斯威夫特只可能喜欢(而且只是那么一点)他所仇恨的人的敌人"。也就是说,奥威尔把爱放在首位,为爱而恨,而斯威夫特几乎全是恨,他的一点爱也是建立在恨的基础之上。罗素还提到奥威尔在《威尔斯、希特勒与世界国家》(Wells, Hitler and the World State)一文中对威尔斯的批评。奥威尔认为威尔斯提出的"世界国家"的理想显然脱离了当时法西斯主义猖獗的严峻形势。在当前形势下,希特勒如同一位"犯罪的疯子",而头脑清醒的人如今并没有掌握权力。为了说明这个时代与18、19世纪的不同,罗素还作了一番大胆的设想:如果歌德、雪莱和威尔斯被关进布痕瓦尔德(Buchenwald)集中营①,他们必然与原来的思想大不一样。但是,奥威尔在这种现实中"却保留着对真理无懈可击的热爱,也愿意去经历甚至是最为痛苦的人生教训"。罗素进而将自己也与奥威尔作了一番比较,表达了他对奥威尔的仰慕:"奥威尔直面这个世界并且生活在这个世界,无论过得有多么凄惨和不幸";"我对奥威尔这样的人十分感激,因为他们把撒旦打扮得有了角和蹄,没有这些的话,撒旦只不过是一种抽象②。"

另一方面,罗素在赞扬奥威尔的抗争精神的同时也指出了他的缺憾:

> 但是他丧失了希望。这使他不能成为我们这个时代的预言家。

---

① 布痕瓦尔德是二战期间的纳粹集中营,位于德国东部的布痕瓦尔德村附近。
② Bertrand Russell, "George Orwell", *World Review*, 16 (June 1950), pp. 5–6.

当然在如今这个时代，把揭露真相和展现希望两者都要兼顾起来是不大现实的。如果真有兼顾两者的预言家，也是预言不准的预言家。对我而言，由于我在一个相对幸福的世界里生活得太久，我无法接受一种过于炫目的信条。我在奥威尔这类人中只找到了当今世界所需要的一半，另外一半我还在寻找。①

二 罗素与奥威尔

罗素在这篇评论中表达了以下重要观点：第一，奥威尔研究可分为他的生平和他的创作两个范畴；第二，时代决定了他的人生道路和创作方向的选择；第三，奥威尔的反抗体现在对真理的探求；第四，奥威尔在反抗的背后有着对人性的关怀；第五，《一九八四》是奥威尔绝望的终点。如果将普里切特与罗素的批评作一比较，可以发现他们都高度赞扬奥威尔在所处时代的叛逆精神和人道主义精神。同时，他们也发现了奥威尔的悲观主义倾向，所不同的是，罗素既对奥威尔的绝望作了时代因素的解释，也对此进行了批评，否定了奥威尔的"预言家"形象。

对于罗素的上述观点，有必要在梳理奥威尔与罗素关系的基础之上作进一步考察。首先，罗素认为《一九八四》表达了奥威尔最后的绝望，但这并不代表他对这部小说的否定。奥威尔曾在出版商的信中提出将小说的校样稿交给罗素阅读。②罗素在信中是这样描写他对这部小说的感受："虽然我在去年（1948年，笔者注）12月份读的是打印稿，但是我现在仍然对它难以忘怀。无论从何种意义来说，它都是一部重要的小说。"③罗素在《世界书评》之后的文章《奥威尔〈一九八四〉的症候》（Symptoms of Orwell's 1984, 1956）中讨论了1914年以后现实社会中的权力滥用和自由丧失等现象，这些症候导致了麦

---

① Bertrand Russell, "George Orwell", *World Review*, 16 (June 1950), pp. 6-7.
② George Orwell, *CW*, Vol. 20, ed. Peter Davison, London: Secker & Warburg, 1998, pp. 36, 95.
③ George Orwell, *CW*, Vol. 20, ed. Peter Davison, London: Secker & Warburg, 1998, pp. 36, 57.

卡锡主义的兴起。① 这说明罗素在特殊的历史时期对小说价值有了新的认识。另外，奥威尔在 1939 年 1 月的《阿德尔菲》（*The Adelphi*）上也曾发表过对罗素《权力：一个新的社会分析》（Power：A New Social Analysis）的书评。他认为这本书最有趣的部分是关于权力不同类型的划分：教士类型、寡权政治类型和独裁统治类型等。② 特别需要注意的是，奥威尔在评论罗素的观点时提到："当领袖说二加二等于五时，那么二加二就等于五，现在我们非常可能已经进入了这个时代。"③ 这些例子显然说明可以在奥威尔的创作中找到源自罗素思想的影响因子。欧文·豪也认为罗素在考察苏联回来后所写的《布尔什维主义的实践和理论》（*Bolshevism*：*Practice and Theory*, 1920）的许多观点在小说《一九八四》中得以戏剧化呈现。④ 因此，罗素在阅读这部小说时是会有很多共鸣的。

其次，奥威尔和罗素是彼此欣赏，同时又保持着独立意识的知识分子。这里有必要把上面提到的奥威尔对于《权力：一个新的社会分析》的书评与罗素的评论作一番比较。在该文中，奥威尔同样对罗素有很高的评价：

> 罗素先生是当今最值得去读的作家之一。只要有他存在，世人就会很安心。只要有他以及像他那样的少数人活着，没有被关进监狱，⑤ 我们就可以认为这个世界在一些方面还保持着清醒。他具有十分折衷的思维，能够在文中时不时地谈论一些浅显和饶有趣味的事情。有时，比如在这本书中，他谈的内容并不像书中

---

① Jeffrey Meyers and Valerie Meyers, *George Orwell*：*Annotated Bibliography of Criticism*, New York & London：Garland Publishing, Inc., 1977, p. 96.
② George Orwell, *CW*, Vol. 11, ed. Peter Davison, London：Secker & Warburg, 1998, p. 311.
③ George Orwell, *CW*, Vol. 11, ed. Peter Davison, London：Secker & Warburg, 1998, p. 311.
④ Irving Howe, *Orwell's Nineteen Eighty-four*：*Text*, *Sources*, *Criticism*, New York：Harcourt, Brace & World, Inc., 1963, p. 237.
⑤ 1918 年，罗素因撰写一篇反对一战的文章而被判刑入狱，他在狱中完成《数学哲学导论》，并开始撰写《心的分析》。

主题所显示的那样严肃。但是从本质上说，他具有一种正派的智性，这是一种比单单聪明更加稀少的知识分子骑士精神。在过去的三十年里，很少人能够一直对某个时期的时髦假话不为所动。在这个到处充满痛苦和谎言的时代，他是一位很值得交往的人。①

这里的"正派的智性"和"知识分子骑士精神"意指罗素是一位既具有独立思想，又充满着理想主义的知识分子。因此，罗素又被称为"热烈的怀疑者"。奥威尔认为在这个时代，知识分子的首要职责是如实地把显而易见的事实讲出来，因为"恶霸崇拜"（bully-worship）已成为这个时代的信仰。一些诸如"即使当'好人'去扣动扳机时，机关枪还是叫机关枪"这样一目了然的真理却变成了"异端邪说"。很显然，奥威尔认为这个时代正是缺少像罗素这样的"自由主义知识分子"。②

但是，奥威尔在赞扬的同时也认为罗素只是给出了一个"虔诚的希望"，即"所有的暴君迟早都会垮掉"，他并没有提出推进民主的具体措施。奥威尔并不乐观地认为"常识最终会取得胜利"，他认为罗素只看到统治者有组织的谎言系统使其与现实严重背离，并没有看到国家机器在这种情况下仍可以保持稳定，因为统治者在欺骗大众的时候，他自己却保持着清醒。③ 这种统治方式显然就是《一九八四》中能够同时接受两种自相矛盾的思想的"双重思想"。十分有趣的是，奥威尔在《知识分子的反抗》（The Intellectual Revolt）一文中还提到罗素对于未来的看法总体上是悲观的，因为他通常认为自由和效率在本质上并不相容。④

通过比较可以发现，其实"正派的智性"和"知识分子骑士精神"也正是奥威尔与罗素的共同之处。不同之处在于，奥威尔认为当

---

① George Orwell, *CW*, Vol. 11, ed. Peter Davison, London: Secker & Warburg, 1998, p. 312.
② George Orwell, *CW*, Vol. 11, ed. Peter Davison, London: Secker & Warburg, 1998, p. 311.
③ George Orwell, *CW*, Vol. 11, ed. Peter Davison, London: Secker & Warburg, 1998, p. 311.
④ George Orwell, *CW*, Vol. 18, ed. Peter Davison, London: Secker & Warburg, 1998, p. 58.

时的现实情况是,掌握权力的是像希特勒这样的"疯子",而像罗素这样的"有识之士"并不能改变严酷的现实。他的"虔诚的希望"只不过是一种善意的"祈祷",一个良好的愿望而已。罗素认为奥威尔是"苏联神话"的幻灭者,现实的残酷和病魔的折磨导致了这个幻灭者的绝望。其实恰恰相反,奥威尔正是"苏联神话"的揭露者。生理的痛苦并不是决定因素,奥威尔的每一次重要行动都是自我选择的结果,他知道自己的政治方向就是反对国家权威主义和建立民主社会主义。因此从这个意义来说,奥威尔并没有悲观和绝望。他是在积极地发出警告,当时的人们如果对此再没有清醒的认识,这种统治的梦魇就会席卷整个世界。虽然奥威尔不断地称自己为"失败者",但他的行动是积极和勇敢的,他的警告也唤醒了那个时代人们的抗争意识。

罗素也不是一位悲观主义者,他是一位理想主义的怀疑者。他在自传的前言《我为什么而活着》中就提到虽然爱情、知识和同情心这三种激情"就像飓风一样,在深深的苦海上,肆意地把我吹来吹去,吹到濒临绝望的边缘",但对于这样的生活,"如果有机会的话,我还乐意再活一次"。① 在《布尔什维主义的实践和理论》一书中,罗素说到"我相信这个世界需要共产主义,俄国的英雄行为点燃了人们对未来真正实现共产主义的希望",但是,他也认为俄国人采取的方法并不能够真正建立一种稳定或者理想的共产主义社会。② 在对中国进行实地考察后,罗素认为中国并没有适合他原来提出的基尔特社会主义的土壤,而只能采取国家社会主义。③ 罗素在怀疑中探求着人类的幸福。这恐怕就是罗素在评论中所说的需要寻找的另一半。其实悲观主义者的标签并不是重要的问题。奥威尔、罗素以及亚瑟·柯斯勒(Ar-

---

① [英]伯兰特·罗素:《罗素自传》第一卷,胡作玄、赵慧琪译,商务印书馆2002年版,第1—2页。

② Bertrand Russell, *Bolshevism: Practice and Theory*, New York: Harcourt, Brace and Howe, 1920, p. 4.

③ 详见孙家祥《前言:一个历史的误读》,《中国到自由之路:罗素在华讲演集》,袁刚、孙家祥、任丙强编译,北京大学出版社2004年版,第1—14页。

thur Koestler)都是积极的行动者。他们曾一起策划建立一个保障人权的国际组织。① 罗素也是著名的反战人士,曾和爱因斯坦发表反对核武器的共同宣言。罗素巨大的影响力对奥威尔文学声望的确立具有推动作用。他关于《一九八四》是奥威尔绝望之作的观点成为小说阐释的重要话题。

第四节　威尔逊:"温情和善良之人具有的理想"

埃德蒙·威尔逊(Edmund Wilson,1895—1972),20世纪美国著名评论家,曾任美国《名利场》(*Vanity Fair*)和《新共和》(*The New Republic*)杂志编辑,《纽约客》(*The New Yorker*)评论主笔。韦勒克在《近代文学批评史》第六卷威尔逊专章的开篇说道:"埃德蒙·威尔逊是唯一在欧洲最为知名和读者最多的美国批评家。在美国他是(确切说曾经是)一位一言九鼎的人:一代文豪,一位首席社会批评家。"② 其重要文学评论著作有《阿克瑟尔的城堡》(*Axel's Castle*,1931)、《到芬兰车站》(*To the Finland Station*,1940)、《三重思想家》(*The Triple Thinkers*,1938)和《伤与弓》(*The Wound and the Bow*,1941)等。③

一　《纽约客》书评

《纽约客》创办于1925年,以风趣、成熟见长,涉及新闻报道和评论、短篇小说和诗歌、书评和幽默等体裁,拥有众多读者。从1944年到1948年,威尔逊定期在《纽约客》发表书评,其生前许多重要

---

① George Orwell, *CW*, Vol.18, ed. Peter Davison, London: Secker & Warburg, 1998, pp.7, 8, 156.
② [美]雷纳·韦勒克:《近代文学批评史》第六卷,杨自伍译,上海译文出版社2002年版,第170页。
③ 威尔逊的第三任妻子玛丽·麦卡锡(Mary McCarthy)也曾写过重要的奥威尔评论文章《不祥之兆》(The Writing on the Wall),将在第四章第五节专题讨论。

文章都发表在该杂志。威尔逊在《纽约客》上共发表三篇奥威尔书评。第一篇是评奥威尔论文集《狄更斯、达利及其他》(Dickens, Dali & Others)，发表于1946年5月25日。威尔逊在开篇对奥威尔进行了总体的描述和评价：

> 我听说在英国奥威尔被认为"既是左派又是自命不凡的反动人物"(a combination of Leftism and Blimpism)。这种说法完全正确。加上他具有散文家，新闻记者和小说家的才能，他因此成为30、40年代动乱时期的激进分子中独树一帜的人物。有时这也使他显得有些滑稽，但是他不害怕表现出滑稽，这是他的一个优点。自由主义者和激进主义者能够掌控一整套正确答案，也很容易发现所有应该采取的正确态度，但是奥威尔并不属于这样的文学世界。他的思想常常是不一致的，他自信的预测常常证明是不正确的。作为国际社会主义运动的学生，他同时也能保持着英国本色，甚至难免具有一些褊狭的地方主义。人们常常发现他对于一些事情是无知的，相反一些才能欠缺、略显枯燥的批评家，对此反而理解得更多一些。尽管这样，他在文学领域仍具有良好的英国品质，这些品质现在似乎正变得有些过时：他愿意自我思考，有勇气表达自己的思想，偏爱处理具体的现实事物而不是理论立场，他的散文风格直接而又规范。如果有人说他从来没能形成明确的理论立场是正确的话，那么我们同样可以说他在指出想要什么和喜欢什么时的第一反应（虽然有时有矛盾），正以独有的方式成为我们一个完全可靠的指导，因为这表明一个温情和善良之人具有的理想（使用一个用的过多和怀旧的话），在麻木和堕落的世界之中仍然保持着活力。①

威尔逊以上对奥威尔的评价非常精妙。第一，他同意奥威尔属于

---

① Jeffrey Meyers, *George Orwell: Critical Heritage*, London: Routledge, 1975, p. 224.

左派，但是他在左派中又是特立独行，持有与其他左派不同甚至相反观点；第二，他认为不能断章取义地去理解奥威尔的观点，而应该结合当时的历史语境。同时，也不能因指责奥威尔的观点缺乏理论体系而忽视其原创性、目的性和深层含义；第三，在复杂的政治环境下奥威尔仍保留着可贵的英国品质（或英国性）：独立思考又敢于言说、重经验主义、继承了英国传统的朴实文风；第四，奥威尔具有榜样作用，他给那个灾难的时代带来希望。

威尔逊的第二篇书评是评《动物庄园》，发表于1946年9月7日。他认为这部小说是"绝对的一流作品"，他表达主题的方式"简单、机智，不加修饰，与拉封登（La Fontaine）和约翰·盖伊（John Gay）[①]相似"；他的行文"朴素而又简洁，与主题协调一致，如果将《动物庄园》与伏尔泰和斯威夫特的作品相比也是值得称道的"。[②] 威尔逊借《纽约客》大力向美国读者推介奥威尔及其早期作品："我认为奥威尔先生在战前的美国甚至英国都不大为人所知。他是在混乱和紧张的岁月里才开始受到重视的少数作家之一，他们的优秀作品由于战争而被忽视，阻碍了人们的认识。但是我认为他是当今英国有希望成为最有才能、最吸引人的作家之一。由于他的名声才开始在美国知晓，我非常愿意向出版商推荐他们查看一下他早期的小说和回忆录。"[③] 威尔逊这里隆重推荐的是《缅甸岁月》，认为这是自吉卜林以来，书写印度少有的第一手优秀小说，是缅甸的真实写照，更是出色的文学作品。

威尔逊的第三篇书评是评《射象及其他散文》（Shooting an Elephant and Other Essays），写于1951年1月13日。这是一部在奥威尔去世以后整理出版的散文集，威尔逊对其中的《射象》、《绞刑》、《英语和政治》和《对詹姆斯·伯恩哈姆的再次思考》（Second Thought on James Burnham）等文章有很高的评价。威尔逊对奥威尔的去世感到非常惋惜，他评论道：

---

① 拉封登和约翰·盖伊分别是法国和英国著名讽刺作家。
② Jeffrey Meyers, *George Orwell: Critical Heritage*, London: Routledge, 1975, p. 205.
③ Jeffrey Meyers, *George Orwell: Critical Heritage*, London: Routledge, 1975, p. 205.

近年来可以看出他代表了一个文学传统，这个传统鲜有代言人：这是英国中产阶级自由主义传统，它依赖常识和朴素的言说方式，相信公民有获得体面生活的权利，能够如其所愿地思考和言说，不受干扰地享受生活。人们开始害怕这一传统会随着奥威尔的去世而消失。他对这个传统的忠诚使他远离中产阶级的道路，进入了对他而言可谓荒郊野岭的领域，因而很难找到他的方向。他是害怕和厌恶克里姆林的激进人士，他是一位被30年代主流的社会主义者所厌恶的马克思主义者，他和中下层阶级走到一起，是这个最好学校的产物。他没有属于他的位置，只好选择死亡。①

威尔逊最后引用了奥威尔与其伊顿同学康诺利（Cyril Connolly）的对话，他们谈到治疗当时社会疾病的良药，奥威尔的回答不是康诺利所谓的"性爱"，而是"死亡"。因此，威尔逊认为《一九八四》是奥威尔以梦魇式的预言方式对他所信赖和热爱的所有事物宣判死刑。威尔逊对小说的解读与罗素的观点十分相似：《一九八四》是绝望的产物。

二 威尔逊与奥威尔②

从上面三篇《纽约客》书评来看，威尔逊是奥威尔文学声望在美国传播的积极推动者。他认为奥威尔是那个时代"最有才能，最吸引

---

① Jeffrey Meyers, *George Orwell: Critical Heritage*, London: Routledge, 1975, pp. 310 – 311.

② 威尔逊与奥威尔有交往经历。除了上面提及的书评，威尔逊在1944年曾与奥威尔在英国见面，奥威尔在1948年1月3日给威尔逊信中回忆此事。奥威尔与威尔逊有多次书信来往。奥威尔信中请求威尔逊帮忙在美国找书：威尔逊的《三重思想家》和美国新批评代表人物布鲁克斯（Van Wyck Brooks）关于马克·吐温的评论。奥威尔也曾让出版社把《动物庄园》和《一九八四》交给威尔逊评论，同时也让人给威尔逊寄去自己的其他作品。在奥威尔去世前的阅读书籍中有多部威尔逊的文学评论作品。奥威尔给威尔逊的信件详见 George Orwell, *CW*, Vol. 19, ed. Peter Davison, London: Secker & Warburg, 1998, pp. 252, 266, 267, 415。

人的作家"的代表，是"温情和善良"的代表，是"英国中产阶级自由主义传统"的代表。另外，对于奥威尔在流行文学研究中所采取的社会学研究视角，威尔逊认为他是"当代唯一的大家"。[①] 可以有两点发现：第一，威尔逊对奥威尔作为知识分子的评价其实也是他自身的写照；第二，威尔逊与奥威尔在文学批评立场上有相似之处。

与奥威尔一样，威尔逊年轻时对文学作品也有惊人的涉猎，一心想成为纯粹的作家。但是随着1929年经济危机的爆发，美国知识分子的思想发生转变，"当时的美国 intellectuals 都满怀激进主义所引起的道义敏感，他们切身的感受常使他们处在一个濒临危机的局势中"。[②] 与许多知识分子一样，他对资本主义制度感到失望，试图从苏联的社会主义建设中寻找希望，他开始大量阅读马克思、列宁和托洛茨基的理论书籍。巧合的是，威尔逊也在美国实地采访各地的矿工，报道其贫困惨况，著有《美国的神经不安》（American Jitters）。在威尔逊政治上激进左倾的同时，他仍然保持着思想独立，他对真理的探求使他没有沦为某种被利用的工具。威尔逊重视人的生命和人间温暖，这些"资本主义的温情"使他不能成为正统的左派。1935年，他亲自到苏联考察，正值斯大林大清洗时期。"他们有的只是政治机器下的权威统治"[③]，他对斯大林的暴政感到失望，左倾立场开始动摇。他同样也陷入"难以找到方向"的困境。与奥威尔"选择死亡"结局不同的是，此后威尔逊从一位激进的政治思想家转向纯粹的文学评论家。

英国作家伊夫林·沃（Evelyn Waugh）在奥威尔《批评文集》（Critical Essays）的书评中提到"这些文章代表了'普通人的新人文主义'的巅峰"。他认为奥威尔的作品与威尔逊的文学评论比较相似，

---

① Jeffrey Meyers, George Orwell: Critical Heritage, London: Routledge, 1975, p. 226.
② 梯姆：《爱德蒙·威尔逊》，《读书》1989年（增刊）第1期。
③ ［美］路易斯·门德：《历史的浪漫——埃德蒙·威尔逊的共产主义之旅》，王一梁译，《书城》2004年第4期。

这种评论放弃了等级原则,趋向于"完全关注底层和短期的事物"①。这与威尔逊描述奥威尔的"中产阶级自由主义传统"大致相当。奥威尔曾在给威尔逊的信中写道"他们经常互评各自的作品"②。1942年5月10日,奥威尔在《观察家报》(the Observer)发表威尔逊《伤与弓》的书评,他认为:"虽然威尔逊的评论有时显得笨拙,甚至平庸,但是他仍然是我们时代能够给人留下成熟的、对马克思主义理论认真消化而不是全然拒绝或者囫囵吞枣等印象的少数文学评论家之一。"③奥威尔这篇书评主要谈及他们共同的批评话题:狄更斯和吉卜林。奥威尔认为威尔逊的这两篇评论"添加了一些原创的研究或者至少是鲜为人知的信息"。④ 对于狄更斯,奥威尔看重的是威尔逊在传记研究中的贡献,认为他"至少在一些非常黑暗的地方投下了明亮的光束",他揭示了狄更斯文学个性和私人生活的反差,证明狄更斯身上有着某种犯罪的倾向。对于狄更斯作品主题是道德还是政治的争论,奥威尔认为威尔逊指出狄更斯对商业中产阶级从信赖到失望的转变是正确的,但是他没有看到狄更斯的思想循环式的转变,他又回到早期的对个人仁慈的笃信,对政治道路的绝望。⑤ 奥威尔在评论吉卜林时曾提及威尔逊对吉卜林的评论。他同样看重的是威尔逊提供的一些饶有趣味的传记材料。有趣的是,威尔逊在评论奥威尔相关作品时也认为"具有原创性和饶有趣味",是一种"半政治、半社会学的视角",同时他认为奥威尔的不足在于结论过于泛化,对一些复杂的问题只看到表面,并没有深入其内。比如,威尔逊认为狄更斯对恐惧和暴力并不是排斥而是为之吸引。⑥

从上面两人的互评可以看出,他们的文学评论既具有原创性又很有可读性。同时,他们具有批判精神和独立意识。正如奥威尔评论狄

---

① George Orwell, *CW*, Vol. 18, ed. Peter Davison, London: Secker & Warburg, 1998, p. 106.
② George Orwell, *CW*, Vol. 19, ed. Peter Davison, London: Secker & Warburg, 1998, p. 252.
③ George Orwell, *CW*, Vol. 13, ed. Peter Davison, London: Secker & Warburg, 1998, p. 316.
④ George Orwell, *CW*, Vol. 13, ed. Peter Davison, London: Secker & Warburg, 1998, p. 314.
⑤ George Orwell, *CW*, Vol. 13, ed. Peter Davison, London: Secker & Warburg, 1998, p. 315.
⑥ Jeffrey Meyers, *George Orwell: Critical Heritage*, London: Routledge, 1975, p. 226.

更斯一文所说,"他不是一个无产阶级作家","他不是一个'革命'作家","事实是,狄更斯对社会的批评几乎完全限于道德上的"。① 同样,威尔逊的文学评论采取的也是一种"半政治、半社会学"的方法,关注文本中的下层人物和故事细节,批评语言简练直接。这些因素也是威尔逊在美国大力推介奥威尔的重要动机。

本章小结

本章系统地梳理和分析了西方早期奥威尔批评领域中最为重要的批评家以及他们的批评文本。他们的评论是西方奥威尔批评的源头,也为奥威尔的文学声望在英美两国乃至整个世界的确立起到至关重要的作用。利维斯夫人是英国利维斯主义细绎派的代表人物,她认为奥威尔作为文学评论家极具才智,作为小说家则稍逊一等。这是1940年的评论,来自著名的文学批评杂志《细察》,对已经在伦敦文学圈崭露头角的奥威尔来说可谓及时雨,他的文学名望在圈内得到了很大的提升。普里切特是英国文学批评大家,他的 BBC 奥威尔介绍属于"当代作家"系列节目,该系列介绍了当时包括福斯特、赫胥黎等12位有名的作家,这说明奥威尔文学声望在不断地升高。之后,《动物庄园》和《一九八四》的成功使奥威尔的文学声望达到前所未有的高度。但是不幸的是,奥威尔并没有太多时间享受这份声誉的荣耀。在奥威尔去世7天后,普里切特发表了一篇"极其重要的"讣告,认为奥威尔是"一代人冷峻的良心","一位圣人"。普里切特塑造的"圣人"形象内涵十分丰富,既是"预言家",又是"叛逆者",还是"普通人",这为奥威尔文学声望的最后确立起到十分关键的作用。在英国具有崇高声望的罗素也随即在《世界书评》上发文悼念这位一生"揭露真相的人"。虽然他不赞成奥威尔的"悲观",但是他仍然在奥威尔身上找

---

① 详见[英]乔治·奥威尔《奥威尔文集》,董乐山编译,中国广播电视出版社1997年版,第239—242页。

到"当今世界所需要的一半"。这些批评家的声望当然有助于奥威尔声望的提升，但是更重要的是他们的文学批评构建了文学世界、现实世界和"圣人"世界的立体"声望"评价体系，使奥威尔的声望在其去世后不久达到顶峰。当时无论是英国老左派的幻灭者、新左派的文化研究者还是"愤怒青年"作家，都有目的地利用奥威尔的声望来表达他们对现实世界的政治关怀。

在20世纪，英美两国文学的互动是相当频繁的。奥威尔早期的主要作品都在美国出版，像《缅甸岁月》的首发权还是在美国。《动物庄园》和《一九八四》双双入选美国著名的"每月之书俱乐部"（the Book-of-the-Month）（连英国左派读书俱乐部的成立也受此启发）书目，并位居最受欢迎的作品之列。文学批评同样对奥威尔声望在美国的确立发挥了重要作用。威尔逊的文学批评在美国享有崇高的地位。他在《纽约客》大力推荐奥威尔的作品，称其为"最有才能、最有吸引力"、"温情和善良之人"、当代文化研究"唯一的大家"。特里林是紧跟威尔逊其后的文学批评大家。威廉斯曾说："特里林在《向加泰罗尼亚致敬》评论中提出奥威尔'是一位讲真话的人'，这是评价奥威尔的经典陈述，标志着奥威尔文学声望的形成。"[①] 本书第四章第三节详细分析了特里林对奥威尔的评论，其核心在于"奥威尔是一位有德性的人""他是我们生活中的一个人物""他不是一位天才""他所做的一切我们任何人都可以做到"。特里林拉近了奥威尔与普通人的距离，因为我们每个人通过努力都可以成为这样一位"有德性的人"。他更拉近了奥威尔与美国现实世界的距离，因为奥威尔的"真相的政治"可以把美国知识分子带向新自由主义。

这些批评家的经典评论对奥威尔文学声望的贡献并不限于英美两国，因为它们是西方奥威尔批评的源头，后来者正是在此基础上加以拓展和具体化。但是，思想史研究不仅要探求他们说了什么，还要深

---

① Raymond Williams, ed., *George Orwell: A Collection of Critical Essays*, Englewood Cliffs: Prentice-Hall, Inc., 1974, p. 6.

究他们为什么要这样说。"认同"便是他们共同的批评策略。他们通过对奥威尔不同层面的"认同",表达了各自的文学主张和政治主张。以下四章将详细分析英国(老)左派、英国新左派、美国纽约知识分子和当代西方知识分子对奥威尔的评论,重点考察他们在批评实践中如何利用奥威尔的文学声望表达他们团体和个体的思想诉求。当然其中有"认同",也有"否定"。

第二章 理想的形成、幻灭与坚守：英国左派的奥威尔批评

本章前言

奥威尔1937年出版的《通往维根码头之路》在英国左派内部引起很大争议，虽然他当时正在西班牙反法西斯战场的前线。1936年奥威尔受戈兰茨资助，考察英国北部工业区工人阶级的生活状况，他把他们的贫困生活和恶劣的工作环境真实而又形象地记录在这份考察报告的第一部分，戈兰茨对此非常满意。然而就是在这部分，特别是在他亲自下矿井感受矿工日常工作之后，他写道："你和我，还有泰晤士文学增刊的编辑，还有那些女人气的诗人（Nancy poets），还有坎特伯雷的大主教，还有《写给初学者的马克思主义》（*Marxism for Infants*）的作者：某某同志（Comrade X）——事实上，我们每个人相对体面的生活都要归功于他们在地下的苦干。他们除了眼睛外身上全是黑的，喉咙里沾满了煤渣，但是仍然靠着钢铁般的臂肌和腹肌挥铲向前。"[①] 这里"女人气的诗人"是指奥登、斯彭德等诗人，"某某同志"是指英国共产党员，他们分别代表了当时的左派文学知识分子和正统马克思主义者，统称"社会主义者"。这自然让"社会主义者"感到不悦，但是他们忽视了奥威尔得出的结论是出自工人阶级"苦

---

① George Orwell, *CW*, Vol. 5, ed. Peter Davison, London: Secker & Warburg, 1986—1987, pp. 30 – 31.

干"这一原意。

让"社会主义者"愤怒的是考察报告的第二部分,他们变成了"怪人",是"喝果汁的、裸体主义者、穿凉鞋的、色情狂、教友派信徒、自然疗法庸医、和平主义者和女权主义者"组成的"乌合之众"。这种"指责"让左派人士无法容忍。但是奥威尔与其他左派最根本的矛盾还是在于社会主义观的不同。奥威尔认为"社会主义就是公平和普通正派","社会主义不能只简单地等同于经济上的公平",不然这会给人类文明和生活方式带来剧变。社会主义社会应该是"现在的社会,但要去掉最糟糕的毛病,关注的中心是类似当今存在的一些东西——家庭生活、小酒馆、足球和地方的政治"。① 这些观点被正统马克思主义者斥为"情感社会主义",而非"科学社会主义",他们忽视了奥威尔是"故意唱反调"——从左派内部批评左派。这是人民阵线时期奥威尔与其他左派的矛盾。

在西班牙内战中,奥威尔既感受到真正的社会主义氛围,也亲历了党派纷争和内斗。至此,他找到了"反对国家权威主义、拥护民主社会主义"这一明确的政治道路。"揭露真相""使政治写作成为一种艺术"成为他的创作观。之后,当左派大多相信"POUM 与法西斯勾结"的谎言时,他揭露了西班牙内战真相。二战爆发后,当正统左派仍然听从苏联指令反对对德作战时,他开始支持反法西斯战争,认为只有把社会主义与爱国主义结合起来,才能打败法西斯主义,建立社会主义政权。二战胜利后,当左派对"苏联神话""迷信"到极致时,奥威尔以《动物庄园》揭露"苏联神话"的谎言。在冷战时期,当社会主义和资本主义两大阵营对峙时,奥威尔创作《一九八四》揭示了未来国家权威主义统治的可怕图景。但是书中的"英社""禁书"等被左派视为对社会主义和苏联的攻击,右派也将此当作"文化冷战"的"超级武器"对左派进行攻击。奥威尔去世后,围绕着"奥威尔"

---

① George Orwell, *CW*, Vol. 5, ed. Peter Davison, London: Secker & Warburg, 1986—1987, p. 164.

的左右之争一直持续不断，从赫鲁晓夫的非斯大林运动、越南战争、1984年前后，一直到21世纪以来的希钦斯和卢卡斯之争、伊拉克战争和反恐战争等。这些争论也是跨国界的——英国、美国、法国、苏联等。

左派与右派之分源于法国的政治经验，那些普遍支持国王政策的被安排坐在他的右边，而主张改变现行政治体系的人则被安排在国王的左边。现代意义的政治光谱可简单地描绘为：左←激进主义者←自由主义者←温和主义者→保守主义者→反动主义者→右。[①] 这是按照变革现状的方向和深度来划分的。激进主义者极端不满于现行社会，偏好革命性的进步变革；自由主义者主张理性改革；温和主义者政治立场温和，对现状基本满意；保守主义者是现状最忠实的支持者，质疑变革的结果是否会比现状更好；反动主义者是唯一主张倒退变革，回到先前的制度和状态的。

本章所说的英国左派，也称英国老左派（Old Left），是指英国20世纪30年代思想左倾、积极投身社会主义运动的社会主义者，既包括英国共产党员，也包括不是党员的左倾知识分子，共同的特征是当时充满激情地信仰"苏联共产主义"这个"上帝"。具体到奥威尔批评，本章论及的英国左派有英国左派读书俱乐部三位重要人物戈兰茨、拉斯基和斯特拉奇，文学左派知识分子斯彭德、奥登等，以及正统的左派英国共产党[②]、具有共产党背景的马克思主义者多伊彻。这些左派团体和个体具有代表性，首先是他们的奥威尔评论十分重要，其次是他们代表了英国左派的各个阶层：就职业身份而言有出版商、政治和经济理论家、史学家和诗人；就思想、政治谱系而言，有自由主义者、马克思主义者和共产党员。他们也是奥威尔批判的所谓"女人气诗人"和"某某同志"。

[①] ［美］利昂·P. 巴拉达特：《意识形态：起源和影响》，张慧芝、张露璐译，世界图书出版公司2010年版，第17页。

[②] 英国共产党虽是一个政党组织，但是成员大多是高级知识分子，以剑桥、牛津和伦敦经济学院为阵地开展活动。参见 Lin Chun, *The British New Left*, Edinburgh University Press, 1993, p. 3。

第二章 理想的形成、幻灭与坚守：英国左派的奥威尔批评

本章所谈的英国左派奥威尔批评时间跨度较长：从 20 世纪 30 年代一直持续到六七十年代。① 如果要概括这段时期的奥威尔批评特征，就是反映了英国左派知识分子对"苏联共产主义"理想的思想演变和选择，即"形成"、"幻灭"和"坚守"。理想的"形成"就是他们开始信仰"苏联共产主义"；理想的"幻灭"就是部分左派认为当时的这个"上帝"已失败，他们或从宗教去寻找慰藉，或重拾自由主义，或倒向了右派，成了反共产主义运动的积极分子；理想的"坚守"就是部分左派，特别是英国共产党人始终坚守共产主义理想和社会主义道路。如果把其中"英国左派读书俱乐部"和"奥登诗人团体"的奥威尔批评作历时分析，就能非常清楚地发现他们从理想到幻灭的思想历程。但是，英国左派也有坚守"理想"的，比如英共领导人波立特、杜特以及史学家多伊彻等。

从理想的形成，到理想的幻灭或坚守是一段十分复杂的思想史。第一次世界大战、殖民地的民族主义运动、20 世纪 30 年代的经济危机让英国遭受了精神和物质的贫困，大英帝国开始走向衰落。俄国十月革命的胜利加上英国的社会主义传统使英国知识分子（如欧文、莫里斯等）开始热衷于了解马克思主义等激进理论（《缅甸岁月》中有关于这些的描写）。他们感到资本主义已走向腐朽，宗教信仰之潮水早已退去（《多佛海滩》），因此有的到东方去寻找出路，但大部分信仰了"共产主义"。《失败的"上帝"》（*The God That Failed*）列出了三点原因：（一）对西方文明的绝望；（二）共产主义反抗法西斯主义；（三）共产主义那种"像同志般一起积极奋斗的理念"。② 如果还要加上一点的话，就是苏联的社会主义建设成就。奥威尔在《鲸腹之内》一文中也描绘了 20 世纪 30 年代文学知识分子对这种理想的

---

① 本文所说的英国左派是指在 20 世纪 30 年代积极投身社会主义运动的知识分子，但这并不意味着只讨论 30 年代。事实上，他们有的奥威尔批评是在 50 年代，但这些评论都和他们 30 年代的激进岁月有关，他们这一代人即使在 50、60 年代已经不是社会主义者，他们仍属于"英国老左派"那一代，和"英国新左派"是明显不同的。

② Richard Crossman, ed., *The God That Failed*, New York: Bantam Books, Inc., 1959, pp. 4-6.

狂热:"典型的文学家不再是个有教养的、倾向教会的侨民,而成了热情奔放、倾向共产主义的小学生。"①

但是,除了仍然坚守理想的英国共产党人等左派,当时有另外一部分西方知识分子左派却逐渐从理想走向了幻灭。其间经历的一系列重大历史事件,如苏联大清洗、西班牙战争、苏德签订互不侵犯条约等,都让许多西方左派不知所措,思想混乱。除了苏联和英共多变的政策路线,更重要的是他们目的与手段的矛盾。西方左倾知识分子中有不少曾是自由主义者,通过残酷的手段达到"完美、幸福"的目的,对他们而言是以牺牲个人自由为代价。当这种内心折磨无法忍受时,他们因此感到幻灭。

无论是表达理想的形成,还是理想的幻灭或坚守,这些西方左派的奥威尔批评都是对奥威尔"声望"的利用②。戈兰茨等对奥威尔的指责是因为他们当时仍满怀着"理想";斯彭德对奥威尔的赞扬无疑是表达他对理想"幻灭"的反思;英共主流媒体对奥威尔"谩骂式"的评论表明了他们坚守"理想"阵地的态度。

第一节 英国左派读书俱乐部

英国左派读书俱乐部(English Left Book Club)成立于1936年,解散于1948年,前后共12年。这是20世纪三四十年代重大的政治和文化事件。它不仅是英国第一个现代读书俱乐部,而且还是英国(老)左派的重要阵营,主要工作是出版、传播和讨论左派重要的政治著作,向公众宣传反法西斯主义和建立人民阵线,其会员来自英国共产党、工党左派和自由主义者等诸多重要政治或思想派别。左派读书俱乐部由英国著名出版人维克多·戈兰茨(Victor Gollancz,1893—1967)创立,其核心机构是选书委员会,主要成员是戈兰茨、哈罗德·

---

① [英]乔治·奥威尔:《政治与文学》,李存捧译,译林出版社2011年版,第118—119页。
② 虽然一些20世纪30年代的评论如戈兰茨的《通往维根码头之路》"序言"是在奥威尔声望的顶峰期之前完成的,但是当时奥威尔已经在伦敦文学圈有一席之地。

拉斯基（Harold Joseph Laski，1893—1950）和约翰·斯特拉奇（John Strachey，1901—1963）。这三位左派读书俱乐部核心人物都曾对奥威尔及其作品进行了重要评价，推动了其文学声望的发展。

一 戈兰茨："现在需要的是科学社会主义"

1927 年，戈兰茨以自己的名字成立了出版公司。戈兰茨出版过奥威尔的一些早期作品，但由于政治原因拒绝出版《向加泰罗尼亚致敬》和《动物庄园》。1936 年 1 月，奥威尔完成了《让叶兰继续飞扬》（*Keep the Aspidistra Flying*）书稿。出于奥威尔对英国下层阶级情况的熟悉，戈兰茨委托奥威尔去英国北部对那里的工人阶级的生活状况和失业问题进行考察，并预先提供了 500 英镑的资助经费。奥威尔立即辞去书店职员的工作，告别未婚妻艾琳（Eileen O'Shaughnessy），开始对英国北部矿区进行两个月的考察。3 月 30 日，奥威尔返回伦敦，后在沃林顿（Wallington）定居并与艾琳结婚，在经营一个小店的同时开始《通往维根码头之路》的创作。5 月，戈兰茨成立左派读书俱乐部。12 月 15 日奥威尔完成书稿，21 日与戈兰茨讨论书稿出版事宜。23 日，奥威尔赶赴西班牙参加西班牙内战。1937 年 3 月 8 日，《通往维根码头之路》出版，并被选定为左派读书俱乐部书目。戈兰茨特别为该书写了一篇序言，该序言成为西方奥威尔批评争论的起点。

在这篇重要序言中，戈兰茨首先介绍了他作序的目的。第一，表明左派俱乐部成立的目的和选书的标准是为了反对战争和法西斯主义；通过对表达不同左派观点书籍的讨论，为人民阵线奠定群众基础。第二，具体就《通往维根码头之路》而言，序言可以帮助俱乐部会员正确认识该书的价值，即戈兰茨所说"书的价值可以得到提升"，会员通过对该书的讨论可以达到上述俱乐部的成立目的。戈兰茨认为该书的第一部分能够让更多人认识到资本主义制度下贫穷和失业等严重问题，从而加入社会主义事业中来。正如戈兰茨所说，"这部分内容实际上可以为我们争取更多信仰发生转变的人"。但是对于第二部分，戈兰茨认为"十分具有争议"。因此，序言的批评矛头主要针对这一部分。

戈兰茨就奥威尔在第二部分中提出的主要问题发表了自己的观点。第一，奥威尔认为自己属于"上层中产阶级偏下"，这个阶层的阶级偏见主要是认为"工人阶级身上有味道"。戈兰茨虽然对奥威尔的坦诚表示赞赏，但是他认为这只是奥威尔个人一种很奇怪的看法，这个偏见"被极大地夸张了"，因为阶级的根源应该是经济因素，而不是对身体的排斥。第二，戈兰茨认为奥威尔对社会主义者所谓"古怪性"的指责毫无道理，这与奥威尔自身的矛盾性有很大关系，即自诩社会主义者和坚持中产阶级思维习惯的矛盾。第三，戈兰茨认为奥威尔所谓"社会主义者崇拜工业主义"这一说法完全是一种误解。社会主义的工业主义是一种有计划的工业主义，是由无序的资本主义工业主义发展而来的高级阶段。奥威尔指责社会主义者过于崇拜苏联的工业化，戈兰茨将此归结于他对苏联的憎恨。第四，奥威尔认为社会主义者的宣传策略应该以建立在被压迫者反抗压迫者这个统一联盟之上，应该以"自由和解放"为核心价值。戈兰茨认为奥威尔并没有给出什么是社会主义、什么是"自由和解放"、压迫者是如何进行剥削等问题的答案，而法西斯主义同样也打着这些旗号。因此，戈兰茨认为现在需要的是"科学社会主义"（scientific socialism），而不是"情感社会主义"（emotional socialism）。[①]

戈兰茨为什么在序言中对奥威尔作出这样的评价呢？首先，我们有必要了解他写这篇序言的背景。《通往维根码头之路》是戈兰茨提供经费委托奥威尔去英国北部矿区考察之后所作的纪实报告。本书的第一部分描写了矿区工人阶级所面临的贫困和失业问题，具体到矿工的工作环境、居住条件、失业压力、饮食情况等方方面面。这些对贫穷的具体描写令人触目惊心，比如他描写在火车上看到的一位冒着严寒跪在石头上疏通下水管道的年轻妇女、他在矿井下一直抬头弯腰爬

---

① George Orwell, *CW*, Vol. 5, ed. Peter Davison, London: Secker & Warburg, 1986—1987, pp. 216 – 225.

第二章 理想的形成、幻灭与坚守：英国左派的奥威尔批评

行的亲身经历以及书中所附的 32 张使这些文字具象化的照片……因此，以戈兰茨为首的选书委员会都对这一部分表示满意，认为这可以成为"激发公众良心的最好武器之一"①。但是选书委员会对第二部分持强烈的批评态度，另外也有很多的顾虑，因此主张俱乐部单独出版第一部分。奥威尔的传记作者克里克对此描述道："因为第二部分谈及的内容会使会员感到不悦，斯特拉奇就这样强烈地向戈兰茨抱怨。"② 斯特拉奇与英国共产党关系紧密，该部分显然是会引起俱乐部中共产党会员的反对。事实也是如此。奥威尔在信中提到英国共产党领导人哈里·波立特（Harry Pollitt）在 1937 年 3 月 17 日的《工人日报》（*Daily Worker*）中对该书的评价就是"十分糟糕"。③ 不过奥威尔并不同意将这两个部分分开，虽然他说过"这本书过于松散，而且表面上看并不是非常具有左派的观点"④，但是他知道这两个部分有着内在逻辑性：第一部分是揭露资本主义制度的弊端，第二部分是指明出路，而且其唯一出路就是社会主义。除了奥威尔的反对外，戈兰茨也主张俱乐部的观点应当具有一定程度上的多样性。虽然他仍坚持自己的观点，但是他说过"只有通过不同观点的交锋，人们的思想才是真正自由的思想"。⑤ 另外，戈兰茨也想借此表达俱乐部的观点，以该书作为讨论的绝佳材料，因此他决定为该书的出版写一篇序言。

戈兰茨序言最主要的目的是对奥威尔的社会主义观进行批评。戈兰茨的批评主要是针对奥威尔在阶级偏见、社会主义者、社会主义工业化和社会主义宣传策略等问题上不同于正统左派人士的观点。特别让戈兰茨不满意的是，奥威尔在书中对社会主义者和社会主义理论进行了歧视意味的描述。读书俱乐部会刊《左派讯息》（*the Left News*）

---

① Bernard Crick, *George Orwell: A Life*, Boston: Little, Brown and Company, 1980, p. 205.
② Bernard Crick, *George Orwell: A Life*, Boston: Little, Brown and Company, 1980, p. 204.
③ George Orwell, *CW*, Vol. 11, ed. Peter Davison, London: Secker & Warburg, 1998, p. 16.
④ Gillian Fenwick, *George Orwell: A Bibliography*, Winchester: St Paul's Bibliographies, 1998, p. 52.
⑤ Gordon Barrick Neavill, "Victor Gollancz and the Left Book Club", *The Library Quarterly*, Vol. 41, No. 3, (July, 1971), p. 207.

1937年5月的这则快报反映了左派读书俱乐部对该书第二部分的主要态度：

> ……当我们读完杜特（Rajani Palme Dutt）精彩的历史分析，或者斯特拉奇对社会主义的理论和实践出色而又清晰的概述之后，我们只会点着头说"对，同志们，你们说的对"。但是当奥威尔通过这本书的第二部分来向我们表达他的思想的时候，他甚至会把我们当中最温和的人给激怒，我们于是坐得直直的，开始磨快我们的大脑对他的错误观念进行反驳。①

这是左派读书俱乐部会员对该书进行讨论的场景。杜特同前面提到的波立特都是英国共产党著名的领导人。亲共的斯特拉奇的《即将到来的权力斗争》（*The Coming Struggle for Power*）和《社会主义理论和实践》（*The Theory and Practice of Socialism*）都是在左派思想中具有很大的影响力的理论著作。左派读书俱乐部在二战前与英国共产党保持着良好的合作关系，俱乐部会员中有不少英国共产党员。戈兰茨曾在自传中说共产党员在俱乐部中具有难以控制的影响力。② 当然，俱乐部会员中还有其他派别的左翼人士，戈兰茨也在努力地平衡各派的观点。但是，俱乐部成立的主要目的是宣传社会主义思想，建立反法西斯联盟的人民阵线。俱乐部选书的范围大多和反法西斯主义、人民阵线、苏联、西班牙内战和社会主义理论有关。因此，奥威尔书中的非马克思主义观点显然不能为大多数的俱乐部会员所接受。

奥威尔在书中对自己的观点作了精要的概括，这有助于区分他与正统马克思主义观点的不同：

---

① Bernard Crick, *George Orwell: A Life*, Boston: Little, Brown and Company, 1980, p. 205.
② Gordon Barrick Neavill, "Victor Gollanz and the Left Book Club", *The Library Quarterly*, Vol. 41, No. 3, (July, 1971), p. 204.

第二章　理想的形成、幻灭与坚守：英国左派的奥威尔批评

概而言之，如果我们不能够建立一个有效的社会主义政党，我们就没有机会改变我在本书前面几章描述的社会现状，也无法阻止法西斯主义在英国的泛滥。这个政党应该具有真诚的革命意图，应该有足够人数来采取行动。为了建立这个政党，我们必须提出一个让绝大部分普通民众认同的目标。除此之外，我们还需要聪明的宣传策略。比如，我们少谈点"阶级意识"、"剥夺剥夺者"、"资产阶级意识形态"、"无产阶级大团结"，更不要提"神圣的姐妹"："正题"、"反题"和"合题"；我们应该多谈点正义、自由和失业者的苦难，少谈点莫斯科的机器进步、拖拉机、第聂伯河大坝和最近建的大马哈鱼罐头厂。这类事物并不是社会主义信条中不可或缺的部分，它们反而使许多社会主义事业需要的人敬而远之，包括那些作家中的大多数。我们现在需要的是要把两个事实反复敲进公众意识：一个事实是所有被剥削者的利益都是相同的；另一个事实是社会主义和普通正派是可以通融的。①

奥威尔这段话有五层意思：第一，社会主义革命的目的是解决资本主义的贫困问题和社会的不平等，战胜法西斯主义；第二，要实现这些目的，必须建立一个真正的社会主义政党；第三，社会主义政党的发展需要正确的宣传策略：贴近普通大众，少用理论术语，多谈现实问题；第四，这种宣传策略可以是：社会主义革命就是一切被剥削者反对剥削者，社会主义革命可以与普通大众共同遵循的道德规范结合起来；第五，采取了这样的策略，可以使大多数人加入社会主义革命队伍，社会主义会最终取得胜利。这段话是奥威尔社会主义观的集中体现。这里的核心概念是"普通正派"，许多批评家对奥威尔这个概念多有涉及和自己的解读。"普通正派"大体上是指所有社会

---

① George Orwell, *CW*, Vol. 5, ed. Peter Davison, London: Secker & Warburg, 1986—1987, p. 214.

成员应该遵循约定俗成的道德行为规范。奥威尔认为狄更斯作品透露的"全部信息"就是"只要大家行为规矩正派，这世道就会公平合理了"①。这就是说，如果每个人的行为正派，遵循道德规范，那么世界自然会变得公平和正义，但是现实情况常常是，那些掌控着权力的人并不遵循"普通正派"。奥威尔所说的"普通正派"含义非常丰富，与道德、尊严、仁慈、常识、自然、传统和文化都有紧密的关系。社会主义的信条与"普通正派"的结合，就大致构成了奥威尔所说的"民主社会主义"②。社会主义的基本理念不能违背共同的道德规范，抽象与具体、目的与手段、梦想与现实都应该协调统一。奥威尔的社会主义观与马克思主义的辩证唯物主义、阶级斗争和经济基础理论有较大差异，这自然得不到左派读书俱乐部的认同。

另外，奥威尔书中对社会主义者的一些描述也引起了极大的争议，遭到不少左派人士的反对和讨伐。例如，马克思主义理论被称为工人阶级无法理解的"马克思主义行话"；社会主义者都是"怪人"，他们给人留下的印象是："'社会主义'和'共产主义'如同磁石一样将英国每位喝果汁的、裸体主义者、穿凉鞋的、色情狂、教友派信徒、自然疗法庸医、和平主义者和女权主义者都吸引了过来"③；苏联的政治委员"一半是土匪，另一半是留声机"④。另外在谈及左派人士与帝国主义关系时，奥威尔认为他们既不想放弃殖民地给英国带来的舒适生活，又不想承担道义上的责任："他们十分乐意接受帝国的成果，但同时又嘲笑那些维系帝国存在的那些人，并以此来拯救自己

---

① [英]乔治·奥威尔：《奥威尔文集》，董乐山编译，中国广播电视出版社1997年版，第243页。

② 奥威尔在《我为什么写作》（Why I Write）中说："我在1936年以后写的每一篇严肃的作品都是直接或间接地反对极权主义和拥护民主社会主义的，当然是根据我所理解的民主社会主义。"[英]乔治·奥威尔：《奥威尔文集》，董乐山编译，中国广播电视出版社1997年版，第95页。

③ George Orwell, *CW*, Vol. 5, ed. Peter Davison, London: Secker & Warburg, 1986—1987, p. 161. 这句话被当作攻击社会主义者的典型证据。

④ George Orwell, *CW*, Vol. 5, ed. Peter Davison, London: Secker & Warburg, 1986—1987, p. 201.

第二章 理想的形成、幻灭与坚守：英国左派的奥威尔批评

的灵魂。"① 奥威尔甚至对《左派讯息》的撰稿人和开展的社会主义培训如"暑期学校"也进行了辛辣讽刺。这些描写对于俱乐部会员来说简直是一种"侮辱"和"攻击"，当然使他们无法接受。因此，戈兰茨和拉斯基都将奥威尔所说的社会主义当作"情感社会主义"。戈兰茨这篇序言实质上是把奥威尔这部书的第二部分当作了供会员批判的反面材料。

那么奥威尔对这篇序言是什么态度呢？这本附有序言的《通往维根码头之路》在出版之后被寄给了正在西班牙反法西斯前线作战的奥威尔。奥威尔在1937年5月9日给戈兰茨的信中这样写道："我非常喜欢这篇序言，当然，对您提出一些批评我也能作出回答。这篇序言针对了作者真正想讨论的话题，这种讨论正是作者一直需要的，但似乎总不能够从职业批评家那里得到。"② 奥威尔的传记作者克里克对这封信分析道："他的信听上去有点天真，他似乎觉得戈兰茨会像他一样诚实和公正地在公众场合发表批评意见。但奥威尔遗孀索尼娅提到，奥威尔多年后告诉过她，他当时的回应只是出于礼貌，他已看透序言的内容，私底下也很生气。但是多年后再回看此事，他也许会觉得当时有那些想法比较天真。"③ 从这些信息我们可以知道奥威尔对序言的大致态度。第一，克里克所说奥威尔的天真是有道理的。就是在这封信中，奥威尔还提到他准备为戈兰茨出版公司写一本关于西班牙内战的书，以亲眼所见的事实揭露英国报纸报道中的谎言。④ 但是，戈兰茨最终却拒绝出版《向加泰罗尼亚致敬》。第二，奥威尔感谢戈兰茨的部分原因是因为序言有利于该书的流传。他也是在这封信中提到，给他寄来的那些批评他的评论如果从宣传的角度考虑还是有益的。⑤ 第三，奥威尔之所以没有立即对戈兰茨的批评作出回应，是因为他正

---

① George Orwell, *CW*, Vol. 5, ed. Peter Davison, London: Secker & Warburg, 1986—1987, p. 148.
② George Orwell, *CW*, Vol. 11, ed. Peter Davison, London: Secker & Warburg, 1998, pp. 22-23.
③ Bernard Crick, *George Orwell: A Life*, Boston: Little, Brown and Company, 1980, p. 205.
④ George Orwell, *CW*, Vol. 11, ed. Peter Davison, London: Secker & Warburg, 1998, p. 23.
⑤ George Orwell, *CW*, Vol. 11, ed. Peter Davison, London: Secker & Warburg, 1998, p. 23.

如信中所述忙于战事。第四，奥威尔虽然不认同戈兰茨的批评，但是却认为讨论的话题是当前知识分子最应关注的话题。

其实，大家从这篇序言中看到更多的是戈兰茨与奥威尔的分歧，而忽略了两位知识分子当时对社会现实的共同关切。或者说，以戈兰茨为首的左派读书俱乐部由于对奥威尔"情感社会主义"不以为然，对他的"侮辱性攻击"感到气愤，这必然会忽视奥威尔在表述观点时的语境、方法和宗旨。奥威尔在第二部分自述从童年一直到巴黎、伦敦流浪经历时已把他思想的演变过程十分清晰地展现出来。从小时候受到"工人阶级身上有气味"的教育到伊顿公学体会贫穷的滋味，从缅甸扮演帝国主义者的角色再返回法国、英国亲身体验贫困的流浪生活，这些亲身经历使他相信，社会主义就是要让所有被压迫者组成反抗压迫者的同盟，推翻资本主义制度，建立人人平等、有尊严地享受幸福生活的社会。"工人阶级身上有气味"表面上是属于生理因素，但其实质是统治阶级强加在工人阶级身上的话语符号，不少左派知识分子对此并没有充分认识。在分析左派人士对英帝国主义制度的漠视态度时，奥威尔也是一语中的。尤其让他反感的是那些从工人阶级进入中产阶级的文学知识分子，他们本应该代表工人阶级的利益，但是最后却"通过反抗资产阶级自己成了资产阶级"①。另外，在他上面"攻击"社会主义者的那个典型句子的前面其实还有"社会主义者给人留下的印象是"这样的限定，这说明奥威尔所说的社会主义者并非就是"乌合之众"。当奥威尔亲自下煤井体验矿工艰辛的生活时，他对一些社会主义理论家的学究和中产阶级的生活习惯表示不满是可以理解的。对奥威尔产生较大影响的斯威夫特在《格列佛游记》中也把人类社会描绘成"律师、扒手、上校、傻子、贵族、赌棍、政客、老鸨、医生、证人、教唆者、诉师、卖国贼"② 这些人的集合体。由此可以判断，奥威尔在原句中将各种人物并列也是为了达到讽刺的效果。

---

① George Orwell, *CW*, Vol. 5, ed. Peter Davison, London: Secker & Warburg, 1986—1987, p. 164.

② [英] 斯威夫特：《格列佛游记》，张建译，人民文学出版社 1979 年版，第 273 页。

更重要的是，奥威尔认为只有社会主义才是解决资本主义社会矛盾的唯一出路，当前社会主义者应该改变宣传策略，让像他这样的许多"上层中产阶级偏下"与工人阶级一道加入社会主义事业，只有这样才能抵抗日益猖獗的法西斯主义。显然，弘扬社会主义，反抗法西斯主义也是英国左派读书俱乐部的宗旨。因此，他们虽然具有不同的观点，但是终极目标是一致的。奥威尔在书中反复强调当前反抗法西斯主义的紧迫性，他十分担心一些有思想的人会对社会主义产生误解和失望，从而倒向法西斯主义阵营。他说："我是赞成社会主义的，而不是反对它"[1]；"一个非常矛盾的说法是，为了保卫社会主义，有必要首先对它进行批评"[2]；"社会主义，至少在这个岛上（英国，笔者注），不再具有革命和推翻暴君的味道，只有古怪、机器崇拜和愚蠢的苏联崇拜。这样，法西斯主义很快就会赢[3]。"也就是说，奥威尔在这里扮演的是"故意唱反调的角色"。前面曾提到，奥威尔认为本书"表面上看并不是非常具有左派的观点"，其潜台词是，该书在深层次上站在左派的立场，这说明奥威尔与左派读书俱乐部的基本立场是一致的。特别是在书稿完成不久，奥威尔就立即奔赴西班牙反法西斯战争的前线。他在临行前说："那里的法西斯主义，总要有人去阻止它。"[4] 也就是说，当时是行动比思想更为重要的历史时刻。奥威尔的社会主义观点只有放在当时的历史语境中，并结合他的人生经历，才能得到很好的理解。[5]

---

[1] George Orwell, *CW*, Vol. 5, ed. Peter Davison, London: Secker & Warburg, 1986—1987, p. 160.

[2] George Orwell, *CW*, Vol. 5, ed. Peter Davison, London: Secker & Warburg, 1986—1987, p. 160.

[3] George Orwell, *CW*, Vol. 5, ed. Peter Davison, London: Secker & Warburg, 1986—1987, p. 201.

[4] Bernard Crick, *George Orwell: A Life*, Boston: Little, Brown and Company, 1980, p. 206.

[5] 奥威尔研究专家迈耶斯（Jeffery Meyers）认为：《通往维根码头之路》的批评已从当时对政治话题的关注转移到对一位有坚定信念的人的分析；从当时的社会主义论争转到对奥威尔的人格特点和自我塑造等方面。参见 Jeffrey Meyers, *George Orwell: Critical Heritage*, London: Routledge, 1975, p. 13。

二 拉斯基:"对社会主义的情感需求"

拉斯基是英国工党著名政治理论家,长期在英国伦敦大学政治经济学院(LSE)执教,主要著作有《政治典范》(Grammar of Politics, 1925)和《国家的理论和实践》(The State in Theory and Practice, 1935)等数十部①。1937年3月,拉斯基在《左派讯息》发表了对奥威尔《通往维根码头之路》的评论。正如拉斯基所说,这篇评论是在戈兰茨序言的基础之上进行了一些补充。拉斯基同样认为该书的第一部分"对我们观点是非常好的宣传",它具有与狄更斯的《艰难时世》以及左拉、巴尔扎克的小说相同的价值,能够提高人们对社会丑陋现象的认识。但是,对于奥威尔在第二部分中开出的治愈社会疾病的"药方",比如"自由"和"正义"以及社会主义者改变自身的"古怪性"等,拉斯基则提出了批评,认为这些言论错误明显,不值一驳。

拉斯基认为奥威尔最基本的错误就是把"自由"和"正义"的概念简单化和普遍化,忽视了背后的阶级性和经济因素。拥有生产资料的阶级为了维护自身特权和经济利益,必然鼓吹现行制度是对"正义"和"自由"的保障。不同阶级的人对于"自由"和"正义"的抽象意义并无质疑,但是在具体的行动中常常以"正义"名义将对方置于死地而后快,也就是说目的和手段具有内在矛盾。另外,拉斯基认为奥威尔提出的社会主义宣传策略也过于简单。他只是强调人们性格和行为举止的完善,但是忽视了阶级冲突、严重的社会问题以及经济发展的历史进程等重要因素。因此,奥威尔提出的建议只是"一种对社会主义的情感需求"(an emotional plea for socialism)。拉斯基进一步指出奥威尔代表了工党对于实现民主的激情。他们没有看到在英国现行制度下,民主其实是资本主义民主。民主与经济制度是密不可分的,一旦资本主义民主有向社会主义民主这一本质转变的危险,资产阶级就不会继续弘扬所谓

---

① 其中不少早在中国民国时期就有译介,对当时的知识分子王造时等影响颇深。

的"民主"。因此，社会主义者要想取得民主的胜利，必须要对民主的历史进程进行理性的分析。拉斯基认为奥威尔所说的社会主义者是不愿意为了实现社会主义而不顾一切代价的，因为他提出的那些成为社会主义者的条件事实上无法使他们成为一位真正的社会主义者。①

拉斯基的基本观点与戈兰茨相同，都认为奥威尔的社会主义观是情感主义的，缺乏理性思考。不过，拉斯基在评论中特别强调了自由、正义和民主等观念背后的经济因素。在资本主义面临经济危机和法西斯主义抬头的背景下，拉斯基对"民主"的观念进行了反思，在1933年出版了《处于危机的民主》(*Democracy in Crisis*)。书中认为资产阶级在反对封建特权时期提出的基于平等和普选权的民主其实是代表了资产阶级的经济利益。在资本主义制度建立之后，这种政治形式上的平等和经济上的不平等具有先天的内在矛盾。也就是说，资本主义制度的政治制度和经济制度是相冲突的。拉斯基说："资本主义民主提出让所有公民分享政治权利，但是这有一个未公开的预设，即涉及民主理想的平等不能够扩展到经济领域"，但是这种预设是不现实的，因为"政治权利的目标总是取消特权"。② 因此，资本主义就面临这样一个矛盾："当资本主义生产过程处于最大马力的时候，它也不可能解决分配公平的问题。当人们期望民主能够随着生产力的大幅度提高而提高的时候，资本主义制度却为了维持自身利益的需要而降低人们的生活标准。由于这种对民主的期望是基于政治权力属于人民这一认识，所以人民很自然地需要解决这个矛盾。简单地说，他们希望通过获得对生产资料的拥有权来解决政治公正的问题。"③ 这就是说，人民需要对经济权力进行重新分配，需要把民主扩展到经济领域，这当然和资产阶级维护经济特权是相抵触的。这样，资本主义制度建立起来

---

① Jeffrey Meyers, *George Orwell: Critical Heritage*, London: Routledge, 1975, pp. 104 – 107.
② Anthony Wright, *British Socialism: Socialist Thought from the 1880s to 1960*, London: Longman Group, 1983, p. 125.
③ Anthony Wright, *British Socialism: Socialist Thought from the 1880s to 1960*, London: Longman Group, 1983, p. 125.

的价值体系面临崩溃的危险。

拉斯基认为法西斯主义完全否定民主政治的道路显然无法解决资本主义的危机,要把民主原则引入经济领域的出路只有社会主义。拉斯基评论奥威尔时说:"我们目前的民主(指资本主义民主,笔者注)是一种经济制度的表达。但是,这个制度的发展逻辑却与它本身的基本原则的矛盾越来越深。"① 这种矛盾就是拉斯基所分析的资本主义制度民主政治和经济特权的内在矛盾。他显然是根据以上观点来指责奥威尔没有对民主的历史进程进行理性分析。

需要注意的是,奥威尔也对拉斯基关于民主的观点提出批评。② 奥威尔在1943年10月10日的《观察家报》发表拉斯基《反思我们时代的革命》(Reflections on the Revolution of Our Time)书评。他认为虽然拉斯基有关社会主义和法西斯主义的理论比其他左派思想家深入,但是也反映了他的社会主义信仰与个性上的自由主义之间具有内在矛盾。因此,他不愿意承认当时苏联模式的社会主义制度有可能存在国家权威主义因素,也不愿意承认德国和苏联制度有一些相似的地方。奥威尔认为经济问题的解决正如打败希特勒一样,只是朝向自由和平等的人类社会迈出的一步。③ 1944年3月13日,奥威尔曾向《曼彻斯特晚报》(Manchester Evening News)投稿,是有关评论拉斯基《信仰、理性和文明》(Faith, Reason and Civilisation)的文章,但是因其"反斯大林""反苏联"观点而被拒绝登载④。奥威尔在这篇书评中认为社会主义的潜在危险是来自权力关系而非金钱关系的专制,他批评拉斯

---

① Jeffrey Meyers, *George Orwell: Critical Heritage*, London: Routledge, 1975, p. 107.

② 奥威尔与拉斯基有交往经历。除了该书评,奥威尔还曾邀请拉斯基参加BBC对印广播的辩论,话题是"议会的未来",另外还参加了评论约翰·高尔斯华绥(John Galsworthy)剧本《斗争》(*Strife*)的广播。参见 George Orwell, *CW*, Vol. 13, ed. Peter Davison, London: Secker & Warburg, 1998, p. 457; George Orwell, *CW*, Vol. 15, ed. Peter Davison, London: Secker & Warburg, 1998, pp. 305 – 307. 拉斯基还被列入奥威尔提交给英国情报局的同情共产主义36人名单。参见 George Orwell, *CW*, Vol. 20, ed. Peter Davison, London: Secker & Warburg, 1998, p. 249。

③ George Orwell, *CW*, Vol. 15, ed. Peter Davison, London: Secker & Warburg, 1998, pp. 270 – 272.

④ George Orwell, *CW*, Vol. 16, ed. Peter Davison, London: Secker & Warburg, 1998, p. 298.

基害怕社会主义事业受到资本主义的攻击和颠覆,对苏联的国家权威主义发展缺乏揭露的勇气。① 另外,奥威尔还在其重要作品《政治与英语》(Politics and the English language)中引用摘自拉斯基《言论自由》(Freedom of Expression)连用六个否定词的一段话,说明语言对思想的腐蚀作用。② 可以看出,社会主义对于奥威尔而言更重要的是平等和自由,消除了经济上的特权并不意味着真正建立了社会主义民主,当时苏联模式的社会主义还存在国家权威主义的危险。

英国左派读书俱乐部汇集了许多富有抱负、思想相互激烈碰撞的西方知识分子。他们的资助、出版和传阅等行动极大地提高了奥威尔的知名度,特别是戈兰茨的序言起到了为奥威尔定调以及规范读者阅读的作用。奥威尔的文笔和他作为英国社会主义者的政治观点随同他的笔名"George Orwell"一起得到广泛传播,其不断增长的文学声望开始在伦敦文学圈占有一席之地。

三 斯特拉奇:"压抑下的呼喊"

约翰·斯特拉奇(John Strachey,1901—1963),英国作家,工党政治家。斯特拉奇曾帮助介绍奥威尔参加西班牙内战。1962年,斯特拉奇出版了《压抑的呼喊及其他非议会文件》(The Strangled Cry and Other Unparliamentary Papers),其中有一节内容专论奥威尔③。与戈兰茨和拉斯基不同,这篇出版时间在后的评论重点谈论《动物庄园》和《一九八四》这两部小说。

(一)《压抑的呼喊》

斯特拉奇在《压抑的呼喊》中首先对奥威尔进行了总体评价。他

---

① George Orwell, *CW*, Vol. 16, ed. Peter Davison, London: Secker & Warburg, 1998, pp. 122 - 123.
② 详见[英]乔治·奥威尔《奥威尔文集》,董乐山编译,中国广播电视出版社1997年版,第144—162页。
③ John Strachey, *The Strangled Cry and Other Unparliamentary Papers*, New York: William Sloane Associates, 1962, pp. 23 - 32.

认为奥威尔代表的不是传统的英国，而是一个拥有众多怪才和讽刺家的英国。斯特拉奇这样描述道："一副瘦长的身材，一张憔悴和沧桑的脸，一双闪亮的堂吉诃德式的眼睛，你会很轻易地认为他又是一位英国的理想主义怪人。他也差不多是这样的人，但是最终他远非如此，这个结果有好也有坏。他是一位重要作家，他以手中的笔成为他那个时代最有影响人物中的一位。"① 斯特拉奇认为奥威尔的《动物庄园》已经涉及"篡改过去"这一主题。这种历史的"伪造"和身体的"惩罚"导致人类理性的丧失。也就是说，"人类意识有可能被迫永久远离客观现实，而进入主观梦魇的领域"。② 斯特拉奇认为《动物庄园》在童话故事的伪装下隐藏的是一种"冷漠的厌恶和绝望"。③

奥威尔的《一九八四》对这一主题的揭示更为明显。斯特拉奇认为："奥威尔凭借详细、具体和强大的想象力为我们描绘了一种梦魇，目的是为了避免它的出现（他对这种可能性持怀疑态度），不过小说最终结局还是一个悲观的，而且是最无法忍受的反面乌托邦。"④ 斯特拉奇对小说的思想控制进行了详细的文本分析。他特别提到奥威尔揭示了"通过语言方式破坏人类理性"的思想控制方法，并发现"语言、真理和逻辑三者相互依存"。在此基础之上，奥威尔还提出了核心党的统治哲学：双重思想。斯特拉奇认为这是一种"基于极端主观主义观念下的哲学——实际上这是唯我论——这可以使受到这种观念影响的人既在一定层面上真心相信某种提议，同时又在更深层次上也相信它的对立面⑤"。斯特拉奇还认为小说叙述到温斯顿（Winston）

---

① John Strachey, *The Strangled Cry and Other Unparliamentary Papers*, New York: William Sloane Associates, 1962, p.23.
② John Strachey, *The Strangled Cry and Other Unparliamentary Papers*, New York: William Sloane Associates, 1962, p.25.
③ John Strachey, *The Strangled Cry and Other Unparliamentary Papers*, New York: William Sloane Associates, 1962, p.25.
④ John Strachey, *The Strangled Cry and Other Unparliamentary Papers*, New York: William Sloane Associates, 1962, p.25.
⑤ John Strachey, *The Strangled Cry and Other Unparliamentary Papers*, New York: William Sloane Associates, 1962, p.26.

和裘莉娅（Julia）对这种思想控制的反抗时"已经取得了出色的效果"，但是当他们被发现并接受审讯和身体惩罚时，小说开始"走下坡路"。

斯特拉奇认为在"惩罚"这一部分，由于奥威尔没有被"惩罚"的经历，他对这类描写并不擅长，因此小说"有一种痛苦和疯狂的笔调——一种压抑下的呼喊（the strangled cry）——代表了这一类文学的特征"。① 这种疯狂可能是因为"作品出自一位即将离世的作家之手：因为当奥威尔写这部小说时，他已经是处于肺结核晚期②。"斯特拉奇认为，与其他表现"当代从理性主义隐退"（即在20世纪60年代，一些西方知识分子对苏联模式的共产主义这一理性主义的信仰丧失之后转向神秘主义或超验主义，笔者注）这一主题的文学作品不同的是，奥威尔试图说明那个时代的危机是由于斯大林主义和法西斯主义"抛弃"了理性，脱离了现实，因为他们的信条成了"一种神秘主义，一种权威主义的启示"。③ 斯特拉奇总结道："如果奥威尔是一位更具有系统性的思想家，他或许就能够将他关于语言的真知灼见和他的总体政治观融合起来，从而形成一种特别具体和实用的社会哲学。"④ 也就是说，奥威尔就能够对上述"理性——理性的背叛（放弃经验主义）——非理性主义（国家权威主义）"的转换机制作出很好的理论阐述。

（二）"压抑的呼喊"：反抗文学的主题

《压抑的呼喊》是斯特拉奇的论文集。全书分为四个部分，第一部分即独立文章"压抑的呼喊"，第二部分主题是战争，第三部分是

---

① John Strachey, *The Strangled Cry and Other Unparliamentary Papers*, New York: William Sloane Associates, 1962, p. 29.
② John Strachey, *The Strangled Cry and Other Unparliamentary Papers*, New York: William Sloane Associates, 1962, p. 29.
③ John Strachey, *The Strangled Cry and Other Unparliamentary Papers*, New York: William Sloane Associates, 1962, p. 31.
④ John Strachey, *The Strangled Cry and Other Unparliamentary Papers*, New York: William Sloane Associates, 1962, p. 32.

印度，第四部分是人物，有对戈兰茨和拉斯基等的介绍。第一部分"压抑的呼喊"是全书的核心，讨论了亚瑟·柯斯勒（Arthur Koestler）的《正午的黑暗》（*Darkness at Noon*）、奥威尔的《动物庄园》和《一九八四》、惠特克·钱伯斯（Whittaker Chambers）的《证人》（*Witness*）和帕斯捷尔纳克（Pasternak）的《日瓦戈医生》（*Dr. Zhivago*），他们在斯特拉奇的评论中分别代表了欧洲、英国、美国和苏联。斯特拉奇在文中说道："拒绝政治本身也是一种政治立场，绝望也是一种行动"①，这显然是模仿奥威尔的名言"有人认为艺术应该脱离政治，这种意见本身就是一种政治态度"，足见奥威尔在这篇文章中的分量。那么这四位作家代表了什么类型的文学呢？斯特拉奇明确地说道："将要谈论的文学不仅是——其结果主要不是——反抗当今的共产主义价值，而且还是反抗有着 500 年历史的理性主义和经验主义。简而言之，它反抗的是启蒙运动。"② 斯特拉奇认为这类文学"已经成为当今西方的思想气候"。③

上面谈到，奥威尔的《动物庄园》和《一九八四》在反抗理性这类文学中强调的是理性由于脱离了经验主义的现实基础而被抛弃，而其他三位作家则反映了这类文学的重要主题：当代从理性主义隐退。因此，要全面理解反抗理性主义文学的特征，需要对"隐退"主题进行考察。

斯特拉奇认为柯斯勒的《正午的黑暗》是第一部当时西方在拒绝共产主义后，对知识分子的思想和精神产生深远影响的书，它对整个理性主义传统提出了质疑。④《正午的黑暗》反映的是以鲁巴肖夫

---

① John Strachey, *The Strangled Cry and Other Unparliamentary Papers*, New York: William Sloane Associates, 1962, p.11.

② John Strachey, *The Strangled Cry and Other Unparliamentary Papers*, New York: William Sloane Associates, 1962, p.11.

③ John Strachey, *The Strangled Cry and Other Unparliamentary Papers*, New York: William Sloane Associates, 1962, p.11.

④ John Strachey, *The Strangled Cry and Other Unparliamentary Papers*, New York: William Sloane Associates, 1962, pp.13 – 14.

(Rubashov) 为代表的共产主义坚定信仰者的心路历程。他们狂热地追求共产主义理想,即使在面对斯大林的暴政时,他们虽然精神上倍感折磨,但是为了保留苏联这一社会主义堡垒,革命的希望之地,他们宁愿牺牲自己的灵魂和生命。这些信仰者认为当时资本主义已经全面腐朽,即使斯大林实施了暴政手段,但至少可以保留一种重建人类文明的希望。斯特拉奇认为,战后的历史进程已经对这个问题作出了回答。首先,资本主义由于福利制度的施行在战后出现了回升势头,因此人类社会并没有面临要么走向共产主义,要么就毁灭的选择。斯大林主义模式下的共产主义并不是唯一一种吸引人的出路。同时,苏联在战后也出现了工业化繁荣,因此手段是恐怖的,但是结果是成功的。可以看出,斯特拉奇并没有采取不少前共产主义者对苏联社会主义一味谴责的态度。在他看来,《正午的黑暗》是反抗文学(the literature of reaction)的起点,只是涉及了,但是还没有发展成这类文学的重要主题:当代从理性主义隐退。[①]

钱伯斯的《证人》则是钱伯斯自述他与希斯的诉讼案[②]。这桩诉讼案是发生在美国冷战时期的重大事件,预兆着麦卡锡时代的到来。不过斯特拉奇认为,钱伯斯本书的主要目的是认为"能够代替共产主义的只有对以某种形式存在的超验主义的信仰"。[③] 钱伯斯写到宗教意识的缺乏会导致"无法忍受的思想浅陋"和"无法估量的行动危害"。这是他们那个时代"革命结局"和"成功结局"这两种道路的主要特

[①] John Strachey, *The Strangled Cry and Other Unparliamentary Papers*, New York: William Sloane Associates, 1962, pp. 22 – 23.

[②] 钱伯斯是 20 世纪 30 年代和 40 年代的著名记者,后来成为《时代》高级编辑,曾是共产党员、苏联间谍。钱伯斯在脱离共产党后向美国非美活动委员会(Committee for Un-American Activities)告密阿尔加·希斯(Alger Hiss)是苏联间谍。希斯是罗斯福在雅尔塔会议上的顾问,起草联合国章程的敦巴顿橡树园会议的秘书长,1948 年时是卡耐基国际和平基金会主席。希斯否认这些指控。后来钱伯斯陪同司法部调查人员前往钱伯斯农庄,他戏剧般地从一个南瓜里掏出希斯当年交给钱伯斯的秘密文件的缩微胶卷。希斯被判伪证罪,坐牢 5 年,但不是间谍罪名。希斯是不是共产党间谍仍然是一个谜。当时的国会议员理查德·尼克松作为钱伯斯的辩护者和希斯的指控者而一举成名。本文第四章第二节论述拉夫时也将谈及钱伯斯的《证人》。

[③] John Strachey, *The Strangled Cry and Other Unparliamentary Papers*, New York: William Sloane Associates, 1962, p. 43.

征。这说明了一个最重要的事实：追求革命理想或者个人成功理想在那个时代还远远不够。斯特拉奇认为，钱伯斯对这两种理想的放弃是非常正确的。钱伯斯提出宗教理想作为第三种道路，不过他选择参加的是最不教条、最不讲迷信的宗教组织公谊会。①

斯特拉奇认为反抗文学的顶峰是苏联作家帕斯捷尔纳克的《日瓦戈医生》。这本曾被苏联官方当作反十月革命、反社会主义的禁书在斯特拉齐看来是苏联人民"压抑的呼喊"，因为"政府在他们眼中是邪恶的，指望它有所作为是天方夜谭"。②《日瓦戈医生》宣扬的是三种价值观：爱情、艺术和宗教。爱情不仅是男女间炙热的情感更代表了整个人际关系；艺术强调的是艺术神秘而又无可言状的创造力或美的创造；宗教虽然是希腊东正教派的形式，但宗教主要还是被当作一种历史现象。在三者关系中，宗教统摄爱情和艺术，其精神核心是关于生和死的思考。他的宗教观是一种非神秘的、非超验的伦理信念。它实质上是对人类历史的特定看法，强调人类生活中尚有许多未知领域不能依靠理性主义认识。斯特拉奇认为《日瓦戈医生》的政治意义正是在于强调这三种非政治价值观的颠覆作用。比如，它所强调的人类幸福是由个人关系、美的创造力和宗教能力三者关系决定的，而不是阶级关系，这就与共产主义的阶级斗争理论产生冲突。

综合以上分析，斯特拉奇认为当时在西方，作为理性主义的，苏联模式的共产主义有朝着国家权威主义发展的趋势，这引起了反抗文学作家"压抑下的呼喊"，他们认为依赖理性主义统治而忽视人的主观领域的智慧将会导致灾难。在斯特拉奇看来，帕斯捷尔纳克推崇的价值观在当代无论是对共产主义建设，还是以赚取利润为目的的资本主义都具有重要价值。不过，斯特拉奇认为反抗文学已经完成它的使命，现在的目标应该是构建能够弥补旧的理性主义局限的一种新的理

---

① 公谊会或者教友派（Religious Society of Friends），是基督教新教的一个派别。该派反对任何形式的战争和暴力，主张任何人之间要像兄弟一样，主张和平主义和宗教自由。

② John Strachey, *The Strangled Cry and Other Unparliamentary Papers*, New York: William Sloane Associates, 1962, p. 63.

性主义。对于这一远期目标,现在需要做的是采取一种理性的态度去质疑各种所谓理性的社会理论。"那种因强加的机制所引发的梦魇已经消退,现在是重新去完成理性主义未尽使命的时候了。"① 从这个目标来看,斯特拉奇更为认同奥威尔的观点。他虽然批评奥威尔没有形成系统的理论构架,但是他认为奥威尔强调经验主义,强调个人、审美和宗教的价值观念,他的方向是构建"具体和实用的社会哲学"。

四 英国左派读书俱乐部的兴衰

从 1937 年戈兰茨和拉斯基对奥威尔《通往维根码头之路》的评论,到 1960 年斯特拉奇论《动物庄园》和《一九八四》等作品的"压抑下的呼喊",英国左派读书俱乐部经历了兴盛、衰落和解体,这三位俱乐部核心人物的思想观念也发生了巨大变化,这段历史是当时英国左派知识分子思想变迁的一个缩影。戈兰茨建立左派读书俱乐部具有远大的政治抱负。他早期是位自由主义者,后参加工党。在 20 世纪 30 年代,资本主义经济危机、欧洲法西斯主义的兴起和苏联社会主义的建设成就使他思想转向社会主义。他决定创建左派读书俱乐部,唤醒大众的政治意识。戈兰茨在俱乐部创建时的一封信中写道:"在过去五年里,我每天要思考好几个小时,不为别的,只为怎样才能让这个组织为社会主义宣传服务,为将宣传导向更有利于左派服务。"② 戈兰茨以传教士般的激情致力于扩大俱乐部的影响:建立讨论小组、增加会员、举行游行集会、拓展海外组织,出版反法西斯主义、介绍社会主义理论书籍、宣传人民阵线、声援西班牙共和政府。在戈兰茨、拉斯基和斯特拉奇组成的选书委员会积极的推动下,俱乐部会员在 1939 年达到了顶峰,有 57000 多人。可以看出,奥威尔《通往维根码

---

① John Strachey, *The Strangled Cry and Other Unparliamentary Papers*, New York: William Sloane Associates, 1962, p.77.

② Gordon Barrick Neavill, "Victor Gollanz and the Left Book Club", *The Library Quarterly*, Vol.41, No.3, (July, 1971), p.199.

头之路》的出版正值左派读书俱乐部发展的大好势头，奥威尔在书中表达的社会主义观和俱乐部宣传宗旨在不少左派人士眼中是有所违背的。因此，戈兰茨虽然认为俱乐部应该是左派的不同声音竞争的平台，但是在现在左派的发展时期，他有必要在序言中对奥威尔社会主义观进行批判，拉斯基则以经济理论家的权威身份在俱乐部的喉舌《左派讯息》上对奥威尔的情感社会主义进行驳斥，而斯特拉奇代表了英国共产党的观点，对该书的内容感到强烈不满。

左派读书俱乐部在战前的兴盛与英国共产党的支持和合作是密不可分的。在这个时期，俱乐部与英共的政治方向比较一致，其宗旨都是为了反对资本主义腐朽制度，建立反法西斯主义人民阵线。但在二战期间，苏德于 1939 年 8 月 23 日签订互不侵犯条约，这在共持反法西斯大旗的英国左派内部造成了严重的思想混乱和分裂。英共听从苏联指令，态度从支持战争转向反对，认为这是资本主义国家之间的非正义战争，这影响了英共的政治声誉。左派读书俱乐部核心人物也产生了思想分歧，戈兰茨和拉斯基支持战争，斯特拉奇反对战争，这给俱乐部会员思想造成了混乱。1940 年，斯特拉奇最终与英共分裂，转为支持战争，三位核心人物再次立场一致，对苏联共产主义政策进行了批评，其标志就是这三位核心人物与奥威尔共同撰稿的《左派的背叛》(The Betrayal of Left, 1941) 出版。随后，大批英共成员退出俱乐部。①

拉斯基在《左派的背叛》序言中阐明了左派读书俱乐部的明确立场，对英共采取的"革命失败主义"(revolutionary defeatism) 政策提出批评。拉斯基归纳了这一政策的三个观点：第一，英国丘吉尔政府的失败与德意法西斯主义的失败相比更为重要；第二，丘吉尔政府失败后，取而代之的会是"人民政府"(People's Government)；第三，英国的成功会使德意两国人民纷纷仿效，俄国十月革命模式会在欧洲重

---

① 关于对战争的态度，美国纽约知识分子的《党派评论》内部成员也发生了相似的争论，请参见第四章第一节。

现。但是拉斯基认为第一个观点暗示着丘吉尔政府与德国法西斯主义本质是一样的，这显然与英共的早期观点相悖；第二个观点是不现实的，因为法西斯主义必然会采取军事手段镇压，而苏联不会贸然干预；第三个观点显然没有注意到，在法西斯统治下的德国人民缺乏反抗的组织和手段。拉斯基认为这一政策的唯一结果就是英国被希特勒打败，这会破坏工人阶级民主斗争的最后欧洲据点，但是如果英国取得胜利的话，工人阶级还有获得解放的希望。因此，"一个社会主义者应该希望英国获得胜利并为之而努力"。①

戈兰茨曾写信向奥威尔咨询"左派的背叛"这一标题是否合适。② 该书收入奥威尔《爱国者和革命者》（Patriots and Revolutionaries）和《法西斯主义和民主》（Fascism and Democracy）两篇文章。奥威尔在《爱国者和革命者》中认为对英国而言，所谓"革命失败主义"是极不现实的："任何不通过保卫我们的海岸而推翻统治阶级的企图只会导致英国很快被纳粹占领，随即建立一个反动的傀儡政府，比如法国的情形。"③ 在这个时刻，"一位革命者必须是一位爱国者，一位爱国者必须是一位革命者"。④ 也就是说，奥威尔把这场战争看成"革命战争"，首先要以爱国主义精神团结大多数英国人打败法西斯主义，然后在此基础之上建立社会主义民主。在《法西斯主义和民主》中，奥威尔认为当前形势只有两种结果：社会主义最后是成功还是被法西斯主义打败。英国社会主义运动应该既是革命的又是民主的，应该和英国的传统民主观念结合。从《左派的背叛》来看，奥威尔与左派读书俱乐部虽然所持立场的角度不尽相同，但是其基本观点都是认为只有取得反法西斯主义的胜利，社会主义事业才会有希望，英共所宣扬的"革命失败主义"是谎言，它代表的是苏联政权的国家利益。

左派内部产生混乱和分歧导致读书俱乐部会员人数急剧下降。战

---

① Victor Gollancz, ed., *The Betrayal of the Left*, London: Victor Gollancz Ltd., 1941, p. xix.
② George Orwell, *CW*, Vol. 12, ed. Peter Davison, London: Secker & Warburg, 1998, p. 384.
③ Victor Gollancz, ed., *The Betrayal of the Left*, London: Victor Gollancz Ltd., 1941, p. 239.
④ Victor Gollancz, ed., *The Betrayal of the Left*, London: Victor Gollancz Ltd., 1941, p. 241.

后戈兰茨的兴趣转向人道主义和核裁军运动。工党上台后，俱乐部关注的经济危机、法西斯主义、西班牙内战和人民阵线等问题已经被英国战后重建任务代替。当其会员下降到8000人以下后，戈兰茨于1948年解散了俱乐部。英国左派俱乐部虽然完成了其历史使命，但对当时英国思想界的影响是不可估量的。正如斯特拉奇所说："左派读书俱乐部对1945年英国工党成功执政发挥了重要作用。它的影响也不仅局限在英国。令人感到惊讶的是，在今天一些想不到的地方，无论是上层阶级还是下层人士，无论是西方还是东方，无论是立法者还是违法者，他们的思想都能找到受到俱乐部启发影响的影子。"①

左派读书俱乐部的兴衰折射出的是英国左派知识分子的思想变迁。在他们的苏联模式的共产主义理想破灭之后，他们有的转向柯斯勒—钱伯斯（Koestler-Chambers）方式的反共立场，有的转向天主教信仰。戈兰茨的经历是整个一代英国左派知识分子思想追求的缩影：20世纪30年代的经济危机、信仰马克思主义、建立反法西斯主义人民阵线、斯大林统治时期的大清洗、苏德互不侵犯条约、苏联模式的共产主义理想的幻灭。在当时，苏联模式的共产主义理想的幻灭对追求社会主义的英国左派知识分子的心理打击是巨大的。正如斯特拉奇所说，这种幻灭带来的恐惧来自社会主义阵营内部，这种分裂是基本信念和认同的分裂。② 斯特拉奇这样描述戈兰茨："他思想和精神之舟毁灭了，被我们时代汹涌的洪流所淹没，他如期地死去。但是现在，他复活了，为他的同道带来新的信息。"③ 这里戈兰茨的复活是指他转向了国际人道主义、和平主义和基督教。战后，拉斯基深入探索民主社会主义理论，为工党的福利国家政策打下了坚实基础。斯特拉奇试图将凯恩斯主义和马克思主义理论结合起来，主张工党的修正主义路线，强调社

---

① John Strachey, *The Strangled Cry and Other Unparliamentary Papers*, New York: William Sloane Associates, 1962, p. 220.
② Victor Gollancz, ed., *The Betrayal of the Left*, London: Victor Gollancz Ltd., 1941, p. 241.
③ John Strachey, *The Strangled Cry and Other Unparliamentary Papers*, New York: William Sloane Associates, 1962, p. 219.

会福利和社会平等。斯特拉奇的《压抑的呼喊》就是对英国左派那段激情岁月的回忆，对战后英国思想气候的反思。

第二节　奥登诗人团体的奥威尔批评[①]

如果说上面谈到的英国左派读书俱乐部大多是政党成员和社会活动家，那么"奥登诗人团体"（Auden Group）则代表着英国20世纪30年代的伦敦文学界人士，特别是活跃在这个时期的诗人团体。"奥登诗人团体"主要是指由奥登（W. H. Auden，1907—1973）、斯彭德和戴—刘易斯（Cecil Day-Lewis，1904—1972）三人组成的诗人小组，他们曾先后就学于牛津大学，在学习期间开始登上诗坛，具有相似的诗学主张和政治观点。王佐良主编的《英国二十世纪文学史》评价道："他们都具有左翼思想、反法西斯、支持同佛朗哥作战的西班牙共和政府。他们的诗歌都以三十年代的现实生活，尤其是政治、工业和城市为主要题材；他们的语言是现代的、口语化的……他们受艾略特、庞德的现代主义影响而又有所不同，内容和语言上都有一种锐气，宛如一个新的英雄时代来临。"[②] 下面主要介绍斯彭德的奥威尔评论，并以此分析奥登诗人团体的思想变迁。

一　斯彭德："信仰真理和正派"

斯蒂芬·斯彭德（Stephen Spender，1909—1995），英国诗人和评论家。1937年斯彭德发表《从自由主义前进》（*Forward from Liberalism*），1936年与1937年之际的冬季加入英国共产党，但几周后退党。在斯彭德去世不久，《泰晤士报》（*The Times*）刊登了纪念文章："作为一位有创造力的艺术家，斯彭德总是与20世纪30年代难以割舍地

[①] 本节部分内容发表在《温州大学学报》（社会科学版）2015年第5期。
[②] 王佐良、周珏良：《英国二十世纪文学史》，外语教学与研究出版社1994年版，第420页。

联系在一起。他那给人印象深刻的身高和潇洒的外表使他在那个时期以奥登和衣修午德（Isherwood）① 为中心的牛津美学团体中独领风骚。那是个政治侵入文学最幽闭场所的时代，但是斯彭德作为诗人的创作灵感主要是个人的，他不会替别人摇旗呐喊太长时间，他诗歌基调是一种对被掠夺者和失败者的同情，同时对自己的动机也进行了诚实和痛苦地反思。"② 斯彭德发表的奥威尔评论文章有：（一）1953 年《幻灭和绝望》（Anti-Vision and Despair）一文。他认为奥威尔看重的是人的平等观念，从小说《一九八四》可以看出奥威尔认为人类没有可能重返传统和宗教，只有小说中处在政治权力之外的工人阶级仍保留着人性，也为人类留有一丝希望。（二）1965 年出版的《一九八四》"序言"。他认为奥威尔的悲观主义来自西班牙经历之后的幻灭。他反驳多伊彻的观点，认为虽然权力欲望不足以充分解释政治意义的权威，但是至少对心理的揭示是真实的。（三）1974 年《爱与恨的关系：英国和美国的情感》（Love-Hate Relations: English and American Sensibilities）一文。该文讨论《通往维根码头之路》和《一九八四》中奥威尔的爱国主义，认为前者表达他对普通英国人能够继承传统观念，创造一个平等社会的信心，而后者这种可能只保留在工人阶级之中。③ 下面主要分析的是斯彭德在 1950 年《世界书评》专刊上发表的评论奥威尔《向加泰罗尼亚致敬》的文章。

斯彭德《世界书评》评论的主要观点有两点。第一，斯彭德对奥威尔进行了总体评价。开篇写道："乔治·奥威尔不是一位圣人，虽然他是他那个时代最有德性（virtuous）中的一位；他也不是一位英雄，虽然他是一位具有非凡勇气的人。"对于他的德性，斯彭德将他与法国作家伏尔泰的《老实人》（*Candide*）的主人公"憨第德"比较："他是一位老实人（Innocent），是二十世纪英国的憨第德（Can-

---

① 这个小组还包括麦克尼斯（Louis Mac Neice）、衣修午德等诗人。
② "Sir Stephen Spenser", *The Times*, July, 18, 1995.
③ Jeffrey Meyers and Valerie Meyers, *George Orwell: Annotated Bibliography of Criticism*, New York & London: Garland Publishing, Inc., 1977, pp. 103 – 104.

dide)。这位老实人很普通,因为他认同的价值观是人的普通正派。"对于他的勇气,斯彭德说道:"他很普通,但也非同一般。他信仰真理和正派,这种信仰如同一把开动的钻子(drill)从他那个时代的表面钻过。他是一把钢钻,钻透的是普通之物。"斯彭德认为奥威尔是"真正跨越阶级的人,真正的社会主义者和真正说实话的人①。"

第二,斯彭德认为《向加泰罗尼亚致敬》要胜过《一九八四》,是指控当时共产主义最为严肃的作品之一。首先,西班牙内战为奥威尔尝试这把"钢钻"提供了一个"完美的场景",而《一九八四》的场景有"编造"之嫌。其次,奥威尔的西班牙经历引发了对真理的神圣性的思考。奥威尔亲历西班牙内战的事实与他反法西斯主义的观点是吻合的。这种经历过严峻考验的事实是一种"亲历的真理"(the lived truth),是对人性最有价值的真理,而所谓"现存的真理"(the living truth)常常是意识形态的宣传。

二 失败的"上帝"

从斯彭德的上述评论中可以看出他对奥威尔最为推崇的是"真理"和"正派"这两种品质。这两种品质与个人和现实紧密相连,而与党派宣传和宏观理论无关。作为诗人的斯彭德使用"憨第德"和"钢钻"这两个形象很好地说明了这两者的关系。《老实人》是伏尔泰一部重要的哲理小说,主人公憨第德性情和顺、率真老实(Candide 在法语中有耿直、纯真和老实之意),他在青年时期接受老师关于"世界美好"的莱布尼茨乐观主义教育,但随后的人生却屡遭挫折和苦难。伏尔泰透过憨第德变幻多端的生活说明盲目乐观是一种谎言,现实由恶主导。"憨第德"的形象不仅表现了奥威尔的个性品质,也暗示了他的"在路上"情结,坎坷的人生历程,更重要的是揭示了"现存的真理"和"亲历的真理"的错位。那么"钻透普通之物"的"钢钻"形象旨在说明真理必

---

① Jeffrey Meyers, *George Orwell*: *Critical Heritage*, London: Routledge, 1975, p. 134.

须要经得起现实的检验，正派源自普通大众的自觉行为。也就是说，斯彭德认为真理不是党派的口号，正派不是权威的意志。

正是基于对真理和正派的强调，斯彭德认为《向加泰罗尼亚致敬》胜过《一九八四》，因为前者展示的是对真理和正派的捍卫，而后者表现的是对真理和正派的践踏。要真正理解斯彭德关于真理和正派的观点，十分有必要细读前面多伊彻所评的一部著作《失败的"上帝"》，其中最后一篇即是斯彭德记录他加入英国共产党到最后脱离的思想演变。这篇文章与斯彭德《向加泰罗尼亚致敬》评论写作时间十分接近，因此可以反映出他在评论中一些主要思想。另外斯彭德在文章中多次提到奥威尔。比如，他写道："在知识分子和作家当中，像戈兰茨、斯特拉奇、奥威尔、柯斯勒和福斯特等都作好了准备像共产党一样反对法西斯主义，捍卫自由和社会正义"[1]；"马尔罗（André Malraux）、海明威、柯斯勒和奥威尔是描写西班牙内战最好的作家，他们从自由主义者角度叙述西班牙悲剧"[2]；"苏联的作家人民委员的观点显然是奥威尔在其小说《一九八四》所称的'双重思想'"[3]。

斯彭德把西班牙内战当作检验真理和维护正派的战场，这是他对这部西班牙内战文献重视的根本原因。斯彭德写道："20世纪30年代的高潮毫无疑问是西班牙内战……对世界其他地方而言，西班牙成为上演法西斯主义和反法西斯主义殊死角逐的剧场。先是墨索里尼、希特勒的干预，后有苏联加入，然后是国际纵队的组建，这些都使西班牙内战一时成为欧洲精神斗争的中心。"[4] 在当时的历史背景下，知识分子只有两种选择，法西斯主义还是共产主义。但是，当斯彭德反思这段经历时，他认为他当时已经有了自己的立场：支持那些坚持社会正义、自由以及通盘说出为了实现这些目的而采取的必要手段所有真

---

[1] Richard Crossman, ed., *The God That Failed*, New Yorker: Bantam Books, Inc., 1959, p. 224.
[2] Richard Crossman, ed., *The God That Failed*, New Yorker: Bantam Books, Inc., 1959, p. 225.
[3] Richard Crossman, ed., *The God That Failed*, New Yorker: Bantam Books, Inc., 1959, p. 230.
[4] Richard Crossman, ed., *The God That Failed*, New Yorker: Bantam Books, Inc., 1959, p. 221.

相的人。① 他认为"20世纪30年代对于具有良好意志的人来说,自由的内心矛盾主要就是手段和目的的矛盾",他作为作家和知识分子的责任就是"说出这一困境"。② 可以看出,真理和正派是斯彭德关注的核心话题。目的与手段的矛盾就是真理无法用来解释对普通正派侵犯的事实而引发了对真理的质疑。斯彭德所追求的就是"亲历的真理"加上"社会正义和自由"。很显然斯彭德是站在自由主义和诗人的立场来看待20世纪30年代的政治纷争。

斯彭德的思想演变是奥登诗人团体知识分子的缩影。斯彭德在年轻时期认为个人的自由超越阶级和特权,但是他反对采取革命手段。在牛津学习时期,他认为艺术不应掺入政治,人类不平等暂时不是他作为"诗人"的职责。斯彭德去了德国之后,他感受到人类苦难的严峻,但是直到同样的危机开始威胁英国,他的态度才发生重要转变:"直到危机蔓延到英国和其他国家,我开始意识到这是全世界资本主义的通病,我逐渐明白了对于解决失业问题的唯一非战争方式就是建立一个国际社会,世界资源按照世界所有人的利益而开发。"③ 斯彭德在加入英共前夕出版了《从自由主义前进》一书。④ 书中提出:"自由主义者必须支持工人,必须接受反抗法西斯主义,但同时也要捍卫自我表达的个人自由,我的意思是指自由言论和人身保护权。"⑤ 斯彭德加入英共是因为他和英共领导人波立特都赞同共产党对于西班牙共和政府的支持,同时波立特向他保证可以保留异议,可以从内部对共产党进行批评。很明显,斯彭德与英共的主流观点是不同的。西方的共产主义者认为目前只能首先采取无产阶级专政的暴力革命,才能建立

---

① Richard Crossman, ed., *The God That Failed*, New Yorker: Bantam Books, Inc., 1959, p. 247.
② Richard Crossman, ed., *The God That Failed*, New Yorker: Bantam Books, Inc., 1959, p. 248.
③ Richard Crossman, ed., *The God That Failed*, New Yorker: Bantam Books, Inc., 1959, p. 212.
④ 前面谈到利维斯夫人将此书与奥威尔的《通往维根码头之路》对比。
⑤ Richard Crossman, ed., *The God That Failed*, New Yorker: Bantam Books, Inc., 1959, p. 209.

未来的无阶级剥削的无产阶级社会。这就是说当前采取的一切手段都是为了实现最后目的的必要阶段。他们把人性的关照当作资产阶级的温情，是与当前的斗争方向不符的。

对于斯彭德来说，西班牙内战的人民阵线时期既是反抗法西斯主义的有利形势，也是自由主义复苏的绝好时机。但是，他对当时西方共产党在内战幕后的目的和手段产生了质疑。他说道：“使我早先加入共产党的行动（注：西班牙内战）也使我最终脱离于党外。"① 斯彭德发现对西班牙共产党而言，"西班牙内战只不过是追逐权力的过程"，国际纵队只不过是苏共控制权力的工具。同时，他们采取各种宣传手段攻击异己，对奥威尔参加的马克思主义统一工人党（POUM）进行清洗（奥威尔的《向加泰罗尼亚致敬》对此有详细描述）。斯彭德认为这些手段只能导致西方共产主义者的异化，"如果他们的信条使人异化，那么这些人建立的社会同样使人异化"。② 斯彭德对当时西方共产主义者的目的证明手段的合法性这一逻辑的质疑，导致他不久之后就与英共脱离。对于这些从"异端者"到"变节者"的前共产党员作家，后面提到的马克思主义者多伊彻（Isaac Deutscher）对他们进行了严厉的批判。

梳理斯彭德的思想演变特别是他的西班牙经历，其目的是说明他关注的"真理"和"正派"在奥威尔《向加泰罗尼亚致敬》中得到回应。奥威尔的这部新闻报道主要目的就是揭示西班牙内战的真相。前面介绍《通往维根码头之路》时提到，新婚不久的奥威尔在西班牙内战爆发五个月便奔赴西班牙前线。由于偶然原因，他参加的是马克思主义统一工人党，而不是共产党组织。共产党的方针是先打败弗朗哥的法西斯军队再进行革命，而马党则认为先建立革命政府才能打败弗朗哥。奥威尔支持共产党的策略，想参加共产党控制的国际纵队，但是他对政治内部争斗毫无兴趣和准备，因为他来西班牙参加内战只是为打败法西斯。但是，苏联的大清洗波及西班牙，受苏共支持的政府军开始对

---

① Richard Crossman, ed., *The God That Failed*, New Yorker: Bantam Books, Inc., 1959, p.224.
② Richard Crossman, ed., *The God That Failed*, New Yorker: Bantam Books, Inc., 1959, p.231.

持有不同政见的马党及其他组织进行镇压，不少和他在前线浴血奋战的马党成员被当作托派分子和叛徒而受到清洗。奥威尔在一次战斗中被子弹击中喉咙差点丧命，但是真正让奥威尔生命受到威胁的是西班牙内战中共产党警察对他的追捕，他最后九死一生地逃到法国边境。

奥威尔的西班牙经历是他继缅甸经历之后第二次人生重大转折。他认为从此，他写作的政治目的明确为"反对国家权威主义和拥护民主社会主义"。因为，他看到："在西班牙和在苏联都是一样，攻击的罪名（即与法西斯分子共谋）是同样的，但就西班牙而论，我有一切理由相信，这些攻击都是莫须有的。这一切经验是一个宝贵的客观教训：它告诉我国家权威主义的宣传能够多么轻易地控制民主国家开明人们的舆论。"① 奥威尔在信中反复强调该书的写作动机。他给戈兰茨的信中写道："我希望能有机会写下我见到的真相。那些英国报纸上的东西大多是令人吃惊的谎言"②；他给戈尔（Geoffery Goer）的信中写道："法西斯主义利用反法西斯主义名义来实施，这才是真正的恐怖……最令人厌恶的是，那些英国所谓反法西斯出版商却将此隐瞒"；"《工人日报》(the Daily Worker)（注：英共机关报）用最污秽的诽谤语言攻击我，称我是亲法西斯主义者"。③ 奥威尔还曾给斯彭德写信："我害怕你读了两章后会留下一种整书是托洛茨基主义宣传的印象，但是实际上只有大约一半或更少部分具有争议"；"你非常好心要评论我这本西班牙书，但是你不要这样做，以免和你所属的党派闹出麻烦（这样不值得）。虽然我想你有可能不同意我的所有结论，但是你不会称我是一个说谎者"。④ 这些信件内容都说明奥威尔写这本书的动机是

---

① ［英］乔治·奥威尔：《奥威尔文集》，董乐山编译，中国广播电视出版社1997年版，第103页。
② Gillian Fenwick, *George Orwell*：*A Bibliography*, Winchester：St Paul's Bibliographies, 1998, p. 63.
③ Gillian Fenwick, *George Orwell*：*A Bibliography*, Winchester：St Paul's Bibliographies, 1998, p. 64.
④ Gillian Fenwick, *George Orwell*：*A Bibliography*, Winchester：St Paul's Bibliographies, 1998, p. 65.

揭穿谎言，揭露真相。奥威尔从马党战友那里感受到真正的社会主义平等和同志情谊。他甚至把同情和仁慈扩展到敌方——不向提着裤子逃跑的法西斯普通士兵开枪。这充分说明奥威尔对普通正派这种道德品质的弘扬。乔姆斯基评价奥威尔时认为他在《向加泰罗尼亚致敬》中表现出一个负责任的知识分子形象，他的诚实、正派和对事实的关注表明他对民主社会主义的坚定信念。① 奥威尔的这些思想在斯彭德的这篇自述中得到了应和，因此他认为奥威尔是那个时代"最有德性的人"。这一评论和1952年《向加泰罗尼亚致敬》在美国首次出版时由特里林写的著名序言中的观点非常一致。但是需要指明的是，斯彭德经历西班牙内战后认为"上帝"已失败，而奥威尔由于并没有盲从英国左派的任何信条，因此他也就没有幻灭的结局，反而找到了明确的政治方向，那就是揭穿"苏联神话"，实现他的社会主义理想。

三 奥登诗人团体

英国20世纪30年代的作家又被称为"奥登一代"（Auden Generation）。根据海恩斯（Samuel Hynes）的《奥登一代——英国20世纪30年代的文学和政治》（*The Auden Generation: Literature and Politics in England in the 1930s*）一书，"奥登一代"是指在20世纪初到第一次世界大战期间出生，在20年代成长并在大萧条时期创作，开始走向成熟的英国年青一代作家。海恩斯用奥登的"寓言艺术"诗学主张概括这个时期的主要文学特征："诗歌是寓言艺术，寓言具有教诲功能（爱，但不是意识形态），这就是一位严肃和成熟的作家应该在恐惧和灾难横行的时代所应持有的创作态度。艺术仍然是艺术，但是艺术应该发挥社会作用。"② 斯彭德在上面提到的自述中也多次谈到文学和政

---

① John Rodden, *Every Intellectual's Big Brother: George Orwell's Literary Siblings*, Austin: University of Texas Press, 2006, p. 31.

② Samuel Hynes, *The Auden Generation: Literature and Politics in England in the 1930s*, London: Farber and Farber, 1976, pp. 9–16.

治的关系,他反对文学被意识形态和宣传控制。

奥登无疑是这个时代诗坛的领军人物。奥登在1971年1月16日的《旁观者报》(Spectator)曾发表奥威尔的评论文章,认为即使有人不同意奥威尔的观点,但都对他的充沛的精力和清晰的文风非常钦佩。他知道语言的堕落会导致社会的堕落。作为小说家,他最成功的时候是他的内容最不"虚构"的时候,因此《动物庄园》和《一九八四》不算太成功。他总是能认识到美学价值,而不顾与对方在政治或道德观念上的不同。他唯一误解的作家是那些20世纪30年代发表作品的诗人。他的一个盲点是对基督教的憎恨。① 这段评论是奥登时隔多年对奥威尔的总体认识,这里涉及奥登诗人团体成员的思想演变和奥威尔对他们的评论。

从上述斯彭德在《失败的"上帝"》的自述中可以管窥"奥登诗人团体"的思想历程。这些诗人大都出身于英国中产阶级家庭,20世纪20年代还在牛津大学读书的时候,他们怀着"为艺术而艺术"的理想开始创作诗歌。他们编辑出版《牛津诗歌》(Oxford Poetry, 1927),在"序言"中称:"所有真正的诗歌从某种意义上说从一个公共混沌中形成一个私人空间。"② 但是到了30年代初,这些诗人毕业后来到德国,失业、贫困、疾病、纳粹的猖獗和共产主义者的反抗,这些现实场景使他们内心震撼,他们开始关注普通大众的悲惨生活。1931年奥登诗人团体的《新签名》(New Signatures)选集的出版标志着"这代人的成员首次尝试界定和证明他们持有哪些共识而具有一种集体身份"。③ 收录的诗篇暗示着诗人"有自己的欲望和憎恨",也就是说他们知道哪些是值得去追求,哪些事情应该受到憎恨。④ 1933年

---

① Jeffrey Meyers and Valerie Meyers, *George Orwell: Annotated Bibliography of Criticism*, New York & London: Garland Publishing, Inc., 1977, p. 3.

② Samuel Hynes, *The Auden Generation: Literature and Politics in England in the 1930s*, London: Farber and Farber, 1976, p. 397.

③ Samuel Hynes, *The Auden Generation: Literature and Politics in England in the 1930s*, London: Farber and Farber, 1976, p. 75.

④ [英]乔治·奥威尔:《政治与文学》,李存捧译,译林出版社2011年版,第119页。

《新国家》(*New Country*)出版时,诗人思想开始左转,"激进的美学让位于激进的政治"。①

其中,斯彭德和刘易斯加入英共。刘易斯认为:"三十年代的人们面临的是一个病态的社会……为了成为真正的诗人,诗人也应该加入到唯一一个健康的社会而奋斗的行列中去。"② 但是英共政策的变化无常、苏联的大清洗和西班牙内战的权力争斗逐渐使这些诗人激进的政治热情消退,斯彭德与刘易斯因幻灭退党。奥登定居美国,重新从基督教寻找慰藉。从此,"奥登诗人团体"的思想观念和诗歌风格都发生重大转变。奥登在美定居不久写的诗歌《1939年9月1日》(*September 1, 1939*)以绝望伤感的笔调描绘了他经历的这个十年:"那些聪明的希望吐出/这虚伪堕落的十年。③"

所谓奥威尔对20世纪30年代诗人误解的评论事出有因。奥威尔在《通往维根码头之路》中把这些诗人称为"女人气诗人",把奥登称为"懦弱的吉卜林"。奥威尔与斯彭德的关系也充满戏剧性,未谋面时称"女人气诗人",但是结识后马上成为朋友。当然奥威尔对这些诗人的评价主要是在前面提到的《鲸腹之内》这篇文章。这篇论文除了评价亨利·米勒(Henry Miller)外,还出色地概括了英国一战以后的文学走向。奥威尔认为如果说在乔治王时期诗人关注的是"自然美",战后作家关注的是"生命的悲剧性",那么"在1930年至1935年间,出了大事。文学气候变了。新的一群作家奥登和斯彭德等人出现了",他们关注的是"严肃的目的",即"介入政治"。④ 奥威尔对这代作家的"左倾"原因进行了分析。他认为由于经济萧条导致中产阶级的失业,这种失业主要后果是幻灭情绪的蔓延。他们需要新的信仰,因为以前的爱国主义和宗教信仰宣扬的价值观都被推倒。资本主

---

① John Rodden, *Every Intellectual's Big Brother: George Orwell's Literary Siblings*, Austin: University of Texas Press, 2006, p. 16.

② 王佐良、周珏良:《英国二十世纪文学史》,外语教学与研究出版社1994年版,第439页。

③ 英文原句是:"As the clever hopes expire /Of a low dishonest decade"。

④ [英]乔治·奥威尔:《政治与文学》,李存捧译,译林出版社2011年版,第114—119页。

义的没落、法西斯主义的上台、苏联的成就使共产主义成为信仰的替代品。奥威尔写道:"爱国主义、宗教、帝国和军事荣耀——用一个词说,就是苏联。父亲、皇帝、领袖、英雄和救世主——用一个词说,就是斯大林。上帝——斯大林。恶魔——希特勒。天堂——莫斯科。地狱——柏林。"① 因此,1935年到1939年间是反法西斯、人民阵线和左派读书俱乐部的鼎盛期,"共产党对所有四十岁以下的作家有着不可抗拒的吸引力"。②

奥威尔认为他们除自由主义以外,对苏联的国家权威主义全然不知。奥威尔这里分析了奥登的《西班牙》(Spain)一诗中的"必要的谋杀"。③ 这是对"优秀党员"的一天生活的概述。奥威尔评论道:"我知道什么是谋杀——恐怖、仇恨、号哭的家属、尸体解剖、血、臭味。对我来说,谋杀是件应当避免的事。每个普通人也都这么看。希特勒们和斯大林们觉得谋杀是必须的,但他们也不宣扬谋杀的可怕,他们也不称那是谋杀,而是'蒸发'、'清除',或者别的能安慰人的什么词。如果在谋杀发生的时候,你是在其他地方,那么,奥登先生的那种无道德感才有可能产生。"④ 这段获得利维斯夫人赞许的著名评论不仅谴责了在美好"目的"下的权威"手段",也讽刺了奥登这样出身中产阶级的诗人与大众和现实是脱离的,因此他们无法看清西方社会政治背后的权力角逐,他们最后的幻灭是必然结局。

奥登对奥威尔的评论非常震惊,后来对这首诗作了修改。其实奥威尔与"奥登诗人团体"存在一些误解。比如从以上奥登和斯彭德论述文学与政治关系中,我们可以发现他们的观点是一致的,奥威尔分

---

① [英]乔治·奥威尔:《政治与文学》,李存捧译,译林出版社2011年版,第125页。
② [英]乔治·奥威尔:《政治与文学》,李存捧译,译林出版社2011年版,第121页。
③ 奥威尔引用的诗节是:"明天属于年轻人,诗人们像炸弹一样爆发,/湖边的漫步,在一起相拥的美好时光;/明天的自行车比赛/要在夏夜穿过郊区。但是今天还得斗争。/今天是死亡几率的有意增加,/是对必要的谋杀中的罪犯的存心原谅;/今天是在乏味而短命的传单和无聊的会议上行使权力。"参见[英]乔治·奥威尔《政治与文学》,李存捧译,译林出版社2011年版,第125—126页。
④ [英]乔治·奥威尔:《政治与文学》,李存捧译,译林出版社2011年版,第126页。

析20世纪二三十年代英国文学史得出的结论是"作家只有远离政治才会写出好的作品"。① 但是，奥威尔对于出身中产阶级的"奥登诗人团体"在20世纪30年代思想演变的原因分析是非常敏锐的。奥威尔的缅甸经历和他与英国下层阶级频繁接触，能够使他一针见血地指出这些诗人缺乏对现实世界的观察和判断能力。因此，斯彭德用"穿透普通事物"的"钢钻"来评论奥威尔是非常恰当的。

第三节 共产党背景的英国左派

前面提到，以英国共产党领导人波立特和杜特为代表的共产党员已对奥威尔《通往维根码头之路》的社会主义观进行了批判。下面介绍的是在冷战时期，一些仍然坚守共产主义理想的共产党人和具有共产党背景的左派知识分子对奥威尔小说《一九八四》的基本观点和态度。

一 沃西："小资产阶级根深蒂固的幻想和偏见"

1956年1月，沃西（James Walsh）在《马克思主义季刊》（*The Marxist Quarterly*）发表了一篇奥威尔评论，代表了英国共产党对奥威尔的基本态度。该文在篇首就表明他对《一九八四》的基本观点："《一九八四》和《动物庄园》是一脉相承的，只不过这部小说表现得更为神经质，对于一切追求进步的痛恨也表现得更为明显。需要注意的是，小说不是单单针对苏联，甚至也不是英国共产党，而是针对英国社会主义。"②

沃西对奥威尔具体有如下指责。第一，奥威尔的《通往维根码头之路》、《动物庄园》和《一九八四》无非是说明工人阶级是非常"愚

---

① ［英］乔治·奥威尔：《政治与文学》，李存捧译，译林出版社2011年版，第128页。
② Jeffrey Meyers, *George Orwell: Critical Heritage*, London: Routledge, 1975, p. 287.

蠢"和"懦弱",无法把握自己的命运,因此这些作品是对工人阶级的"侮辱",无视他们对法西斯主义的反抗和对人权的捍卫。第二,奥威尔"只不过是一个喉舌而已,代表着一些小资产阶级根深蒂固的幻想和偏见"①。首先,他虽然痛恨资本主义,但是他更加痛恨社会主义。沃西对奥威尔这样描述道:"他有一段时间参加了社会主义运动,但对社会主义了解了一些皮毛之后,他便立即一路尖叫着投向资本主义出版商的怀抱,靠着一些恐怖喜剧获得了名望和财富,以及具有'个性'和'追求自由'这样的虚荣。"② 其次,沃西引用多伊彻(Isaac Deutscher)的观点,认为《一九八四》是对俄国作家扎米亚京(Eugene Zamiatin)的小说《我们》(We)的抄袭,缺乏原创性,根本算不上艺术作品。第三,小说被当作冷战时期资本主义的反共宣传工具,对共产党和共产主义理想进行了恶毒的攻击。简而言之,沃西认为:"奥威尔反映出他对人民的无知,对工人阶级的无知,对共产党的无知。"③ 因此,沃西号召共产党员在发动反对冷战政策、支持和平与社会主义的人民运动中发挥关键作用。

沃西在这篇评论中还记录了英共领导人杜特在 1955 年 1 月 5 日的《曼彻斯特卫报》(*Manchester Guardian*)发表的评论《一九八四》的信件:

> 奥威尔在《一九八四》中描述的那个世界的统治观念并不是共产主义观念,因为他对此知之甚少。他反映的是当今西方垄断资本主义观念,对此他虽然有着外在的感知和经历,抱着恐惧和厌恶的态度,但是他却无法理解其形成原因和治愈良方。这可以很容易证明。他小说中"反叛"主人公遭到惩罚,因为他表达的主要"异端"观点是"现实是外在的、客观的、自身存在的"。这是唯物主义和共产主义的观点。而他描述的独裁统治

---

① Jeffrey Meyers, *George Orwell: Critical Heritage*, London: Routledge, 1975, p. 291.
② Jeffrey Meyers, *George Orwell: Critical Heritage*, London: Routledge, 1975, p. 290.
③ Jeffrey Meyers, *George Orwell: Critical Heritage*, London: Routledge, 1975, p. 287.

理念是"现实不是外在的，现实只存在人的思维而不是其他任何地方"，这是当前所有西方理想主义哲学的主要观点，并被统治阶级所青睐。①

这段被沃西高度赞扬的评论显然代表英共官方立场，将小说中的真正代表共产主义观点和资本主义观点划清界限，其目的在于引导党内人士和一般读者对西方意识形态宣传保持清醒头脑。

这里还有必要提及 1949 年西伦（Samuel Sillen）在美国共产党杂志《大众与主流》（Masses and Mainstream）发表的《本月的蛆虫》（Maggot-of-the-Month）一文。西伦对奥威尔的攻击可谓谩骂式的。奥威尔的《动物庄园》和《一九八四》都被选入美国每月之书俱乐部。西伦明显把《一九八四》这本在美国受到热捧的书当作腐朽之作。他认为小说入选说明奥威尔的流毒在美国蔓延。该书宣扬的是资本主义的腐朽思想，以一种充满仇恨和反人性的反乌托邦形式，表明资本主义走向垂死挣扎。西伦说道："但是在垂死资本主义的腐朽中暗藏着丑陋的原动力，它将不断追求更新层次的腐朽，这会使蛆虫在这里找到'精彩和道德的活力'。"② 沃西继承了西伦观点，他们把奥威尔的作品当作来自资本主义阵营对共产主义的攻击，他们对奥威尔谩骂式的评论代表了当时西方共产主义阵营对奥威尔大力批判的基本立场。

二 多伊彻："施虐狂式的权力欲望"

艾萨克·多伊彻（Isaac Deutscher, 1906—1967），是一位出生在波兰，后在二战爆发时迁居英国的犹太马克思主义作家、历史学家和新闻工作者。多伊彻在 1927 年初加入了波兰共产党，1932 年加入托洛茨基反对派被波兰共产党开除。他最为人知的身份便是托洛茨基和

---

① Jeffrey Meyers, *George Orwell: Critical Heritage*, London: Routledge, 1975, pp. 287–288.
② Irving Howe, *Orwell's Nineteen Eighty-four: Text, Sources, Criticism*, New York: Harcourt, Brace & World, Inc., 1963, p. 212.

斯大林的传记作者和苏联时事评论家。他的三卷本托洛茨基传记《先知三部曲》在英国新左派中有着巨大影响,迄今仍是举世公认的研究托洛茨基的最权威著作。①

(一)《"1984"——残暴的神秘主义》

多伊彻 1955 年出版的《异端、变节者及其他文集》(*Heretics and Renegades and Other Essays*)一书中有一篇重要的奥威尔批评文章《"1984"——残暴的神秘主义》("1984"——The Mysticism of Cruelty)。该文写于 1954 年 12 月,有以下重要观点。

第一,奥威尔的《一九八四》在当代具有巨大的影响力。"我们这个时代很少有像乔治·奥威尔的《一九八四》那样如此受到关注的小说。如果有的话,也很少能够像《一九八四》那样对政治产生了重要影响";"小说在冷战中成为了一种意识形态的超级武器(ideological super-weapon)。没有其他书或者其他文献像《一九八四》那样,使二战以后整个西方对共产主义的恐惧得到如此具体地呈现"。②

第二,奥威尔的《一九八四》想象力是有局限的,缺乏原创性,算不上文学杰作。多伊彻的重要依据是奥威尔于 1946 年 1 月 4 日在《论坛报》(*Tribue*)上发表的关于俄国作家扎米亚京(Eugene Zamiatin)的小说《我们》(*We*)和赫胥黎(Aldous Leonard Huxley)的《美妙新世界》(*Brave New World*)的书评。多伊彻通过对该文的仔细分析,认为奥威尔的《一九八四》在主要观点、情节、人物、象征以及故事发生的氛围等方面都是从扎米亚京的《我们》大量借鉴而成。"奥威尔的这部作品完全是扎米亚京作品主题的英国翻版。可能只是

---

① 参见中译本〔英〕艾萨克·多伊彻《先知三部曲》,王国龙等译,中央编译出版社 1998 年版;〔英〕艾萨克·多伊彻《斯大林政治传记》,于干译,四川人民出版社 1982 年版。多伊彻的名字曾出现在奥威尔名单上。这是奥威尔于 1949 年 3 月给英国外交与联邦事务部下辖的信息研究部准备的名单,该部门主要负责对抗苏共对西方国家劳工运动的宣传影响。奥威尔的这份名单列举了当时有亲共倾向的报人和作家,认为他们不适合为信息研究部撰稿。多伊彻的名字上还有批注:仅为同情者。

② Isaac Deutscher, *Heretics and Renegades*: *And Other Essays*, London: Hamish Hamilton Ltd., 1955, p. 35.

这种英国翻版的彻底性，才给小说带来了一些原创性。"① 多伊彻通过以上分析，旨在说明《一九八四》具有沦为意识形态工具的文学特征。

第三，斯大林时期的大清洗和奥威尔在西班牙的亲身经历使他对国家权威主义的非理性难以找到理性的解释，他只能将此归结为"施虐狂式的权力欲望"（sadistic power-hunger），正是这种"残暴的神秘主义"成为《一九八四》的创作动机。这里国家权威主义的非理性是指"人类的屠杀、以残暴为终极目的以及'古代社会邪恶的奴隶文明'在当代社会的泛滥"②。奥威尔无法从理性主义角度来解释这些非理性现象，更不可能从马克思主义的辩证唯物主义理论去认识这些现实问题。因此，"他在放弃了理性主义之后，开始逐渐透过类似带有神秘色彩的悲观主义（quasi-mystical pessimism）的黑色眼镜来看待现实世界"。③ 对于"《一九八四》是即将离世之人所作"这样的评论，多伊彻认为"奥威尔的幻灭和悲观并不主要源于他面临死亡的痛苦，而是源于一位活着的人的生活经历和内心思考以及在理性主义被击垮后不知所措的反应"。④ 另外，多伊彻还在文中一则详细的注释中，通过他和奥威尔的交往经历来证明他的这个观点。他认为奥威尔缺乏"历史感和对政治生活的心理洞察"⑤。因此，奥威尔描绘的国家权威主义社会是一种"与肉体脱离的施虐欲"，一种"人性所有邪恶幽灵般的释放"，一种"抽象的、疯狂的和享受着胜利的恶魔"。⑥ 对于

---

① 奥威尔在1944年2月给 Gleb Struve 的信中也提到他对《我们》的兴趣："我对那种类型的书很感兴趣，我甚至在为以后某个时间写这样一本书一直在做笔记。"参见 Gillian Fenwick, *George Orwell: A Bibliography*, Winchester: St Paul's Bibliographies, 1998, p. 126。

② Isaac Deutscher, *Heretics and Renegades: And Other Essays*, London: Hamish Hamilton Ltd., 1955, p. 44.

③ Isaac Deutscher, *Heretics and Renegades: And Other Essays*, London: Hamish Hamilton Ltd., 1955, p. 46.

④ Isaac Deutscher, *Heretics and Renegades: And Other Essays*, London: Hamish Hamilton Ltd., 1955, p. 46.

⑤ Isaac Deutscher, *Heretics and Renegades: And Other Essays*, London: Hamish Hamilton Ltd., 1955, p. 48.

⑥ Isaac Deutscher, *Heretics and Renegades: And Other Essays*, London: Hamish Hamilton Ltd., 1955, p. 49.

"《一九八四》是一种警告"这一观点，多伊彻认为："《一九八四》事实上与其说是一种警告，不如说是一种刺耳的尖叫，宣告着黑色千禧年的到来——进入地狱的千禧年。"①

（二）从异端到变节者

欧文·豪对多伊彻的奥威尔批评视点作了很好的概括："这是一位独立的激进主义者，他信仰马克思主义，批评斯大林的独裁统治，但是肯定苏联仍然取得了有价值的社会成就，而这些成就近来因受反共情绪影响而被忽视。"② 这就是说，多伊彻是从马克思主义的观点和立场对奥威尔的《一九八四》进行阐释。

多伊彻在《异端、变节者及其他文集》"序言"中对此有很明确的说明："我尝试用一种分析的、社会学的和历史的观点来看待苏联社会，反对前共产党员'上帝'已失败的哀叹，反对他们绝望和谴责的呼喊。"③ 多伊彻坦诚他在书中贯穿着"永不绝望"的基调。他认为我们对当今重大问题的态度不是极端悲观就是极度乐观，而历史意识能够为此提供最好的解药。④《异端、变节者及其他文集》是介绍苏联社会的论文集，"异端和变节者"是第一部分，包括"前共产党员的良心"（the Ex-Communist's Conscience）、"波鲁甘里亚部长的悲剧生活"（the Tragic Life of a Polrugarian Minister）和《"1984"——残暴的神秘主义》。这里有必要先对前两篇论文进行分析。

"前共产党员的良心"是多伊彻对《失败的"上帝"》（the God That Failed，1950）一书的回应。《失败的"上帝"》主要讲述柯斯勒（Arthur Koestler）、伊尼亚齐奥·西洛内（Ignazio Silone）、理查德·赖

---

① Isaac Deutscher, *Heretics and Renegades: And Other Essays*, London: Hamish Hamilton Ltd., 1955, p. 49.
② Irving Howe, *Orwell's Nineteen Eighty-four: Text, Sources, Criticism*, New York: Harcourt, Brace & World, Inc., 1963, p. 196.
③ Isaac Deutscher, *Heretics and Renegades: And Other Essays*, London: Hamish Hamilton Ltd., 1955, p. 7.
④ Isaac Deutscher, *Heretics and Renegades: And Other Essays*, London: Hamish Hamilton Ltd., 1955, p. 7.

特（Richard Wright）、安德烈·纪德（André Gide）、路易斯·费希尔（Luis Fischer）和斯蒂芬·斯彭德（Stephen Spender）这六位前共产党作家从追求共产主义理想到最后脱离的心路历程。该书主编理查德·克罗斯曼（Richard Crossman）认为他们选择共产主义道路主要出于对西方民主的绝望、反抗法西斯主义的孤独以及基督教的良心这三个动机。但是理想中"上帝"和苏联共产主义的现实之间的落差，使他们的内心冲突几乎达到崩溃的顶点。① 他们先是以捍卫共产主义名义，与党的官僚机构决裂，继而与共产主义决裂，多伊彻认为这些前共产党员完成了从"异端者"到"变节者"的转变。② 多伊彻把他们的转变同华兹华斯和柯勒律治等幻想破灭了的法国革命早期追随者作比较，他们在同拿破仑的斗争中，与保守党寡头组织和神圣同盟（the Holy Alliance）联合在一起。同样，前共产党员也是当前反共产主义的推动者，如同钱伯斯一样"做着最邪恶的事"。多伊彻认为这些前共产党作家应该像杰斐逊、歌德和雪莱一样，拒绝在自己生活时期的两种阵营中作出选择，因为他们认为"历史已被证明是高于他们时代的恐惧和憎恨"③。只有作为时代矛盾的旁观者，才能对这个时代作出真实和深入的解释。

"波鲁甘里亚部长的悲剧生活"一文则是多伊彻具体描述一位坚定的马克思主义者的心路历程。波鲁甘里亚（Polrugaria）是作者虚构的一个苏联卫星国，部长即这个国家的领导人叫安德里亚罗（Vincent Adriano）。多伊彻说："这里讲述有关他的经历没有一点是虚构的。"④ 安德里亚罗与上述前共产党作家经历十分相似，经历了希望和失望的

---

① Richard Crossman, ed., *The God That Failed*, New Yorker: Bantam Books, Inc., 1959, pp. 1 – 10.
② Isaac Deutscher, *Heretics and Renegades: And Other Essays*, London: Hamish Hamilton Ltd., 1955, pp. 14 – 15.
③ 《艾萨克·多伊彻的遗产》，http://marxists.anu.edu.au/chinese/Isaac-Deutcher/deutcher-Perry-Anderson.htm。
④ Isaac Deutscher, *Heretics and Renegades: And Other Essays*, London: Hamish Hamilton Ltd., 1955, p. 23.

过程。但是，他坚守共产主义理想，探索一条适合波鲁甘里亚的社会主义道路。在冷战东西阵营对立时期，他仍然保留他旧有的马克思主义思维习惯，冷静地分析社会和政治现实。他发现东西阵营的矛盾并不是"独裁和自由之间"的矛盾，而是"斯大林独裁（部分得到经济和社会进步的弥补）和反动的独裁（不会有任何东西可以弥补）"之间的矛盾。① 因此，他认为倒向西方会是对共产主义理想的叛离。

可以看出，多伊彻坚持马克思主义的历史观，反对前共产党作家非理性的情感宣泄和实际的背叛行为。因此，当小说《一九八四》在西方被利用来作为攻击苏联和共产主义的工具时，多伊彻祭起了四把利剑予以反抗。第一把利剑是揭穿小说作为西方意识形态工具的本质："冷战除了需要有形的超级武器（physical super-weapons）也有对一种意识形态武器（an ideological weapon）的'社会需要'"②；"像《一九八四》这样的书可能会根本不考虑作者原意而被利用。书中有的特征可能会被剥离出原有语境，而有的如果不适用于使用者的政治目的，便会被忽略或者受到实际的压制"。③ 多伊彻的第二把利剑是贬低小说的文学价值，指责小说有抄袭之嫌。多伊彻对《一九八四》和《我们》进行细致的文本对比证明奥威尔从中"借鉴"了主要元素。这里多伊彻的目的显然不仅仅是"钩沉文学影响"。第三把利剑是小说的讽刺对象不只是苏联，更是英国和美国。比如，他说"新话"（Newspeak）主要是讽刺英美新闻的电报缩语。

最具锋芒的是第四把利剑。多伊彻认为奥威尔不懂得马克思主义的辩证唯物主义理论，把国家权威主义的非理性现象归结于"残暴的神秘主义"，这种对残暴和仇恨的宣扬只会导致人类对自身命运的逃避。多伊彻认为真正的马克思主义者能够解释这些非理性现象，因为

---

① Isaac Deutscher, *Heretics and Renegades: And Other Essays*, London: Hamish Hamilton Ltd., 1955, p. 32.
② Isaac Deutscher, *Heretics and Renegades: And Other Essays*, London: Hamish Hamilton Ltd., 1955, p. 35.
③ Isaac Deutscher, *Heretics and Renegades: And Other Essays*, London: Hamish Hamilton Ltd., 1955, p. 36.

马克思主义并不是理性主义，马克思主义不认为人类是由理性动机所引导，人们并不是通过理性来建立社会主义。多伊彻举例说，马克思在《资本论》中详细阐述了"拜物教"思维和建立在"商品生产"的行为。阶级斗争也不是一种理性过程。一个社会阶级的利益即使不代表一些个人利益，也会与个人利益和其成员的社会地位至少会产生一些特定的关系。因此，多伊彻认为这种超越阶级的"残暴的神秘主义"阐释方式没有透过历史语境来掌握事件的本质，是只看见"树"不见"林"，这就像"一个精神病医生因为与精神病频繁接触而发生精神错乱"①。最后，多伊彻指出在人类社会受到原子弹威胁的时代，奥威尔的《一九八四》在媒体的渲染下散布了恐慌和仇恨，人们只是把怒火和绝望释放在小说所描写的"巨怪和替罪羊"（Bogy-cum-Scapegoat）身上，而没有认识到当代社会的困境在于"社会生活方式以及社会和政治机构还没有能够被调整到与科技知识的急剧增长相适应的程度"。②

三 英国共产党的发展历程

从反法西斯主义时期英共领导人对于奥威尔作品的"非常糟糕"评语，到冷战时期英国共产党官方媒体的"小资产阶级根深蒂固的幻想和偏见"（美国共产党的"本月的蛆虫"），英共领导人把书中共产主义和资本主义观点划清界限，再到多伊彻的"残暴的神秘主义"，我们可以看出具有共产党背景的英国左派对于奥威尔及其作品的基本态度。这个态度就是批判，体现为四种形式：断然否定、谩骂、划清界限和冷静分析。这些评论的动机如果放置到英国共产党不同时期政党路线的历史语境之中会变得更加清晰。

---

① Isaac Deutscher, *Heretics and Renegades: And Other Essays*, London: Hamish Hamilton Ltd., 1955, p. 49.
② Isaac Deutscher, *Heretics and Renegades: And Other Essays*, London: Hamish Hamilton Ltd., 1955, p. 50.

英国共产党（the Communist Party of Great Britain，CPGB）成立于1920年，受到当时俄国十月革命胜利和欧洲革命形势的影响。在成立的"共产主义团结大会"上，通过加入第三国际，以苏维埃模式夺取政权的纲领方针，当时拥有党员两三千人。英共成立不久便发动了"不干涉苏联"运动，反对英国政府参加对苏联社会主义政权的武装进攻。经济危机爆发以后，英共执行共产国际的"阶级对抗阶级"路线，与工党分裂，陷入孤立和党员锐减的境地。后来共产国际纠正了这一对抗政策，主张建立"统一战线"，英共执行这一路线，积极支持反法西斯主义战争，组织参加西班牙内战。二战爆发后，英共国际上反对法西斯主义，国内反对张伯伦政府的绥靖主义政策。英共领导人波立特曾发表《如何赢得这场战争》小册子，认为这是一场正义战争，法西斯主义会对社会主义的核心价值自由和权利进行践踏，因此共产党支持英国对德作战。但是，由于共产国际认为这是一场帝国主义之间的非正义战争，英共接受了受苏联控制的共产国际指令，主张英国现政府应该下台，建立"人民政府"。这种对战争性质180度态度的转变给英共内部造成了思想混乱。苏德战争爆发后，英共发表《人民战胜法西斯主义》的宣言，转而放弃"人民政府"政策，支持丘吉尔政府反抗希特勒侵略。二战后，世界开始进入以苏美为代表的社会主义和资本主义两大阵营对抗的冷战时期，英国国内艾礼德工党政府实行"国有化"和"福利国家"政策。面对国际国内新形势，英共1951年颁布新纲领《英国走向社会主义的道路》，提出"和平过渡到社会主义"的新路线，但是随后1956年苏共二十大开展的以反对个人崇拜为内容的非斯大林化运动、匈牙利事件和波兰波兹南事件使英共内部产生分裂。1968年"布拉格之春"和苏联入侵捷克之后，英共内部在对苏联态度上产生对立。以总书记高兰为代表的共产党主张根据英国实际走独立自主的道路，接受"欧洲共产主义"路线，而杜特继续支持苏共立场，这导致了"欧共派"和"传统派"的对立。撒切尔夫人上台后，英共分裂加剧。苏联东欧剧变后，英共出现严重的社会民主党倾向，1991年，英共改名为"民主左派"，自此经历71年的英共解体。

　　通过对英共党史和路线的梳理可以发现，英共的兴衰与苏共关系密切。前面在分析英国左派读书俱乐部时已经发现，英共与读书俱乐部的合作与受苏共控制的共产国际的"统一战线"政策有关，这与左派俱乐部的反法西斯主义和建立"人民阵线"宗旨一致。奥威尔在《通往维根码头之路》对社会主义者的"攻击"和他"独特"的社会主义观当然使英共无法容忍，只有断然否定。但是受苏德签订互不侵犯条约的影响，英共在对待二战态度上再三反复，从对"统一战线"的支持，再到反对依靠"革命失败主义"建立"人民政府"，英国左派内部产生严重分歧，《左派的背叛》就是这一时期的标志。德国入侵苏联之后，英共支持世界反法西斯主义同盟的建立，这与其他英国左派人士又走向一致。但是二战胜利之后，世界出现雅尔塔会议划定的大国势力范围控制的格局，以丘吉尔"铁幕"演说为标志的冷战时期开始。奥威尔在《动物庄园》和《一九八四》中对这一时期的政治气候作了非常形象的描述。但是，这两部小说的出版和传播使其在英美资本主义阵营成为"反苏反共"的有效意识形态工具。因此，发表在1956年苏联二十大以前的这两篇代表英美共产党官方杂志的评论以及英共领导人的表态，当然会忠诚地捍卫苏联社会主义阵营，同苏共保持高度一致将奥威尔看作"反苏反共"作家，因此"小资产阶级根深蒂固的幻想和偏见"、"一路尖叫着投向资本主义出版商的怀抱"或"本月的蛆虫"都是对奥威尔作为资产阶级代言人的谩骂式评论；英共领导人也急于表态什么是真正的共产主义观点。苏共对斯大林大清洗内幕的揭露和之后的一系列军事干涉事件也导致了英共走向分裂。

　　多伊彻早年就加入波兰共产党，后被开除，但是他始终坚持马克思主义信念。林春（Lin Chun）在介绍英国新左派背景时也认为多伊彻是在战后仍然产生深远影响的少数马克思主义学者之一。① 著名新左派思想家、史学家佩里·安德森（Perry Anderson）曾撰文《艾萨克·多伊

---

① Lin Chun, *The British New Left*, Edinburgh: Edinburgh University Press, 1993, p. 2.

彻的遗产》概括他的思想历程。他评价多伊彻是"本世纪伟大的社会主义作家之一。他既是一位马克思主义者,又是一位历史学家,但是,其行文方式(他的著作与这两个领域密切相关)与他在学界的地位(他在这两个领域中都占有一席之地),却无人可以匹敌。"① 安德森认为多伊彻继承了罗莎·卢森堡(Rosa Luxemburg)的思想遗产:"他从中学到了道德独立、自发的国际主义、不妥协的革命精神——一个古典与历史唯物论并存的马克思主义者(卢森堡是第一个批评《资本论》中再生产纲要的马克思主义者),因为它同工人运动的现实生活有密切联系。"② 安德森曾提到多伊彻的这篇奥威尔评论,认为这是"对真正意义上的批评功用的一个提示",也就是说多伊彻批评的目的是回应西方世界对于奥威尔"天才预见的诸多称颂",认为他们"缺乏对《1984》的客观对象、经济状况和当时严重状态的足够认识"。③ 安德森在采访威廉斯时提到:"他(注:多伊彻)曾经在波兰的地下革命组织工作,对于斯大林主义的破坏性,他在乌克兰有更多的直接经验,而且当时还是一个居住在英国的流亡者。他并未在斯大林主义的压力下产生突变,变成一个社群性的爱国者,更不必说变成一个强烈的反共产主义者。"④ 安德森这里矛头指向的是奥威尔社会主义立场的转变。不过这些评论可以证明,虽然多伊彻在撰写托洛茨基和斯大林传记时反复强调其历史家立场,而非受党派观点左右,但是他对奥威尔的评论只不过是在冷战时期以冷静的历史分析面目来表达其马克思主义立场。他没有采取英共对奥威尔的断然拒绝和谩骂的方式,也没有对奥威尔的文学成就进行彻底否定,而是溯本求源地考证小说的文学"借鉴",用马克思主义的辩证唯物主义批评奥威尔对国家权威主义非理性的解释缺乏历史观照,并以题名《"1984"——残暴的神

---

① http://marxists.anu.edu.au/chinese/Isaac-Deutcher/deutcher-Perry-Anderson.htm.
② http://marxists.anu.edu.au/chinese/Isaac-Deutcher/deutcher-Perry-Anderson.htm.
③ http://marxists.anu.edu.au/chinese/Isaac-Deutcher/deutcher-Perry-Anderson.htm.
④ [英]雷蒙德·威廉斯:《政治与文学》,樊柯、王卫芬译,河南大学出版社2010年版,第400页。

秘主义》形式明确阐释了小说的实质是在宣扬"恶",宣扬"施虐狂"的暴力,而非西方世界称颂的"天才预言"。多伊彻的评论显然成为英共作出上述评论的证据,另外前面斯特拉奇的《压抑的呼喊》以及美国的欧文·豪也明显受到多伊彻的影响。

本章小结

英国20世纪30年代是激进的一代,是革命的一代,这个时代属于左派。处于左派正统和中心的是建立于1920年的英国共产党。他们坚决执行受苏联控制的共产国际的指令,积极组织工人运动,旨在推翻腐朽的资本主义制度,建立人人平等、没有经济剥削的社会主义社会。波立特和杜特是英共卓越的领导人,他们信仰的是正统的马克思主义理论,始终坚守共产主义理想。在英共的大力支持下,英国读书左派俱乐部成立,大力宣传社会主义理论和反法西斯主义思想。选书委员会的斯特拉奇与英共关系密切,他的《即将到来的权力斗争》对社会主义理论的阐述十分具有影响力。奥威尔《通往维根码头之路》的出版正值西班牙内战,革命理想处于高潮。奥威尔提出少讲点马克思主义"行话",少宣扬一些苏联的现代化成就,经济不是社会主义的一切,重要的还有人的自由、平等和普通正派。这些非正统观点加上他对社会主义者的指责显然不合时宜,因此波立特等在英共机关报《工人日报》评论此书"非常糟糕",斯特拉奇也对此书不断地"抱怨",俱乐部会员中"连最温和的人都给激怒","磨快着大脑"予以坚决驳斥。具有很高学术地位的政治理论家拉斯基出来发声,责其为"情感社会主义",并不值一驳。具有包容不同观点的俱乐部创建人戈兰茨不愿拒绝出版,只好写篇"序言",一是指责奥威尔对"科学社会主义"无知,对读者的阅读进行规范,二是将此书作为反面教材,供会员在讨论中受到正统社会主义的教育。

奥威尔去世之后,他的声望飙升。《动物庄园》和《一九八四》被右派视为攻击左派的"意识形态超级武器"。此时的老左派已出现

第二章 理想的形成、幻灭与坚守：英国左派的奥威尔批评

分化。奥登、斯彭德等深感个人自由遭到无情践踏而放弃了"理想"，开始对"这虚伪堕落的十年"进行反思。苏联与德国签订互不侵犯条约，英共也跟从苏联指令左右摇摆。左派读书俱乐部虽发出"左派的背叛"的指责，然而"思想和精神之舟业已毁灭"。在此情况下，这些左派在冷战时期的奥威尔批评也出现了分化。英共领导人杜特对右派拿《一九八四》攻击左派冷静地予以回击。他指出小说中的独裁统治观念是西方资本主义独有的，只有"反叛者"的观点才属于共产主义思想。英共主流媒体（包括美共）则斥责奥威尔代表了"小资产阶级根深蒂固的幻想和偏见"。有着共产党背景的多伊彻也以史学家的身份试图客观地找到奥威尔小说中的"借鉴"证据，并指责他不懂马克思主义的辩证唯物主义，把非理性现象归结于"残暴的神秘主义"。他说的"一个精神病医生因为与精神病频繁接触而发生精神错乱"与英共媒体的"神经质""一路尖叫"评语颇为相似。部分左派认为"上帝"已失败，其中退党的左派人士或者昔日的"同路人"留下了不少"忏悔文学"，斯特拉奇称之为"反抗文学"，是一种"压抑的呼喊"。他认为他们大多数已从"理性主义"隐退，到宗教神秘主义和超验主义那里寻求慰藉。奥威尔没有"隐退"，他只是认为"理性主义"被"背叛"。在斯特拉奇看来，"反抗"不是办法，目前仍然需要重拾理性主义和经验主义并加以修正才能解决现实的实际问题。

  对于思想发生过转变的左派人士而言，当他们处于"理想"的"形成"阶段，对奥威尔的态度基本是"否定"的；当他们处于"理想"的"幻灭"和"反思"阶段，则对奥威尔有着不同程度的"认同"。对于坚守理想的马克思主义左派而言，奥威尔不是"神经质"就是"小资产阶级"的代表，对他的态度是完全地"否定"。不管是何种程度的"认同"或"否定"，这些左派都对奥威尔的声望加以利用，利用的背后表达的是他们不同时期的思想诉求，并且他们20世纪30—60年代的奥威尔批评也折射出英国老左派的思想历程。激情岁月虽已逝去，但是他们的思想已成为英国新左派继承的遗产。在战后的英国，如何走出幻灭的思想气候，继续坚守社会主义理想，这是摆在新左派面前的重要课题。

第三章　文化与政治：英国新左派的奥威尔批评

本章前言

"新左派"这个术语源自法语词"nouvelle gauche",由"法国抵抗组织"(French Resistance)领导人克劳德·布尔代(Claude Bourdet)首先提出。他的目的是在战后欧洲的政治领域开辟除斯大林主义和社会民主两个主流左派之外的"第三条道路"。① 这说明英国新左派是受到法国新左派的启示而产生的。其实,整个西欧和北美的新左派运动都与战后国际环境发生变化有关,比如冷战对峙、"官方"社会主义名声受损、军备竞赛、物质丰裕的福利社会、消费主义、无阶级现象以及西方马克思主义理论兴盛等。② 英国新左派运动虽然有着鲜明的本国特征,但它的兴起也与国际新左派运动不无关系。

英国老左派与新左派具有一些本质的区别。从时间来看,20世纪30年代和60年代都是英国的激进时代。老左派主要活跃在30年代,而新左派主要活跃在60年代。当然,老左派中也有后来加入新左派

---

① [英]迈克尔·肯尼:《第一代英国新左派》,李永新、陈剑译,凤凰出版传媒集团2010年版,第18页。林春也记录到:1956年,一些后来成为第一代英国新左派的社会主义者与《法兰西观察家》创建人布尔代在巴黎会面,考虑建立一个能够超越东欧和西欧划界的"国际社会主义协会"(International Socialist Society)。"新左派"这个名称来自布尔代。参见 Lin Chun, *The British New Left*, Edinburgh: Edinburgh University Press, 1993, p. xviii.

② 详见[英]迈克尔·肯尼《第一代英国新左派》,李永新、陈剑译,凤凰出版传媒集团2010年版,第226—227页。

的,比如汤普森(E. P. Thompson);从成员来看,老左派主要有共产党员、左倾知识分子和工人阶级,而新左派主要是知识分子和青年学生,他们大多出身中产阶级;从主要观点来看,老左派主张以工人运动和阶级斗争为纲,以苏联共产主义为榜样,并且通过参加实际的政治活动来实现社会主义。新左派则兼顾政治和学术,对苏联共产主义早已感到幻灭,因而主张采取文化政治方式,反对暴力革命。

英国新左派运动大致分为三个阶段。第一个阶段是1957—1962年,活跃的是第一代英国新左派(Old New Left)如威廉斯(Raymond Williams)、汤普森和霍加特(Richard Hoggart)等,他们十分重视文化研究;第二个阶段是1963—1969年,两代新左派成员在社会主义理念上不断地发生冲突和妥协;第三个阶段是1970—1977年,第二代新左派(New New Left)如斯图亚特·霍尔(Stuart Hall)和佩里·安德森(Perry Anderson)等开始大量引进西方马克思主义理论对文化研究进行理论构建。1977年以后,英国新保守主义势力抬头,新左派运动走向衰落。

英国新左派的兴起与1956年发生的重大历史事件有直接关系。第一,赫鲁晓夫苏共二十大作了《关于个人崇拜及其后果》的"秘密报告",不遗余力地揭露斯大林暴政。在1956年以前,党内极少有人联合起来反对斯大林主义的正统观点,但在这份报告公布于众后,社会主义阵营受到极大的震动,批判斯大林主义的运动开始全面展开。第二,苏联直接出兵匈牙利,对要求退出华约的示威者进行镇压,这就是"匈牙利事件"。第三,英国联合法国入侵埃及,试图夺回被埃及收为国有的苏伊士运河,造成"苏伊士运河危机"。前两个事件导致英国左派对苏联共产主义的彻底幻灭,后一个事件使左派对战后上台的英国工党政府的"社会民主"政策也完全失去信心。此外,英共的衰落、消费主义的兴起、核裁军运动(The Campaign for Nuclear Disarmament, CND)的启示、英国"愤怒青年"作家"没有缘由的反叛"等也都是英国新左派兴起的重要因素。可以说,新左派运动成为凝聚左派人心,在党外继续开展社会主义运动的政治联盟,为"第三条道路"提供了新的平台。

"威廉斯是20世纪后期知识分子当中的一位重要人物,是我们现在称为'文化研究'的早期开拓者,也是英国新左派早期的主要启蒙者。"① 威廉斯曾说:"英国新左派与奥威尔之间、与讨论他的[思想]气候之间的复杂关系是其发展历程的主要特征,特别是对1956年到1963年的第一代新左派而言。"② 他对奥威尔当时的影响力有十分详细的描述:

> 以苏伊士、匈牙利和原子弹[等事件]作为政治行动复苏标志的那一代人尊敬地向他求助。这代人不仅信赖新的社会主义运动,也信赖基于动荡的社会主义运动:游行、直接行动、街头和地方政治。这代新左派直接地对奥威尔表示敬意,特别是在其早期阶段。英国侵略苏伊士运河表明奥威尔曾不断批判的英帝国主义又在明目张胆地实施;匈牙利革命是反抗官僚和权威主义的共产主义而发起的大众和社会主义起义。这场革命不仅确定了他关于斯大林主义的观点是正确的,也证明了这是一场类似他向加泰罗尼亚致敬的真实运动;原子弹威胁——"不是我们放弃它就是它摧毁我们"——也诚如奥威尔所说不仅是摧毁人类文明的武器,也是产生和发展新的权威主义战争经济的阴霾。除了与这些政治形势紧密有关以外,奥威尔还书写了工作、贫困和大众文化,超越了英国正统文化的范围,尝试按照大多数英国人的方式来生活和感受,包括他们的生活、感受、报道、理解和尊重等诸多方面。这些可察觉到的英国新左派元素同样非常清楚地属于奥威尔具有影响力的遗产。③

---

① Andrew Milner, ed., *Tenses of Imagination: Raymond Williams on Science Fiction, Utopia and Dystopia*, Bern: Peter Lang, 2010, p. 1.
② Raymond Williams, ed., *George Orwell: A Collection of Critical Essays*, Englewood Cliffs: Prentice-Hall, Inc., 1974, pp. 6 – 7.
③ Raymond Williams, *George Orwell*, New York: The Viking Press, 1971, p. 88.

威廉斯以上对奥威尔影响力的描述是我们详细考察英国新左派重要成员相关奥威尔评论的重要依据和价值所在。

"文化政治"不仅是英国新左派运动的核心理念,也是他们奥威尔批评的关键词。第二代新左派霍尔说:"对我们而言,文化话语对于任何重述社会主义的方式都是不可或缺的。因此,新左派将文化分析和文化政治置于新左派政治的中心,并以此为起点蹒跚前行。"① 所谓"文化政治"就是认为"文化问题在社会发生变化和转型过程中具有重要的政治意义"②,对文化问题的分析可以唤醒大众从文化上抵制资本主义意识形态,这是走向社会主义的一条通途。"文化政治"扩大了"政治"的含义,这正如奥威尔所说,"政治"就是"希望把世界推往一定的方向,改变别人对他们要努力争取的到底是哪一种社会的想法"。③ 新左派之所以强调"文化政治",一是对老左派"激进政治"不断反思;二是正统的马克思主义理论难以解释战后英国社会出现的大量新兴文化现象,如阶级构成和大众文化等;三是他们长期从事成人教育,主张"由下而上"地改变社会方向。他们也留下了大量的文化研究遗产,如威廉斯的《文化与社会》、汤普森的《英国工人阶级的形成》和霍加特的《识字的用途》,当然还有1964年建立的对文化研究产生重要影响的伯明翰当代文化研究中心。

新左派把奥威尔视为文化研究的先驱,他们的文化研究其实是对奥威尔早期大众文化相关评论的系统化阐述,这是新左派尊敬奥威尔的一个重要原因。同时,他们对奥威尔的评论也是"文化政治"的实践。本章首先详细考察威廉斯对"奥威尔现象"的文化分析以及背后的政治诉求。作为马克思主义史学家的汤普森则更加激进,他具有颠倒奥威尔的文本意义的"主观故意",其目的是宣扬他的"社会主义人道主义"政治主张。另外,在他们的奥威尔批评中,我们还可以看

---

① Lin Chun, *The British New Left*, Edinburgh: Edinburgh University Press, 1993, p.26.
② Lin Chun, *The British New Left*, Edinburgh: Edinburgh University Press, 1993, p.26.
③ [英]乔治·奥威尔:《奥威尔文集》,董乐山编译,中国广播电视出版社1997年版,第94页。

到霍加特以及第二代新左派安德森等对奥威尔的基本态度。

第一节 威廉斯:"流放者的悖论"

奥威尔和雷蒙德·威廉斯（Raymond Williams, 1921—1988）都是20世纪英国著名文学知识分子。如果将他们加以比较，可以发现颇多相似之处。例如，他们都参加过反法西斯战争；对大众文化极为关注；对语言问题非常敏感，如"新话"（newspeak）和"关键词"（keywords）等。威廉斯与奥威尔也有交集：奥威尔曾于1948年将两篇重要文章《作家与利维坦》（Writers and Leviathan）和《乔治·吉辛》（George Gissing）交与威廉斯和大学好友合办的刊物《政治与文学》（Politics and Letters）发表。更重要的是，威廉斯在不同时期写有不少评论奥威尔的文章和著作。这些批评文本包括：1955年在学术期刊《批评论丛》（Essays in Criticism）发表的对布兰德尔（Laurence Brander）专著《乔治·奥威尔》的书评；1958年出版的《文化与社会》（Culture and Society）最后一章"奥威尔"；1971年出版专著《乔治·奥威尔》（George Orwell）；1974年主编《奥威尔批评文集》（George Orwell: A Collection of Critical Essays）；1979年出版《新左派评论》（New Left Review）专访威廉斯的《政治与文学》（Politics and Letters），其中有"奥威尔"一节；1984年出版专著《乔治·奥威尔》的第二版，增加了后言"《一九八四》在1984年"（Nineteen Eighty-Four in 1984）。[①]

由上可见当前威廉斯研究中未引起太多关注的领域：第一，威廉斯本人是重要的奥威尔研究专家；第二，奥威尔在威廉斯著作中通常

[①] 威廉斯的奥威尔批评文本之间的总体关系是：《批评论丛》是威廉斯批评的基础，确立了基本的批评方法；《文化与社会》一章基本延续前者观点，但将奥威尔的分析放置于英国反工业主义的传统之中；《奥威尔》专著"以更详尽的证据和更为开阔的历史视角进一步确定了这种分析方法"（Raymond Williams, ed., George Orwell: A Collection of Critical Essays, Englewood Cliffs: Prentice-Hall, Inc., 1974, p. 4.）;《奥威尔批评文集》提出了批评的基本原则；《政治与文学》访谈是对专著写作背景的回顾；1984年的专著第二版后言"《一九八四》在1984年"是小说世界和现实世界之间的比较。

占据重要位置。那么，威廉斯为何如此重视奥威尔？他是如何评论奥威尔的？背后是否隐藏着深层次的政治动机？要弄清威廉斯的奥威尔批评，关键是要把学术史与相关思想史相结合。本节试图深入英国新左派思想史语境中对威廉斯的批评文本及其批评动机加以系统考察和阐释。

一 批评的缘起和视角的提出

威廉斯从事奥威尔批评首先是源于奥威尔对英国新左派知识分子的重要影响（比如文化研究方面）。威廉斯不同时期的奥威尔批评文本也典型地反映了英国新左派的思想演变历程。其次，英国新左派的奥威尔批评则是他们对这一理念的重要实践。除威廉斯外，其他新左派汤普森、霍加特和安德森等都对奥威尔发表了重要评论。

威廉斯等新左派之所以将奥威尔作为实践其"文化政治"理念的理想人选，一是基于他巨大的影响力；二是他在冷战时期已成为西方左右政治团体竞相争夺的对象。威廉斯在《政治与文学》一书中回忆道："在20世纪50年代的英国，沿着你前进的每一条道路，奥威尔的形象似乎都在那里静候。如果你尝试发展一种新的大众文化分析，奥威尔在那里；如果你想要记录工作或者日常生活，奥威尔在那里；如果你参与了任何一种社会主义的论证，一个巨大膨胀的奥威尔形象在那里向你发出回头的警告。"① 威廉斯这里描述的是20世纪50年代出现的"奥威尔现象"，他作为长期关注文化与社会关系的知识分子，需要对这一文化现象作出分析。更重要的是，这种文化分析是新左派文化政治的一部分。由于奥威尔对英国新左派产生了重要影响，而奥威尔又成为资本主义阵营攻击社会主义阵营的"意识形态超级武器"②，如何正确认识奥威尔是摆在新左派面前的一个重要课题。因

---

① ［英］雷蒙德·威廉斯：《政治与文学》，樊柯、王卫芬译，河南大学出版社2010年版，第398页。

② Isaac Deutscher, *Heretics and Renegades: And Other Essays*, London: Hamish Hamilton Ltd., 1955, p. 35.

此,威廉斯作为从事社会主义运动的新左派领袖有必要对奥威尔作出权威评价,一是表达自己的政治立场,对敌对阵营进行反击;二是规范知识分子(特别是年青一代)对奥威尔的认知。

另外,作为文学批评家的威廉斯反对奥威尔批评中的片面和简单化评价。在具体文学批评方法上,威廉斯不赞成流行一时的形式主义和心理学批评。他认为"我们应该持续关注的是更为广泛的话语模式,不仅是作家本人的,更是整个时代的话语模式[1]"。同时,威廉斯反对把奥威尔最后的悲观绝望归因于他童年所遭受的心理创伤,这是一种从后往前倒着去读他的作品的方法,他认为读者应该按照创作的时间顺序并保持着一定的距离去阅读。

威廉斯由此提出自己的奥威尔批评视角。他认为评论奥威尔应该分析"他作品中深层次的种种矛盾和悖论,比如真理和谬误,人性和非人性。奥威尔指出了这些矛盾的同时又受到这些矛盾的限制,这不仅是他本人发展过程的显著特征也是他整个时代的反映[2]"。"只有悖论才是最重要的"[3],因此威廉斯提出必须首先从"奥威尔"的人物建构入手,通过作品分析他的悖论性(the paradoxes of "Orwell"),这里的关键是讨论奥威尔的身份问题。同时威廉斯还明确告诫,认识资本主义民主的本质是理解奥威尔的另一关键,这表明他从事奥威尔批评具有对抗西方资本主义的政治动机。威廉斯的奥威尔批评是以这两个关键问题为切入点,旨在将新左派文化政治理念付诸实践,通过文化分析来改变社会方向。

二 文化分析:身份问题

威廉斯把奥威尔人生两次重大转变视为身份问题。第一次是缅甸

---

[1] Raymond Williams, ed., *George Orwell: A Collection of Critical Essays*, Englewood Cliffs: Prentice-Hall, Inc., 1974, pp. 8-9.

[2] Raymond Williams, ed., *George Orwell: A Collection of Critical Essays*, Englewood Cliffs: Prentice-Hall, Inc., 1974, p. 4.

[3] Raymond Williams, *George Orwell*, New York: The Viking Press, 1971, p. 90.

经历，威廉斯认为奥威尔在之后九年间的创作"形成了一套新的社会关系，尤为重要的是造就了一种新的社会身份。这是布莱尔向奥威尔转变的关键时期"。① 这个新的社会身份就是作家身份，奥威尔关于贫困和经济危机的报道使他具有"文学世界内有限但却很特别的身份"。② 第二次是考察英国北部矿区和参加西班牙内战经历。《通往维根码头之路》标志着"奥威尔作为一位政治作家进入了一项持续终身的新事业"③；西班牙内战他成为一位"革命社会主义者"，《向加泰罗尼亚致敬》"完成了他与正统左派的脱离"。④ 可以看出，奥威尔的社会身份建构主要包括作家身份和政治身份两方面，两者是紧密交织和相互推进的。

（一）"奥威尔"人物的建构

威廉斯对身份问题的分析始于他对"奥威尔"⑤这个人物的建构。威廉斯所说的"奥威尔"与我们所熟知的作家奥威尔是不同的。威廉斯早在《批评论丛》的书评中已对"布莱尔"和"奥威尔"的区分作了一些解释："布莱尔"这个人只是属于个人的，如果要作为一般意义的讨论需要进入"奥威尔世界"，"这是个写作和阅读的世界，虽然范围缩小，但更加普遍"。⑥ 这表明威廉斯主张文学研究应以作品为中心，而非仅研究作家及其创作心理。在专著《奥威尔》的结尾，威廉斯总结说："'奥威尔'的创造——一个最诚实的观察者——要比其他虚构人物的创造更为成功，但是我们仍然要去解释他中心意识里的矛盾。"⑦ 这

---

① Raymond Williams, *George Orwell*, New York：The Viking Press, 1971, p. 3.
② Raymond Williams, *George Orwell*, New York：The Viking Press, 1971, p. 6.
③ Raymond Williams, *George Orwell*, New York：The Viking Press, 1971, p. 7.
④ Raymond Williams, *George Orwell*, New York：The Viking Press, 1971, p. 8.
⑤ 在之后的论述中，由于威廉斯是通过对文本世界中"奥威尔"的身份建构得出了作家奥威尔代表了"流放者的悖论"的情感结构这一结论，因此后文就直接使用作家奥威尔而非"奥威尔"。另外，这里作家奥威尔和"奥威尔"人物建构的两分法与后来奥威尔批评中常见的两个范畴奥威尔其人和其作（传记和作品研究）有很大差别，也不同于奥威尔专家罗登（John Rodden）所提出的奥威尔研究（传记和作品研究）和"奥威尔"研究（奥威尔的后世影响和接受研究）。
⑥ Raymond Williams, "George Orwell", *Essays in Criticism*, Vol. 5, 1955, p. 45.
⑦ Raymond Williams, *George Orwell*, New York：The Viking Press, 1971, pp. 89 – 90.

进而说明威廉斯旨在从奥威尔的文本世界中去探索一个他认为是作家本人刻意创造出的人物"奥威尔",以其"身份问题"为切入点,分析其内在悖论性。

威廉斯不愧为文学、文化批评大家,"奥威尔"这个人物事实上并非作家奥威尔的刻意创造,而完全是威廉斯本人独特阐释和建构的结果。这个动态的建构是他进行奥威尔批评的一个"抓手"。这样,他就可以突破当时盛行的作家心理研究,转而直接关注文本世界,按照创作的时间先后顺序,聚焦"奥威尔"人物这一变动中的身份建构,然后根据其悖论性来分析整个时代的情感结构,最终通过学术研究"巧妙而又客观地"表达自己作为新左派的政治态度和立场。

(二)"轻装上阵的严肃旅行"

威廉斯在文化分析中采用的最核心方法是情感结构。情感结构主要通过文学作品分析社会转型中出现的"悬而未决的"新兴元素以及它与正统观念的张力结构,从而判断当时的文化特征和社会总貌。对于奥威尔反映的情感结构,威廉斯采取了"旅行"(journey)这种独特的隐喻方式进行分析。他说:"奥威尔经历了不同的生活方式,但在建构更加确定的身份过程中只出现了极小的阻碍。他追求朴素风格('让意思来选择单词')的过程表明了他虽然总是在严肃地旅行(traveling seriously),但是他的旅行却是轻装上阵(traveling light)。"① 换言之,他始终在深思熟虑地寻找新的社会身份,可一旦新的身份确定下来,他又会随即放弃以前的身份。

"轻装上阵的严肃旅行"是威廉斯分析奥威尔情感结构的高度概括。首先,威廉斯强调这不同于济慈(John Keats)的"反面感受力"(negative capability)。"反面感受力"即"有能力经得起不安、迷惘、怀疑而不是烦躁地要去弄清事实,找出道理",也就是说,诗人应该像花一样张开花瓣,敏于接受,而不要像蜜蜂目的明确,疲于奔命。

---

① Raymond Williams, *George Orwell*, New York: The Viking Press, 1971, pp. 90 – 91.

济慈认为莎士比亚具有这种能力,而柯勒律治急于推本溯源,难以获得真和美的至高境界。在威廉斯看来,奥威尔代表的情感结构没有达到这种舍弃"自我"而获得"大我"的崇高之美,而是具有"冷酷"和"偏狭"的典型特征。

其次,威廉斯具体列出了与奥威尔相似"阶级心理"的作家:赫胥黎(Aldous Huxley)、奥登(W. H. Auden)、衣修午德(Christopher Isherwood)和格林(Graham Green)。这些作家的共同点是在"漂泊的否定"中"轻装旅行"①。他们处在"无根状态",其积极因素在于无身份转换的阻力,具有丰富的阅历,但消极因素是"无家可回",难以把握生活的全部真实。奥威尔有一点与他们明显不同,那就是他的每一次身份建构都是自我选择的结果,他总是有意识地把自己"往外推",具有"清醒的社会意图"。②

(三)"流放者的悖论"

威廉斯将"轻装上阵的严肃旅行"中的"旅行者"定性为"流放者"(exile),也就是说奥威尔代表的是"流放者"的情感结构。萨义德曾说,独立自由的知识分子应该是流放的知识分子,因为他们处于边缘,可以保持批判,不被收编,勇于创新。③ 不过,威廉斯却对"流放者"有着不同的阐述:"流放者"具有"某种洞察能力",但是他们"缺少一种实质性的共同体",因此心中总有"非常强烈的紧张感":"这些人一方面强硬地拒绝妥协(这是传统的优点所在),另一方面在社会中又感觉自己软弱无力,没有办法形成拓展开来的人际关系"。④ 威廉斯认为劳伦斯与奥威尔较为相似,劳伦斯洞察到"共同体的本能",

---

① 奥登和衣修午德曾到过德国,还一同到过中国,后远离欧洲战场避居美国,引起当时西方知识分子的震动。赫胥黎写过《美丽新世界》(*Brave New World*),对奥威尔产生较大影响,后也在美国定居。奥登重返基督教,赫胥黎和衣修午德沉迷于印度教。格林信奉天主教,一生都在旅游,二战期间曾被英国情报部派往非洲从事间谍工作,著有许多海外题材的小说。

② Raymond Williams, *George Orwell*, New York: The Viking Press, 1971, pp. 92 – 93.

③ 详见[美]爱得华·W. 萨义德《知识分子论》,单德兴译,生活·读书·新知三联书店2002年版,第44—58页。

④ Raymond Williams, "George Orwell", *Essay in Criticism*, 5 (1955), pp. 44 – 45.

发出"一位流放者的呼声",不过他的社会变革主张只是强调感觉的改变,因此"他没能在有生之年回归故里"。① 威廉斯对流放者那种"非常强烈的紧张感"的分析在奥威尔这里得到以下更加详细的阐述。

威廉斯提出"流放者"虽然具有"发现那些摒弃的集团不足之处的能力",但是他们却以抽象体替代现实的共同体,并对这一集团的主要缺陷视而不见,这些抽象体包括艺术、文化、价值和正派等。威廉斯认为这些抽象体必须与严峻的现实结合起来,他对"流放者"两者脱节导致的问题分析道:

> 虽然流放者产生了一些重要的艺术作品、思想观念和道德规范,但是由于他们将艺术和社会等关系截然分开,因此他们常把特殊个案升格为一种普遍条件。个案当然还可以容忍,但是如果将其推而广之并予以接受的话,这必然会导致社会的终结。尽管这种情况实际上不会发生,但是流放者自身却时常为此纠结,因而他们作出反应的特点(通过对自身紧张感的夸大)通常都是绝望。奥威尔的大部分思想只能放置在这个语境下才能最终被理解。②

可以看出,威廉斯对"流放者"内心"非常强烈的紧张感"的分析是他阐释奥威尔思想和作品的基本策略,其"通常是绝望"的结局无疑为威廉斯对奥威尔《一九八四》的评价埋下了伏笔。威廉斯在《文化与社会》中具体使用了"悖论"来替代上面提及的"非常强烈的紧张感"。他对奥威尔的"悖论性"进行了如下总结:

> 他非常仁慈,却表达出一种极端非人性的恐怖;他行为得体,却表现出一种特殊的卑劣。这或许是他悖论的总体特征。但除此

---

① 详见〔英〕雷蒙·威廉斯《文化与社会》,高晓玲译,吉林出版集团有限责任公司2011年版,第228—229页。

② Raymond Williams, "George Orwell", *Essays in Criticism*, Vol. 5, 1955, p. 45.

之外，还有更为具体的一些悖论元素。他信仰社会主义，却对社会主义的观点和其信徒进行了严厉苛责的批评；他笃信平等、批评阶级分化，却在晚期作品中假设了一种天生的不平等和无可逃避的阶级差别。这些向来被人们模糊带过，或仅仅为党派纷争所利用。只有观察更深一层的悖论，我们才能充分研究这些悖论问题。在批判语言的滥用方面，他是一个出色的批评家，但是他自己却实践了对语言的几种主要和典型的滥用。他善于观察细节问题，而且作为经验主义者而广为人知，然而他自己也常常犯下貌似有理实则徒有其表的过分概括化毛病。我们研究他的作品时，需要关注的就是这些问题。①

因此，威廉斯说道："他实在让人感到困惑，除非你找到解开这个悖论的钥匙，我称其为'流放者'的悖论。"② 这就是说，威廉斯通过对奥威尔的身份问题进行文化分析，得出了作家奥威尔代表"流放者的悖论"这一情感结构的重要结论。

（四）"流放者的旅行"

既然"轻装上阵的严肃旅行"是"流放者之旅"，那么这是一次什么样的"旅行"，或者说威廉斯是如何从"流放者的悖论"去阐释奥威尔的创作历程和具体作品呢？

针对奥威尔被广泛地当作"英国性"的弘扬者，威廉斯指出奥威尔作为"流放者"，其悖论性恰恰首先体现在与英国的关系上。奥威尔成长在具有强烈种族和阶级偏见的大英帝国。缅甸经历后，他以"双重视角"重新审视英国，采取"否定的认同方式"（negative identification）去寻找新的社会关系，即否定帝国主义制度，认同这个制度下的被压迫者。二战爆发后，面对法西斯主义的威胁，奥威尔从反战

---

① ［英］雷蒙·威廉斯：《文化与社会》，高晓玲译，吉林出版集团有限责任公司2011年版，第301页。
② ［英］雷蒙·威廉斯：《文化与社会》，高晓玲译，吉林出版集团有限责任公司2011年版，第305页。

立场突然转变为爱国主义者，大力推崇英国传统。他在《狮与独角兽》（The Lion and the Unicorn）一文中把英国当作一个"大家庭"，这个家庭的问题是出在"家长"具有道德和能力上的缺陷。威廉斯对这种爱国主义社会主义（social patriotism）①进行了严厉批评。他认为奥威尔以具有道德规范的家庭成员替代这些"错误家长"的主张，并没有从经济和政治层面去深刻理解资本主义制度。威廉斯辛辣地评论道："事实上，奥威尔需要这个家庭。他曾失去了这个家庭，也曾被它羞辱。但是现在，他将所蒙受的羞辱发泄出来，不断尝试着与其他家庭成员对话，并把他们召集起来取而代之。"②在威廉斯看来，这是"流放者"失去故土和阶级身份的情感反应，以此分析复杂的社会进程过于简单化，也是充满矛盾的，奥威尔编织的"英国神话"遇到压力便会破碎成"一种梦魇"。③

奥威尔因平实的写作风格而享誉文坛。对此，威廉斯进而指出，奥威尔的"成为作家"之旅也典型地体现了"流放者的悖论"。首先，威廉斯认为奥威尔难以处理好文学的"内容"和"形式"（即"语言"和"经验"）之间的关系。在20世纪20年代，现代主义作家"以纯粹的美学态度来对待生活"的文学主张占据主导，是"成为作家"的唯一标准。奥威尔在这个环境下成长，因此威廉斯认为这是他"成为作家"的内在欲望和本质特征。但在30年代危机四伏的社会现实下，奥威尔又认为担负社会责任是这代作家的社会良心。因此，威廉斯在分析反映奥威尔创作观的《我为什么写作》和《作家与利维坦》之后认为，奥威尔选择"政治介入"是对其创作本质的"入侵"。他处于悖论的困境："'成为作家'一方面是一种可行的出路，但是他想成为一位真正的作家，这又将他带入了这一选择本想避免的各

---

① 爱国主义社会主义即将爱国主义作为社会主义的前提，而非正统马克思主义所说的世界工人阶级大团结。
② Raymond Williams, *George Orwell*, New York: The Viking Press, 1971, p. 23.
③ Raymond Williams, *George Orwell*, New York: The Viking Press, 1971, p. 24.

种困难和紧张之中。"① 奥威尔提出"一半置于身外，一半身处其中"的作家生存策略，威廉斯却把这种"分离"看作"流放者"走向终结的标志②。

其次，奥威尔如何处理"观察"和"想象"的关系（即"事实"和"虚构"的关系）也是他"'成为作家'整体危机的一部分"③。威廉斯区分了"流浪者"（vagrant）和"流放者"（exile）的不同：前者一般只会停下来休息，而后者通常有一个原则在驱动。从文学角度来看，"流浪者"是一位"记者"。在骚动不安的社会背景下，受欢迎的"报道"内容有两类：一是新鲜猎奇，二是因"记者"的社会和阶级身份与报道对象相似而富有洞见。威廉斯认为奥威尔的早期作品如《巴黎伦敦落魄记》和《通往维根码头之路》就属于此。而流放者会在四处漂泊中探索一种"扩展的或者甚至具有共同人性的"④ 社会关系，这类作品有可能成为艺术精品。《牧师的女儿》、《让叶兰继续飞扬》和《上来透口气》都是奥威尔朝这一方向的尝试。其中《上来透口气》是最好的一部，不过威廉斯认为该小说更多的还是显示"资深记者"的特质而没有使想象力得到充分发挥。⑤ 威廉斯进而认为奥威尔在作家身份构建中常常难以处理好"事实"和"虚构"的关系，他只是观察和记录，没有解释、感悟和升华，其深层次原因仍是"流放者的悖论"所致。

威廉斯接下来重点针对的是奥威尔建构政治身份的"旅行"。他认为奥威尔在西班牙内战中作为"革命的社会主义者"是他最为成功的政治身份建构。威廉斯把《向加泰罗尼亚致敬》视为奥威尔"最重要，最感人的书"⑥，该书记录了他一生中最为苦心的尝试："成为具有信念的共同体的一部分。"无论这种尝试成功与否，他作为"流放

---

① Raymond Williams, *George Orwell*, New York: The Viking Press, 1971, p. 37.
② Raymond Williams, "George Orwell", *Essays in Criticism*, Vol. 5, 1955, p. 48.
③ Raymond Williams, *George Orwell*, New York: The Viking Press, 1971, p. 39.
④ Raymond Williams, *George Orwell*, New York: The Viking Press, 1971, p. 41.
⑤ Raymond Williams, "George Orwell", *Essays in Criticism*, Vol. 5, 1955, p. 46.
⑥ Raymond Williams, *George Orwell*, New York: The Viking Press, 1971, p. 59.

者"由于揭示了被摒弃集团的复杂性而具有"永恒价值"。① 这里所说"具有信念的共同体"就是指社会主义。奥威尔在书中对此有这样的描述:"民兵部队就是一个无阶级社会的缩影。在那个集体中,没有人热衷于追名逐利,虽然每样东西都短缺,但没有特权和巴结,人人都能粗略地尝到可能像社会主义起始阶段那样的滋味。最终,这不仅没有使我对社会主义的幻想破灭,反而深深地吸引了我。结果倒是让我产生了一个强烈的愿望,那就是看到一个比此前出现的更加现实的社会主义社会的建立。"② 这种信念正是威廉斯所主张和希望看到的。

然而,威廉斯认为二战中奥威尔反战态度的"一夜转变"标志着他的政治身份建构开始出现混乱。虽然此时奥威尔仍是一位民主社会主义者,但是有"一种更加强烈的失望过程悄然出现"③,因而他把共产主义当作一种替代法西斯主义的国家权威主义。威廉斯对这段"相当模糊的处境"(即悖论性)进行了分析。他认为奥威尔作为有原则的"流放者"追求社会主义,反对国家权威主义,保障个人自由,但是个人自由的权利是以社会为基础的。"流放者"的心态是:一方面不愿意妥协和逃避,但另外一方面又害怕在社会中无法保证他的个性。因此,为了肯定自由,他只能求助于一种不会对个体自由横加干涉的"原子式的社会概念"。但是,他同时也会为"那些可以避免或补救的穷困疾苦所触动",甚至"投身于其中",这必然又要与社会发生联系。威廉斯认为《作家与利维坦》正反映了这种"僵局",记录的是一位饱受这种悖论困扰的"受害者"。④

在威廉斯看来,奥威尔的"流放者之旅"因其具有无法克服的悖论性而走向终结,主要标志就是《动物庄园》和《一九八四》。

---

① Raymond Williams, "George Orwell", *Essays in Criticism*, Vol. 5, 1955, pp. 47 – 48.

② [英]乔治·奥威尔:《向加泰罗尼亚致敬》,李华、刘锦春译,江苏人民出版社 2006 年版,第 89 页。

③ Raymond Williams, *George Orwell*, New York: The Viking Press, 1971, p. 64.

④ Raymond Williams, "George Orwell", *Essays in Criticism*, Vol. 5, 1955, pp. 46 – 47.

威廉斯批判了奥威尔在《动物庄园》中宣扬社会主义革命失败论的悲观主义立场,但是他还是肯定《动物庄园》"在较小的范围和有限的层面有一种强烈的能量,它能远远超越自身的情景而拥有独特的永恒价值"。① 他认为,小说的"永恒价值"只是体现在一种"集体投射的智慧"。虽然《动物庄园》没有奥威尔所塑造的人物,但是"这个人物其实是投射到一种集体行动当中:动物们尝试解放自己,但在遭到暴力和欺诈后又重新回到被奴役的境况"。② 这种集体投射具有积极效果,以往那种"孤独者的绝望历程"被"批判叙事中活跃和沟通的声音"代替。"这种具有悖论特点的自信,即一种确定的、活跃的和令人忍俊不禁的智慧,在深入揭露失败的经历中无处不在"③,比如书中的"一切动物是平等的,但是一些动物要比其他动物更加平等"。威廉斯认为"这种强大的、富有启迪的智慧把一种苦涩的观念转化为积极而又发人深省的批评。这种鲜活的意识能够发生联系,能够传递信息。它超越了仅在地方细节上的类比,也超越了小说带来的更加危险的绝望(这也是悖论)"。④ 显然,威廉斯在这里强烈反对将小说与苏联共产主义类比带来的负面效应,肯定的是小说对揭示剥削者与被剥削者之间统治关系的"智慧"和"启蒙意识"。

但是,威廉斯认为《一九八四》又回到了"孤独、破败和压抑的生命曲线之中"⑤。虽然威廉斯从《动物庄园》找到的那种"智慧和启蒙意识"在《一九八四》中也有不少,比如奥威尔的"新话"、"思想犯罪"和"双重思想"等语言方面的洞见以及他对权力政治运行机制的发现,但是威廉斯认为"也有必要质问为什么在其他方面有如此多的错误"。⑥ 首先,奥威尔将大洋国的制度指向苏联共产主义和英国

---

① Raymond Williams, *George Orwell*, New York: The Viking Press, 1971, p. 75.
② Raymond Williams, *George Orwell*, New York: The Viking Press, 1971, p. 74.
③ Raymond Williams, *George Orwell*, New York: The Viking Press, 1971, p. 74.
④ Raymond Williams, *George Orwell*, New York: The Viking Press, 1971, p. 74.
⑤ Raymond Williams, *George Orwell*, New York: The Viking Press, 1971, p. 75.
⑥ Raymond Williams, *George Orwell*, New York: The Viking Press, 1971, p. 76.

社会主义,虽然他对此曾加以澄清,但是这种等同的后果是极具破坏力的。其次,关于反抗,威廉斯认为奥威尔的预测"切断了希望的源泉"①。小说中温斯顿和裘丽娅对性压制的反抗是小说最主要的失败。他还特别指出奥威尔小说中对工人阶级的描述也是片面和悲观的,凸显了"流放者"的压力和悖论:他一方面把希望寄托在这个阶级,另一方面又把他们说得毫无希望。最后,威廉斯分析了奥威尔有关语言的论述,认为他既具有"流放者"的"真实的清晰",同时也有着"流浪者"的"粗糙"。威廉斯认为好的语言应该是字词、言语方式和富有社会经验的内容之间保持着鲜活的关系。②

在《一九八四》,威廉斯认为奥威尔创造的最为成功的"奥威尔"人物完全消失了,走向了悲观和失败的虚无主义,这场"轻装的严肃旅行"也宣告结束。根据威廉斯的分析可以看出,贯穿"旅行"的主线就是"流放者的悖论","流放者"的品质和洞察力使其可以摒弃成见和传统,在鲜活的现实经验中追求个性和自由,具有"否定的认同"能力。但是,他没有归属感,他的认同方式是片面、尖刻和冷酷的。在强大的社会压力面前,他无法释怀,他只能生存在紧张和矛盾之中,因此他的最终结局必然是陷入绝望的梦魇。

奥威尔就处于这样"流放者的悖论"之中。他既痛恨帝国主义制度又受其束缚;他既抨击英国的弊端又宣扬英国神话;他既想成为现代主义作家又受到承担社会责任的良心折磨;他既追求社会主义又揭露社会主义的权威统治。他始终处于夹缝之中,无法解脱。在威廉斯看来,奥威尔的西班牙经历是走向共同体的唯一成功尝试。在这一顶峰的前后,他的作品主人公都是以屈服和失败告终,而最后的《作家与利维坦》则标志着他作家梦想的破灭,政治追求走向死胡同,《一九八四》标志着他政治理想的完全破灭。

---

① Raymond Williams, *George Orwell*, New York: The Viking Press, 1971, p. 78.
② Raymond Williams, "George Orwell", *Essays in Criticism*, Vol. 5, 1955, p. 51.

三　政治动机：资本主义民主的本质

在对奥威尔的身份问题进行文化分析的基础之上，威廉斯明确提出理解奥威尔的另一个关键是对不同时期的资本主义民主本质应该具有清醒的认识。这说明威廉斯的奥威尔批评绝不只是停留在学术研究的层面，而是具有鲜明的政治指向和强烈的政治诉求，其目的是号召西方知识分子投身新左派所倡导的社会主义运动，继续与西方资本主义展开对抗。

威廉斯认为在20世纪30年代，资本主义民主的本质不难看穿，因为资本主义与帝国主义、法西斯主义同流合污，在经济萧条时期无力解决国内的社会贫困和失业问题，而社会主义正是作为其对立面出现，给危机四伏的西方社会带来希望和出路。然而到了1939年，特别是苏德签署互不侵犯条约，资本主义民主国家同法西斯主义开战之后，形势发生剧变，应该如何看待资本主义民主成为问题关键。威廉斯尖锐地指出奥威尔的问题是忽视了民主的资本主义属性，幻想把反法西斯主义战争转变成一场革命战争，甚至认为英国能够自动地转变成民主国家。这种意识导致他片面地批评社会主义处于权威主义统治，而忽视其形成过程中复杂的历史原因。奥威尔将民主与权威主义相对立会"产生一套新的幻想"，认为资本主义民主就是社会民主，对此产生威胁的只有共产主义。在威廉斯看来，这种后果非常危险，比如对奥威尔去世后不断发生的资本主义侵略战争视而不见。

威廉斯认为这种"死结"正是奥威尔在20世纪40年代帮助系上的。① 令他十分担心的是，奥威尔的极端悲观主义、他对资本主义态度的改变以及他认为社会民主即将到来的幻觉都会成为人们"舒服而又持久的世界观"②。威廉斯号召年青一代知识分子千万不能为奥威尔

---

① Raymond Williams, *George Orwell*, New York: The Viking Press, 1971, p. 96.
② Raymond Williams, *George Orwell*, New York: The Viking Press, 1971, p. 96.

这种消极和错误的世界观所左右，因为"真正广泛的力量继续在行动，他曾参加但后来却对此绝望的战斗已经重新启动，并且发展壮大，开辟了重要的新天地"。① 这就是英国新左派以文化政治为主要策略而开展的社会主义运动，这也清晰地表明了威廉斯批评文本中的政治动机。

认清资本主义的民主本质是威廉斯在奥威尔批评中公开宣称的政治动机，这决定了他对奥威尔总体上的批判态度。然而，这种政治动机和态度是一个动态的生成过程，因此下面有必要具体从威廉斯各个时期的批评文本出发来考察他对奥威尔态度潜在的变化轨迹，从而深刻理解他批判奥威尔的政治动机。

"尊敬和钦佩"是威廉斯在创办《政治与文学》杂志时期对奥威尔的态度。奥威尔在出版《动物庄园》之后声名鹊起，作为文学前辈的他将讨论政治与文学关系的重要文章交于《政治与文学》发表，无疑是对这份处于艰难地步的小刊物莫大的支持。同时，奥威尔在西班牙内战遭受子弹穿喉的英勇牺牲精神也使同样经历战火的威廉斯感到钦佩。

这种尊敬和钦佩一直延续到威廉斯在 1955 年发表在《批评论丛》的书评。由于奥威尔当时巨大的文学声望以及他对新左派的重要影响，威廉斯将其视为"最为公认的榜样"和一位"流放者的英雄"。② 他非常欣赏奥威尔敏锐的观察力、独立的判断力和敢于介入、讲出真相的勇气。奥威尔关于流行文化开拓性的论述以及对语言和思想关系的敏锐思考更是深深地吸引着威廉斯。③ 因此，威廉斯实质上是把奥威尔

---

① Raymond Williams, *George Orwell*, New York: The Viking Press, 1971, p. 97.
② Raymond Williams, "George Orwell", *Essays in Criticism*, Vol. 5, 1955, p. 44.
③ 有论者认为："威廉斯的这本书（《文化与社会》）可以看作是将散见于奥威尔作品中有关文化的论述（比如他 1946 年的《批评文集》，即美国出版的《狄更斯、达利及其他》）予以归纳并系统化，并在奥威尔这一章使该书的论述达到了顶点。"Paul Thomas, "Mixed feelings: Raymond Williams and George Orwell", *Theory and Society*, Vol. 14, No. 4 (July, 1985), p. 438。罗登也有相同的判断。参见 John Rodden, *The Politics of Literary Reputation: The Making and Claiming of St. George Orwell*, Oxford: Oxford University Press, 1989, p. 191。

当作"文化英雄",一位从事文化研究的"榜样"。但是,在书评中威廉斯批评了作者布兰德尔的反社会主义观点,这里埋下了后来他对奥威尔进行严厉批评的种子。

虽然威廉斯在1958年的《文化和社会》中把奥威尔放在至关重要的一章,但他作为"文化英雄"的形象在淡化,而成为一个重要的"文化案例"。威廉斯仍然强调奥威尔的道德品质,但是他已成为一位在"一阵裹着沙砾的尘沙"(工业社会的现实世界)中无法摆脱"悖论"困扰,找不到归属的"流放者"。与奥威尔作为"流放者"的"无根性"不同,威廉斯具有"边村"的"归属"。他处于"边村",可以同"城市"保持某种积极和创造性的距离,这既可以在边缘位置对中心意识形态进行抵抗,又可以划出一个属于自己独立思考的空间。与"流放者的悖论"不同,他可以在"边村"协调各种矛盾,因而他的"紧张感"是一种积极的感受,是一种发现新兴文化和情感结构的创造动力。

威廉斯的"边村"位置使他突破了庸俗马克思主义的经济决定论和文化精英主义者对大众文化的排斥,从梳理英国文化和社会传统中得出文化是日常、是整体生活方式的结论。这不仅对新兴大众文化作出积极回应,也打破了阶级和意识形态壁垒。威廉斯的目的是提出具有"共同文化"的"共同体"。这个共同体是基于工人阶级发展形成的团结观念,它不仅有团结感,而且在民主原则的基础之上,处理好专业化和个性化与共同体的关系。威廉斯说道:"一种共同文化的观念以一种特定的社会关系形式把自然生长的观念和扶持的观念结合在一起";"自然生长和对自然生长的扶持是一个互相协调的过程,保障这个过程的基本原则是生命平等的原则"。[①] 自然生长和对自然生长的扶持是指要协调好个体和集体的关系,发挥出整体的生命能量,这个共同体的基本原则就是生命平等。因此,在威廉斯眼中,奥威尔的流

[①] [英]雷蒙·威廉斯:《文化与社会》,高晓玲译,吉林出版集团有限责任公司2011年版,第347—348页。

放者身份缺乏这种共同体的归属感，他只是威廉斯分析文化与社会传统的一个重要案例。

《文化与社会》的草稿正是写于1956年这个关键时间节点。① 赫鲁晓夫的反斯大林主义演说、苏联对匈牙利革命的干涉、英国入侵苏伊士运河等重大事件均发生在这个时期。这些事件最具有灾难性的影响是：斯大林主义、苏联共产主义、资本主义、英国工党等不同社会制度都统统出现问题，所有理想和寄托濒临破灭，知识分子陷入丧失信仰，不知何去何从的精神虚无之中。因此，新左派知识分子退守大学的成人教育，以文化分析为政治主张，以图促进社会变革。威廉斯提出的"共同文化"理想就是对这个时期信仰危机的积极回应。

从《奥威尔》专著可以看出威廉斯对奥威尔的态度是"怀疑的尊敬"（questioning respect）②，但是怀疑多于尊敬。这本专著是对《批评论丛》书评和《文化与社会》的具体阐述，其有关"流放者的悖论"的论述代表了威廉斯从事奥威尔批评的最高学术成就。然而威廉斯并不只是在这本介绍"现代大师"系列的学术专著中贯彻其学术思想。同样，他1974年主编的《奥威尔批评文集》也不只是文献学的贡献，他对新左派的奥威尔批评论文一篇也没漏下，并在"序言"中对收录的论文一一进行评判。因此，威廉斯在专著中"怀疑的尊敬"态度体现的是一种政治姿态：他为"现代大师"系列的读者指明阅读方向，特别是对年轻的激进知识分子如何正确认识奥威尔进行规范。有一段精彩的评论对此作出了具体说明：

> ［威廉斯］对［奥威尔］抱有敌意的原因是非常明显的。奥威尔自1945年出版《动物庄园》以来，直到20世纪80年代社会主义运动的退潮，一直被视为英国作家中最主要的社会主义者。

---

① John Rodden, *The Politics of Literary Reputation: The Making and Claiming of St. George Orwell*, Oxford: Oxford University Press, 1989, p. 190.

② Andrew Milner, ed., *Tenses of Imagination: Raymond Williams on Science Fiction, Utopia and Dystopia*, Bern: Peter Lang, 2010, p. 86.

但是威廉斯在这个时期是以不同的方式为之而奋斗：他保持着并发展了一种积极的社会主义信念，反对悲观主义和道德堕落，反对同西方资本主义民主进行妥协，但是奥威尔最强有力的作品在威廉斯看来却对此认同和倡导。因此，威廉斯最关心的是如何破坏奥威尔简单、清晰等颇具欺骗力的风格魅力，如何终止他那可怕的爱国主义社会主义。威廉斯实质上是在规范奥威尔在广泛年轻读者群的接受。这是无法避免的批判关系，使其产生裂痕的是政治的竞争和积极的怨恨，这在威廉斯将奥威尔视为流放者的精妙创造中似乎是看不到，也揭示不了的。①

这段话表明将奥威尔视为"流放者"进行分析是威廉斯的基本批评策略和学术创建，但在这背后隐藏的是他对奥威尔社会主义观的批判，特别是他对英国是大家庭的论述、他对资本主义民主本质的模糊认识、他在《一九八四》中的悲观主义以及对工人阶级的描写，这些都成为他需要规范的内容。另外，英国新左派在1962年以后思想逐渐激进，他们积极反对越战，支持1968年法国爆发的学生运动，重新从文化批评转向政治介入。在这个时期威廉斯思想趋近汤普森，这加深了他对奥威尔的质疑。此时，"大西洋两岸的新左派支持者都引用《向加泰罗尼亚致敬》来证明奥威尔是一位革命者，他与法西斯主义进行了斗争，因此也会同样反对美国在越南的帝国主义行径"②，因此，威廉斯在专著中只对奥威尔在西班牙内战中的"革命社会主义者"身份大加赞赏。

1977—1978年的《政治与文学》访谈不仅反映了老一代新左派威廉斯对奥威尔的"无法容忍、彻底放弃"的态度，也反映出年青一代新左派安德森等对奥威尔的敌视。20世纪60年代以来，安德森等大力译介西方马克思主义理论书籍。正如威廉斯在《马克思主义与文

---

① Don Milligan, *Hope and Defeat in the Struggle for Socialism*, Studies in Anti-Capitalism, 2007, p. 240, http://www.studiesinanti-capitalism.net/RAYMONDWILLIAMS.html.

② John Rodden, *The Politics of Literary Reputation：The Making and Claiming of St. George Orwell*, Oxford：Oxford University Press, 1989, p. 193.

学》导言中所说，他读到卢卡契、萨特、戈德曼、阿尔都塞、葛兰西等西方马克思主义著作之后，催生出这本纯理论推演的著作，并提出一个重要观念：文化唯物主义。"它是一种在历史唯物主义语境中强调文化与文学的物质生产之特殊性的理论。"① 威廉斯这一理论体系建构显然克服了《文化与社会》中经验式论述的一些弊端，也奠定了他作为马克思文学批评家的权威地位。威廉斯此时无论是在马克思主义思维方式和观点立场还是在理论建构的努力都与昔日"文化英雄"奥威尔的社会主义观和经验式的文化论述渐行渐远。因此，他以前是思考"如何书写奥威尔"，而现在是"无法容忍、彻底放弃"的态度。"我一定要说，我现在不可能读他的作品了"②，他把奥威尔当作一位资本主义的妥协者。

到了20世纪70年代末期，新左派运动在世界范围内退潮，英美的新保守主义走向世界政治舞台中心。1979年撒切尔夫人上台后施行国有企业私有化，削减社会福利开支，鼓励资本主义自由市场的竞争等政策；里根1980年美国总统大选获胜后，积极推动经济不干预政策，加强军备竞赛，使美苏冷战对峙达到新的高峰。1984年来临之际，奥威尔再次成为西方谈论和研究的热点。美国新保守主义者诺曼·波德霍雷茨将奥威尔划入支持美国的新保守派阵营，成为他们的"精神领袖"③。面对"奥威尔现象"的又一次顶峰和新保守势力咄咄逼人的攻势，威廉斯作为英国马克思主义的文坛领袖借《奥威尔》专著再版之机，通过增加"后言"进行评论的方式指责他预言的错误，并号召知识分子抵制奥威尔的"妥协的信仰"，重新树立社会主义运动的信心。④

---

① ［英］雷蒙德·威廉斯:《马克思主义与文学》，王尔勃、周莉译，河南大学出版社2008年版，第6页。

② ［英］雷蒙德·威廉斯:《政治与文学》，樊柯、王卫芬译，河南大学出版社2010年版，第408页。

③ Norman Podhoretz, *The Bloody Crossroads: Where Literature and Politics Meet*, New York: Simon and Schuster, 1986, p. 53.

④ Andrew Milner, ed., *Tenses of Imagination: Raymond Williams on Science Fiction, Utopia and Dystopia*, Bern: Peter Lang, 2010, p. 202.

可以看出，威廉斯对奥威尔的态度大致经历了"尊敬和钦佩"、"文化英雄"、"文化案例"、"怀疑的尊敬"、"无法容忍、彻底放弃"和"妥协的信仰"等阶段，呈现出"仰慕—质疑—批判"的变化轨迹。威廉斯这种潜在的态度变化有力地说明了他从事奥威尔批评具有号召西方知识分子认清资本主义民主本质，以新左派的文化政治引领社会主义运动的政治动机。

综上所述，威廉斯的奥威尔批评采取的核心方法首先是建构了一个动态的"奥威尔"人物，然后根据作家的创作历程，聚焦于文本世界，以"旅行"的隐喻方式分析其身份问题，由此归纳奥威尔代表的情感结构为"流放者的悖论"。这是威廉斯对奥威尔学术史的重要贡献。但是，威廉斯的奥威尔批评还具有重要的思想史意义。首先，他这种所谓"客观"的文化分析本身就蕴含深刻的政治目的。其次，他还进而明确指出理解奥威尔的另一个关键是需要认清资本主义民主本质，而他在批评文本中潜藏的对奥威尔"仰慕—质疑—批判"的态度变化也凸显了这种强烈的政治动机。威廉斯实质上是对奥威尔加以政治和文化利用，表达的是英国新左派的社会主义观。

威廉斯批评英国老左派对奥威尔的人身攻击（如"神经质""抄袭"等），但是事实上他也难逃老左派意识形态批评的"窠臼"。只不过，他并没有采取他们的偏激方式，或者新左派同道汤普森那样的"宣言书"方式。他的"严厉批判"除了在最后明确地号召知识分子不要被奥威尔误导，而应认清资本主义民主本质外，大部分是很"巧妙地"隐蔽在对"流放者悖论"的文化分析之中。这种方式使他悄无声息地把奥威尔从20世纪50年代因其"天才预见"而获广泛赞誉的"圣人"位置下拉到"孤独漂泊""无家可归"的"流放者"的位置。威廉斯作为坚定的西方马克思主义者，为捍卫新左派的社会主义事业可谓费尽心力。

第二节　汤普森："我们必须从鲸腹之内出来"

在英国新左派运动中与威廉斯齐名的是汤普森（E. P. Thompson，

1924—1993），奠定他史学地位的是《英国工人阶级的形成》（*The Making of the English Working Class*, 1963）。这里要讨论的是汤普森等所著的《走出冷漠》（*Out of Apathy*, 1960），威廉斯认为这是英国新左派早期宣言书之一。① 该书是"新左派书系"（*New Left Books*）的第一卷，前言部分概括了该书系涉及的主要领域：第一，分析新的阶级社会中的内部结构；第二，分析英国工业社会中的共同文化；第三，英国社会主义必须打破过去深受困扰的隔绝状态，分析新帝国主义、北约、核裁军运动等全球问题。② 书中收录汤普森一篇重要文章《鲸腹之外》（Outside the Whale），从标题看显然与"走出冷漠"具有相似的意思，反映了该书的核心观点。

一 《鲸腹之外》

《鲸腹之外》针对的是奥威尔早在1940年出版的评论文集《鲸腹之内及其他论文》（*Inside the Whale and Other Essays*）中收录的文章《鲸腹之内》。汤普森在这篇评论中认为奥威尔《鲸腹之内》一文宣扬的是"置身于鲸腹之内"的"悲观主义"和"冷漠态度"，并对此进行了十分严厉的批判，极大地影响了西方知识分子对奥威尔的认知和接受。这也说明奥威尔早于《一九八四》较长时间创作的《鲸腹之内》一文成为批评家判定奥威尔为"悲观主义者"的重要文本依据。

那么，汤普森这篇产生了重要影响的评论《鲸腹之外》是如何判定奥威尔为"悲观主义者"的呢？汤普森文中特别引用了奥威尔《鲸腹之内》一文中的一段话：

> 被动态度将会回归，而且作家将比以往更加自觉地采取被动。

---

① Raymond Williams, ed., *George Orwell: A Collection of Critical Essays*, Englewood Cliffs: Prentice-Hall, Inc., 1974, p. 6.

② E. P. Thompson, *Out of Apathy*, London: Stevens & Sons Ltd., 1960, pp. x – xi.

进步与反动都是骗局。剩下的只有无为主义（quietism）——通过服从现实而消除现实中的恐怖。隐遁到鲸鱼的肚子里去（get inside the whale）——或者说，承认自己已经身处鲸鱼的肚子之中（当然，你实际上也是如此）。将自己交给世界的过程，不再反抗，也不再假装自己能够控制它；只能是接受它，忍受它，记录它。①

据此，汤普森认为奥威尔这篇文章中的"作家"就是指在20世纪三四十年代思想从激进走向幻灭的英国知识分子，而战后的年青一代由于深受他们的影响并没有仔细考察历史语境和现实状况，造成对社会主义运动抱以失望甚至是冷漠的态度。这种冷漠态度正是当前西方世界（汤普森称之为北约政治，Natopolitan）意识形态的主要特征。汤普森分析了冷漠发展的两个阶段。第一个阶段是具有责任感的知识分子从他们无法解释或者无法忍受的社会现实中退缩（recoil）出来。这种退缩的主要形式是对苏联模式的共产主义的幻灭（disillusion），因而到了40年代中期，失望（disenchantment）成为西方文化的中心主题。② 第二个阶段是这种退缩导致了对现状的接受，汤普森称之为"文化缺席"（cultural default）。

也就是说，知识分子在面临社会压力时对本应承担的责任彻底放弃，对与反动势力的共谋进行辩解。到了20世纪60年代，这一主流意识形态甚至朝着否定人的方向发展。③ 汤普森特别把作者奥威尔列为了影响当前西方知识分子形成冷漠态度的"作家"——他举了两个典型人物：一位是奥登，另一位就是奥威尔。汤普森继而指出《鲸腹之内》一文代表的是对无为主义的辩护，奥威尔的政治

---

① ［英］乔治·奥威尔：《政治与文学》，李存捧译，译林出版社2011年版，第138页。该段引文中的原译文"隐遁"（quietism）由笔者改为"无为主义"。汤普森引文参见 E. P. Thompson, *Out of Apathy*, London: Stevens & Sons Ltd., 1960, p. 158。

② E. P. Thompson, *Out of Apathy*, London: Stevens & Sons Ltd., 1960, p. 145.

③ E. P. Thompson, *Out of Apathy*, London: Stevens & Sons Ltd., 1960, p. 146.

悲观主义与奥登的精神悲观主义实质是一致的，同属上面提及的文化缺席模式。

首先，汤普森认为奥威尔的悲观主义对西方知识分子产生了十分消极的影响。汤普森举了一个形象的例子：这就像一场足球赛，但是看不到法西斯主义等反动的一方，只是看到反法西斯主义、共产主义和进步的一方在相互不断地犯规或者把球踢向自家球门。因此，奥威尔"就像一个只对一方极为苛刻而对另一方麻木的人"。① 他以一种厌恶或者欺骗的说辞代替对现实的理性分析，也就是说，他没有看到30年代共产主义运动中高度民主的一面，而是不分青红皂白地全盘否定。汤普森对此评论道：

> 这一失败的影响非常大，它不仅阻碍了年轻一代理解共产主义转型过程中的内部力量，而且还否定了在共产主义影响下可能发生社会转变的希望。它对希望的否定具有非理性禁忌（irrational taboo）的效果。正如奥威尔在《对文学的阻碍》（The Prevention of Literature）所说，"甚至只是一个禁忌就能对思想进行全方位的伤害"。在此情况下，禁忌破坏了社会人（social man）的所有信心，也桎梏了奥威尔的思想，因而产生了《一九八四》中的那些否定认识。②

其次，汤普森认为奥威尔总是以诋毁动机的方法取代客观分析，从而篡改了事实的记录。比如，他对人民阵线、左派读书俱乐部等的看法并不是置于一个特定的政治背景下的政治反应，而是"一部分英国中产阶级神经质和卑劣动机的投射反应"③。汤普森评论道：

> 正是在这篇文章而不是其他，一代人的抱负都被埋葬了。它

---

① E. P. Thompson, *Out of Apathy*, London: Stevens & Sons Ltd., 1960, p. 161.
② E. P. Thompson, *Out of Apathy*, London: Stevens & Sons Ltd., 1960, p. 163.
③ E. P. Thompson, *Out of Apathy*, London: Stevens & Sons Ltd., 1960, p. 164.

埋葬的不仅是一场令人尊重的政治运动，而且还埋葬了为一个政治事业无私奉献的观念。奥威尔指责这个事业是一场骗局，讽刺那些支持者的动机，这无疑拉直了"行动的弹簧"（springs of action）。他在失望的一代人中播撒了对自己极不信任的种子。社会主义的理想主义不仅被低估了，也被诡辩为仅仅是中产阶级罪责、挫折或倦怠的功能。①

最后，汤普森认为奥威尔的"置于鲸腹之内"与奥登把所有鲸鱼都归属于"短暂的细节"（transient details）一样，说明他们毫不在乎鲸鱼是否会游走。② 汤普森对冷战时期的政治形势作了十分形象的描述：

在大约1948年的某个地方，一只北约政治的真正鲸鱼穿越了冷战的海洋沿着这个路线游来。它注视着那些正在拼命打水的失望者——他们转动小眼睛进行着卑劣的思考。突然它张开嘴，一口把他们吞下。这并不是让那些知识分子能够在它肚子里保持一个突出的坐姿，而是为它的消化系统增加营养。③

显然，西方资本主义统治者容不得这些"失望者"躺在"鲸腹之内"去"安享太平"。在如此残酷的意识形态斗争情况下，汤普森把冷漠看作意志的一种病态表现，只能将此"瘟疫"赶走。④ 因此，"我们必须从鲸腹之内出来"⑤，继续积极投入社会主义运动当中。他相信在此行动中，"人性具有革命的潜力"。对这一重要问题，汤普森具体解释道：

社会主义的目标并不是去废除"邪恶"（那会是虚妄的目

---

① E. P. Thompson, *Out of Apathy*, London: Stevens & Sons Ltd., 1960, p. 164.
② E. P. Thompson, *Out of Apathy*, London: Stevens & Sons Ltd., 1960, p. 167.
③ E. P. Thompson, *Out of Apathy*, London: Stevens & Sons Ltd., 1960, p. 167.
④ E. P. Thompson, *Out of Apathy*, London: Stevens & Sons Ltd., 1960, p. 181.
⑤ E. P. Thompson, *Out of Apathy*, London: Stevens & Sons Ltd., 1960, p. 191.

标),也不是将善恶之间的斗争提升到建立一种完美无瑕的,亲如父亲关系的国家(无论是马克思主义或者是费边主义者的设计),而是要终止以前人类历史中出现的对这种斗争的操纵,即在一种权威社会或者贪婪的社会环境下对善的压制。社会主义不只是一种组织生产的方式,而且还是生产"人性"的方式。这里也不是只有一种规定好了的或者具有决定意义的方式产生社会主义人性。在建立社会主义的过程中,我们应该找到一种方式,在不同选择中加以甄别,从人们的真正需求和存在的可能性中找到我们选择的依据,而不是参照什么绝对的历史法则或者圣经文本。同时,这种方式还需要在公开、持续的思想和道德争辩中予以揭示。它的目标不是建立一个凌驾于人之上,决定人的一切等具有这样本质特征的社会主义国家,而是建立一个"人性化的社会或者社会化的人性"(an human society or socialised humanity),在其中是人而不是金钱发挥所有的作用(改编莫尔的话)。①

汤普森在这段重要引言中集中表达了他以"人性"(人道主义)为中心的社会主义观,这是他从事奥威尔批评的主要目的。从以上评论可以看出,汤普森认为奥威尔在《鲸腹之内》一文中宣扬了悲观主义,这种悲观主义给当前的社会主义运动造成了巨大损害,他对奥威尔进行了严厉的批评。汤普森号召西方知识分子"必须从鲸腹之内出来","走出冷漠",投身"社会主义人道主义"的政治行动当中。那么,奥威尔的《鲸腹之内》一文是否真如汤普森所说宣扬了"悲观主义"和"冷漠态度"?

二 《鲸腹之内》

《鲸腹之内》一文是奥威尔对美国作家亨利·米勒《北回归线》

---

① E. P. Thompson, *Out of Apathy*, London: Stevens & Sons Ltd., 1960, p.185. 莫尔即英国空想社会主义者托马斯·莫尔(Thomas More)。

（*Tropic of Cancer*）的书评。奥威尔认为《北回归线》既不像英国20世纪20年代的作家在艺术技巧上有所创新，又不像30年代的作家对社会现象进行抨击。它的重要性仅仅是"象征意义的"，"米勒是个不寻常的、值得一读的作家；而且，他是个完全消极、非建设性的、非道德的作家，是现代的约拿①，是被动地接受恶的人，是尸堆里的惠特曼"。②

奥威尔继而谈到"约拿"典故中的大鱼在后来的流传过程中变成了鲸鱼。"鲸鱼的肚子就好比一个子宫，足够一个成年人都在里面。你待在那里，四周漆黑，松松软软，跟外面的世界全然隔绝……除了死亡，那可以说是不承担责任的最高境界。"③米勒在其他作品中也使用了约拿的典故，奥威尔认为米勒旨在表明"被鲸鱼吞掉是件很诱人的事"，"他一点也不想去改变或者控制自己的命运。他跟约拿一样，被吞掉，保持被动，认可一切"。④诗人惠特曼（Walt Whitman）"认可"的是19世纪中期美国的繁荣期的自由和平等，但在20世纪30年代的战争"尸堆里"，米勒仍然逃避责任，认可一切，对此奥威尔是否认可呢？显然从上面引文中已经能够看出，奥威尔是反对米勒的这种态度的。奥威尔只是认为米勒的作品写出了美国人在巴黎落魄的见闻，这些题材在30年代是不合时宜的，但比当时许多政治宣传色彩浓厚的作品更加真实。但是，奥威尔并不认为米勒是"伟大的作家"，他也不代表着"英国文学的新希望"，他的作品只是表明"在新世界诞生之前产生伟大的文学作品的不可能性"⑤，因为这个世界的国家权

---

① 约拿是圣经中的先知，上帝派他去亚述帝国的尼尼微传递停止作恶的信息。约拿违抗命令，坐船渡海向相反地方逃走，后遭上帝惩罚，船遇风浪，行将倾覆，约拿叫水手把他投入大海。在听到约拿祈祷声后，上帝派一条大鱼将他吞没。鱼肚子里面很黑，又臭又冷。他用很多时间思考究竟发生了什么。他意识到自己逃跑是非常愚蠢之后便下定决心遵照命令去尼尼微。三天以后，这条大鱼把约拿吐到一个海滩上。约拿到了尼尼微宣告了上帝旨意，那里的所有人，包括国王，都脱下华丽的衣服，穿上破旧的衣服并往自己脸上抹灰。上帝最后宽恕了他们所有的邪恶。
② ［英］乔治·奥威尔：《政治与文学》，李存捧译，译林出版社2011年版，第138页。
③ ［英］乔治·奥威尔：《政治与文学》，李存捧译，译林出版社2011年版，第132页。
④ ［英］乔治·奥威尔：《政治与文学》，李存捧译，译林出版社2011年版，第131—132页。着重号为笔者所加。
⑤ ［英］乔治·奥威尔：《政治与文学》，李存捧译，译林出版社2011年版，第138、139页。

威主义对文学进行了阻碍。从以上分析可以十分清晰地看出，汤普森正是把米勒的态度等同于奥威尔的态度，并由此得出结论：奥威尔信奉消极的无为主义。

奥威尔在该文还记录了他和米勒的第一次相遇。奥威尔去参加西班牙内战，经过巴黎。米勒认为如果出于好奇去西班牙还能理解，如果为了奥威尔所说的"反抗法西斯""保卫民主"等某种"责任感"去则是白痴行为。奥威尔写道："他认为，我们的文明注定要消亡，被某种非人的文明所取代，但他对此毫不担心。他的作品中贯穿着这一观点，弥漫着走向毁灭的感觉，而且到处暗含着一切都无所谓的信念。"① 事实是十分清楚的，是米勒采取了消极的态度，而奥威尔在西班牙内战中曾喉部中弹，差点丧命。再举一例予以反驳。"置身鱼腹"的另一种说法是"返回母体（womb）"。奥威尔曾在《欢乐谷》（The Pleasure Spot，1946）一文中反对远离自然、贪图享受的都市生活，认为这种生活"如同人返回了母体"——"没有阳光但有人陪伴，温度可以调节，不用为工作和食物担忧，人的思想被心脏有节奏的悸动所淹没。"②

由此可见，认为奥威尔的"返回母体（子宫）"之说是一种消极和倒退，或者只是根据这一说法来判定奥威尔具有"原始主义情怀"，都是对奥威尔原文的极端忽视。另外，奥威尔在《鲸腹之内》一文中还严厉批评了奥登《西班牙》一诗中所说的"必要的谋杀"③，汤普森将奥威尔与奥登放在一起是不符合事实的。作为历史学家的汤普森在《鲸腹之外》的评论完全脱离了《鲸腹之内》的文本语境和奥威尔的真实意图。

三 社会主义人道主义

汤普森不无矛盾地引用了奥威尔在《通往维根码头之路》中的一

---

① ［英］乔治·奥威尔：《政治与文学》，李存捧译，译林出版社2011年版，第130页。
② George Orwell, *CW*, Vol. 18, ed. Peter Davison, London: Secker & Warburg, 1998, p. 31.
③ 奥威尔在该文中讽刺了奥登这样出身中产阶级的诗人与大众和现实是脱离的，因此他们无法看清政治背后的权力角逐，他们最后的幻灭是必然结局。

句话，对该文第一部分的最后一段关键引文作出说明："一位有思想的人并不是去放弃社会主义，而是决心去使之更具有人性（humanise it）。"① 其实通过仔细对比可以发现他们之间具有不少相似之处。比如，他们都看重经验，轻视理论；他们都重视英国传统，强调英国民族性②。另外从上面的批评文本引文可以看出，汤普森的语言形象生动，具有斯威夫特式讽刺的效果，这同样也是奥威尔的语言风格。③ 再者，作为新左派代表人物，汤普森早期也同样受到奥威尔的影响。这种情况下，难道他真是没有读懂《鲸腹之内》的内涵吗？

我们可以作出推测：汤普森作为史学大家，很有可能是有意识、有目的地犯了"寻章摘句"的错误。有论者认为汤普森的史学观是"倾听"和"责任"的结合：一方面是"敞开胸怀去接受不同的经验"，另一方面是"以偏袒的方式，用具体行动去干预某一社会的政治生活"。发现"过去"的过程时要"暂时悬隔我们的价值观"，一旦历史已被发现，我们可以"自由地对它进行判断"，"政治责任并不必然污损一个人作为历史学家的判断"。④ 据此可以发现，汤普森知道奥威尔的真实意思，但是他有"责任"对它进行"政治"解读。因此，汤普森的观点"我们必须从鲸腹之内走出来"正是威廉斯所说的"新左派的宣言书"。

20 世纪 30 年代的西班牙内战、苏德签订互不侵犯条约和苏联内部大清洗等历史事件使一些英国左派知识分子从理想走向了幻灭，

---

① E. P. Thompson, *Out of Apathy*, London: Stevens & Sons Ltd., 1960, p. 185. 奥威尔《通往维根码头之路》的原文参见 George Orwell, *CW*, Vol. 5, ed. Peter Davison, London: Secker & Warburg, 1986—1987, p. 204。

② 汤普森反对安德森等大量从国外理论资源中建构社会主义思想，他曾说这如同 20 世纪 30 年代的左派知识分子，"奥威尔曾讽刺过他们的结果"。张亮：《英国新左派思想家》，凤凰出版传媒集团 2010 年版，第 106 页。

③ 有论者说"就像奥威尔一样，汤普森经常以同样辛辣的笔调批评自己同一个战壕中的战友，因为他自己既将批判的锋芒瞄准敌对的意识形态右派，但同时也准备接受与自己的专业意识形态传统不同甚至相反的观念和假设"。张亮：《英国新左派思想家》，凤凰出版传媒集团 2010 年版，第 93 页。

④ 详见张亮《英国新左派思想家》，凤凰出版传媒集团 2010 年版，第 86—87 页。

"失败的'上帝'"导致的结果或是"压抑的呼喊",或是寄希望于工党,或是从宗教找到慰藉,或是转向右翼成为麦卡锡主义的帮凶。1956年的苏共二十大、匈牙利事件和苏伊士运河危机等加重了左派知识分子的信仰危机。汤普森敏锐地指出西方知识界的精神病症就是"冷漠"。他们从历史现场退缩,安于现状,放弃了知识分子应该承担的责任。那么,如何分析资本主义社会的新变化,如何为社会主义寻找出路?汤普森认为苏联模式、听命于苏联的英共以及受到资本主义北约阵营保护的英国工党政府都无法给出正确答案。因此,英国新左派的当务之急便是号召这些前共产党员、英国工党左派、核裁军运动积极分子以及其他知识分子团体摆脱"冷漠",凝聚人心,以新左派为阵营,重新找到走向社会主义的正确道路。由此可见,汤普森把奥威尔当作了表达政治诉求的重要工具。汤普森虽然提到"在大约1948年的某个地方"暗指了奥威尔《一九八四》实际反映的社会状况,但他主要是利用对奥威尔《鲸腹之内》一文中"消极态度"的批判,号召西方知识分子"走出冷漠"。

"走出冷漠"只是第一步。从该文第一部分最后一段重要引文可以看出,汤普森的这份"新左派宣言书"还号召进行一场"社会主义革命"。汤普森提出的"社会主义革命"与正统马克思主义的社会主义革命观和英国工党左右两派的争论有很大不同。汤普森说道:

> 社会主义的目的不是为一个盈利社会创造机会的平等,而是去创造一个平等的社会,一个协作的共同体。它的先决条件是为利润而生产需要被为使用而生产所替代。一个社会主义社会既可能是不发达的也可是很发达的,既可以是贫穷的也可以是富足的。社会主义与资本主义的区别不是体现在生产力水平,而是体现在典型的生产关系,体现在社会优先配给的秩序和整体的生活方式。[①]

---

① E. P. Thompson, *Out of Apathy*, London: Stevens & Sons Ltd., 1960, p. 3.

汤普森所说的社会主义既不同于资本主义的唯利是图,也不同于主流马克思主义的经济决定论。社会主义制度的本质特征不是贫穷或者富足,而是社会公正、道德水准和生活质量。这是社会主义的目的,那么以什么手段实现呢?显然不是英国诗人斯彭德所说崇高目的和残酷手段相对立的情况。汤普森说道:"平等社会的实现不能离开具有道德态度和社会实践的革命。这场革命应该深入人心,不为任何国家行政部门的'公式'所限制。"① 汤普森提出的手段是"革命",但是这个"革命"不能沦为"公式"或"教条"的工具,革命不是依据"绝对的历史法则"或者"圣经文本"。也就是说,革命不是通过苏联模式的暴力手段,也不是英国工党鼓吹的费边社会主义的渐进方式。革命的手段是道德的,它不是抽象的理论,而是要在积极主动的实践中实现。

汤普森特别反对通过阶级斗争,采取砸破现存国家机器获得政权的方式。他认为"资产阶级革命"和"无产阶级革命"是人为划分的虚拟界限。这种冲突会造成完全脱离的、赤裸裸的对抗关系。在他看来,实际的界限应该是在"垄断者"和"人民"之间。他还认为资本主义社会的平衡关系是不稳定的,内部蕴藏着抵御力量。它既可以倒退走向国家权威主义,也可以在强烈的民众压力下朝前发展。当民主力量不再处于防御之时,社会就会以积极的动态方式朝自身方向发展。这就是发生革命的临界点。② 汤普森认为革命不是自动发生的,而是由"人们的行动和选择推动的",决定革命范围和结果的不是暴力而是"人们的成熟和行动"。汤普森在《英国工人阶级的形成》中通过大量社会史的研究得出重要结论:工人阶级不是工厂无产阶级而是没落的手工业工人。工人阶级的形成并非完全由经济因素决定,英国传统、意识形态和社会组织形式同样发挥重要作用。工人阶级是在"客观因素的作用下被形成时又主观地形成自己的过程"③。也就是说,工

---

① E. P. Thompson, *Out of Apathy*, London: Stevens & Sons Ltd., 1960, pp. 289–290.
② E. P. Thompson, *Out of Apathy*, London: Stevens & Sons Ltd., 1960, pp. 301–302.
③ [英] E. P. 汤普森:《英国工人阶级的形成》,钱乘旦等译,译林出版社2001年版,第1004页。

人阶级的形成在于工人阶级具有了主动和团结的阶级意识。① 工人阶级形成中的文化与人的主动性使汤普森乐观地认为英国能够和平地实现革命，因为"1942—1948的社会进步是真实存在的"；"社会主义者的潜能已经得到拓展，社会主义形式尽管还不完善但已经在资本主义'内部'逐渐成熟"。②

汤普森列举了一些具体的革命行动。在国内，比如取消上议院等机构、对下议院等进行调整，把一些新的功能转交给市议会等组织。在国际上，退出北约，停止帝国主义干涉和侵略。除此之外，还要加强民主的革命策略，比如在俱乐部讨论，社会成员的意见交流和建立教育和宣传组织等。这些民主态度和方式有助于培育汤普森所说的"社会主义人性"。概而言之，汤普森提出的"社会主义革命"是指各阶层人民采取主动积极的行动和民主道德的手段，以和平的方式成功实现社会主义的最终目标。

汤普森的"社会主义革命"观点是基于他的社会主义人道主义精神。社会主义人道主义批判的是斯大林主义采取的非人性、非道德的统治手段。他在《新理性者》（the New Reasoner）杂志的《社会主义人道主义》一文中提到这是对斯大林主义的教条主义、反智主义和非人性立场的反抗。③ 他的理论依据是莫里斯（William Morris）所代表的英国社会主义传统和马克思有关"异化""必然王国和自由王国""人的自我完善"等方面的阐述。汤普森反对暴力手段，他说："如果我们（就像我这样）认为对于被奴役的人而言，反叛能够使人性变得更为丰富，那么我们肯定不会对手持钢枪的反叛是实现人性的唯一方式的观点信以为真。"④ 相

---

① 有论者认为："工人阶级在漫长而屈辱的曲折前进过程中，痛苦地建构和提纯出来的一种自我形象。道德勇气，对所处环境的创造性反思，在改变自己的效忠对象的过程中的痛苦抉择，这些都是阶级意识形成过程中的关键因素。"张亮：《英国新左派思想家》，凤凰出版传媒集团2010年版，第73页。

② E. P. Thompson, *Out of Apathy*, London: Stevens & Sons Ltd., 1960, p. 302.

③ Lin Chun, *The British New Left*, Edinburgh: Edinburgh University Press, 1993, p. 33.

④ ［英］迈克尔·肯尼：《新一代英国新左派》，李永新、陈剑译，凤凰出版传媒集团2010年版，第85页。

反，他主张"一种倡导开诚布公讨论的社会主义运动能够促使人们做出更好的道德选择，因为道德主体的创造性主要来自自我意识①。"这种主动性表现在道德主体的批判理性和欲望的内在矛盾：批判理性会因人的创造、情感和欲望而变得鲜活和深化；"激情"想获得"善"的道德目标，就必须听从合理性和自我理解的"命令"。② 汤普森提出我们可以"设计出一种能够让道德大行其道、邪恶受到限制的社会制度。如果今天想要的证据似乎否定了这种希望，那么，我们依旧可以抗争，拒绝成为环境或我们自己的牺牲品"。③

汤普森的社会主义人道主义思想与他的人生经历有关。他与威廉斯的经历较为相似，二战时期他同样禁止剑桥大学参加反法西斯战争，曾领导一支坦克部队在北非和意大利作战。1948年，他在隶属于利兹大学的成人教育点教书。不同的是，汤普森主要从事史学研究，威廉斯主要从事文学和文化研究。另外，汤普森不像威廉斯出生在一个工人阶级家庭，他的父亲是一位自由主义者④，但是在他哥哥弗兰克⑤的影响下于1942年在剑桥大学加入共产党（1956年主动退出，而威廉斯重返剑桥时共产党员身份自动取消）。汤普森是积极的行动主义者，他在从事成人教育时曾参加了"共产党历史学家小组"（The Communist Party Historians' Group），后主办《新理性者》杂志。20世纪70年代参与欧洲和平运动，80年代成为欧洲核裁军运动领导人之一，旨在通过自身的政治行动自下而上地改变紧张的世界冷战对峙局面。汤普森说："任何一个小问题的突破都能将直接有助于将原本发散性的激情瞬间凝聚为一场积极的运动。"⑥ 汤普森的行动主义思想体现在：

---

① ［英］迈克尔·肯尼：《新一代英国新左派》，李永新、陈剑译，凤凰出版传媒集团2010年版，第85页。
② 详见张亮《英国新左派思想家》，凤凰出版传媒集团2010年版，第101—102页。
③ 张亮：《英国新左派思想家》，凤凰出版传媒集团2010年版，第103页。
④ 汤普森父亲爱德华·约翰·汤普森（Edward John Thompson，1886—1946）曾作为卫斯理公会的传教士长期工作在印度南部地区，与泰戈尔、印度独立运动领袖尼赫鲁建立深厚友谊。
⑤ 弗兰克·汤普森（Frank Thompson，1920—1944），1939年加入英国共产党。二战爆发后参加反法西斯战争，1944年在巴尔干地区游击战争中被捕并被杀害。
⑥ 张亮：《英国新左派思想家》，凤凰出版传媒集团2010年版，第75页。

从小事做起，从自我做起，人人为之努力，这样通过人类文化的循环发展就能够如同滚雪球般地造成重大结构性改变。这正如汤普森所说："我们是非能动的被决定的能动主体。"① 新左派运动史研究专家迈克·肯尼（Michael Kenny）曾这样评论汤普森："在现时代的著作家中，有谁能轻而易举地把斯威夫特的嬉笑怒骂、莫里斯的想象力、布莱克的绝望和托尼的伦理信念熔为一炉呢？我们时代的公共知识分子中，谁能权威性地言说我们政治决定的道德成本，并得到人们的认真倾听呢？"② 我们从汤普森这篇著名的奥威尔批评文本《鲸腹之外》中的确能够感受到他的这种思想力量。

本章小结

威廉斯在英国新左派运动乃至20世纪思想界和学术界都占有重要地位，同时他也留下了丰富的奥威尔批评遗产，本章对他的批评立场和策略进行了详细考察。威廉斯首先"建构"了"奥威尔"这个人物，并认为这是奥威尔"最为成功的人物创造"。这个"奥威尔"不是作家奥威尔的原名埃里克·布莱尔，也不是他在《巴黎伦敦落魄记》出版时提供的"乔治·奥威尔"（George Orwell）这个英国普通人名加英国河流名称构成的笔名。作家奥威尔选择"乔治·奥威尔"作为笔名或许像一些人解释的那样对"埃里克"（Eric）这个名不喜欢，他也有意想告别过去，告别"上层中产阶级偏下"的阶级属性，告别为帝国主义效力的痛苦，重新找回"成为作家"的梦想。那么作家奥威尔是否在有意构建"乔治·奥威尔"这个笔名所代表的"身份"呢？如果说完全没有这种"想法"可能也不符合人之常情，毕竟成为有名的作家是他从小就有的心愿。身份的变化的确可以给人带来截然不同的心境和情绪，比如荣耀、忐忑不安、动力和压力。但是身份和

---

① 张亮：《英国新左派思想家》，凤凰出版传媒集团2010年版，第83页。
② 张亮：《英国新左派思想家》，凤凰出版传媒集团2010年版，第110页。

声望毕竟是"浮名虚利",奥威尔只是想成为真正的作家,他生前没有享受过名和利的"实惠",死后在墓碑上也只留下"埃里克·布莱尔"这个原名。

威廉斯所说的"奥威尔"这个人物完全是他独特的"构建",和作家奥威尔的想法完全不一样。文中已经详细分析了"奥威尔"这个人物是"身份"的标识,这个"身份"是变动不居的,在威廉斯看来,奥威尔是找到了下一个就丢了(或忘了)上一个。普里切特认为祛除良心的负罪感是奥威尔向前的动力,而威廉斯则把奥威尔的人生轨迹当作一次"轻装上阵的严肃旅行"。虽然也是"严肃",但两者的评价有着本质的差别:前者是"圣人"的旅程,后者是"流放者"的旅程。威廉斯用意非常明显,他只不过"构建"了一个适合"流放者"身份的"奥威尔"人物。流放者具有一定的洞察力,但他也存在着无法克服的"紧张感"和"悖论"。威廉斯所说的"流放者"是一直在人生旅程中流浪,他无法"荣归故里"。除了奥威尔,这样的人还有劳伦斯、奥登等,这是相同的"阶级心理",更是那个时代的"情感结构"。威廉斯考虑的是"什么书写了奥威尔",也就是要通过"情感结构"进行文化分析,考察文化与社会的内在关系。

这种文化分析表达的是威廉斯的政治态度。在威廉斯看来,作为"流放者",奥威尔只是在西班牙内战时期找到了"共同体",有了"回家"的感觉。奥威尔此时是个"革命社会主义者",他不仅参加了反法西斯战争,还从中感受到社会主义革命的气氛、战士的平等和"同志般情谊",同时他还揭穿了斯大林主义的暴行和谎言。他此前的早期小说只不过是朝这个"共同体"靠近,此后的作品如《作家与利维坦》则反映了奥威尔作为作家再也无法承受"流放者的悖论"这一"僵局"的折磨。如果说《动物庄园》还有些"集体投射的智慧"的话,那么《一九八四》则标志着这位"流放者"在政治身份的"建构"中已经完全走进迷途,陷入幻灭,离"共同体"越来越远。

如果说这种横向的"流放者"旅程反映了威廉斯的批评策略、文化分析和对"共同体"的追求,那么纵向的文本对照则展现了威廉斯和新左派的政治思想历程。从相识阶段的"钦佩",到新左派早期的"文化英雄"和"文化案例",再到转向激进和理论建构时期的"怀疑的尊敬""无法容忍、彻底放弃",最后再到"新保守主义"时期承担起左派领袖的责任,号召抵制"妥协的信仰",威廉斯的奥威尔批评表达了他不同时期的政治态度。威廉斯反对各政治派别和知识团体对奥威尔的"身体或者声望的占据",其实他又何尝不是如此。

著有《英国工人阶级的形成》的史学家汤普森也何尝不是如此?主张"由下而上"书写工人阶级历史的汤普森与在《通往维根码头之路》中同样描写工人阶级的奥威尔本有许多共同之处。但是,汤普森的政治观比威廉斯更为激进,主张通过实际的政治行动来实现社会主义人道主义。因此,呼吁知识分子应该"从鲸腹之内出来",走出冷漠,投身社会主义人道主义的具体政治行动。汤普森的文学批评担当的是"新左派宣言书"的功能,为了实现这个政治目的,牺牲史学家的"客观",颠倒奥威尔的文本意图也在所不惜。

在新左派的早期阶段,汤普森的政治态度最为激进,因此对奥威尔的批评也最为严厉;威廉斯则倾向于通过"冷静"的文化分析表达他对奥威尔"怀疑的尊敬";而伯明翰文化研究中心的创建者霍加特主要致力于文化研究,因此更为接近奥威尔,将奥威尔视为"同道"和"榜样",即威廉斯所说的"对奥威尔有着同事般的强烈情感和友好态度"①,因为威廉斯认为:"霍加特的《识字的用途》很大程度上应该视为是对奥威尔作品中一些元素的发展。"② 第二代新左派如安德森等,除受到传统马克思主义者多伊彻奥威尔评论的影响外,他们的思想也比第一代新左派更加激进,更加倾心于西方马克思主义的理论建构。"他创造了关于社会或者历史的新的理论知识了吗?";"他创作了第一流的创造性想象作品——具有重要文学价值的小说了吗?";

---

① Raymond Williams, ed., *George Orwell: A Collection of Critical Essays*, Englewood Cliffs: Prentice-Hall, Inc., p. 6.

② Raymond Williams, ed., *George Orwell: A Collection of Critical Essays*, Englewood Cliffs: Prentice-Hall, Inc., p. 5.

"关于他所见证或者经验的事实,他提供了可信的记录——显著准确的证据吗?"。① 他们这咄咄逼人的三个问题给更年轻的新左派,甚至给现在的一般读者都留下了十分深刻的印象。

对于威廉斯、汤普森等英国新左派的奥威尔批评,正确的态度是首先将其放置到英国新左派的思想史语境之中加以"同情之理解",然后以当今之眼光进行"批判之阅读"。如同汤普森指责奥威尔"置身鲸腹之内"的悲观主义一样,威廉斯将奥威尔视为一位"流放者",也是出于担心奥威尔的悲观主义政治观若是被敌对阵营大肆利用会对社会主义运动造成巨大损害。但是,汤普森事实上是把美国作家亨利·米勒的悲观主义世界观错误地等同于奥威尔的态度,而威廉斯对奥威尔作为"流放者"的身份建构也有悖奥威尔所说"使政治写作成为一种艺术"和"反对国家权威主义,支持民主社会主义"的积极的自我身份建构。从思想史层面来看,威廉斯、汤普森等英国新左派与奥威尔的根本分歧其实在于他们持有不同的社会主义观。

---

① [英]雷蒙德·威廉斯:《政治与文学》,樊柯、王卫芬译,河南大学出版社2010年版,第401页。

第四章 激进、自由与保守：纽约知识分子的奥威尔批评

本章前言

前面两章围绕奥威尔批评主要论述了英国的知识分子团体，本章则进入一个新的文化场域，探讨以纽约知识分子为中心的美国知识分子团体。

英、美虽然文化同根，但毕竟分隔在大西洋两岸，两国文化也如同英式英语与美式英语一样存在显著差异。不过，英美之间的文化交往向来十分频繁。进入20世纪以后，美国逐渐取代英国成为世界头号资本主义强国，许多英国知识分子纷纷来到美国，或讲学，比如斯特拉奇；或干脆定居下来，比如奥登。

奥威尔是英美知识分子关注的共同话题。首先，奥威尔的重要作品都第一时间在美国出版；奥威尔也定期为纽约知识分子的主要阵地《党派评论》杂志撰写"伦敦信件"；《动物庄园》和《一九八四》都入选美国"每月之书俱乐部"书目。其次，美国文学批评大家威尔逊、特里林和欧文·豪等都对奥威尔有不少经典评论，推动了奥威尔的声望在美国确立。更重要的是，美国纽约知识分子对美国的社会和文化产生了重要影响，他们的奥威尔批评也留下了丰富的学术和思想遗产，对其进行考察可以发现与英国相同或不同的文化利用。

研究纽约知识分子思想史的权威著作《宠儿们：纽约知识分子及

其世界》(*Prodigal Sons: The New York Intellectuals & Their World*, 1986)这样写道:"纽约知识分子开始是激进主义者,然后转向自由主义,其中一些以保守主义者告终。"① 这说明纽约知识分子的思想演变大致分为三个阶段:激进主义、(新)自由主义和(新)保守主义。激进主义与英国一样是指20世纪30年代知识分子左倾,(新)保守主义与英国相似,在80年代成为思想主流。开端和结尾的一致,意味着本章所讨论的美国纽约知识分子与前面两章的英国左派、新左派形成相互映照的平行结构。就他们的奥威尔批评而言,这既是英美知识分子对奥威尔批评源头的继承和发展,也是对奥威尔的声望进行各取所需的利用。

虽然英美两国思想的两端有相似之处,但是具体内容却有很大不同。首先,纽约知识分子的父辈都是来自苏联和东欧的犹太移民,"犹太性"是他们无法回避的身份问题,这与英国左派、新左派知识分子有明显差异;其次,正是由于"犹太性",他们在激进时期处于美国社会的边缘,"他们是通过30年代的左派政治和先锋文化生活这样的曲折路线才走到美国知识界的中心"②,这和英国伦敦文学圈和学术圈的精英知识分子大不一样;再次,纽约知识分子与美国的新左派是不同的知识分子团体,他们甚至反对新左派激进的反文化观点;另外,自由主义是美国唯一的思想传统,它最早受到英国自由主义奠基者约翰·洛克的影响,20世纪以后又经过罗斯福"新政"的重大修正,而新保守主义实质上是对古典自由主义的复归。但是在英国,保守主义一直是自由主义的对立面:保守主义是主张维持现状,自由主义是主张个人自由和社会进步。

纽约知识分子大致分为老、中、青三代。第一代是在1900—1910年出生,主要人物有特里林、麦克唐纳、拉夫、格林伯格(Clement

---

① Alexander Bloom, *Prodigal Sons: The New York Intellectuals & Their World*, New York: Oxford University Press, 1986, p. 6.
② Alexander Bloom, *Prodigal Sons: The New York Intellectuals & Their World*, New York: Oxford University Press, 1986, p. 4.

Greenberg)、胡克（Sidney Hook）、玛丽·麦卡锡等；第二代在1915—1925年出生，主要有欧文·豪、丹尼尔·贝尔、克里斯托（Irving Kristol）和卡赞（Alfred Kazin）等；第三代则更为年轻，主要有波德霍雷茨和桑塔格（Susan Sontag）等。这三代人与上面的三个阶段存在一些错位，比如特里林、贝尔主张对自由主义进行修正，欧文·豪则坚持社会主义信念。本章主要按照纽约知识分子奥威尔批评文本形成的时间顺序考察他们从激进主义到新自由主义再到新保守主义的思想历程。在这个过程中，《党派评论》编委会对美国参加二战的态度、20世纪50年代初新自由主义的兴起、60年代对美国参加越战的态度以及对知识分子职责的思考、80年代新保守主义占据主流等，都是他们的奥威尔批评反映出的重要思想史事件。下面主要对麦克唐纳、拉夫、特里林、欧文·豪、玛丽·麦卡锡和波德霍雷茨的奥威尔批评进行详细的分析和阐释。

第一节　麦克唐纳："普通常识的庸俗主义"

德怀特·麦克唐纳（Dwight Macdonald，1906—1982）是"纽约知识分子中生活丰富的一位"，他"又高又瘦，戴着眼镜，留着山羊须"，为人幽默风趣。① 麦克唐纳不像其他纽约知识分子出身贫寒，他曾就读于菲利普埃克塞特中学（Philips Exeter Academy）② 和耶鲁大学，后在Macy's和《财富》（*Fortune*）杂志培训和工作。1938—1943年他担任《党派评论》（*Partisan Review*）编委会成员，后脱离编委会于1944—1949年独办《政治》（*Politics*）杂志。1942年，他以"英国的天才"（The British Genius）为题在《党派评论》发表了奥威尔《狮与独角兽》的书评。

---

① Neil Jumonville, ed., *The New York Intellectuals Reader*, New York: Routledge, 2007, p. 159.

② 菲利普埃克塞特中学创办于1781年，是一所位于新罕布什尔州埃克塞特市的私立寄宿制高中，美国最悠久、传统和古老的中学之一。

一 《狮子与独角兽》书评

麦克唐纳认为《狮子与独角兽》是"英国左派政治作品的典型代表",奥威尔对政治的研究方法是"印象式的而非分析式的,是文学性的而非技术性的,是业余的而非专业的"。[①] 麦克唐纳通过与美国马克思主义者对比,发现奥威尔的优点在于:第一,他知道大量英国文化的特性,我们对此却往往忽视或者弄错;第二,他将道德、文化与政治融为一体,因此他的政治作品具有人性的光彩,相比之下我们感到有点惭愧。

但是,麦克唐纳也指出他具有业余者的缺点,比如他仅凭印象提出问题但没有解决问题的办法,使用术语含义模糊,常常流于错误概括。他虽然认同奥威尔在该书提出的社会主义方案:对土地、矿场、铁路、银行和主要工业的国有化、教育民主化、个人收入平均化、印度独立,但是认为这只是初步措施,奥威尔没有提出由哪个阶级负责实施这些方案。麦克唐纳认为奥威尔其实赞同在原有制度下进行渐进的革命,他对丘吉尔政府的态度实质是批判的支持。但是,麦克唐纳认为渐进革命没有什么希望,只有社会主义政权才能从外部和内部打败国家权威主义,只有工人阶级取代了罗斯福和丘吉尔代表的资本主义政府才能建立社会主义国家。

麦克唐纳认为奥威尔具有观察者的敏锐力,但是作为理论家他却很幼稚。虽然战后马克思主义传统低估了一些心理和文化因素,往往习惯于机械地应用唯物主义标准去分析问题,但是奥威尔的彻底批判态度并不是妥善的解决办法,这只是一种沦为普通常识的庸俗主义,与他所拒绝的宗派主义的马克思主义一样过犹不及。[②]

---

① Jeffrey Meyers, *George Orwell: Critical Heritage*, London: Routledge, 1975, p.191.
② Jeffrey Meyers, *George Orwell: Critical Heritage*, London: Routledge, 1975, pp.191–194.

二 革命失败主义还是社会主义革命：英国左派争论在美国的延续

《狮与独角兽》是奥威尔写的一部政治小册子，1941年2月由塞克&沃伯格出版社（Secker & Warburg）出版。该书英语题名全称是"The Lion and the Unicorn: Socialism and the English Genius"。"狮与独角兽"是英国国徽中的图像，在文中象征了把英国视为大家庭的爱国主义；"社会主义与英国的天才"暗示的是能够把英国爱国主义、社会主义革命和反法西斯主义整合为一股强大力量的领导者，以取代英国过去和当前昏庸的当权者，即这个大家庭的负责人。题目十分明显地揭示了该书的主题是社会主义革命。

《狮与独角兽》是出版商弗雷德里克·沃伯格（Fredric Warburg）组织出版的"探照灯"系列（"Searchlight" series）中的第一部。这个系列发起者有沃伯格、奥威尔及其好友托斯科·菲维尔（Tosco Fyvel）。沃伯格提到发起讨论的目的在于"把托利党的英国从一个濒临失败、几乎遭受敦刻尔克（Dunkirk）灾难的懒散国家转变为一个能够激励世界的现代社会主义共同体"。① 奥威尔写《狮与独角兽》时正值德国对英国本土进行猛烈的空中轰炸，英国的形势极其危急。因此，奥威尔在该书的前两个部分的开头写道："当我在写本书的时候，高度文明的人类正在上空盘旋，试图将我炸死"；"我是伴随着德国的轰炸声写这本书的，当写到第二章时，又增加了阻击炮火的喧嚣……我们处于极度危险之中"。②

奥威尔在参加西班牙内战后，对发生在那里的党派争斗和镇压十分痛恨。因此他和当时大多数英国左派知识分子一样，对欧洲列强之间的战争持反对态度，认为这不过是另一场帝国主义战争，无论谁赢

---

① John Newsinger, *Orwell's Politics*, Houndmills: the Macmillan Press Ltd., 1999, p. 70.
② George Orwell, *The Lion and the Unicorn: Socialism and the English Genius*, London: Secker and Warburg, 1962, pp. 9, 47.

得战争都不会改变资本主义制度这一现状。但是当二战真正爆发之后，奥威尔从反战立场一夜之间转变为支持英国的反法西斯战争。他在1940年的文章《我的国家是向右还是向左》（My Country Right or Left）谈到他在苏德互不侵犯条约签订的前一个晚上梦到两件事：一是长期担心的战争终于爆发了，这让他有些解脱；二是他从内心深处觉得自己是一个爱国主义者，因此他支持并且还会参加这场战争。他认为一个社会主义者只能选择对希特勒进行抵抗而非投降，因为爱国主义不是保守主义的表现，而是英国社会主义革命的基础。① 奥威尔态度的转变其实并不是源自非理性的梦。西班牙经历和苏德互不侵犯条约的签订使他认识到，苏联的社会主义和德国的法西斯主义实质上都是国家权威主义，而英国共产党和左派知识分子由于受到国际社会主义运动的影响和控制，是不可能担负起英国社会主义革命的使命。因此，英国只能选择走本土的道路，将英国传统文化、爱国主义与社会主义革命结合起来。战争的爆发为实现这一目标提供了绝佳时机，因为在战争期间英国既可以按照社会主义计划经济的模式集中国内资源，通过爱国主义精神团结各个阶层打败法西斯主义，又可以消除阶级特权，实现社会主义的民主和平等。也就是说，奥威尔认为现在正是把西班牙内战抵抗弗朗哥法西斯政权的社会主义革命模式应用到英国的绝好时机。奥威尔这些思想在《狮与独角兽》中得到集中的阐述。

《狮与独角兽》由"英格兰，你的英格兰"（England Your England）、"战争时期的掌柜"（Shopkeepers at War）和"英国革命"（The English Revolution）三部分组成。这三部分表达了该书的三个目的：第一，创立一种独特的英国社会主义运动；第二，英国需要一场社会主义革命；第三，在现代社会中这场革命应该采取的形式。在第一部分，奥威尔提出了"英国性"，比如"绅士风度"、尊重法律、虚伪②和喜爱自然等。这些英国独有的文化特征可以使英国人跨越阶级差别形成

---

① George Orwell, *CW*, Vol. 12, ed. Peter Davison, London: Secker & Warburg, 1998, pp. 269 – 272.
② 即反黩武主义（antimilitarism），但又对大英帝国迷恋。

"情感统一""他们能够在英国陷入危机时刻心朝一处想,劲往一处使"①,这是弘扬爱国主义精神的坚实基础,也是建设有英国特色的社会主义道路的先决条件。在第二部分,奥威尔认为"战争是社会发生变化的最大动因"。为了战争的胜利政府要采取计划经济和工业国有化,这就打破了资本主义制度以牟利为唯一目的的局面,使国民享有平等和公正成为可能。战争为革命创造了机会,但是当权者已经被证明是非常"腐朽""能力低下"和"愚蠢"的,只有革命才能使权力交接,才能使英国的那些"天才"崭露头角。在第三部分,奥威尔为这场革命提出了麦克唐纳书评中提到的四条具体措施,另外还有"建立代表一个有色人种的殖民地常任理事会"和"宣布和中国等受到法西斯主义侵略的国家建立同盟"。奥威尔在《狮与独角兽》中集中表达了他的社会主义革命立场。

从麦克唐纳的书评可以看出,他对奥威尔提出的"英国性"以及社会主义的民主、自由和平等的主张比较欣赏,对他提出的六条措施也基本赞同。但是,对于把英国看成一个大家庭,把爱国主义看作社会主义革命的动力,把战争看成社会主义革命的机遇等观点,麦克唐纳则提出了异议。他认为奥威尔只不过是批判地支持现有资本主义政府,支持渐进式革命,这些看法是幼稚、印象式的,是一种基于普通常识的庸俗主义。奥威尔所预测的社会主义革命也没有任何实现的迹象,丘吉尔仍然牢牢掌握政权,对英共进行打压。"如果说现在出现了渐进式革命,那方向恰好是相反的。"② 麦克唐纳与奥威尔在对待战争和革命的态度上是根本对立的。虽然麦克唐纳反对苏联的庸俗马克思主义教条,反对斯大林主义统治的非人性手段,但是他同时认为对苏联社会主义彻底否定也是严重的错误。麦克唐纳在书评中多次使用第一人称,比如"我们自己的马克思主义者""我们左派的大多数,从自由主义者到托洛斯基支持者""我也是持

---

① George Orwell, *The Lion and the Unicorn*: *Socialism and the English Genius*, London: Secker and Warburg, 1962, p. 27.

② Jeffrey Meyers, *George Orwell*: *Critical Heritage*, London: Routledge, 1975, p. 193.

第四章 激进、自由与保守:纽约知识分子的奥威尔批评

这种观点①的一位",这充分表明了麦克唐纳坚持的仍然是马克思主义立场。另外,书评中麦克唐纳对奥威尔的结论没有科学依据的具体指责也说明了这一点。例如,奥威尔所说"真正的革命者不会是一位国际主义者"强调的是建设本土的(英国特色的)社会主义,而麦克唐纳对此指责,表明他仍然认同受苏联控制的国际共产主义运动的立场;他指责奥威尔对"社会主义"模糊使用②,表明了他对苏联社会主义的辩护,这充分说明麦克唐纳坚持的是革命失败主义路线。

革命失败主义与社会主义革命之争在谈到英国左派时已经涉及③,只不过背景切换到了美国的20世纪三四十年代。这里的关键是讨论麦克唐纳为什么会持有革命失败主义的观点,这需要从纽约知识分子最为重要的杂志《党派评论》(*Partisan Review*) 说起。《党派评论》是美国共产党的约翰·里德俱乐部纽约支部(John Reed Clubs of New York) 1934年资助创办的一份杂志④,创办者是菲利普·拉夫(Philip Rahv) 和威廉姆·菲利普斯(William Phillips)。当时美国已有一份共产党的杂志《新群众》(*The New Masses*),但是这主要是政治类杂志,缺乏一份领导无产阶级文化的文学杂志,于是《党派评论》杂志应运而生。《党派评论》创刊词非常清楚地阐明了办刊宗旨:"我们提

---

① 这个观点指上面书评中提到的"只有社会主义政权才能从外部和内部打败国家权威主义,只有工人阶级取代了罗斯福和丘吉尔代表的资本主义政府才能建立社会主义国家"。
② 奥威尔说:"在过去几年可以清楚地看到'生产方式的公有制'并不是社会主义的一个充分的定义。还必须加上这一条:收入的大体平等……政治民主、取消所有世袭特权,特别是在教育方面。"麦克唐纳认为随后奥威尔又承认苏联是"唯一确定的社会主义国家",他认为奥威尔的反斯大林主义是人人共知的,因此他对"社会主义"用法是模糊的。很显然,奥威尔前面谈的是社会主义的本质,而后者只是苏联现在的政治制度,奥威尔从来也没有认为苏联的社会主义是真正的社会主义,麦克唐纳既然说他是"反斯大林主义",那么他以上指责是自相矛盾的,他只不过是在为苏联辩护。
③ 第一,英国丘吉尔政府的失败与德意法西斯主义的失败相比更为重要;第二,丘吉尔政府失败后,取而代之的会是"人民政府"(People's Government);第三,英国的成功会使德意两国人民纷纷仿效,俄国十月革命模式会在欧洲重现。详见第二章第一节第四小节英国左派读书俱乐部的兴衰,特别是《左派的背叛》一书中的讨论。奥威尔在《狮与独角兽》中的观点和他在《左派的背叛》中两篇文章的观点是一致的。
④ 《党派评论》的最初资金来源于前面提到的英国左派俱乐部成员斯特拉奇所作的文学和辩证唯物主义报告,参见 Alexander Bloom, *Prodigal Sons: The New York Intellectuals & Their World*, New York: Oxford University Press, 1986, p. 61。

出主要关注有创新性和批判性的文学，但是我们将会坚定地维持革命工人阶级的观点。我们将通过专门的文学媒介参与工人阶级斗争，参与那些有良心的知识分子组织的斗争，如反对帝国主义战争、反对法西斯主义、反对民族和种族压迫，以及废除一切产生邪恶社会制度的各种斗争。另外，捍卫苏联也是我们一项主要工作。"[1] 可以看出杂志创办的目的是以革命的文学艺术来批判当时陷入经济危机的资本主义制度，捍卫苏联社会主义，因此这份杂志也是美国共产党的宣传阵地。

但是到了1935年4月，美共接到苏联指令建立反法西斯主义人民阵线，因此解散了约翰·里德俱乐部，建立了全美作家联盟（League of American Writers）。失去美共支持的《党派评论》也随之于1936年10月停刊。1937年12月《党派评论》终于重新复刊，一些新生力量如麦克唐纳、玛丽·麦卡锡等加入编委会。这时正值苏联审判（即本书第二章提到的英国语境中的苏联大清洗）和西班牙内战失败，杂志转而同情托洛斯基，寻求独立和激进的政治立场。编委会的复刊词说道："《党派评论》十分明确在革命运动中应该担负的责任，但是我们并没有义务为任何政治组织的要求服务"；"我们认为马克思主义仍然是分析和评估文化的首选工具，如果它最终超越了其他方法，那也是通过民主争论的媒介形成的"。[2] 自此，《党派评论》告别了美国共产党和无产阶级文学，开始走向政治上反斯大林主义的社会主义，文化上推崇现代主义文学的办刊道路。革命与高雅文化的结合成为这个时期纽约知识分子的追求目标。《党派评论》的政治和文化转向自然会受到支持斯大林的杂志《新群众》的攻击。

二战爆发后，《党派评论》推行反战政策。但是随着珍珠港事件爆发，编委会对美国是否卷入战争这一问题产生了严重分歧。拉夫和菲利普斯开始接受美国实用主义创始人杜维的学生西德尼·霍克

---

[1] Neil Jumonville, ed., *The New York Intellectuals Reader*, New York: Routledge, 2007, p.56.
[2] Neil Jumonville, ed., *The New York Intellectuals Reader*, New York: Routledge, 2007, pp.60, 62.

第四章　激进、自由与保守：纽约知识分子的奥威尔批评

(Sidney Hook)的实用主义策略，即在轴心国和同盟国之间选择支持"邪恶稍轻"的一方，赞同美国参战。但是，麦克唐纳，这位出身优越但在20世纪30年代左倾思想激化的知识分子，始终坚持革命失败主义观点，反对参战。1939年，他曾在《党派评论》发表《战争和知识分子：第二幕》(War and the Intellectuals: Act Two)一文反对战争。他认为战争只能导致参战的民主人士走向法西斯主义，即"反法西斯的法西斯主义"，因为战争会破坏工人运动，会压制不同声音，会把国民经济交付给统治阶级。如果美国参战，只会使国内产生独裁者，他根本不会把战争的胜利成果转化为一个民主政府，因此对社会主义者唯一可行的办法就是支持"革命失败主义"，把帝国主义战争转变为一场内战。① 麦克唐纳还与前面提到的英国诗人斯彭德展开了一场论战。1940年，斯彭德在《党派评论》发文反驳麦克唐纳，认为在当前的紧急时刻，走和平主义路线只能帮助法西斯主义。麦克唐纳在"编者按"中反对斯彭德支持"张伯伦制度"(the Chamberlain System)的观点，继续强调革命失败主义立场，号召用革命行动反对战争的发动者，工人阶级不能向腐朽的资本主义制度妥协。随之，斯彭德再次发文声明他是基于"邪恶稍轻"立场才支持"张伯伦制度"。②

奥威尔也参与了这场论战。1941年12月9日，克里门特·格林伯格(Clement Greenberg)代表《党派评论》编委会向奥威尔约稿，请他介绍当前新闻报道中被隐蔽的内容，比如政治形势、工人组织和知识分子的思想动态等。③ 奥威尔从1941年1月开始为《党派评论》撰写《伦敦信件》(London Letters)。他的第一封"伦敦信件"对上述问题逐一进行了回答。首先，奥威尔认为当时可以孤立上层阶级，发动大多数人同时反抗希特勒和推翻阶级特权的革命形势并没有得到很好

---

① John Newsinger, *Orwell's Politics*, Houndmills: the Macmillan Press Ltd., 1999, pp. 91–92.
② John Newsinger, *Orwell's Politics*, Houndmills: the Macmillan Press Ltd., 1999, p. 92.
③ George Orwell, *CW*, Vol. 12, ed. Peter Davison, London: Secker & Warburg, 1998, p. 351.

的利用。他甚至还批评约稿人格林伯格在英国《视界》(*Horizon*) 杂志中发表的观点：在英国只有工人阶级才能打败希特勒。奥威尔认为除此之外，中产阶级的爱国主义也是可以利用的。其次，关于知识分子思想动态，奥威尔认为苏德互不侵犯条约已经完全破坏了英国左派知识分子的反法西斯主义立场："那些 1935—1939 期间最坚定的'反法西斯主义者'现在都成为最坚定的失败主义者。"① 奥威尔的这些观点和《狮与独角兽》是一致的，而格林伯格和麦克唐纳一样反对拉夫和菲利普斯支持美国参战的观点，因此麦克唐纳与奥威尔在对待战争的态度上是对立的，他在 1941 年 3 月 15 日给奥威尔的回信中说："我们（《党派评论》编委会，笔者注）大多数都不同意你的政治观点，毫无疑问你也料到了这点。"② 但是，政治观点的不同并没有切断他们的联系，《伦敦信件》一直持续到 1946 年。

1941 年，麦克唐纳和格林伯格在《党派评论》发表《关于战争的 10 条建议》(10 Propositions on the War) 一文。他们强调美国参战只会使其成为法西斯国家，社会主义只有通过发动"革命的群众运动"才能实现。在法西斯欧洲、国家权威主义的苏联和美国腐朽的资本主义制度包夹下，我们只能选择走第三条道路：民主社会主义。"资本主义制度是无法容忍的"，因此不能支持"邪恶稍轻"的观点。③ 作为回应，拉夫写了《10 条建议和 8 条错误》(10 Propositions and 8 Errors) 认为虽然资本主义国家的胜利不会带来社会主义，但是至少可以给工人运动带来社会重组的机会。如果反法西斯战争获得胜利就有可能为进步运动创造条件。④《党派评论》编委会出现严重的分歧："编辑办公室的内战十分激烈，这是杂志自脱离无产阶级文学以来最严重

---

① George Orwell, *CW*, Vol. 12, ed. Peter Davison, London: Secker & Warburg, 1998, pp. 352 - 357.

② George Orwell, *CW*, Vol. 12, ed. Peter Davison, London: Secker & Warburg, 1998, p. 471.

③ Alexander Bloom, *Prodigal Sons: The New York Intellectuals & Their World*, New York: Oxford University Press, 1986, p. 127.

④ Alexander Bloom, *Prodigal Sons: The New York Intellectuals & Their World*, New York: Oxford University Press, 1986, p. 127.

的分裂。"① 最后，麦克唐纳和格林伯格退出编委会，前者开始创办《政治》（Politics）杂志，后者加入《评论》（Commentary）杂志。1952年，麦克唐纳在《我选择西方》（I Choose the West）一文中放弃了原来的第三条道路的观点，接受了"邪恶稍轻"的态度。《党派评论》从1934年创办的一份共产主义杂志，到1937年复刊后的反斯大林的激进主义，再到支持美国参战，无不典型地反映了以此为阵地的纽约知识分子的思想历程，他们对美国文化的态度也开始从疏离走向认同。

第二节 拉夫："权力的目的就是权力"

菲利普·拉夫（Philip Rahv，1908—1973）是《党派评论》的创立者之一，第一代纽约知识分子中的重要人物。拉夫出生在俄国乌克兰的一个犹太家庭，后随父母移居巴勒斯坦，1922年只身来到美国。在美国的小学读书时，他"仍然穿着欧洲老式的学生装——黑色的长裤和黑色的长筒袜——在美国孩子面前就像一个忧郁的小大人"。② 拉夫没有上过大学，靠在公共图书馆读书自学成才。他先在俄勒冈（Oregon）的一个小公司当广告书写员，后来到纽约，"站在救济的队伍中，睡在公园的长凳上"。③ 拉夫的这种生活经历是纽约知识分子的典型写照。

一 《一九八四》评论

拉夫在1949年7月的《党派评论》发表《一九八四》的评论《乌托邦的没有未来》（The Unfuture of Utopia）。标题"乌托邦的没有未来"非常准确地表达了作者的观点。拉夫并不认为这是一部反乌托

---

① Alexander Bloom, *Prodigal Sons: The New York Intellectuals & Their World*, New York: Oxford University Press, 1986, p. 128.
② Neil Jumonville, ed., *The New York Intellectuals Reader*, New York: Routledge, 2007, p. 51.
③ Neil Jumonville, ed., *The New York Intellectuals Reader*, New York: Routledge, 2007, p. 52.

邦小说，他所说的"乌托邦"有明显所指，即苏联的斯大林主义。"没有未来"（unfuture）是拉夫根据奥威尔的"新话"原则杜撰的一个词，源自新话"非人"（unperson）。"新话"是大洋国用以防止人民"思想犯罪"（thoughtcrime）的统治工具。这个题目的寓意十分明显，即苏联的共产主义不是20世纪三四十年代左派知识分子想象的"乌托邦"，而是斯大林主义统治的权威主义国家。因此，拉夫在书评中不遗余力地将小说中的权威统治与现实中的苏联社会主义国家进行对照。

首先，拉夫认为奥威尔在当代严肃思考政治问题的作家中占据一个"特别的位置"。奥威尔与其他激进知识分子不同，他继承了英国经验主义的传统，他的信念体现了"真正的人道主义精神"，而非否定人性的、抽象的意识形态。拉夫说："正是基于他强烈的现实感，他才没有扮演流行的或者过时的预言家角色，也没有参与蓄意的、不负责任的理论推理，现在这种理论化趋势在某些激进的地方愈演愈烈，还被错误地当作是独立思想的体现。可以这样说，奥威尔是最好的证人，他最可靠，最谨慎。"①

其次，拉夫认为《一九八四》是奥威尔最好的作品，是关于政治想象的作品。与柯斯勒的《正午的黑暗》相比，它对"社会主义危机的记录"更加"终极"。拉夫说道："尤令人感到惊恐不安的是，他在这部新小说中展现的图景并不遥远，而是与我们的未来近在咫尺——这个图景完全是由丧失、灾难和无法言说的堕落等这些意象组成。"②拉夫认为："这部小说对社会主义逆转为国家权威主义的诊断（diagnosis）远远比预测（prognosis）的作用更为重要"，小说是针对现在，预测只是对小说的误读，因为小说的主要目的是"推动西方世界更加有意识地对它正在遭到攻击的国家权威主义毒瘤进行军事对抗"。③

拉夫仔细分析了小说中的西方国家权威主义运行机制，并反复与

---

① Jeffrey Meyers, *George Orwell: Critical Heritage*, London: Routledge, 1975, p. 267.
② Jeffrey Meyers, *George Orwell: Critical Heritage*, London: Routledge, 1975, p. 267.
③ Jeffrey Meyers, *George Orwell: Critical Heritage*, London: Routledge, 1975, p. 270.

第四章 激进、自由与保守:纽约知识分子的奥威尔批评

苏联进行联系。例如,他认为"英社"(Ingsoc)是现在斯大林主义统治不久后的一个延伸;"老大哥"是斯大林,禁书作者"果尔德施坦因"(Goldstein)是托洛茨基;"双重思想"是苏联共产主义者及其美国同情者的惯用伎俩;对"性快乐"的禁止也和苏联"一本正经"的新政策相似。

拉夫特别对小说的重要主题"屈服的心理"(the psychology of capitulation)进行了分析。他认为20世纪的权威统治甚至不给受害者提供"殉难"的机会。虽然温斯顿头颅里面还有几立方厘米的空间是属于他的,但最终这"几立方厘米的空间"归属于统治者,现代国家权威主义可以从内部摧毁人,使其心理崩溃。拉夫说道:"受害者最后跪趴在惩罚者的面前,他开始认同他,逐渐热爱他,这就是最极端的恐怖。"① 拉夫从奥勃良这位施虐者分析了西方国家权威主义权力的秘密。如果温斯顿还认为权威统治对权力的追求是为了大多数人的利益的话,也就是为了保障大多数人的"幸福"而只有牺牲"自由",比如《正午的黑暗》中的忠诚的共产党员鲁巴肖夫和陀思妥耶夫斯基(Dostoevsky)《卡拉玛佐夫兄弟》中的宗教大法官(the Grand Inquisitor)②,奥威尔则通过奥勃良道出了权力的"最终极、最隐蔽"的秘密:权力不是手段,而是目的。"迫害的目的就是迫害,惩罚的目的就是惩罚,权力的目的就是权力。"③ 也就是说,西方国家权威主义是为了权力而追求权力。

---

① Jeffrey Meyers, *George Orwell: Critical Heritage*, London: Routledge, 1975, p. 271.
② "宗教大法官"是陀思妥耶夫斯基《卡拉玛佐夫兄弟》中可以独立成篇的一章。卡拉玛佐夫兄弟之中的老二伊万向老三阿廖沙讲述了自己写的一首叙事诗《宗教大法官》。故事发生在16世纪的西班牙,宗教裁判大行其道,宗教大法官下令一次烧死上百名异教徒。一天,耶稣突然降临广场,向人们伸出援手。担任宗教大法官的红衣主教命令卫队把耶稣抓进监狱。晚上,他来到监狱,谴责耶稣视人们的信仰自由为他最可宝贵的东西。而一千多年来,自由给人们带来的只是痛苦和灾难。现在,他和他的同人终于克服了自由带来的问题。人们把自由放在他们的脚下,而他们给人们幸福。人们会把这些统治他们的人看作神。在大法官讲话的整个过程中,耶稣一言不发,只用温和的眼睛看着他。大法官结束讲话时,耶稣走上前去,温和地吻了一下他那毫无血色的嘴唇。大法官颤抖了。他随即打开门,放走了耶稣。
③ Jeffrey Meyers, *George Orwell: Critical Heritage*, London: Routledge, 1975, p. 272.

拉夫还指出了他对小说感到疑惑的两个问题,即他认为的"小瑕疵"。第一个问题是,奥威尔在描述奥勃良的行为时,没有很好地区分心理的真实和客观的真实,他没有解释既然奥勃良本人知道"为了权力而追求权力"这赤裸裸的真相,那他施行这种行为的心理动机是什么,如果不是某种"意识形态",那又有什么其他精神力量在支撑着他?第二个问题是,在小说中无产阶级被排除在权威统治之外,但是国家权威主义"不会提供这种奢侈让任何阶级或组织摆脱自己的完全控制",[1] 这与西方国家权威主义统治目的不符。奥威尔对这两个问题并没有给出明确的答案。

最后,拉夫对该文的目的直言不讳。他说道:"这部小说是目前作家提供的治疗国家权威主义疾病最好的矫正剂。每个人都应该阅读它。我特别推荐给那些自由主义者,他们至今仍然不能克服政治迷信,认为虽然右派实施的绝对权力是坏的,但是其权力的内在本质是好的,一旦左派即'我们的人'掌控权力之后就会给人性带来恩惠。"[2] 这段话非常清楚地表明他的奥威尔评论针对的是当时对西方国家权威主义存在错误认识的自由主义者。

二 "美国知识分子的资产阶级化"

拉夫是美国出色的文学评论家,《形象与观念》(*Image and Idea*,1957)一书收录了他的 20 篇文学评论,是其文学批评的代表作。他的这篇奥威尔批评是非常有见地的学术评论,主要贡献在于提出《一九八四》是一部描写西方"终极"国家权威主义社会的政治想象作品。拉夫以柯斯勒的《正午的黑暗》和陀思妥耶夫斯基的《宗教大法官》为参照系,认为只有奥威尔道出了西方国家权威主义的一切秘密不是什么"自由"和"幸福"的悖论,而是"为了权力而追求权力"。拉夫文中提出

---

[1] Jeffrey Meyers, *George Orwell: Critical Heritage*, London: Routledge, 1975, p. 273.
[2] Jeffrey Meyers, *George Orwell: Critical Heritage*, London: Routledge, 1975, p. 273.

第四章　激进、自由与保守：纽约知识分子的奥威尔批评　　179

的两点质疑后来也受到欧文·豪的赞扬和回应。玛丽·麦卡锡同样对拉夫的文学批评十分欣赏，认为"非常细腻，有时像诗一样优美"。她对此作了一个形象的比喻：拉夫"政治性、男子气概和进取性"的一面，与"女性化、艺术性和梦幻般"的另一面，如同一对从不发生口角的夫妇。① 我们这里更多关注的是拉夫文学评论中政治的一面。

奥威尔读到拉夫这篇评论时正患重病住院，不过他仍然写信感谢拉夫对小说的好评。② 那么为什么拉夫会对奥威尔的小说有如此高的评价呢？难道只是因为奥威尔曾定期为《党派评论》撰稿会给杂志带来荣耀，或者丰富美国读者了解英国方面的信息？为了深入了解拉夫的批评动机，首先要对他的基本思想进行考察。已经提到的麦卡锡与拉夫在《党派评论》复刊时同居一间公寓，他们的关系也随同杂志的文章成为当时大家关注的话题。在拉夫去世后，麦卡锡写了一篇纪念文章，由于两人的熟悉关系，这篇文章是了解拉夫基本思想的重要来源。

首先，麦卡锡在文中认为拉夫是"不赶时髦"的人。"无论是什么'时髦'的东西，他都嗤之以鼻"；"他鄙视大多数当代的作品和当代的政治团体，对那些时髦的东西老是满腹牢骚，除非是这些时髦体现在漂亮的女士背上"。总之，"swingers"（所有时髦的东西）一词就是他所反对的总称。③ 麦卡锡特别使用拉夫不会游泳这个隐喻说明，他既对美国社会十分了解，但也保持着"局外人"的姿态："他可能会把身体浸入异地的元素（我有一些他在水边抓住树干游泳的精彩图片），但是他不愿意或者害怕随之游动。他拒绝随波逐流，他怀疑潮流，这些都是他的魅力所在。"④ 拉夫反对"swingers"具体体现在两个方面：第一，他在斯大林主义时髦的时候是一位托派；第二，他是一位坚定的马克思主义信仰者，马克思主义既是他的分析工具又是他的世界观，同时他又是一位坚定的现代主义者。他政治上始于马克思、恩格斯，止于

---

① Neil Jumonville, ed., *The New York Intellectuals Reader*, New York: Routledge, 2007, p. 51.
② George Orwell, *CW*, Vol. 20, ed. Peter Davison, London: Secker & Warburg, 1998, p. 168.
③ Neil Jumonville, ed., *The New York Intellectuals Reader*, New York: Routledge, 2007, p. 50.
④ Neil Jumonville, ed., *The New York Intellectuals Reader*, New York: Routledge, 2007, p. 52.

列宁；文学上始于陀思妥耶夫斯基，止于乔伊斯、普鲁斯特和艾略特。因此，麦卡锡认为"激进"和"现代"是拉夫思想的两个关键词。

另外，麦卡锡还特别指出"没有思想"是知识分子最可怕的敌人。她归纳了拉夫追求思想独立的三个关键期：第一次是莫斯科审判，他和菲利普斯脱离共产党，并"偷走了"《党派评论》杂志；第二次是在二战期间，他与麦克唐纳和格林伯格在美国激进知识分子是否支持美国参战问题上分道扬镳。麦卡锡对他说的一句话印象深刻："但是可以肯定的是这是我们的战争"；第三次是麦卡锡主义时期，"当他的许多反斯大林主义的左派老朋友不是为约瑟夫·麦卡锡辩护就是'迟迟不作出表态'时，他挺身而出，撰文对此进行毫不含糊地谴责和轻蔑地驳斥"。①

从麦卡锡的描述首先可以发现，拉夫与奥威尔一样在历史关键期都具有坚持事实真相，作出独立判断和采取果断行动的勇气。麦卡锡在评论中同样也把奥威尔当作"不赶时髦"的人②，他们都是具有独立思想的知识分子，这是拉夫对奥威尔产生认同的重要原因。其次，从拉夫创办《党派评论》的宗旨和历程来看，他在反法西斯主义和对待战争的态度方面与奥威尔是一致的，拉夫同奥威尔一样对法西斯主义深恶痛绝，在战争爆发后采取了"邪恶稍轻"策略，支持反法西斯战争。另外，拉夫从《党派评论》的停刊到复刊也经历了类似奥威尔西班牙内战的党派争斗，对斯大林主义有清醒的认识。这是拉夫对《一九八四》高度评价的直接原因。最后，拉夫除了激进的政治观还推崇现代主义文学，因此他能够发现陀思妥耶夫斯基的《宗教大法官》与奥勃良对温斯顿惩罚这两个情节的相似和不同，从而得出《一九八四》是西方"终极"国家权威主义的政治想象作品这一重要结论。从拉夫的评论来看，他对这种统治体制的认识十分深刻，而且他评论的目的涉及知识分子职责这一话题，因此需要具体考察他的其他

---

① Neil Jumonville, ed., *The New York Intellectuals Reader*, New York: Routledge, 2007, p. 52.
② 参见本章第五节。

相关文本进一步探究评论背后的思想语境。

1952 年，拉夫在《党派评论》发表《惠特克·钱伯斯的理智和荒谬》(The Sense and Nonsense of Whittaker Chambers) 一文。前面提到，英国左派斯特拉奇赞同钱伯斯在《证人》中表达的宗教信仰观点，斯特拉奇的评论是基于他作为前共产党员对历史的反思。拉夫则不同，他是从西方国家权威主义角度批评了理想主义以及以宗教信仰代替政治的出路。拉夫认为钱伯斯错误地将美国自由主义者和社会主义者与执行党派路线的共产党员不加区分，盲目指责他们没有信仰，将对人的崇拜置于上帝之上。钱伯斯虽然受到陀思妥耶夫斯基很大影响，但是他没有从《宗教大法官》中吸取教训，即宗教也能成为权威统治者利用的工具。拉夫这里再以陀思妥耶夫斯基的作品为参照，可以断定他的这篇评论与三年前发表的《一九八四》评论有着重要的关联。另外，西方国家权威主义是纽约知识分子在 20 世纪 50 年代初关注的重要话题，奥威尔的《一九八四》给拉夫提供了重要启示，《证人》的评论对此也有提及。比如在拉夫批评钱伯斯为斯大林大清洗开脱罪责时，他认为大清洗使斯大林巩固了权威统治，但付出的代价是削弱了世界的共产主义运动，动摇了对"苏联神话"的信仰。大清洗并不是所谓革命事业的需要，而是"斯大林及其集团对无限权力的追求"。他们"早就不把权力当作手段，而是当作目的本身"。他们现在越来越像"奥威尔《一九八四》里的国家权威主义者，他们的原则归结起来就一条：完全是为了权力而追求权力。"① 可以看出，《一九八四》影响了他对西方国家权威主义的认识。

同年，拉夫还参加了《党派评论》发起的重要研讨会"吾国与吾国文化"(Our Country and Our Culture)②，提交了一篇重要文章《美国

---

① Neil Jumonville, ed., *The New York Intellectuals Reader*, New York: Routledge, 2007, p.112.
② 《党派评论》编委会提出研讨的问题是：1. 美国知识分子在多大程度上改变了对美国及其机构的态度？2. 是不是美国知识分子和作家一定要去适应大众文化？如果是一定的话，那么将以什么形式去适应？或者说，你是否相信一个民主社会必须要使文化拉平与大众文化一致，并让这种大众文化凌驾于西方文明传统的思想和美学价值之上？3. 当艺术家不能再依靠欧洲作为文化的榜样和活力的源泉时，他们可以从美国生活的什么地方找到力量、更新和认知的基础？（转下页）

战后的知识分子》（American Intellectuals in the Postwar Situation）。这篇文章是讨论西方国家权威主义话题的继续，既体现了麦卡锡评价他第三阶段的"不赶时髦"，也反映出他对知识分子职责的思考。拉夫指出战后美国经济的繁荣和文化的发展给知识分子提供了物质的富足、不断提高的社会地位以及从事文学创作的良好环境。更重要的是，"对苏联神话的揭露，以及随之对乌托邦幻想和令人陶醉的期盼所做的坚定处置"，使战后的知识分子认识到美国的民主是现实存在的，比如说言论自由等。因此，他们不愿以美国民主带来的实际好处去换取虚无缥缈的乌托邦意识形态，开始逐渐认同和接受美国社会和文化，其地位也从边缘走向中心。不过，令拉夫感到十分担忧的是，知识分子开始安于现状，失去批判和反抗精神，拉夫把这一变化称为"美国知识分子的资产阶级化"。他们把反斯大林主义当作了世界观，而社会主义"不再是当前思想界讨论的话题"。拉夫特别指出一些知识分子对"美国主义"（Americanism）陷入了新的幻想，而没有发现美国的社会安全其实是"悬置的"，因为世界仍处在贫困和动荡之中。拉夫认为"现在需要的不是对斯大林主义的邪恶程度有越来越多的证明，而是要想出如何应对它失败以后一些可以操作的办法"。另外，他认为知识分子应该与战后出现的大众媚俗文化保持距离，继续发扬现代主义文学的先锋作用。①

拉夫这里强调了知识分子在地位和环境发生变化后，不能安于现状，缺乏危机意识，而应该自始至终保持批判精神和创新精神。他关于钱伯斯和其他知识分子思想变化的分析都与西方国家权威主义有关，奥威尔《一九八四》关于"权力不是手段而是目的"的观点加深了他对此

（接上页）4. 如果重新发现和认同美国势在必行，那么批判的异议传统——这个传统可以追溯到梭罗（Henry David Thoreau）和梅尔维尔（Herman Melville）并在美国思想史上占据一席之地——能够一直保持势头吗？这些问题是针对美国战后出现的新变化提出的，思考知识分子应该作哪些调整，发挥什么样的作用。拉夫的文章即是按照以上问题进行回答。参见 Alexander Bloom, *Prodigal Sons: The New York Intellectuals & Their World*, New York: Oxford University Press, 1986, p. 199。

① Philip Rahv, *Image and Idea: Twenty Essays on Literary Themes*, London: Weidenfeld and Nicolson, 1957, pp. 222 – 230.

的认识。因此，他超越了一味反斯大林主义和反共产主义的那些纽约知识分子，认为权力超越了左右政治谱系的区别，是导致西方国家权威主义的重要原因。他的观点也影响了第二代纽约知识分子欧文·豪，这将在介绍豪的奥威尔批评时对当时西方国家权威主义话题继续进行深入的讨论。同时，拉夫关于战后美国知识分子职责的思考，也是下面介绍的著名文学批评家特里林在评论奥威尔时重点关注的话题。

第三节 特里林："真相的政治"①

莱昂内尔·特里林（Lionel Trilling，1905—1975）是20世纪美国著名文学评论家，为纽约知识分子（New York Intellectuals）重要成员。奥威尔在美国的经典化与特里林的大力推介和经典评论是分不开的，特别是其影响深远的一篇奥威尔评论《乔治·奥威尔与真相的政治》（George Orwell and the Politics of Truth）。② 该文首先于1952年在《评论》（Commentary）杂志发表，后成为1952年美国出版的《向加泰罗尼亚致敬》序言，并收录在特里林1955年出版的关于19、20世纪重要作家的文学批评文集《反抗的自我》（The Opposing Self：Nine Essays in Criticism by Lionel Trilling）。本文将从分析批评文本入手，层层深入地对特里林的奥威尔批评及其批评动机进行阐释，并揭示批评文本的重要思想史意义。

---

① 本节部分内容发表在《外国文学评论》2014年第2期。
② 威廉斯（Raymond Williams）认为该文"标志着奥威尔文学声望的形成"。Raymond Williams, ed., George Orwell: A Collection of Critical Essays, Englewood Cliffs: Prentice-Hall, Inc., 1974, p.6。特里林还在1949年6月18日《纽约客》（New Yorker）发表对奥威尔《一九八四》的书评，他认为小说并非完全是攻击苏联共产主义，而是警告一种纯粹以权力为中心的统治制度对人的自由造成了最大的威胁。奥威尔作为批评者也对已沦为教条的激进思想进行了批评。Jeffrey Meyers and Valerie Meyers, George Orwell: Annotated Bibliography of Criticism, New York & London: Garland Publishing, Inc., 1977, p.111。另外，与纽约知识分子关系紧密的美国著名文学评论家埃德蒙·威尔逊（Edmund Wilson）也是奥威尔在美国经典化的积极推动者，他在《纽约客》系列书评中称其为"最有才能、最具有吸引力的作家""具有良好意志的人"和当代文化研究"唯一的大家"。

一 《向加泰罗尼亚致敬》序言

特里林在这篇序言中提出了奥威尔的文学声望在美国最终确立的重要论点:"他(奥威尔)是一位有德性的人"(he is a virtuous man);"他是我们生活中的一个人物";"他不是一位天才","他所做的一切我们任何人都可以做到"。这里,特里林对奥威尔作出了与英国文学批评家普里切特的"一代人冷峻的良心""一位圣人"一样最为经典的评论:"他是一位有德性的人",因此他是"我们"生活中值得尊重的人物,这个人物并不是高不可攀、难以企及,而是"我们"每个人通过反思和效仿就完全可以成为像他一样的时代人物。

特里林首先对"他是一位有德性的人"进行了解释。"有德性"是一个再寻常不过的词,指的是人的内在道德品质,以此界定他是一位时代人物似乎有些奇怪。但是,特里林认为其不寻常之处正是在于这种"老套"的描述:"这是一个古语(archaic),特指过去对情感的勇敢执着以及过去所具有的简单朴实。"①"古语"意味现在不再使用了,特里林这里所说的"德性"具有深刻含义:一是以前寻常的品质现在变得不寻常了,这说明现在"我们"丢失了这种品质,因此"我们"应该效仿仍然拥有这种品质的"时代人物";二是奥威尔的"德性"是来源于过去的道德传统,具有简单和朴实的特征,这正是现代知识分子所欠缺的。特里林详细说道:"通过语言的某种双关内涵,这个句子的形式('他是一位有德性的人',笔者注)带来'有德性'一词的最初意义——这并不只是道德意义上的善良,而是在善良中还具有坚毅和力量的意义"。②特里林对"善良"和"德性"作了区分,甚至"他是一位有德性的人"这句话与"有德性"这一修饰语也是不

---

① Lionel Trilling, *The Opposing Self*: *Nine Essays in Criticism*, New York: The Viking Press, 1955, p. 154.
② Lionel Trilling, *The Opposing Self*: *Nine Essays in Criticism*, New York: The Viking Press, 1955, p. 155.

一样的。这句话表明奥威尔的"德性"是"善良中的坚毅和力量",继承的是过去朴素的道德传统。

正是基于这样的评价,特里林认为:"奥威尔是我们生活中一个人物。他不是一位天才,而这正是他其中一个与众不同的地方,也是使我称之为人物所具备的一种品德要素。"① 特里林列举了美国的马克·吐温、梭罗、惠特曼和英国的劳伦斯、艾略特和福斯特等时代人物,但是他们是"天才","我们钦佩天才,爱戴他们,但是他们让我们感到沮丧",因为"天才"遥不可及,并非常人可以达到,而奥威尔不是"天才","这是多么大的宽慰,多么大的鼓励啊","他解放了我们"。特里林说道:"他的影响在于他能够使我们相信自己也能成为有思想的社会成员。这就是他成为我们时代人物的原因。"② 也就是说,奥威尔的"德性"是"我们"已经忽视或丧失的,但是可以通过效仿"这位时代人物"而重获"德性",成为有思想的人。

那么为什么特里林把奥威尔当作"有德性"的人呢?显然,他认为奥威尔在《向加泰罗尼亚致敬》中揭示了历史的真相。由此可见,"德性"和"真相"密切相关。特里林对《向加泰罗尼亚致敬》这样评论道:"[这是]我们时代的重要文献之一"③;"现在,我相信他书中的记录已被每位判断力值得关注的人接受为本质的真相"④。特里林对奥威尔的西班牙内战经历进行了详细的介绍,并指出:"他没有刻意表明他是支持右派还是左派……他只对讲述真相有兴趣。"⑤ 而当时大多数知识分子对官方的报道深信不疑,他们一致认为是马党挑起

---

① Lionel Trilling, *The Opposing Self*: *Nine Essays in Criticism*, New York: The Viking Press, 1955, p. 155.
② Lionel Trilling, *The Opposing Self*: *Nine Essays in Criticism*, New York: The Viking Press, 1955, p. 158.
③ Lionel Trilling, *The Opposing Self*: *Nine Essays in Criticism*, New York: The Viking Press, 1955, p. 151.
④ Lionel Trilling, *The Opposing Self*: *Nine Essays in Criticism*, New York: The Viking Press, 1955, p. 170.
⑤ Lionel Trilling, *The Opposing Self*: *Nine Essays in Criticism*, New York: The Viking Press, 1955, p. 172.

了内战，背叛了革命。因此，特里林认为奥威尔的《向加泰罗尼亚致敬》"既说明了现代政治生态的本质，也是作者[为我们]演示了应对这一政治生态的其中一种正确方式，这对当前和未来都很重要"。① 特里林由此提出了"真相的政治"（the politics of truth）这一关键问题。

要理解奥威尔代表的"真相的政治"需要区分与之相对的"观念的政治"（the politics of ideas）。"观念的政治"中的"政治"是指一种"放之四海而皆准的设计"，支撑这种政治的精神动力是把政治当作田园诗，是"观念和理想"。

显然，特里林这里指的是 20 世纪 30 年代许多左派知识分子的"共产主义信仰"。但是和斯彭德一样，"上帝"失败后是理想的幻灭，由此产生了许多类似特里林所说的"忏悔文学"（confession literature）。但是特里林认为奥威尔并没有"转变态度"，或者"丧失信仰"。他没有"忏悔"，而是坚持自己的政治方向，这是因为他在思考，他关注的是客观真相。这表明他是"一个非同寻常的人，他具有现在十分稀缺的头脑和心灵"②，他坚守的是"真相的政治"。这里"政治"的意义有较大的拓展，特里林在《自由主义的想象》（*The Liberal Imagination: Essays on Literature and Society*）序言中对"政治"解释说："我们现在需要应对的是该词的广义，这是因为现在我们一提到'政治'很清楚的是指'文化的政治'（the politics of culture），它是指把人类的生活组织起来，一是为了这样或那样的目标，二是为了调整情感，即人类的生活质量。"③ 可以看出，特里林并不是号召知识分子去效仿奥威尔，出生入死地参加西班牙内战这样激进的政治斗争，他强调的"真相的政治"是一种"文化的政治"，它指向的不是抽象的观念，而

---

① Lionel Trilling, *The Opposing Self: Nine Essays in Criticism*, New York: The Viking Press, 1955, pp. 151-152.

② Lionel Trilling, *The Opposing Self: Nine Essays in Criticism*, New York: The Viking Press, 1955, p. 153.

③ Lionel Trilling, "preface", *The Liberal Imagination: Essays on Literature and Society*, New York: New York Review Books, 2008, p. xvii.

是活生生的现实和人类情感,坚持"真相的政治"可以改变人类生活的方向和质量。

那么,为什么奥威尔具有这种讲述真相的能力呢?特里林特别强调了奥威尔对"普通正派"和道德传统的重视。他说道:

> 他针对的真理并不限于一种:他既对早期和简单的真理作出了反应,也对现代痛苦和复杂的真理作出了反应……他所关注的是生存,他将之与以前简单的观念相联系,这些观念其实并不算是观念而只是一些信仰、偏好和偏见。在现代社会中,他把这些当作是新发现的真理,这是魅力和胆量的召唤。我们许多人至少是在文学生涯中卷入了对人性痛苦的、形而上的探索,但是当奥威尔赞扬一些诸如责任、个人生活的有序,公平和勇气甚至是势利和虚伪时——因为它们有时可以帮助支撑摇摇欲坠的道德生活堡垒,这让我们既吃惊又沮丧。①

这段话清晰地说明了"真相的政治"与"观念的政治"的区别。"观念的政治"是"痛苦的形而上",而"真相的政治"的基础是"生存"和"简单的观念"。"简单的观念"是与"抽象的观念"相对的,它指的是基本的道德品质:责任、秩序、公平、勇气甚至一些道德缺陷(它们是真实的,并非"观念政治"中的"人的完美")。这些品质如果用奥威尔的话来讲就属于"普通正派",如果用哲学意义来阐释的话就是指自由主义的核心价值观。

特里林认为奥威尔之所以能够坚持"真相的政治"是因为他保留了他中产阶级出身的一些品质(责任、公平等),并对中下阶级的品质(生存)加以吸收。相反,其他中产阶级知识分子要么对前者完全抛弃,要么对后者又很鄙视。因此,他认为奥威尔正是基于这些品质

---

① Lionel Trilling, *The Opposing Self: Nine Essays in Criticism*, New York: The Viking Press, 1955, pp. 158－159.

对热衷于抽象理论而忽视具体经验的知识分子提出了严厉批评:"当代知识分子阶层并没有去思考,没有真正地去热爱真理。"① 他最后指出奥威尔揭示的真相(particular truth)其实是一种普遍真理(general truth),这种真理以及揭示这种真理的人对"我们"现在和未来都十分重要。② 十分明显,特里林提出的"真相的政治"是一种"普遍的真理",是对存在本质的探求。奥威尔对"当代知识分子"的批评其实也是特里林对美国20世纪50年代知识分子的一种告诫:要思考,不要盲从;要真理,不要迷信神话。不过,要理解特里林批评的动机必须对他50年代的两部重要文集《反抗的自我》和《自由主义的想象》进行分析,考察这些文本背后的思想语境。

二 反抗的自我

特里林在《反抗的自我》中指出批评文集的主题"自我观念"(idea of the self)。自我是人类自我反省的行为,在哲学中也有主体、意识、身份等衍生概念,不同时期对此有不同的阐述。自我与文学关系紧密,也与社会关系紧密,文学是联系自我与社会的纽带。哈桑(Ihab Hassan)曾说:"文学是自我的文学,是栖息在世界中的自我的文学,是自我与世界被写成文字的文学。"③ 特里林对"自我"和"现代自我"(modern self)进行了分析。他在文集序言中提到"自我对其赖以生存的文化进行着强烈而又反抗的想象",而文化"不仅是指一个民族关于知识和想象的杰作,而且也包括他们一些假想和未成形的价值判断以及他们的习惯、行为和迷信"。那么,"现代自我"的特征是"[他]具有表达某种愤怒感受的力量,能够对准文化的潜意识部

---

① Lionel Trilling, *The Opposing Self*: *Nine Essays in Criticism*, New York: The Viking Press, 1955, p. 166.
② Lionel Trilling, *The Opposing Self*: *Nine Essays in Criticism*, New York: The Viking Press, 1955, p. 172.
③ Ihab Hassan, "Quest for the Subject: The Self in Literature", *Contemporary Literature*, Vol. 29, No. 3 (Autumn, 1988), p. 420.

分,并使其成为有意识的思想"①。特里林这里和《自由主义的想象》所说的"文化的政治"是一致的,他认为"现代自我"可以感受到文化之下的不文明因素,通过与之对抗,使其成为公众意识,而文学则是表现"反抗自我"的舞台,可以承担拯救文化的使命。特里林引用阿诺德(Matthew Arnold)的"文学就是对生活的批评"的目的也在于此。

特里林用"囚笼"意象来形容"现代自我"的处境。在现代社会,"囚笼"不只来自社会的外力,更来自个体对强制力的默认,这种强制力让"囚犯"不得不给自己签署"秘密逮捕令"。家庭、职业、体面、信仰和责任甚至语言本身都是这样的"囚笼"。"'现代自我'如何看待、指明和谴责他的压迫者将决定自身的本质和命运。"② 特里林对"现代自我"困境的分析十分精彩,现代人的确难逃这些"囚笼"。奥威尔的作品也突出表现了"现代自我"身处"囚笼"的困境,比如《巴黎伦敦落魄记》中所谓"流浪汉是可怕的魔鬼"、《缅甸岁月》中的"上等白人条例"、《牧师的女儿》中的"宗教清规"、《让叶兰继续飞扬》的"金钱崇拜"、《通往维根码头之路》中的"工人阶级身上有味道"、《向加泰罗尼亚致敬》中的"马党与法西斯主义勾结"、《上来透口气》中的"日常生活的琐碎"、《动物庄园》中的"苏联神话"以及《一九八四》中的"英社"和"新话"。这些"谎言"充斥在文学作品描绘的社会生活之中,构成强大的话语网络体系,如同"禁忌"桎梏着"现代自我"的思想,"现代自我"反抗着这些政治、社会和文化的"囚笼",但多以失败告终。但是,奥威尔运用反讽策略揭示了"现代自我"的困境,将对"囚笼"的"无意识"认识以"像窗户玻璃一样透明的"语言转换成"公众意识",以警示世人。奥威尔创作的目的就是要揭露这些"谎言"③,与这些"现

---

① Lionel Trilling, *The Opposing Self: Nine Essays in Criticism*, New York: The Viking Press, 1955, p. x.

② Lionel Trilling, *The Opposing Self: Nine Essays in Criticism*, New York: The Viking Press, 1955, pp. x – xi.

③ 奥威尔在《我为什么写作》(Why I Write)一文中提出其创作目的是"使政治写作成为一种艺术",既要揭露政治谎言,又要把写作当作审美活动。

代文化"的"囚笼"现象对抗。因此，特里林所说的"真相的政治"就是依靠文学中的"现代自我"去揭露"谎言"，与"囚笼"的压迫者进行对抗的文化政治。奥威尔以其"德性"品质和"反抗"的作品拯救现代文化，这就是特里林号召知识分子效仿他的原因。当然，对特里林而言，"文化的政治"是对 20 世纪 30 年代"激进的政治"的扬弃，他也在为战后的知识分子指明思想方向。

三 自由主义的想象

欧文·豪明确地指出特里林以上评论的受众是"自由主义者"，他把奥威尔当作"自由主义知识分子应该效仿的坚毅和真诚的榜样"。同时，豪认为特里林在 20 世纪 50 年代特别关注"美国自由主义者在对待左右两派的国家权威主义上应该持有什么道德和政治立场时所面临的问题"。① 另外，特里林还特别提到他在答应为出版商写这篇《向加泰罗尼亚致敬》序言时碰巧与他的一位研究生讨论奥威尔，这位研究生与他不约而同地认为"奥威尔是一位有德性的人"。这些证据以及特里林批评文本中的诸多细节表明，特里林以一种公认的文学批评家权威身份告诫战后的自由主义知识分子及年青一代应该效仿奥威尔这样"有德性的人"，他们应该摆脱"观念的政治"，像奥威尔一样追求"真相的政治"。特里林这种告诫实质上是想说明自由主义者应该对自己的思想进行修正，确立新的自由主义方向。他的重要著作《自由主义的想象》也是出于这样的目的。

特里林指出《自由主义的想象》的主题是"自由主义观念"，特别是这些观念与文学的关系。② 前面讲到《反抗的自我》主题是"自我观念"，探讨的是文学中具有反抗意识的"现代自我"，文学是"现

---

① Irving Howe, *Orwell's Nineteen Eighty-four*: *Text*, *Sources*, *Criticism*, New York: Harcourt, Brace & World, Inc., 1963, p. 217.

② Lionel Trilling, "preface", *The Liberal Imagination*: *Essays on Literature and Society*, New York: New York Review Books, 2008, p. xv.

代自我"与社会文化相联系的纽带。因此，文学把"自由主义"、反抗的"现代自我"和社会与文化联系在了一起。我们有理由推测文学将在特里林所说"自由主义的想象"中发挥重要作用，如同奥威尔一样，通过"反抗自我"的文学想象来改造社会和文化。特里林在序言中开宗明义地说："在美国这个时期，自由主义不仅占主导地位，而且也是唯一的思想传统。因为显而易见的事实是，现在保守主义和反动主义的思想并没有得到传播。"① 结合这一判断的上下文语境，特里林的暗含之意是说，当今保守主义和反动主义虽然还没有形成观念气候，但是具有很强大的思想暗流，认为他们"观念难产"是非常危险的，我们必须要防止坠入"保守和反动"的暗流，始终坚持自由主义不动摇，因为自由主义是美国唯一的思想传统。特里林为美国战后的自由主义者指明了方向，那就是必须坚持自由主义传统，不能受到盛行当下右倾保守主义的蛊惑，也不能与时代背道而驰，关键是如何解决好当下的思想困境问题。特此，他提出自由主义应该根据时代和自身的需要而进行修正。

第一，自由主义者应该明确自由主义的总体趋势是正确的，但是个别表达却可能有错误，因此可以通过加深对对手（如保守主义和反动主义）的了解，知彼而知己，这样才能给己方施加思想压力，产生修正自身的动力。特里林特举自由主义的奠基者约翰·斯图亚特·密尔（John Stuart Mill）为例予以说明。密尔认为应该对保守主义者柯勒律治（Samuel Taylor Coleridge）的思想加以了解，因为"向柯勒律治这样的对手施加思想压力可以使自由主义者反省自身立场的弱点和自满"。②

第二，既然情感（sentiments）和观念（ideas）是相互影响的，那么文学与政治也具有十分紧密的关系。前面讲到"文化的政治"是关

---

① Lionel Trilling, "preface", *The Liberal Imagination: Essays on Literature and Society*, New York: New York Review Books, 2008, p. xv.
② Lionel Trilling, "preface", *The Liberal Imagination: Essays on Literature and Society*, New York: New York Review Books, 2008, p. xvi.

注入类的生活质量，自由主义原则与此是一致的，因此自由主义者应该以文学想象的方式介入政治。特里林认为一个多世纪以来凡是有创见的文学批评家和作家都把他们批判的激情投入政治，比如文学中的"反抗自我"便是其中的典型。他还指出密尔重视柯勒律治的另一重要原因在于他的诗人身份。密尔认为诗人之见"可以修正自由主义总是以一种他称为'散文'（prosaic）的方式来看待世界的错误，提醒自由主义者应该感受到多样性和可能性"，而且这种修正"在思想上和政治上都是必需的"。① 特里林对密尔的上述阐释意在告诉自由主义者应该走文学想象和批判之路，因为文学是必然性和或然性的统一，文学可以认识到个人和社会存在的本质，也可以把握现实中的复杂性和偶然性。这与纯粹的抽象观念截然不同，抽象的现实是单一的，真实的现实是多样的，文学中的"反抗自我"揭示的是无意识的"囚笼"，是"真实中的真实"。文学无疑是自由主义、"现代自我"和社会文化相互作用的平台。

第三，自由主义具有一种与生俱来的悖论：自由主义关注情感，人的幸福是其中心议题，但在以自由的方式去实现这些情感时又往往会对情感排斥。② 当今自由主义也存在这个悖论：当它在朝扩大化、自由和人生的理性方向想象时，它就会排斥情感的想象；当它对思维能力越有信心时，它就越会使思维机械化。这就是说，自由主义的本质特征是理性主义的，对人的前途是乐观的，在以进步观念实现最大自由的时候往往会与情感产生矛盾。这是理智与情感的矛盾。特里林主张以一种均衡的批判精神对待这个矛盾，对待自由主义想象：

> 当我们以一种批判的精神来分析自由主义时，如果我们没有

---

① Lionel Trilling, "preface", *The Liberal Imagination*: *Essays on Literature and Society*, New York: New York Review Books, 2008, p. xix.
② 匈牙利人裴多斐的名诗"生命诚可贵，爱情价更高，若为自由故，两者皆可抛"（Liberty, love! These two I need. For my love I will sacrifice life, for liberty I will sacrifice my love.）即为一例。

考虑其朝组织化发展的冲动是必须的，也是有价值的话，那么我们的批判是不完整的；但是，我们同样必须理解组织意味着团体、机构、部门和专业技术人员。那些能在团体中保留下来的观念以及那些能传递到机构、部门和技术专业人员的观念通常都是某种类型的，具有某种简单性。这些观念要能保留的话通常会失去一些整体、调节和复杂性。偶然、可能性以及那些有可能使规律走向终结的例外等所带来的鲜活感受并不能与组织化的冲动协调一致。因此当我们以批判精神看待自由主义时，我们要考虑到在我所称的自由主义的最重要想象（the primal imagination of liberalism）与它现在特定的显现是存在差异的。①

特里林所说的"自由主义的想象"中的"想象"一词有一语双关之意，既表示对自由主义的设想和看法，也突出"想象"在以"理性"为主导的自由主义中的重要反拨作用。那么，"自由主义的最重要想象"是指自由主义的本质，即多样性和可能性，也暗示着文学可以抵达真正的自由主义。因此，特里林在序言的最后强调了文学在自由主义想象中的重要作用：

> 批判的任务就是提醒自由主义最为本质的想象是它自身的多样性和可能性，这就是要使其意识到复杂性和困难性。在对自由主义想象进行批评时，文学具有独特的关联性。这不仅是因为许多现代主义文学已经十分明确地指向政治，更重要的是因为文学是最完整、最准确地记录多样性、可能性、复杂性和困难性的人类活动。②

---

① Lionel Trilling, "preface", *The Liberal Imagination: Essays on Literature and Society*, New York: New York Review Books, 2008, pp. xx – xxi.
② Lionel Trilling, "preface", *The Liberal Imagination: Essays on Literature and Society*, New York: New York Review Books, 2008, p. xxi.

特里林通过分析自由主义的外在动力、内在悖论以及文学与政治的关系,强调了文学与自由主义的本质特征完全吻合,自由主义者可以投身文学创作和文学批评来达到改造社会和文化的目的,这一"文化政治"策略既不偏激,又不保守,理智与情感均衡协调,自由主义知识分子大有可为。特里林均衡的文化发展观是对自由主义的修正,与他在奥威尔批评提出的"真相的政治"精神实质是一样的。特里林在新的历史时期将奥威尔"真相的政治"去掉激进的政治介入,改造成一种"文化政治",成为修正自由主义的有力工具。

《自由主义的想象》收录的是特里林在20世纪三四十年代所写的16篇文学评论,后依"自由主义观念"主题进行了统一修改。这些评论是他阐发文学(包括文学批评)在修正自由主义想象中发挥重要作用的典范和实践,尤以其中一篇《美国的现实》(Reality in America)最为重要。特里林在该文中的批评对象是自由主义进步论的代表帕林顿①。他的代表作《美国思想的主流》(Main Currents in American Thought)是一部以经济和社会决定论介绍美国自殖民时期以来作家的"教科书",被几代人尊奉为美国思想文化的"标准和指导"而占据中心地位。帕林顿在书中试图说明"美国长期存在的信念是现实和观念的二元对立,但一个人必须加入现实这一方"②。但是特里林毫不留情地指出,他最根本的错误在于他对现实的态度。在帕林顿眼中,现实是唯一的、可靠的、只是外部的,因此作家应该像一面透明的镜子将现实记录在案,他把想象力和创造力当作民主的天敌。比如,霍桑的作品以探索人的内心阴暗面为主,但帕林顿认为这于实现民主毫无益处,与美国现实(Yankee reality)严重脱离。但是特里林针锋相对地说:

> 阴暗面也是现实的一部分……霍桑在完美地处理现实,这是

---

① 帕林顿(Vernon Louis Parrington, 1871—1929),美国研究(American Studies)创始人之一,他对美国历史的进步主义阐释在20世纪20—40年代具有重要的影响力。1908年,帕林顿在西雅图的华盛顿大学任教,思想开始左倾。

② Neil Jumonville, ed., *The New York Intellectuals Reader*, New York: Routledge, 2007, p. 170.

实实在在的东西。一个能够对自然和道德完美提出种种精彩而又严肃质疑的人,一个能够与"美国现实"保持距离的人,一个能够在异议的正统中保持着异议并告诉我们许多关于道德狂热本质的人,这样的人当然在处理真正的现实。①

特里林受到弗洛伊德很大影响,比如他关于"自我"和"无意识"的观点,这里的"阴暗面"也是如此。帕林顿推崇的"美国现实"是以进步主义和实用主义为评判标准,忽略了现实的复杂性。"在异议的正统中保持着异议""告诉我们道德狂热的本质"无疑也是奥威尔的写照,他正是批判地继承了英国的异议传统。"道德狂热的本质"是与奥威尔"真相的政治"相对的"观念的政治"。20世纪30年代许多左派自由主义者都陷入这种"道德狂热"之中。特里林通过这篇文学评论为当代自由主义者指出了在对待现实时应采取的正确立场。

特里林还把矛头指向该书标题"主流"一词的错误。他说:"文化不只是一条主流(a flow),甚至也不是合流(a confluence)。其存在的形式是斗争或者至少是辩论——如果不是辩证则什么都不是。"②特里林曾在《反抗的自我》中详细分析到黑格尔,特别是他的"异化"理论。这里他以正题—反题—合题的动态逻辑分析文化不是一家独大,也不是思想相安无事的交汇,而是一种思想与其针锋相对的思想进行论辩,促进自身的完善。这种斗争不是暴力的镇压,而是智力的交锋。他对此进一步阐述道:

在任何文化都会有某些艺术家充满了辩证思想,他们表达的意思和力量就存在于矛盾之中。可以说他们触及的正是文化

---

① Neil Jumonville, ed., *The New York Intellectuals Reader*, New York: Routledge, 2007, p. 169.
② Neil Jumonville, ed., *The New York Intellectuals Reader*, New York: Routledge, 2007, p. 169.

的实质，其标志是他们不会顺从于任何一种意识形态团体或者趋势。正是美国文化的重要环境——一种需要经常作出解释的环境，使得多得出奇的19世纪著名作家成为他们时代辩证的宝库——他们对其文化既有肯定又有否定，他们因此能够预言未来。①

阿诺德认为民主文化的健康平稳发展需要最优秀思想的发现和保留，而文学及其对生活的批评是发掘闪光思想，鉴定良莠的最佳工具。特里林深受阿诺德的影响，因此他主张文化的均衡发展，对文化需要辩证地看待，而非陷入某种"意识形态"的狂热。在这个问题上，特里林特意将西奥多·德莱塞（Theodore Dreiser）和亨利·詹姆斯（Henry James）进行对照，指出自由主义者对前者是"教条般的沉迷"，而对后者则很苛刻。两者的对照会"立即让我们处在文学与政治相遇的黑暗而又血雨腥风的交叉路口"。② 在帕林顿描述的美国人思维里，德莱塞关注工人阶级，是现实和进步的；詹姆斯关注人的内心，讲究小说叙事技巧，但是却不实用。德莱塞是美国20世纪二三十年代无产阶级文学的代表，受到美国共产党的推崇，而以拉夫为代表的纽约知识分子推崇的是像詹姆斯这样的现代主义文学。文学是政治的宣传工具还具有自足性，这是战前纽约知识分子在其主办的刊物《党派评论》与听从斯大林指令的美国共产党展开的重要争论。特里林通过这篇文学评论对帕林顿与德莱塞的批评旨在告诫战后的自由主义者应该反思历史，认识到现实的多样性和复杂性，均衡地发展现代文化。由此可见，特里林走的是依靠"现代自我"反抗社会"囚笼"的压迫者，从而唤醒公众意识，改变社会方向的文

---

① Neil Jumonville, ed., *The New York Intellectuals Reader*, New York: Routledge, 2007, p. 169.

② Neil Jumonville, ed., *The New York Intellectuals Reader*, New York: Routledge, 2007, p. 170. 美国新保守主义者波德霍雷茨的《处在血雨腥风的十字路口：当文学与政治相遇》一书标题受其影响。

学批评之路。

四 从自由主义到新自由主义

上文已从特里林在奥威尔批评中凸显的"真相的政治"与"观念的政治"的冲突,谈到反抗的"现代自我"和"自由主义观念"。可以发现,特里林提出"真相的政治"其真实目的是修正自由主义,为战后自由主义知识分子指明方向。自由主义者既要放弃20世纪三四十年代左倾的激进主义和意识形态狂热,也要反对战后出现的右倾冷战思维,他们只能坚持一种新自由主义,即修正后的自由主义,而修正的策略就是依靠能够认识现实多样性和可能性的文学。那么战后美国社会出现了哪些显著变化促使这种新自由主义的产生呢?这需要追溯一下欧洲的自由主义传统以及其在美国演变的历程。

欧洲大陆的自由主义(古典自由主义)的奠基者是17世纪英国思想家约翰·洛克(John Locke)、密尔和亚当·斯密(Adam Smith)。洛克在《政府论》提出生命、自由和财产是人类不可分割的基本权利,其中最为根本的是自由;密尔在《论自由》中提出涉及他人的行为个人才对社会负责,而涉及本人的部分则完全由他自己做主;斯密在《国富论》中主张经济应该是市场自由竞争,政府不能干预。19世纪是自由主义的世纪,在不断的社会实践中达成一些基本共识:自由主义是个人主义的,无论权力和责任都以个人为中心;自由主义是理性主义的,人的理性有能力使其享受自由;自由主义是普世主义的,在自然权力和法律面前人人平等;自由主义是进步主义的,相信社会进步,对人类持乐观态度。[1]

特里林对自由主义是美国占主导的思想传统这一判断是很有道理的。美国的自由主义直接来自欧洲,并没有通过资产阶级与封建王权

---

[1] 详见钱满素《前言》,《美国自由主义的历史变迁》,生活·读书·新知三联书店2006年版,第6—7页。

的革命，因此有"天然"得来的味道，即美国人生来就主要受到自由主义思想的滋养。美国受洛克的古典自由主义影响很深，比如《独立宣言》中"人生而平等"原则。《独立宣言》标志着古典自由主义在美国正式确立。但是从19世纪末的"镀金时代"到20世纪初，以"进步"为特征的工业化导致资本主义经济从自由竞争走向垄断，经济危机频发，贫富差距悬殊，阶级矛盾日益突出。这个时期"进步主义"运动则是为了控制垄断，对放任的经济自由主义进行干预，这是对"古典自由主义"的一次修正，其代表是美国总统西奥多·罗斯福（Theodore Roosevelt）的"新国家主义"和威尔逊（Woodrow Wilson）的"新自由"。罗斯福的"新国家主义"将国家利益放在首位，威尔逊的"新自由"则试图恢复自由竞争，两者目的都是抑制垄断，促进公平，这为富兰克林·罗斯福（Franklin Delano Roosevelt）的新政奠定了基础。1929年经济危机爆发，美国进入大萧条时期。1933年，罗斯福临危受命，推行"新政"对经济进行国家干预，实施福利政策，这是新的社会变化所导致的对自由主义的重大修正，标志着美国从古典自由主义进入现代自由主义。

"新政"使美国没有走向德国希特勒的国家垄断主义。美国在"新政"下不仅安全度过了经济危机，也取得了反法西斯战争的胜利，同时也使美国战后经济繁荣，成为世界头号资本主义强国。经济的繁荣也使美国文化充满活力，不少著名欧洲知识分子纷纷来到美国。经济的繁荣使国内知识分子的地位迅速提高，他们在高校教书之余可以安心著书立说，或在政府部门担任智囊，也是在这个时候，纽约知识分子开始从社会边缘走向中心。在政治方面，战后美国国内的和平时期有利于知识分子对左倾激进主义、斯大林主义和法西斯主义进行反思。但是，战后国际形势并不太平，美苏两个超级大国从盟友变成争霸世界的对手，冷战取代了热战，给世界带来了新的战争威胁和紧张气氛。在美国国内，杜鲁门政府的冷战政策和麦卡锡主义掀起反共产主义高潮，名单事件、指控诽谤、调查迫害等反共活动刺激着美国知识分子的神经，仿佛莫斯科审判的历史将会在美国重演，自由主义的核心价值观遭到严重挑战。面对战后美国社会的新变化，知识分子何去何从成为重要议题：是走左倾激进主义的老路，还是跟随抬头的右倾保守主义，或者走非党派的中间路线？《党派评论》在1952年发起的"吾国与吾国文化研讨会"正是要解决这个路线问题。与拉夫和欧文·豪继续坚持激进路线不同，特里林走的是均衡的中间路线，即以了解保守主义为动力对自由主义传统进行修正，以文学批评干预社会生活，以文化政治取代激进政治。

战后的纽约知识分子普遍认为"要想取代不合适的自由主义，一种新的自由主义必须要建立起来。一是打铁需要自身硬，足以抵御传统自由主义常常暴露的自身弱点；二要能够经受得住国家权威主义的激进分子和歇斯底里的反动分子发起的攻击。"[①] 这也是特里林在《反抗的自我》和《自由主义的想象》中所要解决的问题。传统的自由主义知识分子过于乐观，过于相信自己的理性，他们想在激情的"革命岁月"和多灾的"战乱年代"中"独善其身"被不少激进主义者斥为"过于幼稚"。特里林还敏锐地发现自由主义自身的"悖论"会造成人的理性简单化和机械化。不少自由主义者陷入了"观念政治"的狂热之中。特里林指出现实的多样性和复杂性，人的理性光环之下存在着弗洛伊德所说的无意识的恶。他从历史的教训得出无论是左还是右的极端主义都无助于解决美国现实问题，意识形态的神话只能导致国家权威主义，"修正需要替代革命成为时代精神"[②]。美国知识分子只能走均衡的非党派路线，建立新的自由主义是唯一的出路。

战后美国经济和文化的繁荣也使许多纽约知识分子对美国态度从批判走向接受。虽然仍有拉夫等将妥协顺从美国的态度斥为"美国知识分子的资产阶级化"，但是不少人放弃了以前的激进主义政治，转向了重新界定的自由主义。他们立足于现实，以自己渊博的知识特长

---

① Alexander Bloom, *Prodigal Sons*: *The New York Intellectuals & Their World*, New York: Oxford University Press, 1986, p. 180.

② Alexander Bloom, *Prodigal Sons*: *The New York Intellectuals & Their World*, New York: Oxford University Press, 1986, p. 184.

分析美国社会问题。由此，社会科学取代了抽象的意识形态理论在美国开始兴盛。社会学、心理学和人类学的学者开始考虑如何将这些致力于拓展人对自身认识的研究为一个自由社会出现的问题提供解决之策。① 其中最有代表成果之一是丹尼尔·贝尔的《意识形态的终结》(*The End of Ideology*)②。贝尔说："摆在美国和世界面前的问题是坚决抵制在'左派'和'右派'之间进行意识形态争论的古老观念，现在，纵使'意识形态'这一术语还有理由存在的话，它也是一个不可救药的贬义词。"③ 对他而言，"通向天国城市（the City of Heaven）的梯子不再是一个'信仰之梯'（a 'faith ladder'），而是经验之梯（an empirical one）"④，因此他信奉"今天属于活着的人"。⑤ 贝尔在1949年1月25日《新领导者》(*New Leader*)发表的《一九八四》评论贯彻了他这种思想。他说，"当我们可能总是在探求最终结果的时候，我们却是活在这里和当下。因此，我们需要的是一些经验的判断，它们能够对一个行动的后果作出肯定的回答"。⑥《意识形态的终结》就是一部以社会学理论分析当代美国社会的论著，贝尔还自称他"在经济领域是社会主义者，在政治上是自由主义者，而在文化方面是保守

---

① Alexander Bloom, *Prodigal Sons: The New York Intellectuals & Their World*, New York: Oxford University Press, 1986, p. 185.

② 此书虽是在1960年出版，但其主要论文都在20世纪50年代出版，其副标题是"五十年代政治观念衰微之考察"（On the Exhaustion of Political Ideas in the Fifties）。参见 Alexander Bloom, *Prodigal Sons: The New York Intellectuals & Their World*, New York: Oxford University Press, 1986, pp. 186 – 187。

③ ［美］丹尼尔·贝尔：《意识形态的终结》，张国清译，江苏人民出版社2001年版，第467页。

④ Alexander Bloom, *Prodigal Sons: The New York Intellectuals & Their World*, New York: Oxford University Press, 1986, p. 187.

⑤ ［美］丹尼尔·贝尔：《意识形态的终结》，张国清译，江苏人民出版社2001年版，第467页。

⑥ Jeffrey Meyers, *George Orwell: Critical Heritage*, London: Routledge, 1975, p. 265. 贝尔提供的具体建议是：第一，既要承认没有固定的答案，也不要过激地怀疑任何答案；第二，认识到人类境况是有限的；第三，任何社会行为都应该受到实证的检验。他在评论的最后说道："一个人只能有意识地或有自我意识地生活在长期存在的双重意象之中，如介入与隔离、忠诚与质疑、爱与批判地赞同等，没有它们，我们就会迷失。最好的情况是，我们能在矛盾中生活。"Jeffrey Meyers, *George Orwell: Critical Heritage*, London: Routledge, 1975, p. 266。

第四章 激进、自由与保守：纽约知识分子的奥威尔批评

主义者"。① 特里林的《反抗自我》和《自由主义的想象》正是在这样一个大的思想背景下产生。

如果说贝尔论证走自由主义之路的理论基础是"意识形态的终结"，具体操作之法是社会学的话，特里林的理论基础则是自由主义的"想象"——文学的想象，他的具体方法是文学批评。正如贝尔利用奥威尔表达了他"活在这里和当下""在矛盾中生活"的自由主义政治观，特里林则利用奥威尔强调"有德性"的自由主义品质和"真相的政治"中真理的重要性和复杂性——这是特里林所定义的新自由主义的核心。② 只有"有德性的人"才能追求"真相的政治"，奥威尔就是这样的人。这不仅是特里林想向美国自由主义者（包括他的学生）传递的重要信息，而且也是他对自己思想道路的历史抉择。奥威尔是特里林最钦佩的五位知识分子中唯一的一位当代作家，这是他的另外一位学生得出的结论。③ 可以说，特里林的奥威尔经典评论《乔治·奥威尔与真相的政治》为20世纪50年代初期处于思想困惑的美国自由主义知识分子指明了方向，具有重新界定美国自由主义的思想史意义。

特里林将奥威尔赞誉为"有德性的人"、"讲真话的人"以及每个人如果去效仿都能达到的天才，这些经典评论不仅扩大了奥威尔在美国知识界的声望，而且背后凸显的是本土文化和政治取向对奥威尔的利用，这也充分说明奥威尔经典地位的确立。

---

① [美] 丹尼尔·贝尔：《资本主义文化矛盾》，赵一凡等译，生活·读书·新知三联书店1989年版，第21页。

② 英国新左派威廉斯对特里林这篇评论发表了看法。他介绍到，这是一篇对奥威尔评价的经典陈述：奥威尔是一位讲述真相的人。但是，《向加泰罗尼亚致敬》并没有像《动物庄园》和《一九八四》一样广为流传，这说明"奥威尔的讲述真相是在多大程度上被官方文化收编用来反对革命社会主义"。例如，特里林在评论中对后期巴塞罗那幻灭的讲述就要多于早期充满革命精神的巴塞罗那。参见 Raymond Williams, ed., *George Orwell: A Collection of Critical Essays*, Englewood Cliffs: Prentice-Hall, Inc., 1974, p. 6。这一评论典型地反映了西方知识分子团体对奥威尔的政治利用。

③ John Rodden, *The Politics of Literary Reputation: The Making and Claiming of St. George Orwell*, Oxford: Oxford University Press, 1989, p. 77.

第四节　欧文·豪："知识分子的英雄"

欧文·豪（Irving Howe，1920—1993），美国第二代纽约知识分子代表人物，著名文学批评家。豪生于纽约布朗克斯区（The Bronx），父母是布科维纳（Bukovina）犹太移民，1940年毕业于纽约城市学院（City Collage），1954年创办《异议》（Dissent）杂志，曾执教于美国布兰迪斯大学（Brandeis University）和纽约市立大学（City University of New York）。豪的著作甚丰，主要有哈代、福克纳和舍伍德·安德森（Sherwood Anderson）的评传；《政治与小说》（Politics and the Novel，1957）；记录东欧犹太人美国历程的《我们父辈的世界》（The World of Our Father，1976）和自传《希望的空地》（A Margin of Hope，1982）等。

豪的奥威尔批评文本十分丰富，写有论文、书评，并担任论文集主编，毫无疑问是奥威尔研究的权威学者。他的批评文本具体是：在1950年2月4日的《国家》（Nation）杂志上发表的对奥威尔早期作品的书评；在《新国际》（New International）1950年11—12月第16期发表《〈1984〉——反乌托邦》（1984—Utopia Reversed）；在1956年的《美国学者》（American Scholar）杂志发表《奥威尔：作为梦魇的历史》（Orwell：History as Nightmare），后收入《政治与小说》（Politics and the Novel，1957）最后一章；《党派评论》（Partisan Review）1954—1955冬季期的文章《作为温和派英雄的奥威尔》（Orwell as a Moderate Hero）；1963年主编的《奥威尔的〈一九八四〉：文本、来源和批评》；1969年1月在《哈泼氏》（Harper's）杂志发表奥威尔遗孀索尼娅（Sonia Orwell）1968年四卷本《乔治·奥威尔散文、新闻和信件集》（The Collected Essays, Journalism and Letters of George Orwell）的书评《乔治·奥威尔："正如骨头所知"》（George Orwell："As the Bones Know"）；1983年主编《重读〈1984〉，我们世纪的国家权威主义》（1984 Revisited：Totalitarianism in Our Century），其中收录有豪的论文《〈1984〉：权力之谜》（1984：Enigmas of Power）。

可以看出，豪的评论聚焦于《一九八四》。豪在《奥威尔的〈一九八四〉：文本、来源和批评》序言开宗明义地提出研究《一九八四》的三个层面。第一是文学问题，涉及小说的文类及叙事策略；第二是政治和思想问题，以讨论西方国家权威主义为中心；第三是道德问题，关注知识分子职责。① 由此可见，豪主要从文学、政治和道德这三个层面对奥威尔进行经典构建。豪的具体贡献在于：他首先对《一九八四》作出文学定位，将其划归反乌托邦小说的代表作，然后系统地分析了小说作为政治经典文本的思想价值，并在最后指出奥威尔具有非凡的道德感召力，成为指引知识分子（包括自己）成长的"知识分子英雄"（intellectual hero）。

一 文学定位：反乌托邦小说

给予《一九八四》反乌托邦小说代表作的文学定位，欧文·豪功不可没。他在《反乌托邦小说》（The Fiction of Anti-Utopia）一文（收录在《奥威尔的〈一九八四〉：文本、来源和批评》的首篇）将扎米亚京（Eugene Zamiatin）的《我们》、赫胥黎（Aldous Huxley）的《美丽新世界》和奥威尔的《一九八四》称为"反乌托邦小说"三部曲，并结合其他奥威尔批评文本，对反乌托邦小说特征（主要是《一九八四》）进行了既宏观又具体的分析。

豪首先对反乌托邦小说的基本概念作出界定。他认为反乌托邦小说与一般小说的主要区别在于思想前提方面。反乌托邦小说的第一个思想前提是对历史抱以失望态度，这个历史既是经历的历史也是观念的历史；第二个思想前提是关于世界的前景。反乌托邦小说描写的是一个完全同一化的世界，主要特征是："理性变成了非理性的权力并

---

① Irving Howe, *Orwell's Nineteen Eighty-four: Text, Sources, Criticism*, New York: Harcourt, Brace & World, Inc., 1963, p. viii. 斯蒂芬·英格尔（Stephen Ingle）也提出奥威尔具有政治、文学和道德三个层面的重要价值。参见 Stephen Ingle, *The Social and Political Thought of George Orwell: A Reassessment*, Abingdon: Rouledge, 2006, pp. 21 – 22。

成为理性的上帝。"①

其次，豪通过厘清小说的概念反驳了一些知识分子对《一九八四》的指责。他们的指责主要集中在两方面：第一，不符合小说文类；第二，缺乏对人物心理的深入描写。豪指出，小说只是虚构类作品的一种，而虚构类作品在18世纪就有很多模式，假设笛福读到这部作品会立即被其真实打动。豪强调"他（奥威尔）没有时间，他必须得全部写下来"，因此指责小说不符合"美学标准"忽视了"这种预示所表达的紧迫性"。② 对于缺乏三维"圆形人物"的指责，豪认为他们没有认识到在小说的权威世界中，不可能还有"自我"意识的存在，人物刻画的单薄恰恰是小说的力量所在。豪特别批驳了威廉斯有关小说"缺乏实质的社会，因此缺乏实质的人物"的评论，认为他没有抓住问题的实质，因为这些因素在权威社会中都被压制或被废除了。③ 因此对豪而言，以文学类别的标准评价小说是不合理的。反乌托邦小说更恰当地说是属于"墨尼普斯讽刺"（Menippean satire），主要表达的是一种观念，并非强调人物塑造。比如在小说中，温斯顿和裘丽娅试图以"独处"和"反思"的方式来拯救作为"概念"的人类。

最后，豪还具体指出反乌托邦小说应具备的五个特征。第一，在实现权威统治的完美化过程中需要安排一个瑕疵（a flaw），这利于营造冲突，但结果必须是灾难性的；第二，必须由一种观念控制，该观念已成为强烈情感，同时兼顾戏剧化的简单和历史性的复杂这两种效果；第三，擅于处理具体细节，具有逼真性；第四，擅于控制可能性（the probable）与合理性（the plausible）的关系；第五，读者需要参与对历史的回忆，即对乌托邦记忆进行反拨，使"美梦"

---

① Irving Howe, *Orwell's Nineteen Eighty-four: Text, Sources, Criticism*, New York: Harcourt, Brace & World, Inc., 1963, p. 177.
② Irving Howe, *Politics and the Novel*, New York: Meridian Books, Inc., 1960, p. 237.
③ Irving Howe, ed., *1984 Revisited: Totalitarianism in Our Century*, New York: Harper & Row, Publishers, Inc., 1983, p. 6.

变成"梦魇"。①

豪特别对上面的第四个特征进行了详细分析。他提出了"只多迈一步"（one more step）的叙事和心理调控策略，即"他们设想的全能国家比我们所知道的现实仅多出一步，这只是对全能国家本质模式限制在一步之内的扩展，并不完全是现代权威社会的图景"。②豪认为奥威尔在《一九八四》中精湛地运用了这一策略：

> 从可以忍受的神经病（neurosis）到令人崩溃的精神病（psychosis），从生存尚有可能的腐朽社会到根本没有生存希望的权威国家，这里只有"一步之遥"（only "one step"）。为了揭露这种产生国家权威主义的社会衰退逻辑，奥威尔只是在迈向这一步的范围内发挥他的想象力。
>
> ……为了掌握国家权威主义实质，奥威尔只是允许现代社会的某些趋势往前行驶而不使用情感和人性的刹车（brake）。因此，他能够很清楚地呈现他的国家权威主义模式与我们根据自己经验所知的社会两者之间的关系。他没有采取哗众取宠的科幻小说模式或者粗鲁地认定我们已经处在1984年的社会。在想象1984年的社会时，他采取了只往前迈一步的策略（take only one step），因为他知道这一步有多长，有多恐怖，他没必要再多迈出一步。③

---

① Irving Howe, *Orwell's Nineteen Eighty-four: Text, Sources, Criticism*, New York: Harcourt, Brace & World, Inc., 1963, p. 180. 豪在后来《〈1984〉：权力之谜》一文中对小说体裁问题进行了一些修正。"我开始欣赏那些打动我的普通小说部分"，豪所说的这些部分包括温斯顿和裘丽娅林中独处和裘丽娅在阁楼听着温斯顿读禁书而陷入梦乡等情节；"我现在认为这是一种各种体裁的混合体"，豪认为这包括"墨尼普斯讽刺"和传统小说，另外还有一些小册子（tract）和颠倒的浪漫司（transposed romance）。豪同时把"只多迈一步"策略扩大至"在两、三步之内"，这样可以"在最低的可信性和骤然的不可信之间摇摆时达到最强烈的效果"。参见 Irving Howe, ed., *1984 Revisited: Totalitarianism in Our Century*, New York: Harper & Row, Publishers, Inc., 1983, pp. 7–8。

② Irving Howe, *Orwell's Nineteen Eighty-four: Text, Sources, Criticism*, New York: Harcourt, Brace & World, Inc., 1963, p. 180.

③ Irving Howe, *Politics and the Novel*, New York: Meridian Books, Inc., 1960, pp. 241–242.

豪所说的"只多迈一步"策略揭示了小说的权威世界产生恐怖效果的重要原因。奥威尔并不像其他反乌托邦小说作家那样大肆地描写机器的恐怖,而是聚焦在人与人之间的非人性关系。这种叙事策略能够让读者在西方现实世界和西方权威世界不断地进行对照,并在距离西方现实世界"一步之遥"的范围内激发对权威恐怖的想象,由此产生的心理感受既强烈又具有可信性。

二 政治思想:政治文献经典

欧文·豪认为就其政治思想价值而言,《一九八四》可谓描绘西方"完美"国家权威主义社会的经典之作。他说:"小说将某些令人恐怖的可能性戏剧化,这个极端剧本的导演正是20世纪历史。这是关于一个权威主义国家的可能性,它甚至超越了希特勒、墨索里尼和斯大林的政权统治,但又能很清楚地发现与他们相类似。这个国家规范了所有人的生活,破坏了任何独立的思想或情感,将人训练成机器一样的奴隶来为之干活。"① 正是由于小说对西方国家权威主义几乎"登峰造极"的描绘,豪称"《一九八四》已经进入现代词汇,成为当代政治的主要文献"。②

豪具体指出小说揭示了一个"模式"(纯粹的国家权威主义模式)和一个"前景"(这个模式如何对待人的生活)。他说:"《一九八四》设计了一个梦魇,那里政治取代了人性,国家让社会窒息。从某种意义上说,这是一本完全反政治的书,充满了对这种社会的仇恨,因为这个社会的公共诉求已经破坏了任何私人生活的可能。"③ 这是一个"完美""理想""终极"的西方国家权威主义图景:"现代科技的应

---

① Irving Howe, *Orwell's Nineteen Eighty-four*: *Text*, *Sources*, *Criticism*, New York: Harcourt, Brace & World, Inc., 1963, p. vii.
② Irving Howe, *Orwell's Nineteen Eighty-four*: *Text*, *Sources*, *Criticism*, New York: Harcourt, Brace & World, Inc., 1963, p. vii.
③ Irving Howe, *Politics and the Novel*, New York: Meridian Books, Inc., 1960, p. 239.

用、政治的彻底控制、采取的恐怖方式以及对道德传统蔑视的理性化——如此一来，国家做任何事情都可以为所欲为。它可以为所欲为地对待人，对待他们的思想、对待历史和语言。现实不再被承认、体验甚至改变，而是根据它的需求和意愿来编织，有时是预测未来，有时又回溯地对过去进行改造。"①

豪对奥威尔描绘的西方"完美"国家权威主义社会也提出了一些疑问。第一，权威社会不可能毁灭人类的一些基本需求，如食物和性爱。小说中既然温斯顿和裘丽娅能以性爱抵抗权威，其他人也可能如此；第二，奥威尔对无产阶级的描写不大可信，脱离了"只多迈一步"的想象空间；第三，权威统治不大可能完全摆脱意识形态的控制，只用"权力欲"解释其起源还不够充分，因此权威之"谜"（enigma）尚未完全解开。不过，豪对多伊彻②的指责提出了批评："对一个在国家权威主义的'终极'意义面前以少有的诚实承认自己无助的作家发起攻击是荒谬的——特别是作家恰好为我们提供了目前最为生动的图景。因为我们在《一九八四》看到了事物的本质，真实中的真实。"③

豪在《〈1984〉：权力之谜》一文中对以上疑惑进行了修正和补充。第一，性爱象征着自我在"自由空间"遭受国家权威主义威胁时所进行的反抗。第二，奥威尔对权力的讨论不仅是小说的中心，也是"全部现代政治话语"的中心。他意识到"意识形态"的作用已经减退，变成"石化了的，让人烦恼但已差不多被人遗忘的口号"。奥威尔预见到当全能国家的信仰崩溃之后，统治阶层会更加渴望权力。④

---

① Irving Howe, *Politics and the Novel*, New York：Meridian Books, Inc., 1960, p. 241.
② 前面谈到，马克思主义历史学家多伊彻在1955年出版的《异端、变节者及其他文集》收录的一篇重要奥威尔批评文章《"1984"——残暴的神秘主义》中批评奥威尔以"残暴的神秘主义"方式阐释非理性现象是超越阶级的，并没有通过历史语境把握事物的本质，由此指责他对社会主义事业的悲观主义态度。
③ Irving Howe, *Politics and the Novel*, New York：Meridian Books, Inc., 1960, p. 250.
④ Irving Howe, ed., *1984 Revisited：Totalitarianism in Our Century*, New York：Harper & Row, Publishers, Inc., 1983, pp. 10 – 14.

第三，小说的悲观主义并非因奥威尔受病魔折磨所致。奥威尔的"悲观主义"是一种强烈情感，与其说是他政治上的保守，不如说是情感上的保守——"他欣赏的是人们的实际生活方式，以及那些已为人接受的关系和情感所带来的力量。"因此，奥威尔的民主社会主义是"努力地推广过去合理的东西，扩大我们的自由，深化我们的文化"。奥威尔的保守情感非但不与他的社会主义观相冲突，而且还是有力的支持。① 第四，豪再次强调重读《一九八四》以后，"我比以往任何时候都认为这是我们时代的一部经典"。② 同时，他认为"国家权威主义是一种持续的，甚至成为我们时代一种常见的可能"。③ 这充分说明豪不仅把西方的国家权威主义当作历史的梦魇，而且还发现国家权威主义在当代西方社会已呈现出新的形式。

豪注意到，奥威尔的《一九八四》之所以成为讨论西方国家权威主义的政治经典文本与战后美国知识分子思想困惑有紧密关系。他在其思想自传《希望的空地》(*A Margin of Hope*: *An Intellectual Autobiography*)中谈到这些知识分子"在从时髦和观念的频繁转换中反复跌倒"，但是"对国家权威主义问题的讨论则不同，是急迫而又严肃的"。④

二战以后，美苏为争夺世界霸权从盟友变成敌人。美国杜鲁门政府推行冷战政策，宣扬共产主义威胁论，因而国内反共产主义之风盛行，其中最极端的例子就是希斯事件和麦卡锡主义。当时，不仅共产党和前共产党员受到打压，就连自由主义者和激进分子也受到牵连。豪所属的纽约知识分子团体在二战期间选择的是"邪恶稍轻"的中间立场，即在反对斯大林主义的同时也保持着激进的政治姿态，但是现

---

① Irving Howe, ed., *1984 Revisited*: *Totalitarianism in Our Century*, New York: Harper & Row, Publishers, Inc., 1983, pp. 16 – 17.
② Irving Howe, ed., *1984 Revisited*: *Totalitarianism in Our Century*, New York: Harper & Row, Publishers, Inc., 1983, p. 3.
③ Irving Howe, ed., *1984 Revisited*: *Totalitarianism in Our Century*, New York: Harper & Row, Publishers, Inc., 1983, p. 5.
④ Irving Howe, *A Margin of Hope*: *An Intellectual Autobiography*, Orlando: Harcourt Brace Jovanovich Publishers, 1982, p. 199.

在他们只能在美苏两大阵营中选择一方。战后的纽约知识分子已从美国社会的边缘走向中心，他们发现自己的主张可以在美国实现，激进立场开始减弱，麦克唐纳所说"我选择西方"代表了他们当时的态度。因此，纽约知识分子接纳了当时占据美国主流的反共产主义立场。另外，反斯大林主义传统以及害怕在反共运动中受到牵连也是他们做出这一抉择的重要原因。例如，特里林·戴安娜（Diana Trilling）曾这样表达她在收听麦卡锡发言广播时的恐惧："昨晚当麦卡锡发言时，我发现自己一直在等待我的名字被他以那种正义谴责的可怕语调在广播中刺耳地念出来。"① 不过，他们同样也反对麦卡锡主义那种制造恐怖、违背公正和人身攻击的手段，因此他们采取的反共产主义策略是基于自由主义，并将斯大林与他们曾经反对的希特勒画上等号。1951年，汉娜·阿伦特（Hannah Arendt）的《极权主义的起源》（*The Origins of Totalitarianism*）出版。他们欣喜地发现这本书与他们的主张不谋而合，比如在"极权主义"一章的开头阿伦特就把斯大林和希特勒并置："斯大林多年来苦心经营……希特勒的情形也相仿……"② 更重要的是，他们终于找到了这个重要而又贴切的政治术语，以此作为政治立场选择的标准就可以打破政治谱系的左右划分，从而解决了长期以来的思想困惑。

正是在这一社会和思想背景下，《极权主义的起源》等一批讨论西方国家权威主义的政治文献在20世纪50年代初应运而生。除了奥威尔，豪还列出了对此"最为敏锐的分析者"：阿伦特、弗兰兹·纽曼（Franz Neumann）、理查德·罗文塔尔（Richard Lowenthal）和卡尔·弗里德里希（Carl Friedrich）。豪对他们的观点进行了概括：

> 恐怖是这种新的社会不可或缺的一部分；意识形态既是恐怖

---

① Alexander Bloom, *Prodigal Sons: The New York Intellectuals & Their World*, New York: Oxford University Press, 1986, p. 213.
② ［美］汉娜·阿伦特：《极权主义的起源》，林骧华译，生活·读书·新知三联书店2008年版，第399页。

的思想对等物,也是对统治对象的公共和私有生活进行统治的一种方式;国家和社会的疆界已被打破,"从属机构"不再发挥独立作用;社会生活裂化,各种阶级分裂为被动和没有名字的大众;"由上发动长期革命",国家向人民发起残酷的战争;巩固精英统治,不是只对权力或各种商品进行垄断,而是要拥有对整个国家和社会的所有权。①

豪把阿伦特的《极权主义的起源》和奥威尔的《一九八四》视为讨论西方国家权威主义最有影响的文献,因而特别对两者进行了对比分析。他认为"前者是历史研究和分析式论证,后者是想象式预言",他们共同指出了西方国家权威主义是与传统相脱离的,"完全体现的是流血、恐怖和虚无主义这些极端的新社会精神"。他们提出的"模式"或者"梦魇景象"具有十分明显的"启示元素",对20世纪50年代的严肃思想产生了重要影响。他们的贡献在于把西方国家权威主义视作一个系统,"在其存在本质意义上的恐怖运作和保证恐怖长期存在的能量之间达到了平衡"。这种新的社会模式标志着历史的终结。奥威尔则更加敏锐,因为他预见了"'没有未来'逐渐的削弱过程",也就是说他发现西方推动国家权威主义的能量会逐渐减少。但是这并不意味着恐怖的减弱,因为《一九八四》呈现的是为了恐怖而恐怖。不过,豪认为奥威尔没有考虑到运作恐怖的能量以及意识形态的激情和心理的动员逐渐减弱之后,恐怖会被"保存起来的恐怖"(terror-in-reserve)替代,并且这种情况已经在苏联发生。②

豪在《奥威尔的〈一九八四〉:文本、来源和批评》选入了阿伦特《极权主义的起源》的最后一章"意识形态与恐怖:一种新的政府

---

① Irving Howe, *A Margin of Hope: An Intellectual Autobiography*, Orlando: Harcourt Brace Jovanovich Publishers, 1982, p.199. 恐怖和意识形态是阿伦特的观点;国家和社会是纽曼的观点;"由上发动长期革命"是罗文塔尔的观点;对整个社会进行统治是弗里德里希的观点。

② Irving Howe, *A Margin of Hope: An Intellectual Autobiography*, Orlando: Harcourt Brace Jovanovich Publishers, 1982, pp.200-201.

第四章 激进、自由与保守：纽约知识分子的奥威尔批评

形式"。① 这一章着重讨论西方国家权威主义本质，是全书的核心。显然，这是豪评论《一九八四》的重要思想来源和参照系。为了深入理解豪对西方国家权威主义的相关讨论，有必要将《极权主义的起源》和《一九八四》这两部重要政治文献在上面豪的比较分析基础之上进一步拓展。

正如该章标题所示，阿伦特认为西方国家权威主义是一种全新的政府形式，它统治的本质特征是依靠恐怖和意识形态。所谓国家权威主义政府就是以群众代替阶级，以群众运动代替政党制度，权力的中心从军队转移到警察，并把国家权威主义统治推向整个世界。这种政体与历史上任何暴政本质上都不相同，它虽然蔑视一切成文法，但是却非恣意妄为，而是严格遵从自然法则和历史法则。这些法则不像成文法一样具有稳定性，而是不断处在运动之中，其目的是要甄选出"劣等种族"、"不适宜生存的人"（即根据"适者生存"法则）以及"垂死阶级和没落民族"。要在现实中实现这些统治需要的是恐怖和意识形态："这种政府的本质是恐怖，它的行动原则是意识形态的逻辑性。"② 也就是说，权威统治的本质是采取恐怖手段，比如纳粹集中营和斯大林主义的大清洗，而推行恐怖的原动力是意识形态的内在逻辑。

阿伦特说："恐怖即执行运动法则，运动的最终目的不是人的福利或一个人的利益，而是建设人类，为了物种而清除个人，为了'整体'而牺牲'部分'。自然或历史的超人类力量有其自身的开端和终结，因此只有用新的开端和每一个个人实际生命的终结才能阻扰这种力量。"③ 这句话道出了西方国家权威主义恐怖的血腥：这些运动法则

---

① 根据阿伦特后来在书中序言中的介绍，这一章是 1958 年的第二版增添的，代替的是 1951 年第一版的"结语"。详见［美］汉娜·阿伦特《极权主义的起源》，林骧华译，生活·读书·新知三联书店 2008 年版，第 18—19 页。
② ［美］汉娜·阿伦特：《极权主义的起源》，林骧华译，生活·读书·新知三联书店 2008 年版，第 590 页。
③ ［美］汉娜·阿伦特：《极权主义的起源》，林骧华译，生活·读书·新知三联书店 2008 年版，第 580 页。

的法律性是在世界上建立公正统治的理论假设,为了整个人类,成文法规定的个人行为对错标准无关紧要。要实现这些法则,有必要对个人进行清除,包括他的生命和自由,为了加速法则的运动,谁成为被害者或是杀人者并不重要。意识形态是执行运动法则的内在逻辑,是"冷冰冰的推理"和"不可抗拒的逻辑力量",与经验和现实毫无关系。这种内在强迫力是一种逻辑的暴政,让你必须放弃思考的自由,从而造成在权威统治的世界里黑白颠倒,真伪不分。"恐怖破坏了人与人的一切关系,逻辑思维的自我强制破坏了和现实的一切关系。"①恐怖使人孤立和孤独,意识形态使人远离真相。

恐怖导致个体的孤立(isolation),孤立的标志是无能(impotence),即没有行动能力。当孤立的人不再被看作制造工具的人而是劳动的动物时,孤立就变成了孤独(loneliness),他被物的世界抛弃,成为无根的多余者。孤独不同于孤寂(solitude),孤寂中我和"自我"可以共处,在有他者认证的情况下可以合二为一,但在抛弃"自我"之时也能变成孤独。孤独令人难以忍受,因为孤独者"失去了可以在孤寂中实现的自我,但是又只能靠同类的信任才能肯定自己的身份"。②权威统治还尝试不给他独处的机会,运用摧毁人际关系的一切空间、迫使人们相互反对的方法,消灭孤立的一切生产潜力。因此,孤独者只能被意识形态的内在逻辑控制,他不仅失去了自我的思维能力,也与经验世界脱离。人类赖以生存的自明之理(比如二加二等于四)已经发挥不了知识的作用,而"开始多产地发展它自己的各种'思想路线'",③ 比如"二加二等于五"。

豪指出阿伦特的这本政治理论著作提出了西方国家权威主义的类型学,即一种社会的抽象模式。同样,奥威尔认为《一九八四》是

---

① [美]汉娜·阿伦特:《极权主义的起源》,林骧华译,生活·读书·新知三联书店2008年版,第590页。
② [美]汉娜·阿伦特:《极权主义的起源》,林骧华译,生活·读书·新知三联书店2008年版,第594页。
③ [美]汉娜·阿伦特:《极权主义的起源》,林骧华译,生活·读书·新知三联书店2008年版,第594页。

"关于未来的小说,即它在某种意义上说是一部幻想作品,只不过形式是一部自然主义小说"。①

可以看出,阿伦特与奥威尔一样是对西方国家权威主义统治世界这种最绝望图景的预测,所不同的是一个是政治学专著,另一个是文学作品。但是,他们对此的预测又都是依据自身的亲身经历和历史事件,比如法西斯主义的集中营和斯大林主义的大清洗。虽然他们对这种社会的描绘是绝望的梦魇,但是他们却不是悲观主义者。比如阿伦特在1950年的"序言"中写到20世纪以来的历史事件使"精神上的无家可归达到前所未有的规模,漂流无根的心绪达到了前所未有的深度","一切文明的本质结构已经到了崩溃的临界点",但是她既反对"鲁莽乐观的进步观点",也反对"轻率绝望的毁灭态度"。她认为理解历史意味着"有意识地检视和承负起本世纪压给我们的重担",意味着"无论面对何种现实,总要坦然地、专心地面对它,抵抗它",因此她决定去寻找这种政治统治的"一种隐性机制"。② 奥威尔创作《一九八四》也是为了警示世人采取积极行动来抵抗西方国家权威主义统治世界这种可能性。因此,阿伦特和奥威尔这两部作品的创作本质具有相似性。

另外,阿伦特对该书的写作始于1945年,初稿完成于1949年,初版于1951年。奥威尔创作该书的想法始于1943年③,1944年他曾在一封信中谈到未来的世界由两三个超级大国统治,谁也无法征服对方,统治者可以让"二加二等于五",④ 奥威尔1945年开始小说创作,

---

① Gillian Fenwick, *George Orwell*: *A Bibliography*, Winchester: St Paul's Bibliographies, 1998, p. 127.

② 详见[美]汉娜·阿伦特《极权主义的起源》,林骧华译,生活·读书·新知三联书店2008年版,第1—3页。

③ 1943年奥威尔在写《英国人》(*The English People*)时谈到未来的世界将由两个超级大国统治。1948年,他在给出版商Fred Warburg的信中也谈到他写这部小说的最初想法是在1943年。参见Gillian Fenwick, *George Orwell*: *A Bibliography*, Winchester: St Paul's Bibliographies, 1998, pp. 126, 128。

④ Gillian Fenwick, *George Orwell*: *A Bibliography*, Winchester: St Paul's Bibliographies, 1998, p. 126.

1948年完成初稿，1949年初版。1945年二战结束后是一个相对和平的时期，阿伦特开始对之前几十年的动乱进行反思，① 而奥威尔则看到超级大国已经建立，他们之间的斗争已无法避免。② 从这些细节可以看出，他们的创作经历也较为相似，都与当时的历史背景密切相关。但是，从戴维森的20卷《奥威尔全集》来看并没有发现他们交集的证据，因此，豪认为他们的创作是"平行"关系，但是他们都谈到了西方国家权威主义这一主题，这是历史的偶然和必然。不过，阿伦特1958年补写的最后一章很有可能是受到《一九八四》的影响，一是由于当时奥威尔很高的声望，二是可以从文本中发现影响的踪迹，比如上面提到的自明之理"二加二等于四"。

　　具体从文本细节来看，阿伦特和奥威尔的作品也有不少相同之处。比如在恐怖层面奥威尔也谈到思想警察和奥勃良在101房间对温斯顿的惩罚等；在意识形态层面有英社、双重思想、新话、黑白颠倒、篡改历史和犯罪停止等。阿伦特细致地区分了孤立、孤寂和孤独。在《一九八四》中，温斯顿就是这样人物的典型代表。他在无处不在的电幕监视下通过写日记与他的"自我"进行思想交流，在权威统治的核心部门"真理部"工作的他渴望他者裘丽娅，甚至奥勃良的认同，表达他对自由的向往和对意识形态的质疑和抵抗。但是他对孤独状态的摆脱是短暂的，在权威统治的惩罚下，他写下了"自由即奴役"和"二加二等于五"，他认识到那些假定客观上存在的一个"实际的世界"是不值一驳的"谬论"。③

　　这显然是由意识形态的内在逻辑所致，因此大洋国核心党精英如奥勃良等都是具有双重思想的典范。爱情是自由最后的堡垒，但是"我出卖了你，你出卖了我"，"他希望把她（裘丽娅），而不是把他，

---

　　① ［美］汉娜·阿伦特：《极权主义的起源》，林骧华译，生活·读书·新知三联书店2008年版，第17页。
　　② Gillian Fenwick, *George Orwell: A Bibliography*, Winchester: St Paul's Bibliographies, 1998, p. 127.
　　③ 详见［英］乔治·奥威尔《一九八四》，董乐山译，辽宁教育出版社1998年版，第248—250页。

送上前去喂——"。① 最后，在恐怖和意识形态的共同作用下，国家权威主义的历史和自然法则取得了胜利。阿伦特认为西方国家权威主义的起源与帝国主义的"为扩张而扩张"密不可分。奥威尔在《缅甸岁月》和《射象》中也谈到帝国主义制度下"孤独"的白人主人公其实并无自由可言，他们在白人俱乐部要受到殖民话语的桎梏，在白人世界之外也要受到本地人主导。他们每个人是"专制主义车轮上的一个轮齿"，是"专制制度的奴隶"，被"一种无法挣脱的禁忌制度"紧紧地套牢。② 因此，《缅甸岁月》中的弗洛里（Flory）无法摆脱充斥着谎言生活的孤独而自杀，而《射象》中的"我"在缅甸人的揶揄嘲笑下只好向不应射杀的大象开枪。奥威尔对帝国主义意识形态的认识为他的国家权威主义创作主题奠定了基础。

通过以上分析可以看出，豪作为第二代纽约知识分子代表把认识西方国家权威主义本质作为解决自身思想困惑和选择政治立场的有效途径。豪通过比较分析，将《一九八四》这部文学作品视为政治文献经典，因为奥威尔在书中形象地描绘了西方国家权威主义社会的本质特征和运行机制，这是一个为了恐怖而恐怖、为了权力而权力的"完美"国家权威主义社会。

三 道德力量：有骨气的作家

在《希望的空地》中，欧文·豪把奥威尔列入对他影响最大的作家之一。在豪看来，奥威尔等作家是"重要的见证者"，他坦承"在我希望的空地上，我想要认同的是他们提供的证据"。③ 西方国家权威主义正是豪对奥威尔认同的关键证据。无论是奥威尔对于西方"完美"国

---

① ［英］乔治·奥威尔：《一九八四》，董乐山译，辽宁教育出版社1998年版，第264页。这里引言的破折号是指奥勃良在101房间用"老鼠"对温斯顿进行惩罚。

② George Orwell, *CW*, Vol. 2, ed. Peter Davison, London: Secker & Warburg, 1986—1987, pp. 69, 70.

③ Irving Howe, *A Margin of Hope: An Intellectual Autobiography*, Orlando: Harcourt Brace Jovanovich Publishers, 1982, p. 350.

家权威主义的政治思想贡献,还是他采取的文学创作策略,都对豪产生了重要影响。同时,奥威尔作为反抗西方国家权威主义知识分子所传递的那种道德力量,更是深远地影响了豪的知识追求和政治立场。

豪在《奥威尔:作为梦魇的历史》一文的结尾对奥威尔这样评价道:

> 有一些作家之所以重要是因为他们所处的时代。他们迫使这个时代接受有关这个时代的真相,从而有可能远离这个真相,达到帮助拯救这个时代的目的。这些作家可能不会流芳百世,因为他们让同时代的人感到如此重要,如此亲近的品质是一种绝望主题和绝望温情的混和体,这不可能让他们的作品成为最伟大的艺术。西洛内(Ignazio Silone)和奥威尔在未来有可能不像现在对我们时代的很多人那么重要,但是这对我们没有什么关系。我们知道他们为我们所做的一切,我们也知道没有其他作家能够做到,包括那些更伟大的作家。①

在这段总结性评论中,豪认为奥威尔描写的"梦魇"是"我们时代的梦魇",因而具有警醒世人和改变这个时代人类生存状况的重要作用。奥威尔揭示的"不是我们所知的国家权威主义,而是统治这个世界的国家权威主义"②。也就是说,奥威尔所描述的西方国家权威主义是一种"终极"的国家权威主义,一个"全能社会"对个体自由的全面扼杀,统治的逻辑不需要意识形态,而是权力本身,这就是"绝望主题"。小说中温斯顿与裘丽娅的爱情就是"绝望温情",在权力的施虐下,爱情的反叛最终是绝望的失败。奥威尔对"真相"的揭示已经超越

---

① Irving Howe, *Politics and the Novel*, New York: Meridian Books, Inc., 1960, p. 251. 伊尼亚齐奥·西洛内(Ignazio Silone, 1900—1978)是意大利共产党的创始人之一,1930 年与共产国际决裂,1931—1944 年生活在瑞士。1944 年回国后,他成为国民代表大会代表,在社会党内占有重要职位,领导《前进报》和主持意大利笔会,晚年转向写作宗教题材的作品。《面包和酒》(*Bread and Wine*, 1937)是其最著名的小说。

② Irving Howe, *Politics and the Novel*, New York: Meridian Books, Inc., 1960, p. 250.

了"艺术性"的范畴,其重要性是对所在时代的拯救。豪的上述评论把《一九八四》置于政治小说的范畴,深入讨论文学与观念和意识形态的关系。他认为小说关于西方国家权威主义的观念是政治小说的终极观念,情节与人物塑造是为这一终极观念服务的。可以看出,豪对奥威尔的钦佩源于他体现了揭露时代真相、改变时代方向的知识分子职责。

豪继而在书评《乔治·奥威尔:"正如骨头所知"》中具体刻画了奥威尔的知识分子形象。豪宣称奥威尔是用他的"骨头"来写作,因为他阅读《奥威尔文集》的感受是:

> 如同遇到一位身体极度疲惫(bone-weariness)但却有骨气(bone-courage)的作家,他经历了他那个时代所有的公共灾难:经济危机、希特勒主义、弗朗哥在西班牙内战中获胜、斯大林主义以及英国资本主义在30年代的衰落。甚至当奥威尔想重拾小说写作和他身患肺结核一病不起的时候,他仍在积聚斗争的能量和愤怒的资源,这使他成为反对时代行话无比强大的斗士。他的骨头不会让他休息。①

豪这段描述十分精彩,不禁使人联想到奥威尔在朱拉(Jura)荒岛上创作《一九八四》的画面:一个瘦骨嶙峋,拖着病体艰难写作的作家。究其一生,奥威尔是一直"在路上"孤独前行但毫无畏惧的"斗士",他的目标是反对西方国家权威主义,支持民主社会主义。豪对此评价道:

> 对整个一代人(我这一代)来说,奥威尔就是一位知识分子的英雄。他猛烈抨击那些甘愿向希特勒屈服的英国作家,他几乎单枪匹马地对抗着那些对斯大林暴行视而不见的人。他比我们时代的其他任何一位英国知识分子更能体现个人独立品质的价值和

---

① Jeffrey Meyers, *George Orwell: Critical Heritage*, London: Routledge, 1975, p.349.

强烈的民主激进主义。①

豪坦言"多年来我对他的仰慕十分强烈",在读完四卷全集后,这种情感有增无减:

> 他虽然不是一流的文学评论家,也不是重要的小说家,他当然也不是具有原创性的政治思想家,但是我现在认为他是继赫兹里特(Hazlitt),或许甚至是约翰逊博士(Dr Johnson)以来最好的英国散文家。他是这几十年来英国作家中最伟大的道德力量:虽然表情冷峻、好与人争辩,有时也会出错,但是他是一位非常自由的人。他愿意独自一人,与其他人进行较量,他是我们时代每个作家的榜样。当我的学生问起"读谁的作品可以把文章写得更好",我的回答是"奥威尔,朴素文体的大师,这种文体看上去容易模仿,但要做到是几乎不可能的。"②

对于豪这位著名作家和批评家而言,"文学榜样"是"知识分子英雄"的重要层面。我们发现豪在文学批评中语言简练、生动,不使用晦涩的术语,与奥威尔的语言风格颇为相似。豪在《希望的空地》也提到自己尚须在语言的细腻、流畅以及语调与节奏的调节方面改进,于是决定模仿大家。豪认为比较现实的选择是"模仿那些比自己好得多但又不会因无法企及而陷入绝望的作家"。他的选择是:"因此我决定努力模仿,以便能够写得像奥威尔一样。"③

---

① Jeffrey Meyers, *George Orwell: Critical Heritage*, London: Routledge, 1975, p. 349.

② Jeffrey Meyers, *George Orwell: Critical Heritage*, London: Routledge, 1975, pp. 349 – 350. 豪认为奥威尔作为作家和思想家的错误主要在于他的反智主义以及对犹太人以及无政府主义者和和平主义者的态度。

③ Irving Howe, *A Margin of Hope: An Intellectual Autobiography*, *A Margin of Hope: An Intellectual Autobiography*, Orlando: Harcourt Brace Jovanovich Publishers, 1982, p. 146. 豪这里的评述与特里林相似。特里林认为奥威尔并不是一位让我们感到无法企及的天才,他的伟大在于他所做的一切其实我们任何一位普通人都可以做到,因此他是我们应该效仿的对象。参见 Lionel Trilling, *The Opposing Self: Nine Essays in Criticism*, New York: The Viking Press, 1955, p. 157。

例如，豪赞同奥威尔文学批评应是"作为一种开放的人道主义话语而发挥作用"，因此不应局限于文本，而应给文本带来"一些延伸性的洞见"。①

豪高度赞扬奥威尔散文的朴实风格，更重要的原因是奥威尔这种风格是他有意识的选择，传递的是一种强烈的道德关怀和社会责任感。豪指出奥威尔的散文特征恰与海明威相反，是"优雅下的压力"，也就是说，"他的'优雅'是在摆脱作家常见的浮华之后形成的。因此，他不只是对自己言说，而是传达着道德紧迫感的声音"。②

豪特别赞同奥威尔对普通生存的信仰。奥威尔曾说："做一个正派的正常人又能够生活得下去是有可能的，这是我们需要像抓救生圈一样去抓牢的事实。"豪认为这是奥威尔"对人生最深邃的看法"，因此"一定要将这句话写在这个国家的每一块黑板上。"③ 豪并不赞同普里切特和特里林对奥威尔"圣人"和"有德性"的评价，豪强调的是奥威尔的人性取向和抗争精神。豪对奥威尔这位"知识分子的英雄"的英年早逝十分痛惜，他在书评最后说道："损失是巨大的……他是从我们年轻时候到现在一直熠熠生辉的为数不多的英雄。在这个腐败的时代生存，正是有了他的存在才变得少许可以忍耐。"④

豪作出"知识分子的英雄"的评价具有深层次的政治动机，这需要考察他在不同时期的评论中对奥威尔的态度变化。根据罗登的观点，豪对奥威尔的接受大致经历了四个阶段。第一个阶段从1941年到1955年。1941年，只有21岁的豪参加了马克斯·沙赫特曼（Max Shachtman）领导的美国工人党（the Workers Party）这一托派组织，《新国际》是其主办刊物。他与曾是托派的麦克唐纳一样对战争持反对态度，

---

① Irving Howe, *A Margin of Hope: An Intellectual Autobiography*, Orlando: Harcourt Brace Jovanovich Publishers, 1982, pp. 146–147.
② Jeffrey Meyers, *George Orwell: Critical Heritage*, London: Routledge, 1975, p. 356.
③ Jeffrey Meyers, *George Orwell: Critical Heritage*, London: Routledge, 1975, p. 351.
④ Jeffrey Meyers, *George Orwell: Critical Heritage*, London: Routledge, 1975, p. 359.

因此他当时把奥威尔写给《党派评论》的"伦敦来信"当作"完全的亲帝国主义信件"。① 1950 年，豪在《新国际》的《〈1984〉——反乌托邦》一文中认为《一九八四》描写的是关于社会主义未来的可怕景象，这不仅是斯大林主义的结果，也是真正社会主义者奋斗的结果。② 可以看出，豪这里担心的是社会主义的前途，他仍然坚持马克思主义立场，对小说持保留态度。不过这时，他与托派的关系逐渐疏远，与《党派评论》的关系开始密切，他激进的革命社会主义观有所减弱。他认为当时的思想争论太过于政治化和浪费精力，于是转向"另一领域"——作家和文学批评家。第一阶段豪对奥威尔接受的主要特征是，他早期作为托派成员对奥威尔的态度是敌视的，1950 年他对《一九八四》持保留态度，但之后奥威尔逐渐成为豪钦佩的"文学榜样"，纽约知识分子对西方国家权威主义的讨论也使豪对奥威尔的政治立场更加重视。

1955—1963 年是第二阶段。罗登认为豪 1956 年的文章《奥威尔：作为梦魇的历史》使《一九八四》的评论从冷战时期明显的党派之争转向对西方国家权威主义起源的讨论。人们接受了豪的评价，认为小说在西方国家权威主义的讨论中"占据中心地位"，并将此当作阿伦特等政治理论著作的"虚构作品对应"，一些人还认为小说启发了这些理论家。③ 另外，《奥威尔：作为梦魇的历史》在《政治与小说》中把《一九八四》当作政治小说的终结，豪所说的"梦魇"一词也超越了以安东尼·韦斯特（Anthony West）为代表的心理学阐释，将所谓"个人的梦魇"提升到"历史的梦魇"，豪的批评融合了政治与心理学

---

① John Rodden, *Every Intellectual's Big Brother：George Orwell's Literary Siblings*, Austin：University of Texas Press, 2006, p. 56. 《伦敦信件》是奥威尔在 1941—1946 年期间为《党派评论》撰写介绍当前新闻报道中被隐蔽的内容，比如政治形势、工人组织和知识分子的思想动态等，共 15 封信。

② John Rodden, *Every Intellectual's Big Brother：George Orwell's Literary Siblings*, Austin：University of Texas Press, 2006, p. 59.

③ John Rodden, *Every Intellectual's Big Brother：George Orwell's Literary Siblings*, Austin：University of Texas Press, 2006, p. 61.

的视角。

　　豪1954年创办的《异议》（Dissent）杂志和以此为中心的知识分子团体代表的是民主社会主义的激进分子。随着《党派评论》的纽约知识分子接受美国文化，转向新自由主义，即拉夫所讲的"资产阶级化"，豪的《异议》仍然坚守社会主义。因此，在1955年《党派评论》的《作为温和派英雄的奥威尔》一文中，他反对自由主义者如特里林和普里切特的"有德性"、"良心"和"圣人"的评价，因为这减弱了奥威尔的激进主义。豪强调的是奥威尔的"革命品质"，① 这种品质和精神正是当时《异议》的激进分子所需要的。豪在《政治与小说》最后对奥威尔的评价反映了他对奥威尔作为激进作家的认同。豪不仅需要一位"文学榜样"，也需要一位在"绝望时刻"的激进作家，因此豪认为"一些作家"更有"价值"，因为他们的存在是为了"拯救这个时代"，而他们的作品是不是传承后世的"最伟大的艺术"并不重要。豪借此表达了他想成为奥威尔和西洛里这样的作家，这样可以保留"希望的空地"。此时，豪的政治立场是既保持激情姿态，又拉开质疑的距离。他从特里林那里得到的是"质疑"的一半，而另一半"激情"则来自奥威尔，因为他作为"一位激进和介入的作家"给人以"同事般的精神"。②

　　1963—1973年是第三阶段。③ 豪反对美国新左派的激进主义及其对奥威尔的批评④，对特里林的新自由主义有所理解，开始主张自由主义和社会主义应该相互融合。因此，他在1969年的《乔治·奥威尔："正如骨头所知"》强调的是奥威尔的道德力量。例如，豪在这篇

---

① 这里的评价也是后来"正如骨头所知"的一部分。
② John Rodden, *Every Intellectual's Big Brother: George Orwell's Literary Siblings*, Austin: University of Texas Press, 2006, pp. 61–66.
③ 罗登认为是1965—1973年，1965明显是写错了，因为豪是在1963年主编《奥威尔的〈一九八四〉：文本、来源和批评》。
④ 美国新左派批评奥威尔为"法西斯主义分子、沙文主义者和战争鹰派"。其中贝娄（Saul Bellow）在 *Mr. Sammler's Planet*（1970）中有"奥威尔是一位病态的反革命"的评论。参见John Rodden, *Every Intellectual's Big Brother: George Orwell's Literary Siblings*, Austin: University of Texas Press, 2006, pp. 66–67.

评论谈到《通往维根码头之路》中奥威尔对工人的态度：

> 奥威尔的首先要求是对工人要有一种自然的尊敬。他对工人的看法和喜爱都源于他们自身，而不是他或者一个政党感觉他们应该是什么样子。他没有将他们转换成马克思主义的抽象理论，也没有按照新左派的大众化主张而向他们投怀送抱。他没有把工人视为潜在的革命者、未开化的头脑简单者或者愚笨的泥块，而是因遭受痛苦而感到不知所措的普通人：正像你和我，而他们与你和我的根本不同是因为他们不同的环境。①

豪这里提到的美国新左派与英国新左派有很大不同。英国新左派主要通过文化研究介入政治，而美国新左派则更为激进和复杂，主张美国社会结构应该发生根本性的变化，在种族、性别、经济等方面实现真正的民主和平等。美国新左派通常被当作一次"运动中的运动"，这就是说"新左派"运动主要是指美国从20世纪50年代到70年代这20年间发生的激进运动，包括"垮掉派"、"黑人民权运动"、"学生运动"、"反战运动"、"妇女解放运动"和"反文化运动"等。美国新左派与老左派具有继承性，但也有许多不同。最大的不同是老左派是依靠工人运动来反对资产阶级，而新左派并不依靠工人阶级，甚至还受到工人阶级的抵制。新左派一般是中产阶级和青年学生，他们主张根据法律的强制性来推动民权平等，建立一种新的民主秩序。"参与民主制（participatory democracy）②、平等、自由和共同体"是其信条，因受存在主义影响主张依靠行动实现自己的目标，因此重行动轻思想，这与纽约知识分子有很大差别。

豪曾主编《超越新左派》（*Beyond the New Left*，1970），收入了他在《异议》发表的关于分析和批判新左派的文章。豪认为新左派运动

---

① Jeffrey Meyers, *George Orwell*: *Critical Heritage*, London: Routledge, 1975, p.351.
② "参与民主制"指以直接参与的民主来对抗民众无权的异化状态。

分为两个阶段，第一阶段强调大众博爱，帮助少数人实现平等，多采取非暴力、非教条手段。豪对这个阶段的新左派运动是肯定的，他说道："对我们具有民主社会主义信念的人来说，新左派的第一阶段尽管偶尔有一些策略上的失误，但仍是颇受欢迎、很有希望的美国政治生活的复兴。"① 但是第二阶段则突然转向，重返过去的教条主义和暴力。豪作为老左派对过去的法西斯主义和斯大林主义记忆犹新，他担心这些年青一代放弃自由主义的基本价值会重蹈老左派的覆辙。豪说道："在新左派的第二阶段，有时真会让人觉得学民社（SDS）会演变为一个失败的上帝重现的社会。"② 豪反对他们的"对抗手段"、冒失的行动和对历史的遗忘。因此，豪这个时期的奥威尔批评强调的是他曾经反对过的，那就是特里林关于"有德性"的评价。他高度赞扬奥威尔在20世纪三四十年代单枪匹马反抗法西斯主义和斯大林主义、抨击左派知识分子的"骨气"和斗争精神，强调奥威尔对传统和普通生存的重视。显然，豪通过他对奥威尔的评价不仅反驳了新左派对奥威尔的批评，也表达了他对新左派极端激进主义强烈的批评态度。

1974—1993年是第四阶段。豪被不少左派自由主义者视为"美国的奥威尔"，这与他当时在美国极高的文学声望有关。另一个不容忽视的因素是，美国新保守主义此时将奥威尔视为他们的"精神领袖"。③ 豪作为左翼文坛的领袖必然要担当"激进的奥威尔"的捍卫者。他曾在1983年10月8日的一次大学演讲中用"绑架我们的英雄"（Kidnapping Our Hero）为题强调"奥威尔作为作家一直到生命最后都是左派"，认为波德霍雷茨将奥威尔纳入新保守主义阵营是"庸俗"的评论。④ 因此，豪在1984年来临之际主编了《重读〈1984〉：我们

---

① Irving Howe, ed., *Beyond the New Left*, New York: Horizon Press, 1970, p. 7.
② Irving Howe, ed., *Beyond the New Left*, New York: Horizon Press, 1970, p. 8. "SDS"是"the Students for a Democratic Society"的缩写。
③ Norman Podhoretz, *The Bloody Crossroads: Where Literature and Politics Meet*, New York: Simon and Schuster, 1986, p. 53.
④ John Rodden, *Every Intellectual's Big Brother: George Orwell's Literary Siblings*, Austin: University of Texas Press, 2006, p. 216, note 55, p. 70.

世纪的国家权威主义》。他在其中《〈1984〉：权力之谜》一文的最后提出"如果奥威尔还活着，他还是一位社会主义者吗？"这个重要问题。对此他回答道："奥威尔在《一九八四》中表现出的保守情感不仅不与他的社会主义观点冲突，而且还应看作是对这些观点的支撑。"① 豪引用了奥威尔对自己作品解释的原话，但是"有些读者"认为"虽然奥威尔在小说中的真实意图并非反对社会主义，但是它仍能被人往反对的方向读"。② 豪所说的"有些读者"当然包括以波德霍雷茨为代表的新保守主义者。他最后总结说：

> 奥威尔所呈现的景象不一定非要得出某种政治结论，他强调的是民主规范的紧迫性。自由主义者、保守主义者和社会主义者都能从奥威尔的文本中找到支持他们观点的论据。但是他们中更加细致的批评家就会知道，一个政治立场只有在自己的术语里才是合理的，它独立于任何文学文本之外。
> ……《一九八四》展示的是如果"机关枪"胜利了，世界会是什么样子，但是我们的另一种选择［自愿合作］仍然存在。③

奥威尔所说的"机关枪"和"自愿合作"是指西方世界会变成"国家权威主义"社会还是"民主"社会。豪认为小说只不过预示了前一种可能，但并没有关闭另外一种可能。他的结论不仅反驳了新保守主义对奥威尔的评论，而且还指出一位出色的文学批评家应该避免并超越"党派"之见。

综上所述，欧文·豪对奥威尔《一九八四》的评论涉及"反乌托邦"小说特征、西方国家权威主义本质和知识分子职责等重要话

---

① Irving Howe, ed, *1984 Revisited: Totalitarianism in Our Century*, New York: Harper & Row, Publishers, Inc., 1983, p. 17.
② Irving Howe, ed, *1984 Revisited: Totalitarianism in Our Century*, New York: Harper & Row, Publishers, Inc., 1983, p. 18.
③ Irving Howe, ed, *1984 Revisited: Totalitarianism in Our Century*, New York: Harper & Row, Publishers, Inc., 1983, p. 18.

题，具体提出"墨尼普斯讽刺""只多迈一步""当代政治的主要文献""知识分子的英雄""用骨头来写作"等诸多创见，具有重要的学术史价值和思想史价值。因此，豪的奥威尔批评从文学、政治和道德三个层面将《一九八四》构建成了一部反抗西方国家权威主义的政治文献经典。

第五节 玛丽·麦卡锡："一位盛宴上的幽灵"

玛丽·麦卡锡（Mary McCarthy，1912—1989）出生在美国西雅图，6岁时她和三个弟弟随父母到明尼阿波利斯（Minneapolis）定居，但一周后她的父母都死于流感。麦卡锡返回西雅图的外祖父家，之后就读于塔科马市（Tacoma）的天主教学校安妮怀特中学（Annie Wright Seminary）和纽约州的瓦萨学院（Vassar College）。在第一次婚姻破裂后，她结识了第一代纽约知识分子拉夫（Philip Rahv），并在其主编的杂志《党派评论》（*Partisan Review*）中担任戏剧栏目的编辑。"不过，在《党派评论》的'男孩'眼中，她仍是一位绝对的资产阶级。"[①] 1938年，她与著名文学批评家威尔逊（Edmund Wilson）结婚，在其鼓励下开始创作小说。1946年他们因思想不合离婚。麦卡锡的主要小说有《研究生群体》（*The Group*，1963）、《美国之鸟》（*Birds of America*，1971）、《她的交往》（*The Company She Keeps*，1972）等，另外还有文学评论《观念和小说》（*Ideas and the Novel*，1980）以及大量旅行游记。

在冷战时期，不同政治谱系的知识分子及其团体都充分利用奥威尔的声望表达他们的政治诉求。在美国，纽约知识分子团体是最突出的例子，三代纽约知识分子都根据不同时期的政治立场对奥威尔作出了经典的评价，麦卡锡作为其中重要一员也不例外。本节重点分析她的奥威尔批评文本《不祥之兆》（*The Writing on the Wall*），探究其批评动机，并深入挖掘文本的思想史意义和在作家经典生成中的作用。

[①] Barbara Mckenzie, *Mary McCarthy*, New York: Twayne Publishers, Inc., 1966, p.23.

一 《不祥之兆》

麦卡锡的《不祥之兆》写于1969年1月,首先发表在《纽约书评》(*New York Review of Books*),后以《一个不想赶时髦的人》(The Man Who Wanted Out)为题发表于英国的《新星》(*Nova*)杂志,1970年又收入她的《不祥之兆及其他文学评论》(*The Writing on the Wall and Other Literary Essays*)一书,是其中的一篇核心论文。《不祥之兆》是麦卡锡评论奥威尔遗孀索尼娅1968年出版的《乔治·奥威尔散文、新闻和信件选》(*The Collected Essays, Journalism and Letters of George Orwell*)的书评。关于该文的题目,麦卡锡有一段描述:

> 他的结局有些恐怖,就像是维多利亚时期的一位病理学家,顾不上是否无菌状态(asepsis)便用自己的身体器官来验证提出的理论。奥威尔在他最后的信件中曾提到过他死后的"骷髅"形象会是十分"可怕",但是究其一生,他像是一位盛宴上的幽灵(a specter at the feast)。他从英国、社会主义和个人自由那里看到了不祥之兆(the handwriting on the wall)。的确,他的作品是一种长期的警示,他的人生经历——正如我们刚才看到的——则像是一堂讲述极端条件下生存技巧的示范课。他似乎想被装进胶囊(capsule)里四处漂移,即使在他生活十分富余的时候也是如此。①

本文另外的标题《一个不想赶时髦的人》(The Man Who Wanted Out)进一步解释了上一段话的含义。麦卡锡在文中写道:"假如他有

---

① Mary McCarthy, *The Writing on the Wall and Other Literary Essays*, New York: Harcourt, Brace & World, Inc., 1970, p.159.

什么感到厌恶的，那就是时髦。只要是'时髦'的东西都会让他觉得患上一种可怕的幽闭恐怖症。他想从时髦中走出来。"① 麦卡锡举了一些他不赶时髦的例子，比如他伊顿毕业后去缅甸当警察是"不时髦"的；他痛恨知识分子和有钱人，因为他们都是"爱赶时髦的人"，而时髦是"一种浪费和奢侈的具体表现"，因此他喜欢穷人，因为"他们负担不起那类时髦"。

从以上两个标题的说明文字可以看出，奥威尔是"一位盛宴上的幽灵"，"不祥之兆的警告者"和"不赶时髦的人"。他的一生像"被装进胶囊四处漂移"，以自己的身体和生命为实验，探索关于英国、社会主义和个人自由等重大问题的基本原则。因此，麦卡锡认为奥威尔最好的作品是早期的那些"英雄般的记录"，比如《巴黎伦敦落魄记》、《绞刑》、《射象》、《通往维根码头之路》和《向加泰罗尼亚致敬》，因为这些作品"像活页日记的一部分，有幸保存下来讲述他的故事或者像可怕的磨光了的浮木，无法拿到咖啡桌上"。② "生存"和"浮木"十分符合"被装进胶囊四处漂移"这一主题。麦卡锡认为索尼娅的《乔治·奥威尔散文、新闻和信件选》就像是"被审查者挖掉的许多洞"，没有收录他对历史悲剧如原子弹、死刑毒气室态度的信件。而他的早期作品填补了这些人生的"空白"，讲述了"一位盛宴上的幽灵"的故事。

麦卡锡从早期作品中发现了一些奥威尔人生经历的典型特征。第一，他倾向"被动的行动而不是主动地行动"。也就是说，他遵循最少抵抗的原则，服从社会压力的法则，自然地沉到下面去测量无助和耻辱的极限。第二，他的决定有时也非常突然。第三，他以身体为代价体验生存。第四，严格的平均主义使他成为一位十分特别的"庸俗者"。比如，他喜欢自然界的美、有真实内容的诗和解释作家之

---

① Mary McCarthy, *The Writing on the Wall and Other Literary Essays*, New York: Harcourt, Brace & World, Inc., 1970, p. 163.
② Mary McCarthy, *The Writing on the Wall and Other Literary Essays*, New York: Harcourt, Brace & World, Inc., 1970, p. 161.

"谜"的文学评论。第五,他对各种机构很感兴趣,比如一些测量、计算、调查以及和机械有关的工作。对于机构内部的运作机制,他有一种"把表拆开看看"的痴迷。第六,他不爱社交,只把自己看作进行社会调查的"实验动物"。第七,奥威尔具有以咄咄逼人的方式向读者坦白立场的习惯。他依据的是"正派"原则,固执地相信自己的直觉。

麦卡锡还预测奥威尔如果活着会如何看待当今的重大事件。比如,奥威尔会不会反对美国发起的越南战争?麦卡锡这样说道:

> 我希望能肯定地说他不会赞同金斯利·艾米斯(Kingsley Amis)和伯纳德·列文(Bernard Levin,他和约翰·奥斯本 John Osborne 似乎都是他的后辈)。他是一个好斗的反共产主义者,这是无法忽视的一部分原因;另一部分原因是反对越南战争现在已成为时髦:我们是流行的、发出尖叫声的"激进分子"。我能听见他气愤地争辩道:美国的越南战争,不管有什么缺点,反对它就是等于"客观"地赞成国家权威主义。如果是相反的话,这就是正派。①

另外关于核裁军运动(Campaign for Nuclear Disarmament, CND),麦卡锡认为奥威尔只会对原子弹提出异议,但是作为一位"现实主义者",他也知道未来几年内有可能发生原子弹冲突,因此他也考虑过在此情况下如何生存的问题。麦卡锡认为他也会反对奥尔德玛斯顿游行(Aldermaston march)② 等示威活动;他也不会支持英国威尔逊政府;对于学生造反运动,他也不会同情。

---

① Mary McCarthy, *The Writing on the Wall and Other Literary Essays*, New York: Harcourt, Brace & World, Inc., 1970, p. 169.
② 核裁军运动是一个倡导单方面进行核裁军的英国组织,形成于1957年。自1958年以来,该运动组织了一个"奥尔德玛斯顿游行"。游行在复活节周末从伦敦特拉法加广场开始至伯克郡奥尔德玛斯顿村附近的一个原子武器研究机构为止。

麦卡锡最后认为奥威尔的政治观点是失败的，他对社会主义并没有什么实质的理论贡献。她认为奥威尔被称为"冷峻的良心"主要是因为他对穷人的认同。他的社会主义观点不过是"信口开河未经检验的想法"，完全是"夸夸其谈"。奥威尔实质上具有保守主义倾向，他遵循中产阶级的价值观，希望返回到简单的生活方式，反对机器和科技，但是社会主义又需要"进步"，他陷入"双重思想"之中。因此，战争一开始，他便突然激活了内心的爱国主义。

二 越南战争与美国知识分子的职责

麦卡锡的以上评论是基于"不赶时髦"原则对索尼娅四卷本全集中的书信空白作出了自己的阐释。奥威尔研究专家迈耶斯（Jeffrey Meyers）评价说："总之，这是对奥威尔非常歪曲的观点。"[①] 不过现在看来，麦卡锡在这篇评论中还是提出了不少真知灼见。"不赶时髦"的确是奥威尔人生的重要特征，只不过麦卡锡没有把奥威尔当成左派阵营的"不赶时髦"，所以她和英国（新）左派一样认为奥威尔的政治观点是"常识"的，没有系统性。她把奥威尔当作左派阵营的敌人，因此他不会追求左派的"时髦"：反对越南战争，支持学生运动。

麦卡锡形容奥威尔像"被装进胶囊四处漂移"有些类似威廉斯所说的"流放者的悖论"，因此旅程的终点总是失败的，但"漂移"的过程却有令人钦佩之处。奥威尔是"不祥之兆"的警告者，但又提不出解决的方法，因此麦卡锡对奥威尔认同的是叙述"生存"的早期作品如《巴黎伦敦落魄记》等。这里的具体原因还有两点，第一，麦卡锡自幼父母双亡成为孤儿，后由她祖母的妹妹玛格丽特（Margaret）一家负责照顾，但是他们五年来对抚养责任的漠视给她造成不小的心理创伤，她的自传《一个天主教女孩的回忆》（*Memories of a Catholic*

---

① Jeffrey Meyers and Valerie Meyers, *George Orwell: Annotated Bibliography of Criticism*, New York & London: Garland Publishing, Inc., 1977, p.68.

Girlhood，1957）对此有详细的描述。童年记忆难以抹去，她后来的作品也证明了"童年的影响和记忆的顽固"。① 麦卡锡在评论奥威尔人生经历时自然会对他的"生存"和"漂移"产生强烈共鸣，比如她对奥威尔疾病的分析是非常详细的。第二，麦卡锡对奥威尔早期作品的推崇也有其文学原因。奥威尔的作品（特别是早期作品）具有很强的自传性，但是他在叙述中又融入了小说的虚构。麦卡锡的作品同样自传性非常明显，不过她在《她的交往》的"致读者"中说道："在写这些回忆的很多时候，我都希望我是在写小说。创造的欲望十分强烈……"② 因此，他们在记录亲历事件时都没有采取直接报道的方式。

但是，麦卡锡这篇书评的重要性并不仅限于此，更在于她提出了"如果奥威尔还活着，他会怎么办？"（If Orwell were alive today, what would he do?）这一命题。之后的第三代纽约知识分子诺曼·波德霍雷茨扩大了这一命题的影响，使之成为奥威尔研究的重要范畴。麦卡锡的书评发表于《纽约书评》，当时正值越南战争升级，美国对北越狂轰滥炸，因此她在该文预测奥威尔对越南战争的态度具有复杂的历史和思想背景。

20世纪60年代初期，纽约知识分子关注越南战争较少。但是到了中期，战争的升级使其成为讨论的中心。他们当中公开支持美国参加越战的只是极少数，如后来的新保守主义领袖欧文·克里斯托，还有一些人如索尔·贝娄保持沉默，而大多数人则持温和的反对立场，比如欧文·豪，他们把这场战争看作政治和道德灾难，但对国内日益高涨的反战活动并不支持。《纽约书评》和《评论》（*Commentary*）杂志则代表了反对和支持战争的主要阵营。

这两份杂志之间的争论与诺姆·乔姆斯基（Noam Chomsky）1967年2月23日在《纽约书评》发表的《知识分子的职责》（The Responsibility of Intellectuals）不无关系。奥威尔是对乔姆斯基产生了重要影

---

① Barbara Mckenzie, *Mary McCarthy*, New York: Twayne Publishers, Inc., 1966, p. 19.
② Barbara Mckenzie, *Mary McCarthy*, New York: Twayne Publishers, Inc., 1966, p. 27.

响的文学知识分子,乔姆斯基在评论《向加泰罗尼亚致敬》时高度赞扬了奥威尔的知识分子品质。如果说奥威尔是文学与政治完美融合的作家的话,那么乔姆斯基则是科学与政治结合的典范。① 乔姆斯基在科学层面主要解决的是"柏拉图问题",在政治层面则是"奥威尔问题"。② 麦克唐纳主办的《政治》(*Politics*)也是他们联系的纽带,奥威尔曾在此发表过数篇文章,而乔姆斯基读大学时则是杂志的热心读者。③ 不过,他们最本质的相同点在于他们一生都致力于"揭露谎言、讲述真相"。这不仅是奥威尔所有作品的主题,也是乔姆斯基这篇文章谈论的主题:知识分子的职责。

1955年,乔姆斯基到麻省理工学院(MIT)工作。但是1962年美国发动对越共的全面战争之后,乔姆斯基成为积极的政治活动家。他进行公共演讲,参加抗议游行,曾数次被关进监狱④。1967年,乔姆斯基参与组织"抵抗运动",其宣言曾发表在《纽约书评》,其中反对越战这一条是:"我们号召一切有良知的人们参与我们一道反抗罪恶的势力。我们尤其呼吁大学应该完成其启蒙的使命,宗教组织应该荣耀其普世遗产,即一切人类均为我们兄弟姐妹的观念。现在是站起来反抗的时候了。"⑤《纽约书评》发表的《知识分子的职责》原是1966年6月乔姆斯基在哈佛大学的一次演讲,后收录在《美国强权和新官僚》(*American Power and the New Mandarins*,1969)。这里的"新官僚"主要是指那些具有高等教育背景的技术官员和披着知识分子和专家外衣

---

① 乔姆斯基在世界各地演讲中常常是"一个晚上讲语言学,另一个晚上讲政治"。参见 Noam Chomsky, *American Power and the New Mandarins*, New York: the New Press, 2002, p. iv.
② "柏拉图问题"是指"在可以借鉴的事物极端贫乏的前提下,解释人类如何能够获取如此丰富的知识";"奥威尔问题"恰恰相反,是指"在能够借鉴的事物极端丰富的情况下,人类为何所知甚少"。
③ [德]沃尔夫冈·B. 斯波里奇:《乔姆斯基》,何宏华译,北京大学出版社2010年版,第84页。
④ 在1967年向五角大楼游行时,乔姆斯基被抓,并与美国作家诺曼·梅勒(Norman Mailer)关在一起。
⑤ [德]沃尔夫冈·B. 斯波里奇:《乔姆斯基》,何宏华译,北京大学出版社2010年版,第94页。

的政府顾问,也包括那些对越战支持或者保持沉默和观望态度的知识分子。乔姆斯基已成为当时"批评美国外交政策的最重要的知识分子",①《知识分子的职责》也被当作"呼吁停止越战的重要作品之一"。②

虽然乔姆斯基严格意义上讲并不是纽约知识分子团体成员,但是与之关系密切。乔姆斯基出生在费城,他的父母是乌克兰和白俄罗斯移民,具有激进的正统犹太教背景。乔姆斯基13岁时经常到纽约的姨夫家,接触了不少无政府主义知识分子。他在《知识分子的职责》一文中也谈到了不少纽约知识分子,如对该文启发很大的麦克唐纳、新保守主义者克里斯托和《意识形态的终结》的作者丹尼尔·贝尔等。因此,他对"新官僚"的批评引起了纽约知识分子的关注和争论。

如果说麦克唐纳探讨的是国民应该对国家发动惨绝人寰的侵略战争担负责任的话,乔姆斯基则聚焦在知识分子身上。他认为知识分子是享有知识和信息特权的少数人,因此他们"应该揭露政府的谎言,并根据它们的理由、动机以及意图(往往颇为隐蔽)来分析它们的行动"。一言以蔽之,"知识分子的职责就是说出真相和揭露谎言"。对当前局势而言,知识分子需要扪心自问:"美国人应该为自己的国家对越南大部分无助的农村发动野蛮袭击这一行为承担什么责任?";如果继续保持沉默和冷漠,那么"我们怎么能够在历史的书写中找到自己恰当的位置"?③乔姆斯基在文中对克里斯托和贝尔等人的越战态度进行了批评。

乔姆斯基认为克里斯托将知识分子对越南战争的争论有意识地区分为"歇斯底里的批评"(hysterical criticism)和"负责任的批评"(responsible criticism)两类:前者是指对美国无限制扩张政策的断然否定,而后者认为在特定的时间和地点无法回避这个问题。在克里斯

---

① Noam Chomsky, *American Power and the New Mandarins*, New York: the New Press, 2002, p. iv.

② Noam Chomsky, *American Power and the New Mandarins*, New York: the New Press, 2002, p. v.

③ Noam Chomsky, *American Power and the New Mandarins*, New York: the New Press, 2002, pp. 324 – 325.

第四章　激进、自由与保守：纽约知识分子的奥威尔批评　233

托看来，前者并不合理，意识形态色彩较浓，而后者则是一种现实政治观点（a realpolitik point of view）；前者常常是心理学家、哲学家等的观点，而后者多为外交政策专家的观点。乔姆斯基对此质问道："难道美国动机的纯正性是一个可以不用讨论的话题？难道决定权只能交给和华盛顿有联系的'专家'？"他指出"美国的侵略性无论以何种虔诚的修辞伪装都是世界事件的主导力量，因此必须要对其原因和动机进行分析。现实中并不存在让普通人无法理解的、其政策可以不受批评的理论或者重要的相关信息体系。至于'专业知识'适用于世界事件的程度，任何一个正直的人对其内容和目标提出质疑是非常恰当和必不可少的①。"

对专家膜拜的批评也针对贝尔。贝尔在《意识形态的终结》中认为在福利国家的体制下，专家在公共事务中发挥主导作用。福利国家是个多元社会，因此没有必要对社会进行激进的变革，只需要对生活方式进行修修补补，因而知识分子达到共识：意识形态已死。乔姆斯基提出两点质疑：第一，贝尔没有指出这种共识在多大程度上是考虑自我利益的，也就是说他没有指出知识分子不主张激进变革在于他们在福利社会中享受了特权；第二，贝尔忽视阶级等问题而夸大技术专家的作用是一种乌托邦的信仰。乔姆斯基说道："他（专家）找到了权力的位置，获得了安全和富裕，因此对旨在激进变革的意识形态没有过多的需要。学者型专家取代了'自由漂移的知识分子'……"②因此，乔姆斯基认为他们达成的共识其实是"接受社会现状"和"推崇现有社会价值观"，并且这种国内的共识扩展到外交和越南战争，以"国家利益"的名义宣扬美国国务院的"新话"。

乔姆斯基关于知识分子应该承担美国发动越南战争相应责任的观点引发了纽约知识分子之间的争论，例如《评论》在 1967 年 7 月就此

---

① Noam Chomsky, *American Power and the New Mandarins*, New York: the New Press, 2002, pp. 333–335.
② Noam Chomsky, *American Power and the New Mandarins*, New York: the New Press, 2002, pp. 343–345.

话题举行了讨论会，反对者居多。正是在这样的背景下，麦卡锡接受"国内最主要的反战杂志"①《纽约书评》派遣到越南进行采访。麦卡锡是激进的反战人士，她认为美国人民如果不采取行动反对战争，这无疑与希特勒统治下的德国"良民"等同。她这样描写她在出发前对越战的思考："越南问题一直伴随在我的枕边。无论是睡前、睡觉的起夜时间还是早上的醒来时分，我都在思考这个问题，为找到反战方法而绞尽脑汁，直到疲惫难支而产生稀奇古怪的幻觉……"②麦卡锡关于越南的报道主要有《越南》（*Vietnam*）和《河内》（*Hanoi*）等，这里主要考察《越南》的最后一章"解决方法"（Solutions）以及她与戴安娜·特里林（Diana Trilling, 1905—1996）对此的争论。

麦卡锡在"解决方法"中的核心议题仍然是乔姆斯基所说的知识分子的职责。不同的是，乔姆斯基质疑专家结论的动机，而麦卡锡认为知识分子在越战问题上的职责是强调美国政府应该无条件地立即从越南撤军，至于如何撤军那是外交和军事专家的责任，不应让知识分子提供具体的"解决方法"。在麦卡锡看来，将如何撤军这个问题强加给知识分子不过是"设下的陷阱"，"如果我们愿意，我们能够与越南'不辞而别'，至于具体如何做不应该是反对美国在越南存在的人所考虑的问题"。③知识分子应该对政府提出"毫不含糊的道德要求"，只要没有停止卷入战争就不应与政府保持一致。知识分子不是军事专家，因此不能策划从越南撤出464000人的军队后勤保障体系，但每个人都知道约翰逊政府能够做到，正如敦刻尔克大撤退一样。知识分子盲目提出假设方案如果最后失败只会成为被攻击的对象，这样他们只能保持沉默。④

---

① Mary McCarthy, *The Seventeenth Degree*, New York: Harcourt Brace Jovanovich, Inc., 1974, p. 13.

② Mary McCarthy, *The Seventeenth Degree*, New York: Harcourt Brace Jovanovich, Inc., 1974, p. 10.

③ Mary McCarthy, *Vietnam*, New York: Harourt, Brace & World, Inc., 1967, p. 92.

④ Mary McCarthy, *Vietnam*, New York: Harourt, Brace & World, Inc., 1967, p. 93. 乔姆斯基和麦卡锡在表达相关观点时都使用了奥威尔《一九八四》中的术语。

"解决方法"一章发表于《纽约书评》,不过戴安娜·特里林写信给杂志编辑部对麦卡锡的观点提出异议。戴安娜·特里林是莱昂内尔·特里林的妻子,她曾在1949年6月25日的《国家》(Nation)杂志发表《一九八四》书评,在赞扬的同时也指出小说"过于终极和残酷",把人类世界描绘为"长期生存在生不如死的梦魇之下"。① 戴安娜对小说语调和情感的保留态度同样适用于她对麦卡锡的指责。她认为麦卡锡忽视了一个重要问题:当美国撤军后,"我们把无数的东南亚共产主义的反对者置于死地,使更多的人无法享有我们美国知识分子十分看重的抗议权"。② 在戴安娜看来,麦卡锡实质上是没有弄清知识分子的职责问题。她认为知识分子应该发挥其政治作用,提出建议甚至指导政府采取积极行动,这是他们的历史责任。因此她说道:"我希望每个人(包括知识分子)都能继续找到我不能提出的解决办法,因为没有做出这个努力,麦卡锡女士所说的道德上的不妥协其本质是一种漠视。"③ 也就是说,麦卡锡认为知识分子提出政治解决方法会减弱他们对美国越战的反对,而戴安娜则认为麦卡锡是对美军撤离后南越的"忠诚"人士生命的漠视。戴安娜对麦卡锡的指责既是基于对知识分子职责的不同认识,也是基于纽约知识分子的反共产主义思想。

麦卡锡立即对戴安娜的指责作出了回应。她认为所谓"忠诚"人士只不过是对美国忠诚,他们是否会受到越共(Viet Cong)的威胁只不过是戴安娜"鳄鱼眼泪般的考虑",这不是政治问题,而是普通的伦理问题,也是对"反共产主义信条"的坚持。对于戴安娜对她"道德冷漠"的指责,麦卡锡认为这就如同"一头边吃小羊边掉眼泪的狼",戴安娜真正的目的是想获得"同时结束战争和共产主义的绝世良方"。麦卡锡重申了她对知识分子职责的看法:知识分子的力量是

---

① Jeffrey Meyers, *George Orwell: Critical Heritage*, London: Routledge, 1975, p. 259.
② Mary McCarthy, *The Seventeenth Degree*, New York: Harcourt Brace Jovanovich, Inc., 1974, p. 174.
③ Mary McCarthy, *The Seventeenth Degree*, New York: Harcourt Brace Jovanovich, Inc., 1974, p. 174.

有限的，因此他们"只能是劝说，而不是以防万一"。① 她具体说道：

> 众所周知，知识分子和艺术家事实上对现实政治并无特别的天赋。他们远没有达到政客的水准，这些政客拥有无往不至的智力，因此他们通常不具备担任一个中等城市市长的条件。我们力所能及的，也可能优于其他人的地方在于能够感觉到哪些问题值得怀疑（smell a rat）。对于越南战争发生的一切，我们的任务也是让其他人能够对此产生怀疑。我愿意冒着成为令人讨厌的人的风险拒绝戴安娜女士遵循秩序的要求。美国面临的危险不是被共产主义所"欺骗"（这是戴安娜真正指责我的地方——我已经有些软化了，对她的其他指责已经忘记），而是被危险的本身所欺骗。如果我能对这个过程进行干预，我将付出行动。②

麦卡锡的答辩措辞辛辣，坚持己见，毫不妥协。在讨论知识分子职责方面，她的"怀疑姿态"与乔姆斯基的"揭露谎话、讲述真相"是一致的，也代表了《纽约书评》反对越战的基本态度。

其实，麦卡锡也同她评价奥威尔一样，是一位不折不扣的"不赶时髦的人"，她反对越战是激进的，不加任何条件的，她行动的唯一目的就是让美国从越南撤出，而不顾及撤军是否体面或者撤军会留下什么后果，她认为这些考虑其实是支持战争的借口而已。只不过，麦卡锡没有把奥威尔当作左派的"不赶时髦的人"，而是当作"反共产主义的斗士"，因此她武断地认为奥威尔会支持越南战争，对反战运动不会同情。后来的新保守主义领袖波德霍雷茨更是发展了麦卡锡的观点，认为奥威尔反对左派的"和平运动"和"反美主义"，支持新保守主义武力干预的强硬外交政策。在越南战争相关问题上，他们都

---

① Mary McCarthy, *The Seventeenth Degree*, New York: Harcourt Brace Jovanovich, Inc., 1974, p. 186.

② Mary McCarthy, *The Seventeenth Degree*, New York: Harcourt Brace Jovanovich, Inc., 1974, p. 187.

忽视了奥威尔是坚定的反帝国主义者，他在缅甸殖民地的工作经历使其对帝国主义制度深恶痛绝，之后他沉入社会底层、创作《缅甸岁月》，其主要目的是祛除曾为帝国主义服务的罪恶感。因此，无论从奥威尔的亲身经历，还是他的涉及帝国主义主题的大量作品来看，他对任何形式的帝国主义是坚决反对的。不过，在麦卡锡的评论中，我们还应该发现其背后发生的有关纽约知识分子对越战的态度，以及由此引发的对知识分子职责的思考。麦卡锡提出了"奥威尔如果活着会如何看待当今的重大事件"的命题，这显然是后面第三代纽约知识分子波德霍雷茨"如果奥威尔还活着，他会怎么做"这一命题的先声。麦卡锡将越南战争、核裁军运动和知识分子的职责等现实问题与奥威尔的态度联系起来，这种讨论也为接下来20世纪80年代的奥威尔经典生成有关"文本世界和现实世界"的主题打下基础。

第六节　波德霍雷茨："新保守主义的一位先驱"①

美国第三代纽约知识分子诺曼·波德霍雷茨（Norman Podhoretz，1930—）出生在纽约布鲁克林的贫民区布朗斯维尔（Brownsville），父母是中欧加利西亚（Galicia）地区犹太移民。波德霍雷茨曾写道："从布鲁克林通往曼哈顿是世界上最长的旅程。"② 波德霍雷茨分别就读于哥伦比亚大学和剑桥大学，师从特里林和利维斯，从1960年到1995年退休一直担任《评论》（Commentary）杂志主编。波德霍雷茨支持美国发动对伊拉克战争和对伊朗动武，在《世界大战Ⅵ》（World War Ⅵ，2007）一书中鼓吹全球对"伊斯兰法西斯主义"（Islamofascism）发动第四次世界大战，③ 是美国新保守主义的领袖人物。

---

① 本节部分内容发表在《宁德师范学院学报》（哲学社会科学版）2019年第3期。
② 布朗斯维尔是布鲁克林东部的一个居民区，人称"烟枪城"，这里吸毒贩毒成风，暴力事件迭出，犯罪率高。
③ 《希腊文化史》是他朋友编辑的他未完成的集子
Friends edited his last great work, four volumes of an uncompleted survey of Greek civilization-Griechische Kulturgeschichte（1898—1902；abridgment in Eng. trans., History of Greek Culture, 1963）.

特别在冷战时期，不同政治谱系的知识分子及其团体都充分利用奥威尔的声望表达他们的政治诉求。在美国，纽约知识分子团体是最突出的例子，特里林、麦克唐纳、拉夫、欧文·豪、丹尼尔·贝尔和玛丽·麦卡锡等第一、二代成员都根据自身的政治立场对奥威尔进行了经典的评价。波德霍雷茨则是第三代成员代表，他在1986年出版的《处在血雨腥风的十字路口：当文学与政治相遇》（The Bloody Crossroads: Where Literature and Politics Meet）一书中收录了一篇重要的奥威尔评论文章《如果奥威尔今天还活着》（If Orwell Were Alive Today）。从题目上看，该文是推测奥威尔如果还活着，他会如何看待一些发生过的或正在发生的重大事件，他对这些事件又会采取什么样的政治立场。"如果奥威尔今天还活着，他会怎么做？"（If Orwell Were Alive Today, What Would George Orwell Do?, W. W. G. O. D）这一话题也成为20世纪80年代以来奥威尔经典生成的一大主题。不过，波德霍雷茨的奥威尔批评具有十分明显的政治动机，他对此毫不讳言。本节将首先详细分析波德霍雷茨在这篇批评文本中的主要观点和论证逻辑，并结合美国纽约知识分子和保守主义的思想史语境探究波德霍雷茨批评动机的深层次原因。

一 《如果奥威尔今天还活着》

波德霍雷茨首先在文中介绍说，随着奥威尔在去世后文学声望的飙升，他也像狄更斯一样成为不同阵营或团体争夺的对象。"奥威尔生前到底持什么立场？他如果还活着，在参加后来激烈的政治争论时又会持什么立场？"这是围绕他生前死后政治立场的两个重要争论话题。波德霍雷茨认为这些话题至今仍然"存在"或者"相关"，甚至"完全一样"，导致"我们对过去政治斗争的幽灵挥之不去"。因此，他也不甘落后地参与其中，并宣告了一个重要结论：

> 当奥威尔写论狄更斯一文时，企图"偷窃"狄更斯的两派主

第四章 激进、自由与保守：纽约知识分子的奥威尔批评

要是马克思主义者和天主教——他们几乎相当于当今的左派和右派，这真是一个十分有趣的尺度来衡量过去四十年发生了什么变化。当今对奥威尔争夺也主要有两派：一派是社会主义者，另一派是幻灭的前社会主义者，现在称之为新保守主义者。前者代表人物是克里克，他宣告奥威尔是一位"革命者"，他的价值"被蓄意地误读了……当他被冷战的阵营所争夺时"（克里克语）；后者则否认他是革命者，认为他恰恰相反是革命主义的主要批评者。他们把奥威尔归入本方的"冷战阵营"，这是因为他们从其作品中发现警告苏联国家权威主义的威胁是他伟大的预言之一。于是，自由世界委员会（the Committee for the Free World）这一组织诞生了，主要成员是新保守主义知识分子（我也参与其中）。我们以"奥威尔出版社"（"Orwell Press"）名义出版了资料，并把奥威尔当作一位精神领袖。①

"奥威尔是新保守主义的精神领袖"，这就是波德霍雷茨宣告的重要结论。同时，他还明确地指出当今争夺奥威尔的左右两派是以奥威尔的传记作家克里克为代表的社会主义者和以他自己为代表的新保守主义者，这是一场"文化冷战"的斗争，他们的根本分歧在于是否把奥威尔当作"革命社会主义者"。在这段宣言中，波德霍雷茨的直接论战对象是克里克，批驳的文本是克里克1980年出版的《奥威尔传》(George Orwell: A Life)。

在宣告这一重要结论之后，波德霍雷茨开始了他对这个结论的论证。他的基本逻辑是：虽然"奥威尔在30岁左右开始信仰社会主义，直到他去世仍然坚称自己是一位社会主义者"，另外克里克也"毫不费力地引用大量原文来证明奥威尔属于社会主义阵营"，但是"奥威尔也对各种反社会主义者的观点提供了如此多的帮助和心理慰

---

① Norman Podhoretz, *The Bloody Crossroads: Where Literature and Politics Meet*, New York: Simon and Schuster, 1986, p. 53.

藉，他（克里克）要把奥威尔的这一面解释清楚也是困难重重"。对此，波德霍雷茨解释道："这是因为虽然奥威尔公开宣称是一位社会主义者，这毫无疑问，但他自始至终也是他的社会主义同道的无情批评者。"① 对于波德霍雷茨这一基本逻辑，人们不禁会产生如下疑问：既然奥威尔公开宣称自己是社会主义者，那么仅仅根据他自始自终地对社会主义者进行攻击这一方面原因就能推翻克里克的结论，从而得出他是新保守主义者这一相反结论吗？为什么奥威尔宣称自己是社会主义者而不是反社会主义者？既然波德霍雷茨在文中表示他钦佩奥威尔的诚实和"像窗户玻璃一样透明"的文风，那么他要得出相反的结论也必须要解释奥威尔为什么没有说过他是反社会主义者。

波德霍雷茨的具体论证就是从奥威尔对社会主义者的攻击开始的。他首先追溯了奥威尔在宣称自己是社会主义者之后是如何对社会主义者进行了攻击。比如，奥威尔在《通往维根码头之路》中对社会主义者的那段著名的谴责②；他称在西班牙内战中得到两点教训：西班牙共产党听从苏联指令，英国左派对战争的报道谎言不断；二战爆发后，他突然转变为爱国主义者，指责左派的反对英国立场；战后他在苏联还是西方的盟友时创作《动物庄园》，在冷战高潮时创作《一九八四》，这两部小说"都没有任何线索说明要实现社会主义革命可以不用背叛自由和平等，然而自由和平等是社会主义能成功的理论依据"。③

因此，波德霍雷茨说道："难怪克里克如此艰难费力地给奥威尔

---

① Norman Podhoretz, *The Bloody Crossroads: Where Literature and Politics Meet*, New York: Simon and Schuster, 1986, p. 54.

② 即"他们给人留下的印象是：'社会主义'和'共产主义'如同磁石一样将英国每位喝果汁的、裸体主义者、穿凉鞋的、色情狂、教友派信徒、自然疗法庸医、和平主义者和女权主义者都吸引了过来。"参见 George Orwell, *CW*, Vol. 5, ed. Peter Davison, London: Secker & Warburg, 1986—1987, p. 161.

③ Norman Podhoretz, *The Bloody Crossroads: Where Literature and Politics Meet*, New York: Simon and Schuster, 1986, p. 56.

贴上社会主义者的标签,也难怪其他派别的社会主义者如多伊彻和威廉斯等不承认奥威尔真正属于他们的阵营。"① 这里的疑问是:(一)波德霍雷茨刚才还说奥威尔自己宣称是社会主义者,并不是被别人贴上标签;(二)既然波德霍雷茨在文中已经提到奥威尔的这两部小说不是"攻击社会主义本身",为何又说他否定了社会主义革命?(三)既然奥威尔与其他左派知识分子观点不同,难道因为有多伊彻和威廉斯不认同就可以断定他不是社会主义者?

波德霍雷茨认为奥威尔之所以是伟大的政治作家并不是因为他的政治判断和预测总是正确的。他特别指出奥威尔曾错误地预测英国保守派不会抵抗希特勒的侵略;他在20世纪30年代赞同法西斯主义与自由主义没有区别;英国在印度的统治与希特勒在欧洲的统治一样邪恶;英国在1945年对希腊的政策与苏联对波兰的高压政治并无本质区别。这里是波德霍雷茨唯一贬低奥威尔的地方,与把他作为新保守主义"精神领袖"意图相悖。但是需要注意的是,波德霍雷茨这里所说的预测错误恰恰是奥威尔对保守主义者指责的地方,他不过是出于自身党派利益才认为奥威尔预测常常出错。另外,他既然知道奥威尔的观点在"不断地修正",他就不应该忽视奥威尔上述说法的历史语境。波德霍雷茨指出了奥威尔的"错误",那么他认为奥威尔的伟大之处是什么呢?

波德霍雷茨认为奥威尔在政治方面只对一件事的评价是始终正确的,那就是左派文学知识分子的品质。在他看来,"奥威尔真正的主题和激发他最重要作品的主题都是与左派文学知识分子的道德本质有关";奥威尔从左派内部去批判左派才是"他如此坚守左派身份"的真正原因。因此,波德霍雷茨说道:

---

① Norman Podhoretz, *The Bloody Crossroads*: *Where Literature and Politics Meet*, New York: Simon and Schuster, 1986, p. 56. 多伊彻和威廉斯都以马克思主义者身份对奥威尔进行了批评。前者如1955年出版的《异端、变节者及其他文集》(*Heretics and Renegades and Other Essays*)中的《"1984"——残暴的神秘主义》("1984"——The Mysticism of Cruelty)一文,后者如1971年专著《乔治·奥威尔》。

正是从奥威尔与左派知识分子的关系使我很大程度地相信他如果今天还活着的话,他会成为一位新保守主义者。我甚至还认为他会是新保守主义的一位先驱(a forerunner of neoconservatism),因为他是在左派知识分子中其中一位最早发现更加具有拯救意义的政治和道德智慧存在于"普通"人的本能和习俗,而不是存在于知识分子的观念和态度。[①]

波德霍雷茨引用了欧文·豪时刻想要写到黑板上的奥威尔原话[②]来证明上述观点。他认为奥威尔成为英国爱国者以后对左派知识分子的攻击更是达到了极致,比如他们"耻于作为英国人""毁损英国士气""对战争和思想衰败承担部分责任"等。波德霍雷茨认为他对知识分子的指责同样可以针对当今的美国知识分子,由此他得出结论:奥威尔是新保守主义的精神领袖。这里的论证更令人困惑不解:奥威尔作品的中心主题是反英国左派知识分子吗?奥威尔批判英国左派知识分子笃信抽象概念,远离"普通正派"为何成了他维持左派身份的理由?他对英国左派知识分子的批判难道就是反社会主义吗?他的批判能够跨时空地移植到美国知识分子身上吗?其实答案已经十分明显,波德霍雷茨首要考虑的问题不是论证逻辑是否合理,而是奥威尔对英国左派知识分子的批判是否可以直接应用到美国左派知识分子身上,对奥威尔的利用是否可以帮助美国新保守主义达到这个目的。波德霍雷茨这里谈到了对战争的态度,于是他很自然地继续下一个论证。

其次,奥威尔对和平主义的批判态度使其成为新保守主义者。波德霍雷茨认为体现奥威尔反和平主义最为核心的一句话是:"就实际效果而言,和平主义的宣传只会反对那些还保留着一些言论自由的国

[①] Norman Podhoretz, *The Bloody Crossroads: Where Literature and Politics Meet*, New York: Simon and Schuster, 1986, p.57.

[②] 即"做一个正派的正常人又能生活得下去是有可能的,这是我们需要像去抓救生圈一样抓牢的事实。"参见 Jeffrey Meyers, *George Orwell: Critical Heritage*, London: Routledge, 1975, p.351.

家。也就是说，这只对国家权威主义有利。"① 在波德霍雷茨看来，这里奥威尔表明和平主义者只会攻击英美等西方民主国家，但对苏联的权威统治视而不见。他因此说道："很难相信1945年写下这些话的人会对当今各种'客观'的反防守和平主义运动产生同情。同样的文字可以不用任何修改就可以在这里适用。我很容易想象到，如果奥威尔还活着，当他看到许多被他的论证和历史经历所质疑的观念再次广为接受时，他一定会更加愤慨。"② 波德霍雷茨继而断言奥威尔会反对单方面裁军，也会反对西方承诺的核冻结和单方面不最先使用核武器，他也不会因担心核武器的使用而重返和平主义。

波德霍雷茨认为奥威尔也会反对"中立主义"，即现在的"和平运动"。他的证据是，奥威尔曾写到如果战争爆发，要在支持苏联还是美国之间作出选择，他"只能选择美国"。他批评左派知识分子只会人云亦云地接受"反美主义"（anti-Americanism）。由此，波德霍雷茨作出判断："如果奥威尔还活着，他会更加亲近号召对抗苏联帝国主义的新保守主义者，而对支持缓和的社会主义者或者主导欧洲'和平运动'的，由中立主义者、和平主义者及其美国盟友新孤立主义者共同组成的联盟，他却不会认同。"③ 波德霍雷茨认为目前只有纳粹德国和苏联建立了国家权威主义，而奥威尔会认为苏联更为危险，其中一个证据是奥威尔没有在作品中提到纳粹集中营。因此，"我会毫不犹豫地宣称奥威尔支持新保守主义关于东西方冲突的观点"。④ 波德霍雷茨以奥威尔在二战期间对和平主义的态度证明他同样会反对当代左派知识分子的"和平运动"和"反美主义"，这种脱离历史语境的推

---

① Norman Podhoretz, *The Bloody Crossroads: Where Literature and Politics Meet*, New York: Simon and Schuster, 1986, pp. 59 – 60.
② Norman Podhoretz, *The Bloody Crossroads: Where Literature and Politics Meet*, New York: Simon and Schuster, 1986, p. 60.
③ Norman Podhoretz, *The Bloody Crossroads: Where Literature and Politics Meet*, New York: Simon and Schuster, 1986, p. 63.
④ Norman Podhoretz, *The Bloody Crossroads: Where Literature and Politics Meet*, New York: Simon and Schuster, 1986, p. 65

测非常武断。因此,波德霍雷茨只不过是把奥威尔作为新保守主义的有力武器来反对当代左派知识分子的和平主义主张。

波德霍雷茨在毫不犹豫地确定了奥威尔的新保守主义立场之后,他自然对奥威尔站在社会主义一方的观点"没有信心"。首先,许多新保守主义者在遭受了"上帝失败"的挫折后已放弃了早期民主社会主义的理想;其次,奥威尔从来不是一位马克思主义者,他对建立社会主义没有兴趣,他只是因为他憎恨阶级制度而成为一位社会主义者。正如哈耶克(F. A. Hayek)在《通往奴役之路》(The Road to Serfdom)中所说,社会主义的集体主义会导致专制,他必然会对社会主义丧失信心;另外,虽然奥威尔也反对资本主义,但是现在资本主义进入了福利社会,社会主义的理想如自由和平等已经在当今资本主义制度下实现,而社会主义国家却恰恰相反,因此他不会再坚持社会主义。波德霍雷茨对此总结道:"在奥威尔那个时代,正是左派知识分子使得这些真相难见天日。在我们这个时代,国家权威主义和民主之间的对立而产生的特定问题同样与他们脱不了干系。这就是我为什么认为如果奥威尔还活着,他一定会和新保守主义者站在一起反对左派。"[1]

这篇评论的逻辑已经十分清楚:由于奥威尔一再声称自己是社会主义者,克里克这位当代的左派自然会引用他支持社会主义的言论证明他属于社会主义一方,而波德霍雷茨作为新保守主义的领袖力图反驳克里克的观点,同样找出奥威尔反对社会主义者的言论。对于奥威尔是支持还是反对社会主义,波德霍雷茨显然认为天平偏向后者。但是,奥威尔究竟是反对社会主义还是反对社会主义者?波德霍雷茨这篇评论只是试图证明奥威尔是反对社会主义者,他并没有提供任何有力证据证明奥威尔反对的是社会主义。不过这还不是问题的核心,我们还必须拷问他深层次的批评动机。既然波德霍雷茨把克里克当作论战对象,因此有必要先对照一下克里克对上述反左派知识分子和反和

---

[1] Norman Podhoretz, The Bloody Crossroads: Where Literature and Politics Meet, New York: Simon and Schuster, 1986, pp. 67 - 68.

平主义的话题是什么样的态度。

二 克里克论奥威尔

伯纳德·克里克（Bernard Crick，1929—2008）是20世纪80年代西方奥威尔研究的领军人物，曾多次在奥威尔国际研讨会上作主旨发言。他是奥威尔遗孀索尼娅亲自委托授权的第一位奥威尔传记作者，当时他是伦敦大学伦敦政治经济学院（LSE）的政治学教授。克里克这部传记影响很大，直接推动了20世纪80年代西方奥威尔研究的热潮。克里克是一位民主社会主义者，他的核心观点是：政治不是权力，而是伦理的行动。他曾在1993年发起建立奥威尔奖（the Orwell Prize），奖励优秀的政治作品。从他的政治思想和语言风格来看，奥威尔对他的影响比较明显。正是基于克里克的名望、政治立场和《奥威尔传》的影响力，波德霍雷茨将其作为新保守主义的论战对象。

在《奥威尔传》序言中，克里克认为奥威尔是一位"政治作家"，这一重要定位在介绍21世纪奥威尔研究最新成就的《剑桥乔治·奥威尔指南》（The Cambridge Companion to George Orwell，2007）一书中仍然得到重申。克里克认为"政治"和"作家"同等重要，也就是说奥威尔的政治思想和文学成就具有同等地位。克里克对奥威尔的"政治作家"地位这样评价道："奥威尔是自斯威夫特以来英国最好的政治作家"；"在英国文学经典中，霍布斯、斯威夫特和奥威尔是无可争辩的［政治作家］代表人物"①。不过，波德霍雷茨却认为克里克这里的评价过高，他运用突降法"匡正"后，立即指出奥威尔作为政治作家的价值在于他对左派知识分子进行了批判。

克里克把奥威尔视为继承英国社会主义传统的社会主义者。与波德霍雷茨的观点不同，克里克认为奥威尔在《动物庄园》和哈耶克的

---

① Bernard Crick, *George Orwell: A Life*, Boston: Little, Brown and Company, 1980, pp. xiv, xxi.

书评中表达的是对"平等必然会否定自由"这个观点的强烈反对。奥威尔继承的是莫里斯（William Morris）、托尼（R. H. Twney）、柯尔（G. D. H. Cole）、拉斯基（Harold Laski）等的英国社会主义传统，认为只有在更加平等和友爱的社会里普通人才能享受自由的荣光，自由共享的价值观超越了马克思主义的结构论而占据中心地位。克里克用了一个形象的比喻：奥威尔就像是那些忠诚而又喧闹的足球迷，只有在对支持的球队进行激烈的抱怨、挖苦和谩骂时才是他们最好的状态。讲述真相是他唯一的标准，他不会顾忌其他社会主义者如多伊彻和威廉斯等是否喜欢或者希望他好好作一个安静的旁观者。① 波德霍雷茨则认为这些社会主义同路人对奥威尔并不接纳，因此奥威尔不是真正的社会主义者。

克里克还认为奥威尔是一位"革命的爱国者"（a "revolutionary patriot"）。在奥威尔看来，国家的财富和土地应该属于普通人，而不是中上层阶级。爱国主义和民族主义是有区别的，爱国主义是热爱自己的故土，而民族主义是将一个民族凌驾于另一个民族之上。同时，奥威尔的爱国主义也来自对"英国性"的弘扬。对于和平主义者，奥威尔反对他们的思想，但是并不在社会关系中排斥他们——"他虽然讨厌他们的政策，但是会维护他们的原则，也喜欢和他们保持联系。"② 正是基于"革命的爱国者"立场，他批评英国知识分子盲目追崇虚无的世界主义观（cosmopolitanism），对待殖民主义和种族主义问题上持双重标准。波德霍雷茨对克里克的这些观点不以为然，他把奥威尔的爱国主义和对和平主义者的批评当作支持新保守主义的最好证明。

三 美国新保守主义

克里克在《奥威尔传》序言中主要介绍奥威尔作为政治作家的成

---

① Bernard Crick, *George Orwell: A Life*, Boston: Little, Brown and Company, 1980, p. xv.
② Bernard Crick, *George Orwell: A Life*, Boston: Little, Brown and Company, 1980, p. xviii.

第四章 激进、自由与保守：纽约知识分子的奥威尔批评 247

就以及他从外部书写传主的传记方法。虽然克里克的民主社会主义立场、政治伦理的理念以及书写政治的方式①是他对奥威尔认同和赞扬的重要因素，但是总体而言克里克的评价是平衡的，也为当今西方奥威尔研究界大部分学者所接受。但是，波德霍雷茨的评论从一开始逻辑就是错误的，他不能因为奥威尔说过反对英国社会主义者的话就断定他是反对社会主义。第一，既然他十分推崇奥威尔的诚实和正直，那么他为何又不相信奥威尔自己宣称是社会主义者呢？显然，他的说法前后不一、自相矛盾；第二，他成为社会主义者的目的难道就是为了批评社会主义者？这个推断很荒谬；第三，奥威尔反对社会主义者并不是说他反对社会主义，相反他是为了争取更多的人尤其是中产阶级从事社会主义运动。波德霍雷茨在具体论证中更是忽视了历史语境，将奥威尔二战期间的观点直接搬移到冷战时期，将对英国左派知识分子的看法一字不改地挪用到美国的知识界，这些都明显地站不住脚。另外，他还十分肯定奥威尔会支持美国的越南战争，这和奥威尔一贯的反帝国主义立场明显不符。

其实如果细读文本，波德霍雷茨对"争夺"奥威尔的动机作了很清楚的交代。他说："将这个时代最伟大的政治作家争取到自方阵营可不是一件小事。这会给我们的政治立场带来自信、权威和力量。"②这才是波德霍雷茨撰写该文的真实目的，因此他毫不顾忌上面的逻辑错误，无论如何也要把奥威尔争取到新保守主义阵营。这样，波德霍雷茨这篇评论的深层动机可以解读为他代表新保守主义者向左派知识分子发起了一场"争夺"奥威尔的"文化冷战"，其最终目的是把奥威尔纳入自方阵营，并以他为"权威"在1984年这个关键时期给对方以致命一击。如果将此文放在波德霍雷茨的《处在血雨腥风的十字

---

① 克里克认为政治不应该被当成一门科学，而应该像亚里士多德一样把政治当作对人类状况中利益和价值观冲突的自由思考和分析，因此他的语言简练、幽默，很少使用术语。参见 Bernard Crick, *Essays on Politics and Literature*, Edinburgh: Edinburgh University Press, 1989, p. vii.
② Norman Podhoretz, *The Bloody Crossroads: Where Literature and Politics Meet*, New York: Simon and Schuster, 1986, p. 51.

路口：当文学与政治相遇》这本书的语境之中，他的这个意图更加明显。他在该书序言中谈到，所有收录的文章都是关于"政治和文学相遇的血雨腥风关系"。这种说法源于特里林的《自由主义的想象》，所谓"血雨腥风"（bloody）是指文学与政治之间常常发生流血事件。不过波德霍雷茨强调的是，在20世纪的西方国家权威主义政体中，苏联模式的共产主义比法西斯主义对待文学更加血腥。另外，他谈论的大部分作家是西方前共产主义者，一个目的是"探索他们对待美国态度［不太热情］的文学根源"，以证明他们既很危险又被人误导；另一个目的是"他们期望在两种制度下和平共处或者有所缓和是不现实的"。① 这说明波德霍雷茨对文学文本的分析是基于典型的新保守主义政治立场。

那么波德霍雷茨为什么选定奥威尔作为新保守主义的"先驱"和"精神领袖"呢？当然原因有很多，比如奥威尔的文学声望和政治影响，另外左右两派对奥威尔的"争夺"在1984年的西方奥威尔研究热中也达到了高潮。不过，波德霍雷茨在文中有一段话更值得注意，他说："像奥威尔一样，大多数新保守主义者的政治生涯都始于社会主义者，他们甚至紧跟奥威尔的步伐从革命社会主义走向民主社会主义。现在的新保守主义者如果在奥威尔去世的1950年时年龄恰好是政治活跃期的话，他们也一定会和他一道称自己为民主社会主义者。"但是，波德霍雷茨认为他们在30年后纷纷放弃了民主社会主义的信仰。

这表明波德霍雷茨把奥威尔选定为新保守主义"先驱"和"精神领袖"的重要原因是他们跟随他走过了相同的道路，奥威尔的政治思想历程就是他们的历程：从革命社会主义到民主社会主义再到新保守主义。从这个角度来看，这篇评论其实也是新保守主义者的一个心路历程，全文无处不体现着新保守主义的观点。下面有必要简要介绍波

---

① Norman Podhoretz, *The Bloody Crossroads: Where Literature and Politics Meet*, New York: Simon and Schuster, 1986, pp. 11-14.

德霍雷茨"紧跟奥威尔步伐"的具体情况。

奥威尔研究专家约翰·罗登曾在1986年7月1日对波德霍雷茨进行过采访，对了解他评论奥威尔的动机有重要参考价值。波德霍雷茨说他之所以对奥威尔有强烈的认同感是因为"我们共享了一段作为左派知识分子批评者的历史"。1960年波德霍雷茨在编辑《评论》时，思想左倾，但是他对后来美国新左派运动的反美主义并不赞同。1968年，波德霍雷茨的《成功》（*Making It*）一书揭示了以《党派评论》（*Partisan Review*）为阵地的纽约知识分子渴望"成功"的真实心理。他在采访中说道："我在《成功》一书中想讲述我们知识分子团体价值观的真相，并且不带任何粉饰和欺骗。奥威尔在那个时候就出现了。我把他视为不怕批评丑陋现实的作家，即使这威胁到他在自己圈内的地位。奥威尔意在消除伦敦左派的'发臭、渺小的正统'（smelly little orthodoxies）；我则想去揭露我们纽约知识圈内的'肮脏、渺小的秘密'（dirty little secret）。"①

"发臭、渺小的正统"是指当时英国左派只会套用马克思主义理论，听从苏联指令，忽视客观现实；"肮脏、渺小的秘密"是指纽约知识分子激进思想的背后隐藏着从社会边缘走向中心的"抱负"。因此，"共同的目标"使波德霍雷茨紧跟奥威尔步伐，成为所在知识分子团体的"害群之马"，只不过主体转换成了纽约知识分子团体。

波德霍雷茨决定与以《党派评论》为中心的纽约知识分子脱离，重新以《评论》为中心建立新保守主义团体。他认为如果脱离左派他也会和奥威尔一样付出"不受欢迎"的沉重代价，因此他在采访中说："虽然奥威尔十分坚持自己左派的身份，但是我想他这样做是否只是因为他意识到这可以使他的批评增加权威……但是他首先是一个诚实的人，我的确认为假如他看到社会主义的近况——他也会看到他

---

① John Rodden, *The Politics of Literary Reputation: The Making and Claiming of St. George Orwell*, p. 355. "发臭、渺小的正统"是奥威尔在论狄更斯一文结尾处的评价。

的社会主义目标在资本主义制度下已经实现——他就会承认这一点。那么他就会和新保守主义者站在一起反对左派。"① 这里的说法和批评文本是一致的。在波德霍雷茨看来，奥威尔和他一样都非常愿意从左派脱离，只不过是担心为此付出的代价而已。既然现在资本主义制度已经实现了自由和平等，奥威尔也会克服所谓的代价，理所当然地和新保守主义者站在一起。

波德霍雷茨选择奥威尔作为"先驱"和"精神领袖"也是经过谨慎考虑的。他说："我认为去寻找不适合自方的人作为先驱没有必要，也是不恰当的。如果我认为奥威尔不是我所刻画的那样——反和平主义者、反中立主义者、冷战时期与美国站在一起，我就会把他放弃。但是奥威尔确实是我所考虑问题的先驱，比如民主和国家权威主义。特里林也是这样，但是其他人比如加缪就不是，对此我毫不讳言。"② 如此看来，只有满足了反和平主义、反中立主义和非反美主义这三个条件才能作为新保守主义的精神领袖。因此，波德霍雷茨在文中力图证明奥威尔具有这三方面的政治态度。更为重要的是，波德霍雷茨认为他与奥威尔在反共产主义方面是高度一致的，因此他说："'奥威尔出版社'（'Orwell Press'）这个被自由世界委员会选定的名字是很准确的：这是一个反共产主义组织，奥威尔就是反共产主义的恩主。他成为新保守主义的'精神领袖'，这是因为他是与共产主义者的谎言作斗争的开拓者之一。"③

这里有必要对美国新保守主义的主要思想发展作一个简要的梳理。保守主义作为明确的政治哲学思想与 18 世纪英国的埃德蒙·柏克（Edmund Burke）不无关系。柏克反对法国大革命的自由主义激进方式，他提出人与人不可能完全平等，等级差别是客观存在和必要的，

---

① John Rodden, *The Politics of Literary Reputation：The Making and Claiming of St. George Orwell*, p. 356.
② John Rodden, *The Politics of Literary Reputation：The Making and Claiming of St. George Orwell*, p. 357.
③ John Rodden, *The Politics of Literary Reputation：The Making and Claiming of St. George Orwell*, p. 358.

人应该尊重传统和社会习俗，社会变革应该是渐进式的改革而非激进的革命。可以看出，保守主义从一开始就是作为自由主义的对立面出现的，是对其激进原则的修正。一般认为，保守主义具有这些主要特征：（一）尊重传统，因为传统是人类文明积淀的成果，不应轻易抛弃；（二）倾向已被证实的事物，因为乌托邦的理性建构固然完美，但只是抽象概念，如果付诸实施可能并不如建构的那样美好，甚至会付出沉痛的代价；（三）反对社会突变，主张渐变，因为社会需要法治、秩序和稳定；（四）人的理性是有局限的，因此反对政府的权力集中，重视道德和宗教的作用。[①]

自由主义是美国真正的思想传统，因此美国的保守主义并非像欧洲大陆一样是自由主义的对立面，而是对古典自由主义的维护。美国从新政到20世纪60年代是由现代自由主义一统天下，特里林提出的自由主义想象即是对20世纪30年代激进主义的一次反拨，也是通过修正自身的缺陷对现代自由主义的弘扬。但是到了60年代，越南战争引起了美国国内知识分子激烈的讨论。反越战运动孕育了一代美国新左派人士，他们发动民权运动和反文化运动，主张仿效欧洲的福利国家制度，消除社会不平等的根源。在这种情况下，自新政以来的福利政策在约翰逊（Lyndon Johnson）总统任期内达到了极致。他提出以"向贫困开战"（War on Poverty）为主要内容的"伟大社会"计划（Great Society），旨在实现全面平等，让处在富裕社会的美国完全摆脱贫困，但是福利制度也让美国经济背上沉重包袱，人们工作的进取心减弱，另外政府权力也过于膨胀。1968年，美国社会出现严重的混乱场面，尼克松领导的共和党开始执政，主张赋予地方政府更多权力，以工作福利代替救济福利。1980年，里根上台后，采取小政府、少干预、减福利的政策，标志着新保守主义思想成为美国社会主流，使美国现代自由主义向古典自由主义回归。

---

① 详见钱满素《美国自由主义的历史变迁》，生活·读书·新知三联书店2006年版，第199页。

可以看出，新保守主义的产生与反对福利政策和新左派运动有很大关系。他们反对政府通过福利政策加大了经济的干预，主张以机会平等取代结果平等；他们反对新左派反文化运动中对传统文化的颠覆，采取文化保守主义立场。在美国新保守主义成为共和党主导思想过程中，已经与《党派评论》的纽约知识分子分裂的波德霍雷茨以《评论》杂志为平台宣扬新保守主义。欧文·克里斯托和丹尼尔·贝尔则以《公共利益》(The Public Interest) 对"伟大社会"提出批评，为新保守主义奠定了公共舆论基础。他们除了通过杂志宣传新保守主义思想，还建立了一些组织，比如美国文化自由委员会（the American Committee for Cultural Freedom）、文化自由协会（the Congress for Cultural Freedom）以及上面提到的自由世界委员会，这些组织的建立都是为了将新保守主义知识分子聚集在一起共同反对苏联共产主义和国家权威主义对美国的威胁。奥威尔自然成为新保守主义青睐的对象，因此波德霍雷茨不遗余力将他拉入己方阵营，将其视为精神领袖。

波德霍雷茨提出了"如果奥威尔今天还活着，他会怎么做"这一重要命题，并宣称奥威尔为新保守主义的"先驱"和"精神领袖"。然而，他将奥威尔纳入己方阵营的论证从一开始就是逻辑混乱的。他最根本的错误是，奥威尔反对的是一些社会主义者而不是社会主义。他反对这些社会主义者保留着中产阶级习惯，或者反对他们中一些人背离了原来的工人阶级。

同时，奥威尔反复强调他是"故意唱反调的人"，他的最终目的是为了团结更多的人加入社会主义事业。波德霍雷茨对此却视而不见，他的批评目的只是利用奥威尔的声望来宣扬已走向政治舞台中心的新保守主义思想，并对当时将奥威尔称为"革命的爱国者"的左派代表克里克发起攻击。波德霍雷茨的奥威尔批评是非常典型的党派批评。不过，波德霍雷茨在奥威尔声望的第二次高峰期提出新命题，引发了西方知识分子的激烈争论，为奥威尔文学声望在新时期的巩固起到重要作用。

本章小结

本章详细讨论了麦克唐纳、拉夫、特里林、欧文·豪、玛丽·麦卡锡和波德霍雷茨的奥威尔批评,他们的批评反映了纽约知识分子从激进主义到新自由主义,再到新保守主义的思想演变历程。其中,支持还是反对美国参加二战、新自由主义的兴起、如何看待美国越战和知识分子职责问题、新保守主义成为主流思想等是奥威尔批评背后的重要思想史事件。在相关讨论中,我们还涉及托洛茨基、罗文塔尔、乔姆斯基、戴安娜·特里林和克里克等的重要思想。

《党派评论》是第一代纽约知识分子的主要思想阵地。麦克唐纳和拉夫是杂志编委会的主要成员,他们都与奥威尔保持着书信联系。麦克唐纳曾是托派成员,他反对美国参战,主张发动"革命的群众运动",走"民主社会主义"的"第三条道路"。拉夫则以"邪恶稍轻"的实用主义态度支持美国参战,这造成了《党派评论》内部的分裂。同时,拉夫在《党派评论》停刊和复刊的过程中对斯大林主义有切身的体会,他主张杂志应该走激进主义和现代文学相结合的路线。在冷战时期,他对美国兴起的麦卡锡主义深感忧虑。因此,他们的思想观念决定了他们的批评行为。麦克唐纳指责奥威尔的社会主义观点是"普通常识的庸俗主义",与奥威尔一样"不赶时髦"的拉夫对《一九八四》描述的西方国家权威主义社会感同身受,认为这是西方"治疗国家权威主义疾病最好的矫正剂"。

特里林在纽约知识分子团体中享有崇高威望,他的评语"奥威尔是一位有德性的人"已成为经典评论。同时,他心目中奥威尔不是一位"天才",每一个人通过效仿他,通过后天努力都可以成为像他一样"有德性"的人。"有德性"的人具有诚实、坚毅和勇气的特质,他们信仰的是"真相的政治"而不是"观念的政治"。"真相的政治"也就是"现代主体"揭露"谎言",与"囚笼"的压迫者相对抗的文化政治思想,文学则为这种自我的反抗提供了舞台。同时,文学还把反抗的"自我"、"自由主义"和社会紧密地联系在一起。特里林所说的"自由主义的想象"就是要发挥文学创作和文学批评改造社会和文化的重要功能，修正自由主义过于强调理性主义的弊端。这种"新自由主义"正是特里林为战后陷入迷茫的知识分子指明的思想道路。

欧文·豪对国家权威主义的讨论是拉夫观点的延伸。他从文学、政治和道德三个层面对奥威尔的《一九八四》进行了深入的分析。从文学层面来看，《一九八四》属于反乌托邦政治小说类型，它主要是一部观念小说，因此按照现在界定小说的固定模式指责该小说缺乏心理描写和圆形人物，并没有看到西方国家权威主义威胁的严峻性。不过，豪同样也被小说的故事情节感动。从政治层面来看，他同意拉夫的观点，认为奥威尔描述了终极和完美的西方国家权威主义社会，只不过豪认为奥威尔道出了"为了权力而追求权力"这一统治的全部秘密。豪在分析中还提出了奥威尔"只多迈一步"的叙事策略，使小说的描绘在或然性和必然性之间达到平衡，因而更加可信。在道德层面，豪认为《一九八四》是政治小说的终极，他把奥威尔当作"知识分子的英雄"，他是用"骨头"来写作——一生奋斗、毫不妥协。豪对西方国家权威主义有如此深入的分析来源于他对此类政治文献的熟悉，比如托洛茨基、阿伦特和弗洛姆等的重要作品。他把奥威尔视为道德和朴素文体的"榜样"，一位保留着"希望空地"的作家，这些态度与他不同时期的思想观点有密切关系。

玛丽·麦卡锡形容奥威尔像"被装进胶囊四处漂移"，因此旅程的终点总是失败的，但"漂移"的过程却有令人钦佩之处。奥威尔是"一位盛宴上的幽灵"，即"不祥之兆"的警告者，但他却提不出解决的方法，因此麦卡锡对奥威尔认同的是叙述"生存"的早期作品。更重要的是，麦卡锡认为奥威尔如果还活着可能会支持美国的越南战争，对反战运动不抱同情。这一推测不仅反映了麦卡锡本人反对越战，主张美国无条件撤军的坚定态度，而且还反映了美国国内知识分子围绕越战引发的知识分子职责的争论。麦卡锡和乔姆斯基的观点基本一致，但与特里林夫人在撤军的问题上有较大分歧。在麦卡锡看来，撤军是无条件的，这才是知识分子关注的中心，而至于如何撤，撤军会产生什么后果，那是专家和政府考虑的事。但是，由于麦卡锡没有把奥威尔当作左派的"不赶时髦的人"，而是当作"反共产主义的斗士"，因此她武断地认为奥威尔不会反对越南战争，这显然忽视了奥威尔一贯的反帝国主义态度。

波德霍雷茨称奥威尔为新保守主义的"先驱"和"精神领袖"。他的批评动机十分明显，因为奥威尔是最重要的政治作家，将其纳入己方阵营会给自己团体带来"自信、权威和力量"。波德霍雷茨提出了"如果奥威尔今天还活着，他会怎么做"这一重要命题，但是他将奥威尔纳入己方阵营的论证从一开始就是逻辑混乱的。他最根本的错误是，奥威尔反对的是一些社会主义者保留的中产阶级习惯，或者反对他们中一些人背离了原来的工人阶级，但是奥威尔反复强调他是"故意唱反调的人"。他反对社会主义者，反对他们的宣传策略，最终目的是团结更多的人加入社会主义事业。然而，波德霍雷茨却对此视而不见，他的批评目的只是利用奥威尔的声望宣扬已走向政治舞台中心的新保守主义思想，同时他还要攻击当时左派代表克里克，因为他在颇具影响的《奥威尔传》中将奥威尔称为"革命的爱国者"。纽约知识分子团体在20世纪30年代是以拉夫为代表的左倾激进主义，在50年代是以特里林为代表的新自由主义，在70年代纽约知识分子开始解体，到了80年代，第三代纽约知识分子波德霍雷茨和克里斯托等已经转变为新保守主义者的领袖。

第五章 从知识分子团体走向个体：当代西方奥威尔批评

本章前言

当代西方奥威尔批评时间跨度是从 20 世纪 80 年代至今。这个阶段有两个重要的时间节点：一个是 1984 年，即奥威尔小说《一九八四》描述的国家权威主义统治整个世界这一梦魇来临的时间；另一个是 2003 年，即奥威尔 100 周年诞辰。在这两个时间节点前后，西方世界出现了"奥威尔热"，对奥威尔的讨论和研究再次掀起了高潮。这段时期西方奥威尔批评的典型特点是：延续围绕奥威尔的声望——诸如奥威尔的"神话"（myth）、"谜"（mystique）以及当代价值等——展开的意识形态之争这一思想史话题，但是主要变化是从之前的知识分子团体走向了当代的知识分子个体，同时研究更加趋向理论化、系统化和专业化，呈现出后现代语境下反本质主义的鲜明特色。

在 1984 年前后的"奥威尔热"，研究者常常将小说的文本世界与现实世界作对比。以这个时期频繁举办的国际奥威尔研讨会为例：1984 年 4 月在欧洲理事会总部举行的法国史特拉斯堡会议涉及了恐怖主义和原子弹等事件引发的恐惧、革命的破灭、爱的缺失、个人身份的剥夺、现代监控和规训、信息交流的审查、法律的控制、现代科技的统治、媒体的宣传、医药的伦理问题、宗教信仰的沦丧等诸多现实话题。

基于这一主题，有关奥威尔声望的意识形态之争在 1984 年前后仍然激烈进行。前面提到，克里克第一部授权奥威尔传记的出版开启了这股"奥威尔热"。由于这部传记的影响力，美国新保守主义领袖波德霍雷茨将其作者视为左派的论争对象，他在奥威尔评论中提出了"如果奥威尔还活着，他会怎么做？"的命题，并宣称奥威尔是新保守主义者的"精神领袖"。对此，以诺瑞斯为代表的当代西方马克思主义左派奋起反击，高举他们擅长的理论武器，揭示编织"奥威尔神话"背后的意识形态力量，特别是具体应用阿尔都塞的症候式阅读方法，深入文本内部的"知识论断裂处"，以完成文本的自我消解，达到对"奥威尔神话"的"祛魅"作用，究其实质是捍卫当时冷战激化背景下的社会主义运动。同时，以帕苔为代表的美国女权主义者，延续了西方马克思主义左派中讨论奥威尔歧视女性的问题，深入文本内部探讨作家潜意识中的"男性中心主义"思想，分析其"男性气概"和"厌女症"，以达到解构"奥威尔之谜"之目的。美国新实用主义代表人物罗蒂则另辟蹊径。他赞颂奥威尔对世界的重新描述仍然无人超越，特别是他在《一九八四》最后三分之一部分的描述，警示了当代知识分子转而扮演"施虐者"角色的可能性，使新实用主义所说的"反讽的自由主义者"走向终结。罗蒂的奥威尔批评十分典型地反映并宣扬了他反对本质主义，主张关系主义的新实用主义思想。

自1991年苏联解体后，世界进入后冷战时期。特别是21世纪以后，就奥威尔的接受而言，知识分子从团体走向个体，从公共走向专业的变化特征越发突出，意识形态等政治因素与20世纪相比相对减弱，讨论奥威尔对当代社会文化的影响成为重要话题。在2003年前后，西方奥威尔研究再次出现热潮。这个时期标志性事件是："奥威尔名单"、左右之争在21世纪的延续、公共知识分子形象的塑造、戴维森20卷《奥威尔全集》出版在文献上的贡献、多部奥威尔新传记出版、著名作家和文学批评家的跟进研究等。

"奥威尔名单"在当代西方知识界引起了轩然大波。一些左派指责奥威尔是"告密者""两面派"，而一些右派则借此攻击左派，认为奥威尔叛离了左派，尤其是波德霍雷茨说奥威尔如果拒绝上交这个名单他才真会感到震惊。被誉为"奥威尔后继者"的希钦斯与左派卢卡斯对奥威尔的褒贬之争成为21世纪奥威尔研究的一个重要话题。卢卡斯在2003年出版的《奥威尔》（Orwell）认为奥威尔是位非常复杂的作家，因此不能简单地把他看作"正派"这一符号的化身，进而认为他能够对于过去和现在的所有不确定性事件都能发挥指导作用。这本书和他的另一部2004年出版的专著《异见者的背叛：超越奥威尔、希钦斯和美国新世纪》针对的是希钦斯2002年在美国出版的《奥威尔为何重要》一书的观点。希钦斯把奥威尔当作自己的知识分子楷模，认为奥威尔对当代社会的思想和文化仍会产生重要影响，诸如在后殖民主义、文化研究、生态主义、语言与真理等多个领域。当然，希钦斯在奥威尔批评中投射的是自身作为"正派反对者"的形象，他期望作为知识分子独特个体，在当代西方思想界发挥重要的影响力。另外，美国著名学者波斯纳（Richard A. Posner）在《公共知识分子——衰落之研究》（Public Intellectuals: A Study of Decline, 2001）一书中对20世纪知识分子进行了研究，其中专章讨论了奥威尔作为公共知识分子榜样的形象，这一新的定位主要针对当今知识分子专业化、学院化的弊端。最后，奥威尔研究的顶级专家戴维森、迈耶斯和罗登以及当代著名作家和批评家品钦、伊格尔顿和布鲁姆等也都在2003年前后积极跟进，发表了重要的奥威尔评论。

本章的奥威尔批评主要聚焦英美国家为主的当代西方马克思主义左派、女权主义者、新实用主义者、作为"正派反对者"的知识分子个体希钦斯和当代西方最主要的奥威尔研究专家等。

第一节　诺瑞斯："神话之内"
——当代西方马克思主义左派的奥威尔批评

在1984年"奥威尔热"来临之际，针对西方资产阶级右派，特别是美国新保守主义代表人物波德霍雷茨等将奥威尔纳入己方阵营的咄咄声势，当代西方马克思主义左派人士也不甘示弱，通过积极参与对奥威尔的讨论进行回击,其中最具代表的评论文章收录在英国学者克里斯托夫·诺瑞斯(Christopher Norris)1984年主编的《神话之内:左派眼中的奥威尔》(*Inside the Myth—Orwell：Views From the Left*)中。

一 "神话之内"

"神话之内"(Inside the Myth)一是呼应了奥威尔的文章《鲸腹之内》(Inside the Whale),可视为前面讨论英国新左派汤普森相关奥威尔话题的延续;二是这里"Myth"针对的是"奥威尔神话",即在1984年前后的"奥威尔热"中,奥威尔被誉为"圣人"之说再次甚嚣尘上,奥威尔被再度经典化。以诺瑞斯为代表的西方马克思主义左派认为,这种"奥威尔神话"是反动右派蓄意编造的,企图在冷战激化的背景下,对西方社会主义运动发起新一轮攻击。诺瑞斯等左派集中撰文,旨在运用西方马克思主义的后结构主义理论武器批判和解构"奥威尔神话",具体方式是对奥威尔的典型文本进行症候式阅读,从而在文本内部对这一神话进行消解。正如诺瑞斯在书中"序言"所说,由于奥威尔当前已被右派塑造成代表"自由价值观的良心和声音"和"共识的民主"(consensus democracy),左派的任务首先是揭示这种"共识"完全是人为编造的产物,继而再讨论"奥威尔被反动势力所绑架的具体方式"。①

该书的内容十分丰富,议题广泛。一开始是诺瑞斯等对理论的阐述。他们认为该书应该坚持西方马克思主义的理论武器,首先对奥威尔的常识经验主义进行批判,然后积极运用症候式阅读发现奥威尔的深层次问题。以此为指导,书中有论者主要运用阿尔都塞的意识形态国家机器(ideological state apparatuses)理论,从教学大纲和大众传媒等方面考察奥威尔被广泛利用背后的意识形态目的;有论者具体采取

---

① Christopher Norris, *Inside the Myth—Orwell：Views From the Left*, London：Lawrence and Wishart, 1984, p. 7.

症候式阅读方法解构奥威尔新闻报道中平实、朴素的风格，或从新闻报道"事实"中揭露其"虚构"成分，以此悖论性解构奥威尔作为事实记录者的准确性和作为知识分子的真实性，而准确性和真实性正是"奥威尔神话"的重要体现；还有论者批判奥威尔对女性的歧视，[①] 也有论者延续汤普森的话题，批判奥威尔的悲观主义。最后，全书表达了西方马克思主义左派对"奥威尔神话"必将终结的信心。

二 语言、真理和意识形态

该书最核心的，具有方法论指导意义的当数主编诺瑞斯本人的文章《语言、真理和意识形态——奥威尔与战后的左派》（Language, Truth and Ideology: Orwell and the Post-War Left）。该文是对英国新左派讨论"奥威尔现象"话题的延续，旨在分析"奥威尔神话"在当前的显现[②]，也就是说，诺瑞斯认为首先要认清奥威尔所代表的"常识意识形态"（common-sense ideology）的实质，进而揭示被右派用于冷战宣传的政治目的，最终对"奥威尔神话"起到"祛魅"的作用。

前面提到，英国新左派曾对20世纪50年代的"奥威尔现象"进行了文化分析，代表人物是威廉斯和汤普森。威廉斯聚焦奥威尔的文本，指出他代表了"流放者悖论"的情感结构。汤普森则批评奥威尔"置身鲸腹"的无为主义态度和悲观主义思想。虽然这两位新左派批评家的视角不同，但是他们都深刻认识到，资产阶级反动势力试图利用奥威尔声望对当时社会主义运动进行攻击，新左派的任务就是采取文化分析策略，将奥威尔拉下神坛，并借此积极推动新左派倡导的社会主义运动。当"奥威尔现象"于20世纪80年代再次成为热点，以诺瑞斯为首的西方马克思主义者同当时的威廉斯和汤普森一样站了出来，对其进行批判分析，目的同样是捍卫社会主义事业，只不过他们

[①] 这些西方女权主义左派的话题在本章第二节帕苔的奥威尔批评中得到了更加深入的讨论。

[②] Christopher Norris, *Inside the Myth—Orwell: Views From the Left*, London: Lawrence and Wishart, 1984, p. 8.

运用的是当代西方马克思主义的理论武器。

诺瑞斯承认以威廉斯和汤普森为首的英国新左派是战后重要的奥威尔批评家，深刻地揭示了奥威尔与战后左派的关系。但是，诺瑞斯认为他们的批评是不彻底的，具有自身的局限性，他们与奥威尔一样总体上都属于英国经验主义的传统，这和欧洲大陆的理性主义传统迥异。因此，强调社会经验的威廉斯只能看到奥威尔作为"流放者"的悖论性，而主张自下而上的汤普森过度贬低理论的重要性，虽然对奥威尔严厉批判，但是在反智主义方面其实与奥威尔本质是一致的。诺瑞斯认为要深刻对奥威尔代表的"常识经验主义"进行批判，必须在欧洲大陆的理性主义框架下进行，特别是运用西方马克思主义阿尔都塞的理论武器。

首先，诺瑞斯认为奥威尔典型地代表了自由人文主义的自我幻灭。奥威尔因其推崇自由主义价值观如真理、正派而为人称颂。著名的评论如普里切特"冷峻的良心"和特里林"有德性的人"等。不过在诺瑞斯看来，这正是编织"奥威尔神话"的重要意识形态力量。因为根据阿尔都塞的观点，主体的独立性具有欺骗性，认为这种想象性的主体在不断寻求完美其实不过是一种幻影。主体从一开始就处在权力关系中，因为意识形态是无所不在的，并对主体进行质询（interpellate），继而将其调置于各种关系之中，这就是主体化（subjection）的过程。在这个过程中，家庭、教育、宗教作为意识形态国家机器发挥着重要作用。

其次，诺瑞斯认为奥威尔所追求的常识经验主义具有很强的欺骗性。奥威尔常识经验主义的典型例子是《一九八四》中的"二加二等于四"。诺瑞斯指出奥威尔"常识"给人的错觉就是，一旦违背了奥威尔的观点就违背了常识。这在具有英国经验主义传统的知识界尤其具有欺骗性，这也是威廉斯和汤普森不彻底之处。上面谈到阿尔都塞坚持无主体性，同时他也反对经验主义，他弘扬的是马克思主义的科学性。例如，阿尔都塞把意识形态纳入社会物质生产结构，而非传统的精神现象，同时又将主体建构、劳动力的再生产和国家机器有机联系起来。基于以上阿尔都塞的理论，诺瑞斯认为正是奥威尔的常识经验主义导致了他长期的政治困境。① 例如，他在《一九八四》中找到文本证据对其常识经验主义进行自我解构。小说中温斯顿试图寻找日常生活中的事实碎片作为证据还原过去的真相，但这种努力完全是徒劳的，温斯顿最后仍然以绝望和失败告终。

　　基于反人文主义和反经验主义立场，诺瑞斯认为对于奥威尔的批判应该积极采取阿尔都塞提出的症候式阅读方法。症候式阅读是阿尔都塞在阅读马克思经典文本中，从认识论断裂处（epistemological break）发现潜意识里被忽视和被排斥的深层次意识形态问题。诺瑞斯首先对奥威尔的文章《政治与英语》（Politics and the English Language）进行了症候式阅读。奥威尔认为写作应该先确定意义，然后再选择文字表述，避免陈词滥调扭曲原意。但是，诺瑞斯认为首先不可能有独立于语言而存在的意义空间。同时，奥威尔也犯了结构主义二元对立关系极端化的错误。事实上，索绪尔所说的语言（langue）和言语（parole）之间的关系是不平衡的，个体的言语并不能改变稳定的语言。因此，奥威尔的《一九八四》中个体也无法摆脱的代表官方意识形态的"新话"的控制，那么上面所说的长期形成的"陈词滥调"也必然会影响意义，这就从文本内部推翻了奥威尔相关的语言观。

　　诺瑞斯继而对奥威尔《政治对文学》（Politics Vs Literature）一文展开了症候式阅读。这是奥威尔评论《格列佛游记》作者斯威夫特的文章，不过诺瑞斯认为该文反映了奥威尔作为作家和空想家的困境。② 他指出大多数读者把《格列佛游记》当作讽刺艺术之作，斯威夫特为了达到讽刺效果，在叙事中刻意调节着他与格列佛的距离。然而奥威尔在评论中对此视而不见，不仅把斯威夫特与格列佛画上等号，而且还将自己的观点强加到斯威夫特身上。例如，他认为慧骃国代表的理

---

① Christopher Norris, *Inside the Myth—Orwell: Views From the Left*, London: Lawrence and Wishart, 1984, p. 249.

② Christopher Norris, *Inside the Myth—Orwell: Views From the Left*, London: Lawrence and Wishart, 1984, p. 257.

性指的是常识，即认同显见之理，而蔑视抽象理论。显然，这种观点正是诺瑞斯前面所极力批判的。

通过以上症候式阅读，诺瑞斯发现了奥威尔的悖论性，例如他自称坚持自明之理，但又在文本中潜意识地表达出事实是由有权力的一方编造的。如果说威廉斯是基于社会经验总结出奥威尔的悖论性，而诺瑞斯则将这一症候追溯到英国经验主义传统。他认为从西方马克思主义的理论观点来看，奥威尔这一个案可以被诊断为经验主义意识形态所显现的所有盲点和非理性的回归。[①] 诺瑞斯特别在最后强调，奥威尔所代表的经验主义和政治上的悲观主义正是当代社会主义者在意识形态抗争中应该注意到的关键问题。

第二节　帕苔:"奥威尔之谜"
——当代西方女权主义者的奥威尔批评

在讨论西方马克思主义左派时，我们谈到当代西方女权主义者也积极参与了对奥威尔的讨论和批判，并产生了重要影响。这里的主要原因是：首先，她们以性别政治为新视角，拓展了对作家奥威尔及其作品的阐释空间，并对以后的西方奥威尔批评产生了重要影响；其次，当代西方女权主义者的阐释引发了各方的激烈讨论，奥威尔的受众（包括读者、作家和批评家等）也从以前以男性为主体逐渐向女性扩展。

一　"奥威尔之谜"

当代西方女权主义者有关奥威尔批评的代表人物是美国学者达芙妮·帕苔（Daphne Patai），其重要论著是 1984 年出版的《奥威尔之谜：男权意识形态研究》（*The Orwell Mystique: A Study in Male Ideolo-*

---

① Christopher Norris, *Inside the Myth—Orwell: Views From the Left*, London: Lawrence and Wishart, 1984, p. 261.

gy）。题目"奥威尔之谜"，即她所说的"该如何解释他的名望"①，或"神话生成过程"，或"奥威尔崇拜"（the Orwell cult），或"他的成名现象"，这些都是帕苔本书讨论的重要主题，从本质上说是帕苔试图从女权主义理论视角，对奥威尔经典生成进行再阐释，其目的是对奥威尔的"男性中心主义"思想进行批判。

　　帕苔对此的阐释大致经历了三个阶段。第一阶段是在写《奥威尔之谜》的数年之前，她赞同多数论者的观点，即"奥威尔之谜"在于作家本人的"激情和诚实"。第二阶段是帕苔在写该书时的观点，她从女权主义视角对奥威尔及其作品进行了新的阐释，试图通过文本细读揭示"奥威尔之谜"。第三阶段是在2003年奥威尔100周年诞辰的卫斯理会议上，虽然帕苔的基本观点没有改变，但对当代女权主义理论的发展进行了反思，对奥威尔的认识进行了一些修正。②

　　帕苔的第二阶段即在书中讨论的是奥威尔经典生成问题。她认为普里切特"冷峻的良心"和"圣人"等评价是"奥威尔神话"产生的主要来源。之后，奥威尔"诚实"和"正派"的评价渐成主流，当这些评价进入公共领域，"谜"一样的光环就开始套在奥威尔身上。奥威尔成为广为接受的"道德榜样"和政治英雄。各方将奥威尔视为"护身符"，引用奥威尔以支持己方观点，无疑可以证明自身立场具有不言自明的正确性。更有趣的现象是，奥威尔常常被对立的双方很自然地用来支持各自的观点。③ 最典型的例子就是20世纪80年代新保守主义者波德霍雷茨和左派希钦斯有关奥威尔的讨论。前面已讨论波德霍雷茨提出"如果奥威尔今天还活着"的命题，并认为奥威尔是"新保守主义者的先驱"，而希钦斯则把奥威尔纳入社会主义者阵营。帕苔指出他们都采取了一种选择性阅读的策略，"甚至有意识地忽略了

---

① Daphne Patai, *The Orwell Mystique: A Study in Male Ideology*, Amherst: the University of Massachusetts Press, 1984, p. 15

② Thomas Cushman and John Rodden, eds., *George Orwell Into the Twenty-first Century*, Boulder: Paradigm Publishers, 2004, pp. 200–211.

③ Daphne Patai, *The Orwell Mystique: A Study in Male Ideology*, Amherst: the University of Massachusetts Press, 1984, p. 3.

奥威尔作品中不利于自身目的的内容"。① "奥威尔之谜"与具有以上典型特征的奥威尔接受历程密切有关。

不过，帕苔认为"奥威尔之谜"更重要的是与奥威尔的作品紧密相关。首先，她指出作家本人具有矛盾性。第一，奥威尔总是受到否定情绪的影响，但他在否定的同时又对其否定对象隐含着肯定的种子。第二，奥威尔的性格具有保守的一面，但同时又具有革命精神。但是，有一种不变的逻辑贯穿于一身，那就是对胆怯的，对有关战争和暴力的第一手知识匮乏的人，他表现出轻蔑的态度。其次，在叙事修辞策略上，帕苔认为奥威尔喜欢以偏概全，比如采取类似"每个人认为"的"全体者的声音"（voice-of-the-people），同时他也采用具有好斗和威胁语气的"狂野的声音"（voice-in-the-wilderness），即敢于说出别人心中所想。由此，帕苔认为"奥威尔的挑剔是他身上之谜这一光环产生的重要因素"。② 并且，"我们距离他生活的时代越远，反而对奥威尔神话的信奉越发强烈"。③

帕苔与不少强调作家道德品质的批评家不同，她对"奥威尔之谜"的分析重点转向了对奥威尔作品的细读上。因而，她通过分析其作品中的矛盾和对立，发现了一个令人吃惊的统一线索贯穿其中：奥威尔身上聚集着"意识形态群"（ideological cluster），其中最重要的，并且常常为人所忽视的是奥威尔作品中的"男性中心主义"④，主要表现在男性气概和厌女症。⑤

帕苔认为奥威尔作品中的"男性中心主义"在作家经典生成过程

---

① Daphne Patai, *The Orwell Mystique: A Study in Male Ideology*, Amherst: the University of Massachusetts Press, 1984, p. 6.
② Daphne Patai, *The Orwell Mystique: A Study in Male Ideology*, Amherst: the University of Massachusetts Press, 1984, p. 12.
③ Daphne Patai, *The Orwell Mystique: A Study in Male Ideology*, Amherst: the University of Massachusetts Press, 1984, p. 13.
④ Daphne Patai, *The Orwell Mystique: A Study in Male Ideology*, Amherst: the University of Massachusetts Press, 1984, p. 14.
⑤ Daphne Patai, *The Orwell Mystique: A Study in Male Ideology*, Amherst: the University of Massachusetts Press, 1984, p. 15.

中发挥关键作用。特别是在作品与读者交流这一环节，奥威尔的"男性中心主义"不仅深深地影响了读者，而且还培育了读者。他们始终处于男性文本之间的亲密和共谋关系之中，因而女性读者往往感到被排斥在外。① 奥威尔虽然意识到这种男权统治模式对人类社会的破坏作用，但他仍然无法摆脱那个时代的男子气概传统，始终找不到出路，因而陷入绝望之中。在帕苔看来，奥威尔的悲观主义和绝望源于他的"男性中心主义"思想。

　　帕苔后来曾阐明她当时在该书的观点。第一，奥威尔以正派、诚实和政治公正而闻名，但却完全排斥了性别公正，即使这已是他那个时代的主旋律；第二，奥威尔对男性气概受到不断侵蚀而感到焦虑，他害怕社会主义的后果是产生他所蔑视的那种温柔和女性化的世界，这种焦虑破坏了他公开宣扬的政治承诺。帕苔强调这些观点的形成是源于她"通过反复细读所能获得的各种已出版或者未出版的奥威尔作品"。② 帕苔的自述表明了该书的第一个主题揭示奥威尔的"男性中心主义"，第二个主题是分析他根深蒂固的男子气概。帕苔十分推崇细读文本这种文学研究方法。③ 她特别注重分析小说中间接透露出作家的男权主义思想。虽然小说具有虚构性，但是她认为作家在小说中更能透露出矛盾性，因为作家在创造人物，设置人物情节过程中，往往会在某种程度上失去控制，对于一些深层次的矛盾的忽略或者压制便会留下痕迹，从各个层面潜入（seep）文本中。④ 帕苔认为，只有如此细读文本才能真正地发现和理解"奥威尔之谜"即"男性中心主义"。

---

　　① Daphne Patai, *The Orwell Mystique: A Study in Male Ideology*, Amherst: the University of Massachusetts Press, 1984, p. 17.
　　② Thomas Cushman and John Rodden, eds. *George Orwell Into the Twenty-first Century*, Boulder: Paradigm Publishers, 2004, p. 200.
　　③ Thomas Cushman and John Rodden, eds. *George Orwell Into the Twenty-first Century*, Boulder: Paradigm Publishers, 2004, p. 203.
　　④ Daphne Patai, *The Orwell Mystique: A Study in Male Ideology*, Amherst: the University of Massachusetts Press, 1984, p. 18.

二 《一九八四》中的"男性中心主义"

帕苔通过上述观点和视角，对奥威尔长篇作品作了十分出色和细致的文本解读，其中最典型、最重要的是对《一九八四》的解读。帕苔的评论该小说的题目是《〈一九八四〉中的游戏策略和男性中心主义》(Gamesmanship and Androcentrism in Nineteen Eighty-four)。"Gamesmanship"意指合理利用一些通常不光彩的方法取得比赛的胜利。此词与"Androcentrism"并置更加突出了"man"的特性，将"woman"完全排斥出去。题目透露出帕苔的观点，小说讲述的只是男人之间的游戏，关乎男人的权力争夺。

帕苔对小说的阐释正是从"游戏"(game)开始。"游戏"的特征是"玩"(play)，意味着"游戏"只是一个过程，没有目的。奥勃良正是"游戏规则"的制定人，他告知温斯顿"英社"的统治逻辑是"为了权力而权力"，手段的本身就是目的。这符合游戏的特征。但是这种"游戏"更重要的是要具有"竞争性"，是人可以不讲游戏规则地对其他人施以权力，是获得"将靴子踩在人的脸上"的胜利。因此这种"游戏"需要具有对抗性的"参与者"(player)。作为游戏规则制定者的统治者需要对手，这才能体现权力的存在，对手越有能力反抗，越能体现施以权力的快感。

在帕苔看来，大洋国的统治机制中，无论是外部的战争还是内部的人员机构都不是"权力"的"争斗场"。战争只是一个过程，核心党员思想无懈可击，无产阶级则是一片散沙。代表着统治者无上权力的奥勃良只能着手培养温斯顿作为理想的反抗者，因此在温斯顿被捕之前，奥勃良精心地设置"陷局"，温斯顿"入局"越深，他就跌得越惨，而奥勃良越能从中享受到使用权力折磨人的痛快。如此看来，整部小说可以视为两个男人相互纠葛的游戏。

帕苔将这场相互纠葛的游戏视为奥勃良与温斯顿之间的博弈(game theory)，并以此解释温斯顿的动机。博弈论是指二人在平等的对局中各自利用对方的策略变换自己的对抗策略,达到取胜的目的,基本要素有局中人(players)、策略(strategy)和得失(payoffs)等。然而在《一九八四》中,这种博弈正如小说中经常出现的意象"下棋",是一种零和博弈(zero-sum game),即参与博弈的各方,在严格竞争下,一方的收益必然意味着另一方的损失,博弈各方的收益和损失相加总和永远为"零",双方不存在合作的可能。

  在这场"零和博弈"中,奥勃良的策略是不断延长惩罚的过程,以期长期享受实施权力的快感,而温斯顿也是这一过程的积极参与者,目的是寻求获得奥勃良的认可。帕苔特别提出温斯顿是主动参与这场博弈。在奥勃良对温斯顿进行惩罚的学习、理解和接受三个阶段中,温斯顿其实在每个阶段都可以停止这种博弈,可以像"烈士"一样尊严地死去,这种"失"也是一种"得",就像"不去反抗的老鼠剥夺了猫在这种游戏中的乐趣"。① 但是,温斯顿选择的策略却是对具有无上权力的惩罚者奥勃良致以敬意,力图从他那里不断获得认可和肯定。因此,帕苔认为他们具有相同的价值参照系,即对权力的崇拜。温斯顿最后告诉他并没有背叛裘丽娅,帕苔认为他其实在向奥勃良泄密,这造就了奥勃良最终成为胜利者,而温斯顿则丧失了参与者的身份和价值,因而陷入了绝望的境地。但是不管结果如何,这场博弈的双方都是维系男权的共同体。

  如果说以上论及的博弈主要体现了奥威尔"男性中心主义"的"男子气概",那么他对女性的描述更多地流露出的是"厌女症"。首先,奥威尔超越了温斯顿的视角表达了对女性整体的厌恶,比如"他不喜欢所有的妇女,特别是那些年轻和漂亮的"。② 其次,奥威尔在小说中对女性的描述是负面和漫画式的。特别是在对裘丽娅的刻画中,奥威尔不仅借其之口表达"我有多么地恨女人",③ 而且与理智的温斯

---

① Daphne Patai, *The Orwell Mystique: A Study in Male Ideology*, Amherst: the University of Massachusetts Press, 1984, p. 233.

② Daphne Patai, *The Orwell Mystique: A Study in Male Ideology*, Amherst: the University of Massachusetts Press, 1984, p. 241.

③ Daphne Patai, *The Orwell Mystique: A Study in Male Ideology*, Amherst: the University of Massachusetts Press, 1984, p. 245.

顿形象形成鲜明对照，具有不善抽象的性格特征。

帕苔以上讨论显示在奥威尔的作品中，男性对于权力的争夺和博弈无处不在，温斯顿与奥勃良的关系远远超越他与裘丽娅的关系。因此，奥威尔似乎在反抗"英社"的统治，但他也没有觉察到自己是"男性中心主义"的完美体现。帕苔认为正是奥威尔这种"厌女症"和对女权主义的敌视态度导致他无法摆脱自身的矛盾性，从而对未来抱以悲观和绝望的态度。

帕苔从奥威尔本人的矛盾性入手，通过文本细读另辟蹊径，试图找到"奥威尔之谜"，得到的结论就是奥威尔具有无法克服的"男性中心主义"思想。"男子气概""厌女症"等女权主义批评话语开始应用到奥威尔身上。

帕苔关于奥威尔经典生成的女权主义阐释并不是孤立的现象。其他女权主义者也频频出手，揭示奥威尔的"男性中心主义"思想，最终目的是要揭示"奥威尔之谜"如何被"制造"出来，究其实质是西方左派在1984年前后的"奥威尔争夺战"中与右派展开的思想论战。帕苔的观点代表了女权主义左派的思想观点，并且这与当时美国女权主义运动的兴起密切相关。

第三节　罗蒂："欧洲最后一位反讽主义者"
——新实用主义者的奥威尔批评

美国新实用主义代表人物理查德·罗蒂（Richard Rorty）此时也发表了一篇重要的奥威尔评论《欧洲最后一位知识分子——奥威尔论残酷》（The Last Intellectual in Europe：Orwell on Cruelty），是其1989年出版的著作《偶然、反讽与团结》（Contingency, Irony, and Solidarity）中一章。

奥威尔提出虽然20世纪人类平等已经在技术上成为可能，但是人类社会也有可能会朝着相反方向发展。前面提到的当代西方马克思主义左派诺瑞斯认为，1984年之后的现实世界说明奥威尔的判断是肤浅和错误的。针对这一指责,罗蒂提出"自奥威尔执笔迄今40年来,还没有人能发现一个更好的方式来陈述我们所面对的政治选择。从他早期针对贪婪愚蠢的保守派以及共产主义寡头政治统治所提出的警告,我们可以说,他对我们的政治处境(其中的危险与可能)的描述仍然非常有用"。① 罗蒂认为奥威尔关心的是"受苦受难的人们",他的成功在于"在最恰当的时机写出了最恰当的书籍","他对于那一个特殊历史偶然的描述,正好就是关系自由主义政治的未来前途所必需的东西"。②

罗蒂具体指出奥威尔的主要贡献有二:第一是《动物庄园》和《一九八四》的前三分之二在实践上的最大贡献就是"透过对苏联的重新描述,让第二次世界大战后的政治局势展现新的面貌,从而使我们对于这些辩解有所敏感"。③ 第二是《一九八四》的后三分之一从温斯顿和裘丽娅去奥勃良公寓后,《一九八四》就转变成以奥勃良为中心,而非讨论20世纪国家权威主义国家。④ 奥威尔这里指明的是,知识分子在面临丧失自由主义希望的情况下该如何应对,奥勃良的行为即是他对这个问题的答案。

综上,罗蒂认为奥威尔的两大贡献是"重新描述苏维埃政权和创造奥勃良",前者是针对历史事件,后者是对未来的前瞻和警告。

一 对苏维埃政权的重新描述和对"奥勃良"的创造

奥威尔的一些仰慕者认为奥威尔揭示了"普通真理",他们常常从引用奥威尔的话予以证明:"石头是硬的,水是湿的,地心有引

---

① Richard Rorty, *Contingency, Irony, and Solidarity*, Cambridge: Cambridge University Press, 1989, p. 170.

② Richard Rorty, *Contingency, Irony, and Solidarity*, Cambridge: Cambridge University Press, 1989, p. 170.

③ Richard Rorty, *Contingency, Irony, and Solidarity*, Cambridge: Cambridge University Press, 1989, p. 171.

④ Richard Rorty, *Contingency, Irony, and Solidarity*, Cambridge: Cambridge University Press, 1989, p. 171.

力"; "自由就是说出 2 加 2 等于 4 的自由"。他们认为奥威尔是"一位实在论的哲学家、常识的辩护者①。"

罗蒂则对奥威尔提出不同的解释。他认为奥威尔和纳博科夫一样使读者留意到"残酷和侮辱",但这不是表象和实在的关系,而是"对于可能发生或已经发生的事情的重新描述","我们应该把他们的重新描述拿来和其他对于相同事情的重新描述(而不是和实在)进行比较②。"

罗蒂认为,在《动物庄园》中,奥威尔利用小孩都能懂的语言将 20 世纪历史进行重述。无论是在斯大林和希特勒之间找出区别,抑或继续使用"社会主义"、"资本主义"或"法西斯主义"等话语来叙述历史都变得不合乎实际。这部小说的力量不是它与实在的关系,而是在于与其他最普遍描述之间的关系。小说在策略上巧妙地安置了一支杠杆,而不是一面镜子。③

罗蒂认为奥威尔并没有给出怎么办,而是"仍在起点原地踏步"。然而迄今为止,无论是新保守主义者还是西方马克思主义左派人士,仍没有人可以为奥威尔说的"人类平等在技术上的可能性"拿出一套具有说服力的剧本。《动物庄园》和《一九八四》的前三分之二部分成功不在于使我们面对道德现实,而是让我们清楚地看到旧的政治理念已经无法使用,而现在却没有任何新的政治理念可以协助我们朝向自由主义的目标迈进。

罗蒂认为奥威尔更重要的贡献是在《一九八四》的后三分之一部分对人物"奥勃良"的创造,警告了人类社会(特别是知识分子)可能步入歧途,走向奴役的未来景象。

罗蒂首先批评了《一九八四》后三分之一部分的斯特拉奇与威廉斯阐释模式。斯特拉奇认为小说到这个部分开始走下坡路,威廉斯则指责

---

① Richard Rorty, *Contingency, Irony, and Solidarity*, Cambridge: Cambridge University Press, 1989, p. 172.
② Richard Rorty, *Contingency, Irony, and Solidarity*, Cambridge: Cambridge University Press, 1989, p. 173.
③ Richard Rorty, *Contingency, Irony, and Solidarity*, Cambridge: Cambridge University Press, 1989, p. 174.

奥威尔的悲观主义。对于他们认为这部分可有可无的观点，罗蒂并不认可。他认为这一部分的中心是奥勃良而非温斯顿，是关于折磨，而非被折磨，是描绘"将靴子踩在脸上"的未来，而非讨论客观真理的问题。

罗蒂继而指出二加二等于四是不是真理并不重要，重要的是你能自由地说出你认为是真理的话。他认为真理不是永恒的，而是历史的偶然使然。在具体生活当中，人类的共同性只是在于感受痛苦，特别是人类所独有的痛苦，即把他们原有的话语模式和思想结构强行撕裂和重组，使他们感受到耻辱。例如，奥勃良对温斯顿的施虐是这样进行的。他强行灌输二加二等于五，目的是摧毁他的思想，使其丧失自我，处于失语、失忆和失裂的状态，直到最后真心地接受二加二等于五。奥勃良的目的就是"为了折磨而折磨"，而非"为了真理而真理"，在无尽的施虐中，他享受着无限乐趣。

奥威尔通过创造奥勃良这一人物，展现了知识分子是如何存在于自由主义理想破灭的社会。在这种社会中，奥勃良的人生目的就是从施虐中获取快感，这在罗蒂看来是小说中最为恐怖的景象。作为被施虐者温斯顿，他对奥勃良有一种纠葛的爱，这是因为他是一位反讽主义者，他质疑他被强制灌输的话语和思维模式，因此他渴望与人交流，奥勃良发挥着这样的功能。罗蒂认为奥勃良是"欧洲最后一位反讽主义者"[1]，即可以在自由主义丧失的情况下仍然使用反讽，但奥勃良很快就掌握了"双重思想"，不再是个反讽主义者。无论是施虐者还是被施虐者，他们一个愿打一个愿挨，人生的目的就是折磨与被折磨，而这一切又都是历史的偶然。

二 自由主义的反讽主义者

奥威尔的小说《一九八四》原名是《欧洲的最后一个人》，而罗蒂这里的题目为《欧洲的最后一位知识分子》。前者关注在国家权威

---

[1] Richard Rorty, *Contingency, Irony, and Solidarity*, Cambridge: Cambridge University Press, 1989, p. 187.

主义全能控制下，温斯顿孤独的反抗代表了人性最终被压制而泯灭。而罗蒂更关心的是在自由主义观念丧失的社会中，知识分子该何去何从？因此在所谓西方后国家权威主义时代，罗蒂对奥威尔及其作品进行了新实用主义视角的解读。

在罗蒂看来，奥威尔的经典价值在于他重新描述了历史，并且这一历史剧本至今还没有人超越。更重要的是，奥威尔警告了知识分子在丧失了自由主义观念后会扮演施虐者的恐怖角色，施虐本身成为目的，施虐者以之为乐，被施虐者自愿接受奴役。在小说文本中，"最后一位知识分子"是指"最后一位反讽主义者"，即奥勃良，但他已对"双重思想"运用自如，最后一位知识分子变成赤裸裸的施虐者。

罗蒂在《偶然、反讽与团结》中旨在建构一位理想的"自由主义的反讽主义者"（liberal ironist）。这里的自由主义者是指相信"残酷是我们所作所为是最糟糕的事"的那些人。① "反讽主义者"是指"认真严肃地面对他或她自己最核心信念与欲望的偶然性，秉持历史主义与唯名论的信仰，不再相信那些核心的信念与欲望的背后还有一个超越时间与机缘的基础②。"罗蒂认为"自由主义的反讽主义者"在无基础的欲望当中，包含了一个愿望，即"希望苦难会减少，人对人的侮辱会停止"。③

罗蒂对于"自由主义的反讽主义者"这一"人类团结"的乌托邦建构不是基于本质主义、必然性、理想主义和理论化的推演，而是取决于关系主义、偶然性、情感主义和重新描述等要素。因此，罗蒂的文学批评的开展显然具有鲜明的目的性。他认为"如果我们对其他不熟悉的人所承受的痛苦和侮辱的详细原委，能够提升感应相通的敏感度，那么我们便可以创造出团结"。这种敏感度可以使"我们"能够

---

① Richard Rorty, *Contingency, Irony, and Solidarity*, Cambridge: Cambridge University Press, 1989, p. xv.
② Richard Rorty, *Contingency, Irony, and Solidarity*, Cambridge: Cambridge University Press, 1989, p. xv.
③ Richard Rorty, *Contingency, Irony, and Solidarity*, Cambridge: Cambridge University Press, 1989, p. xv.

感觉到"他们"的痛苦,使"他们"成为"我们之一",即"我们意识"(we-consciousness),是"详细描述陌生人和重新描述我们自己的过程"。① 罗蒂相信这种"敏感度"的提升最有效的方法就是阅读小说,因为小说"把我们向来没有注意到的人们所受的各种苦难巨细靡遗地呈现在我们眼前",成为"道德变迁与进步的主要媒介"。罗蒂在 1984 年前后选择论述奥威尔的《一九八四》的目的正是服务于建构"自由主义的反讽主义者"这样的乌托邦理想。奥威尔《一九八四》中的奥勃良形象完全是这种理想的反面,而历史的选择是偶然的,小说中描述的未来也有可能降临人类。罗蒂通过解读小说提升了我们的深刻认识这种未来走向的敏感度,从而共同努力使社会能够走向这种梦魇的反面。

以上论述反复出现的"重新描述""偶然性""自由主义的反讽主义者"等都是罗蒂作为新实用主义者代表的核心词语。罗蒂在 1982 年出版的《实用主义的后果》(*Consequences of Pragmatism*)中主要提出了新实用主义的三个命题。第一,任何事物都可以通过重新描述,在各种关系中进行优劣比较,而非本质主义的命题;第二,这种重新描述是来自经验和实践,而非理论推演;第三,采取历史主义视角,成为历史和未来都是偶然性决定的。罗蒂对奥威尔《一九八四》的独特视角及其作家经典生成的观点也旨在各种理论竞争互动的 20 世纪 80 年代积极宣扬其新实用主义观点。

第四节 希钦斯:"奥威尔为何重要?"
——一位"正派反对者"的奥威尔批评

2003 年恰逢奥威尔 100 周年诞辰,西方世界再次掀起了"奥威尔热",各地举办了许多学术会议和纪念活动,又有多部新的奥威尔传记问世,研究专著出版也迎来高潮。其中,当代西方重要知识分子,被誉为"奥威尔后继者"的克里斯托弗·希钦斯(Christopher Hitch-

---

① Richard Rorty, *Contingency*, *Irony*, *and Solidarity*, Cambridge: Cambridge University Press, 1989, p. xvi.

ens，1949— ）2002 年出版了《奥威尔为何重要》（*Why Orwell Matters*）①。希钦斯的这部论著具有重要的影响力。首先，"奥威尔为何重要"成为 21 世纪以来讨论奥威尔的中心议题。其次，希钦斯在书中讨论了奥威尔的诸多核心话题，并与前面知识分子的奥威尔批评形成了鲜明的对话关系。更为重要的是，希钦斯也代表了作为一位"正派反对者"个体的当代西方奥威尔批评。

一 "奥威尔为何重要？"

"奥威尔为何重要"实质上就是讨论奥威尔在当代的重要性和影响力。希钦斯在书中紧密围绕这个主题提出了一些重要观点。首先，希钦斯总结了奥威尔的历史贡献。他认为对于 20 世纪三个重大历史事件帝国主义、法西斯主义和斯大林主义，奥威尔的判断是正确的，而其他大多数知识分子或者反抗不彻底，或者做出了妥协。其次，希钦斯提出奥威尔在这七个方面的阐述对于当代仍然具有重要参考价值：（一）"英国性"；（二）语言的重要性；（三）文化研究；（四）真理问题；（五）对后世小说的影响；（六）生态环境；（七）核武器的危险。② 这七点正是希钦斯有关"奥威尔为何重要"的核心观点。

在此基础上，希钦斯重点围绕奥威尔与帝国、奥威尔与左派、奥威尔与右派、奥威尔与美国、奥威尔与"英国性"、奥威尔与女权主义者、"奥威尔名单"、奥威尔小说、奥威尔与后现代主义者等九个专题展开具体讨论。下面聚焦希钦斯讨论奥威尔与左派的关系以及"奥威尔名单"这两个最为核心的问题。

二 奥威尔与威廉斯

自 20 世纪 30 年代以降，从英国老左派到英国新左派再到西方马克

---

① 该书也在英国出版，书名是《奥威尔的胜利》（*Orwell's Victory*）。
② Christopher Hichens, *Why Orwell Matters*, New York: Basic Books, 2002, p. 11.

思主义左派，奥威尔与左派的关系一直是知识分子讨论的热点，希钦斯同样重点讨论了这一关系。他分析了汤普森、拉什迪（Salman Rushdie）、赛义德（Edward Said）、多伊彻、威廉斯、奥布莱恩（Conor Cruise O'Brien）等左派知识分子的代表性引文，发现他们在讨论奥威尔时的共同点大致是：第一，指责奥威尔的消极、冷漠、悲观、绝望以及对其正派、诚实品德的质疑；第二，对奥威尔的指责主要是基于其写作的效果，而非传记或者文本；第三，将奥威尔引用或者讨论别人的观点当作他本人持有的观点；第四，在引用奥威尔文本讨论时，只选取符合自身目的的片段，而略去其他重要信息。总之，希钦斯认为左派在评论奥威尔时大都犯了常识性的错误，他们指责和憎恨奥威尔的本质原因在于奥威尔"给敌人提供了弹药"，[1] 客观上成为保守势力的同盟。

在左派知识分子当中，希钦斯将批评的矛头主要对准了前面已经讨论过的英国新左派代表人物威廉斯。希钦斯在书中对威廉斯的讨论主要基于 1999 年发表在《批评季刊》（*Critical Quarterly*）的一篇讲座稿《奥威尔与威廉斯》（George Orwell and Raymond Williams）。希钦斯认为自己是威廉斯"主要的冒犯者"，[2] 他对威廉斯提出了质疑和批评。希钦斯首先通过新发现的档案文献"奥威尔在西班牙曾被当作托派分子遭到苏联 KGB 的追杀"反驳所谓"名单事件"文献，并以此证明《一九八四》的创作动机源自他在西班牙目睹的斯大林大清洗。他批评威廉斯对斯大林主义持"忽视"的态度。

希钦斯的观点是，虽然威廉斯的文化研究受到奥威尔很大的影响，并且两位知识分子之间也有许多相似之处[3]，但是威廉斯对奥威

---

[1] Christopher Hichens, *Why Orwell Matters*, New York: Basic Books, 2002, pp. 58–59.
[2] Christopher Hichens, *Why Orwell Matters*, New York: Basic Books, 2002, p. 44.
[3] 希钦斯曾引用威廉斯《文化是日常的》（*Culture Is Ordinary*）的一段描写，然后说如果将此按照瑞恰慈（I. A. Richard）的实用文学批评课堂模式，抹去作者姓名，可以得出该文受到奥威尔影响的结论。希钦斯认为他们对自然的景物、乡村和传统具有共同的兴趣；都认为将社会看作应该像家庭一样团结和分享；他们都从事文化研究。Christopher Hitchens, "George Orwell and Raymond Williams", *Critical Quarterly*, Vol. 41, No. 3 (1999), p. 8.

尔却抱以蔑视的态度，并对他进行了错误的理解和表述。威廉斯在批评文本中把奥威尔"炮制为一个对英国阶级制度情感化和天真的人物，一个冷战和绝望政治的道德始作俑者"，他虽然承认奥威尔对他的影响，但是这种承认是不情愿、低调的，事实上是憎恨，甚至是嫉妒的。①

希钦斯驳斥威廉斯的策略主要是揭示威廉斯语言背后的政治，因为他作为《关键词》的作者对语言特别敏感。关于威廉斯对西班牙内战的描述，希钦斯认为他有意避免正面对斯大林主义作出评价。比如，他把政府共和军对马党的镇压和清洗说成他们之间的"冲突"（conflict）和"敌对"（rivalry），希钦斯认为这是对历史事实的"伪造"。威廉斯在评论西班牙内战的报道时这样描述道："大多数历史学家"认为革命会干扰反法西斯主义的终极目标；"一些人"认为革命会破坏这场战争；"只有极少人"认为共和政府对革命镇压的背后是一场权力政治。② 希钦斯认为现在已证明"少数人"的观点是历史事实。虽然威廉斯在1971年写《奥威尔》专著时应该对斯大林主义有更多了解，但是他仍然采用"大多数历史学家"这一"客观假象"（pseudo-objectivity）的方法，以表明他对共和政府立场的同情和支持。希钦斯的评论十分犀利："威廉斯在苏德条约签署之后加入共产党，他的第一篇文章就是对1940年苏联侵略芬兰的辩解。这说明他到1971年为止，仍然没有摆脱他在斯大林伪造学校（the Stalin school of falsification）接受早期培训的影响。"③

希钦斯还指出，威廉斯在引用奥威尔原文表述他的政治立场时忽略了文中大量其他关键信息。比如威廉斯对"英国是一个大家庭，但被错误的成员掌控"这一看法的批评，希钦斯认为他并没有引用

---

① Christopher Hitchens, "George Orwell and Raymond Williams", *Critical Quarterly*, Vol. 41, No. 3 (1999), pp. 8 – 9.

② Raymond Williams, *George Orwell*, New York: The Viking Press, 1971, p. 57.

③ Christopher Hitchens, "George Orwell and Raymond Williams", *Critical Quarterly*, Vol. 41, No. 3 (1999), p. 10.

这段论述中的关键一句："（这个家庭）对家庭的收入来源都保持缄默，这是一种根深蒂固的共谋关系。"希钦斯认为这才是更为严厉和准确的分析，因为二战期间为了维持英苏的同盟关系，英共对帝国主义的殖民掠夺行为保持缄默。然而，威廉斯也对此关键信息视而不见。希钦斯还特别指出波德霍雷茨和威廉斯在讨论奥威尔《为希力亚客士同志辩护》（*In Defence of Comrade Zilliacus*）时，都省略了原文的重要信息而得出荒谬的结论。他们忽略了奥威尔文中的主旨是想表达建立一个欧洲社会主义合众国（Socialist United States of Europe）。在冷战时期美国和苏联两个超级大国都处于邪恶制度的情况下，知识分子唯一的现实选择只能是站在美国这一相对邪恶较轻的一方。

希钦斯认为威廉斯对奥威尔的批评在论述《一九八四》时达到了极致：小说反共产主义倾向太强、悲观主义太浓、背叛的受虐症太重。[1] 威廉斯指责奥威尔把西方国家权威主义单独与社会主义相联系，希钦斯认为他没有看到小说是源自对斯大林主义的恐惧。他特别指出威廉斯在谈论温斯顿在101房间不堪受审的折磨而背叛裘丽娅时，他用了"这正是他（奥威尔）让此发生的"[2]，希钦斯认为这个逻辑太荒谬了，并指责威廉斯对大清洗的相似场景视而不见。[3]

---

[1] Christopher Hitchens, "George Orwell and Raymond Williams", *Critical Quarterly*, Vol. 41, No. 3 (1999), p. 13.

[2] Raymond Williams, *George Orwell*, New York: The Viking Press, 1971, p. 80.

[3] 《批评季刊》编委会紧接希钦斯的文章发表了评论。评论认为奥威尔是威廉斯的"盲点"，因为他站在为苏联辩护的立场之上。威廉斯20世纪60年代末到70年代初的作品受到马克思主义的影响，这钝化了他的思考，《政治与文学》访谈标志着他思想的最低点。评论作者还提到他曾将这一看法咨询威廉斯，威廉斯的答复是当时他由于身体的原因已经有六个月不能写作。相反，评论认为威廉斯在学院体制以外和从事成人教育时期的作品则富有创见。比如，《文化与社会》的奥威尔一章中对奥威尔的反对主要基于他拒绝与社会有着任何附属关系。奥威尔的一些片面结论并不能带来社会变革，因为这些结论是基于一种简单的客观性，而忽视了作家自身的社会和语言形成。因此，评论认为在当今资本主义矛盾日益加剧的背景下需要有一种可以共同感受到的集体精神（a felt collectivity）才能产生政治转型。也就是说，在后里根和撒切尔时期，所有劳动者（而非威廉斯所说的工人阶级）利益的客观趋同应该和一种共同分享的全球主观性（a shared global subjectivity）进行协作，这才是超越希钦斯和威廉斯话题的意义所在。详见 Christopher Hitchens, "George Orwell and Raymond Williams", *Critical Quarterly*, Vol. 41, No. 3 (1999), pp. 21-22.

希钦斯在《奥威尔为何重要》的书中还补充了他对威廉斯所谓奥威尔作为"流放者的悖论"的看法。首先,他不认同奥威尔的悖论是消极的,而是具有创建性的对立。其次,他不认同威廉斯的"共同体"观念,他认为这具有西方国家权威主义的表征,他说"威廉斯正邀请奥威尔和我们所有人返回到鲸腹之内"。① 因而,对于威廉斯因奥威尔《向加泰罗尼亚致敬》体现了"有信仰的共同体"而给予的赞颂,希钦斯反驳到,这是属于斯大林主义的"共同体",威廉斯是其有机的组成部分。② 希钦斯最后总结说,正是这些明显的错误,威廉斯的文字早已被忘记,而奥威尔的作品却会一直被世人阅读和欣赏。③

三 "奥威尔名单"

"奥威尔名单"(Orwell's List)是指根据1996年英国解密档案显示,奥威尔曾于1949年给外交与联邦事务部下辖的信息研究部(Information Research Department,IRD)提交了一份"共产党秘密党员(crypto-Communists)、同路人(fellow travellers)和同情者(sympathizers)"的38人名单。这在当时(1996)西方知识界引起了轩然大波,有人将此与美国麦卡锡时代的"黑名单"相联系。一些左派指责奥威尔是"告密者""两面派",而一些右派则欣喜若狂,借此攻击左派,认为奥威尔叛离了左派,尤其是将奥威尔当作"新保守主义精神领袖"的波德霍雷茨,说奥威尔如果拒绝上交这个名单他才真会感到震惊。

当时提交名单的具体情况是,1949年3月29日,奥威尔的好友西

---

① Christopher Hitchens, "George Orwell and Raymond Williams", *Critical Quarterly*, Vol. 41, No. 3 (1999), p. 52.
② Christopher Hitchens, "George Orwell and Raymond Williams", *Critical Quarterly*, Vol. 41, No. 3 (1999), p. 53.
③ Christopher Hitchens, "George Orwell and Raymond Williams", *Critical Quarterly*, Vol. 41, No. 3 (1999), p. 57.

莉亚·柯温（Celia Kirwan）来医院看望已染重病的奥威尔，请他为她新的工作单位信息研究部写些文章。柯温是奥威尔好友柯斯勒（Arthur Koestler）妻子的妹妹，奥威尔病重时曾向她求婚，但被她委婉地拒绝。当时奥威尔身体已经被《一九八四》的写作拖垮，因此无力胜任，但答应推荐其他作家，同时他还答应为她提供不宜为信息研究部写作的38人名单，这38人是从他一本笔记本的135人名单中选出，但奥威尔并没有将这本笔记本交给她。

希钦斯在书中对奥威尔提交这份名单的动机作了解释。首先，他认为这份名单并不新鲜，早在1980年克里克的《奥威尔传》中已经提及。其次，名单中的人并没有谁因这份名单而失去工作或者关进监狱，比如其中的多伊彻。再次，信息研究部既不是英国军情五处MI5、六处MI6，更不是小说《一九八四》中的思想警察，而是英国工党政府成立的抵制苏联宣传的部门。奥威尔给柯温递交名单时，苏联正在封锁柏林，欧洲面临斯大林主义的威胁，奥威尔是反斯大林主义的，因此他提交名单是可以理解的。另外，希钦斯还提出了独特的一点，他认为这其实是奥威尔与他的朋友理查德·瑞（Richard Ree）之间的私人游戏（parlour game），即猜测哪些公众人物会在遭受侵略或独裁统治的情况下走向背叛。

当代另外一些知识分子也谈到了"奥威尔名单"，可视为对这一话题的补充。例如，奥威尔研究权威专家戴维森在1998年《奥威尔全集》及其2006年的全集补遗中列出了这38人名单。他认为，奥威尔这样做只不过是说让柯温不要找这些人来承担这个部门的反共宣传任务，因为他们可能是共产党或者同情者。事实上，名单中的德里博格（Tom Driberg）史莫莱特（Peter Smollette）的确是苏联KGB部门情报人员，其中后者有可能建议出版商卡普（Jonathan Cape）拒绝出版奥威尔的《动物庄园》。

当代西方著名知识分子蒂莫西·加顿·艾什（Timothy Gardon Ash）亲自查看了收藏在英国外交部的这份名单档案，并对名单产生的背景进行了详细介绍。艾什基本上和希钦斯、戴维森持相同观点。

他认为信息研究部在冷战中起到了和美国 CIA 秘密资助《动物庄园》电影拍摄一样的作用，但是奥威尔绝对不是一个"告密者"。首先，奥威尔本人十分鄙视告密这种行为；其次，奥威尔平时有列名单的习惯，目的是为写作积累素材；最后，奥威尔当时身体十分虚弱，对于柯温这样自己熟知的女性的探望，他会感到无限慰藉，当然心存感激。

四 希钦斯与奥威尔

从希钦斯讨论奥威尔与威廉斯以及"奥威尔名单"等话题当中，我们发现希钦斯反对威廉斯的"共同体"理念，将其视为西方国家权威主义的表征，奥威尔的"悖论"是具有创建性的，他坚决地反对英国左派对奥威尔的指控，指出他们根本没有依据文本，张冠李戴，把奥威尔引用别人说的话当作他本人的观点。关于这一点，我们在讨论汤普森批评奥威尔是消极的无为主义者时，也曾作了详细的讨论。而在当代，所谓"奥威尔名单"更是激化了西方左派与奥威尔的矛盾，希钦斯极力为奥威尔辩护，并为辩护提供了主要证据。

希钦斯被认为是奥威尔的"后继者"，说明他对奥威尔是高度认同的，并将其视为自己的榜样，试图在当代扮演奥威尔的角色。关于希钦斯与奥威尔的关系，即使是希钦斯的批评者司各特·卢卡斯（Scott Lucas）对此也有很好的说明。他在 2004 年出版的《异见者的背叛：超越奥威尔、希钦斯和美国新世纪》（*The Betrayal of Dissent: Beyond Orwell, Hitchens and the New American Century*）一书中指出，奥威尔与希钦斯都代表了西方左派的内部批评者，弘扬"英国性"，追求语言的清晰和道德的正派。卢卡斯还认为，如果说奥威尔通过研究 19 世纪的自由主义者狄更斯构建了自己在读者中的类似狄更斯的形象，那么希钦斯则通过他在该书以及其他论文和书信对奥威尔的研究，将自己塑造为一位类似奥威尔的正派反对者（decent contrarian）的形象。希钦斯追求与奥威尔一样，成为特里林所说的"有德性的"知识分子，道德与政治纯洁的捍卫者。①

这里提到的"反对者"，源自希钦斯的信件集《致一位年轻反对者的信》(Letters to A Young Contrarian)。希钦斯在书中屡次在涉及重要问题时提到奥威尔。例如，他谈到了写《奥威尔为何重要》一书的感受，认为那段时间是他生命最好的时光，他能与奥威尔契合，共同对抗他反对的人。② 这个"反对者"是希钦斯使用的一个独特的词，也是他志向的写照。他对此这样总结到：

> 提防非理性的东西，不管它有多大的诱惑力。避免"超验"的东西。避免所有那些邀请你从属于他们或者邀请你歼灭自我的人。不要相信同情心；宁愿选择尊严，包括自己的尊严和他人的尊严。不要害怕被别人认为你傲慢或者自私。把所有的专家都想象成哺乳动物。永远不要对不公正和愚蠢坐视不理。寻找论点和辩论，哪怕仅仅是为论点和辩论而去找；严肃的人会提供很多时间沉默。对自己的动机和所有的借口提出质疑。不要指望别人会为你活着，也同样不要为别人活着。③

希钦斯所述的"反对者"形象跃然纸上。第一，"反对者"重要的不是想什么，而是怎样去想，因此应该是一个独立的、勇敢的、具有怀疑精神、持异议的自由思想者；第二，具有抵抗武断权威或者大众愚蠢观点的意向，不怕成为少数派；第三，对于思想和原则问题，只有通过辩论和斗争才能得到证实或者修正；第四，在常识和正义面前，坚持思维的简单化。从希钦斯对"反对者"形象的描述中，我们不难看到奥威尔的影子。或者说，通过希钦斯对奥威尔

---

① Scott Lucas, *The Betrayal of Dissent: Beyond Orwell, Hitchens and the New American Century*, London: Pluto Press, 2004, pp. 4–5.
② [美] 克里斯托弗·希钦斯：《致一位"愤青"的信》，苏晓军译，上海人民出版社2005年版，第4页。
③ [美] 克里斯托弗·希钦斯：《致一位"愤青"的信》，苏晓军译，上海人民出版社2005年版，第130页。

的评论，我们可以发现希钦斯把奥威尔塑造成了"反对者"形象，这显然是他自我形象的投射，其目的同样也是利用奥威尔的声望，让其自塑的"反对者"形象在西方知识界扎根立足，发挥当代"奥威尔"的作用。

如果结合希钦斯的人生经历来看，他对奥威尔的认同和弘扬的原因更加清晰。希钦斯1949年出生于英国，曾就读于牛津大学，毕业后在伦敦作为记者为英国各大报刊撰稿。20世纪80年代，希钦斯移居美国，为期刊《国家》(the Nation)撰稿，因作为左派批评美国前总统克林顿性丑闻事件而闻名。2001年，希钦斯脱离左派，并在"911"事件中极力支持美国布什政府领导的反恐战争，批评左派的和平主义主张。由此可见，在诸多方面——无论是英国背景、新闻记者职业、左派内部的批评者、反对和平主义者，还是道德主义者、政治思想家、正派的反对者——希钦斯与奥威尔都具有许多相似性。只不过，希钦斯是当代或者后现代的知识分子，他面临的是许多崭新的课题。在当代知识分子发挥何种作用的问题上，他认为奥威尔仍然重要，并主张以奥威尔为知识分子楷模，弘扬作为一位"正派反对者"的理想。

第五节　当代西方主要奥威尔研究专家

当代西方有影响力的奥威尔研究专家有很多，例如活跃在20世纪80年代的克里克、斯坦基（Peter Stansky）等。如果从研究成就和研究方法综合考虑，戴维森、迈耶斯和罗登被称为当代最重要的奥威尔研究专家是当之无愧的。戴维斯的标志性成果是20卷《奥威尔全集》，迈耶斯是《乔治·奥威尔：批评遗产》和传记《奥威尔：一代人冷峻的良心》，罗登是《文学声望的政治：圣乔治·奥威尔的形成和利用》。他们在几十年的奥威尔研究中分别采用了三种主要方法：文献学、历史与传记、接受研究。这三位作为当代最主要的奥威尔研究专家的研究成果也标志着奥威尔研究日益走向专业化。

一 戴维森：文献学研究

英国学者戴维森（Peter Davison）曾任《图书馆》（*The Library*）杂志编辑（1971—1982）、威尔士大学（University of Wales）英语教授（1973—1979）、肯特大学（University of Kent）英美文学教授（1979—1982）、德蒙福特大学（De Montfort University）英语和传媒研究的客座教授，目录学学会（Bibliographical Society，成立于1942年）副主席等。戴维森为奥威尔研究作出了巨大贡献，成果斐然。① 他在《奥威尔全集》序言中这样说道："我这一生十分幸运地从事了莎士比亚和奥威尔的学术研究……与他们为伴我从未感到厌倦，相反我对他们作品的喜爱却与日俱增。"②

吸引戴维森耗费20多年心血编订《奥威尔全集》的是奥威尔独特的人格魅力和他对时代的特殊贡献。他说"Orwellian"一词至今仍充满力量："恐惧、正直、直接；关注语言、朴素文体和人性；努力做到眼见为实、愿意承认错误。更重要的是，他就人际关系提出了正派的概念。奥威尔他所说的，他所写的，他所代表的至今仍然充满活力，这真让人吃惊。他这个人和他的作品都是不确定时代的重要参照系和试金石。"③

戴维森的《奥威尔全集》共8543页，收录了奥威尔至今所有被发现的作品，有书、散文、评论、信件、诗歌、短剧、短篇故事、日记和广播等类型，其中书评约700篇，影评和剧评379篇，信件1700多篇。除此之外，他还对每个文本都作了详细的注释。在整个编订过

---

① 另外单篇论文还有："Editing Orwell: Eight Problems", *The Library*, VI, 6, (1984), pp. 217 - 218; "What Orwell Really Wrote", George Orwell & Nineteen Eighty-Four: The Man and the book, Library of Congress, Washington, DC., 1985, pp. 5 - 21; "Bankok Days: Orwell and the Prisoner's Diary", *Manuscripts*, 41, (1989), pp. 303 - 310; "George Orwell: Dates and Origins", *The Library*, VI, 16, (1991), pp. 137 - 150; "Orwell: Balancing the Books", *The Library*, VI, 16, (1994), pp. 77 - 100 等。
② George Orwell, *CW*, Vol. 10, ed. Peter Davison, London: Secker & Warburg, 1998, p. xxvi.
③ George Orwell, *CW*, Vol. 10, ed. Peter Davison, London: Secker & Warburg, 1998, p. xix.

程中，戴维森以"确切性"（definitiveness）为目标，他认为"编订者应该根据奥威尔明说或者暗示的意图来开展工作。有时如果可行的话，编订者还需要根据奥威尔出版的本意进行再创造，有时甚至还需要再进一步，即并不完全依照作者的表述来创造一个文本"，这样做当然难度和风险都很大，但是戴维森说："如果不去接受这一挑战，而为了规避风险只呈现一个保守的、未改一字的版本，这无疑是对该作家的作品放弃了本应承担的编订责任。"① 因此，戴维森参照了40个版本，"一个字一个字，一个句号一个句号"地进行比对和校勘，有时他还要参照保存下来的校对和打印原稿，比对法文版本，参照原来出版社的保存档案，然后根据所有线索和证据恢复奥威尔最初所满意的版本。

戴维森的《奥威尔全集》来之不易，是奥威尔研究最为珍贵的文献资源。文献学是研究外国文学的起点和基础，如果奥威尔研究没有参考《奥威尔全集》，那么这个研究结果显然经不起推敲。

二 迈耶斯：历史和传记研究

迈耶斯（Jeffrey Meyers）是美国著名文学批评家和传记家。截至2010年，他已经完成传记、文学批评、目录提要、批评集和论文集等48部作品。其中传记有22部，传主包括海明威、劳伦斯、康拉德、毛姆、约翰逊（Samuel Johnson）、爱伦·坡、菲茨杰拉德（Scott Fizgerald）、威尔逊（Edmund Wilson）、弗罗斯特（Robert Frost）等英美文学大家。他曾在采访中说："我特别喜欢和认同那些积极向上、争议不断、有男子气概的人物。"② 迈耶斯曾是美国科罗拉多大学（Uni-

---

① George Orwell, *CW*, Vol. 1, ed. Peter Davison, London: Secker & Warburg, 1986—1987, p. viii.
② 他同时谈到他多产的原因是因为他有着严格的写作计划。早上9:30—下午1:00，晚上7:30—11:00 都是写作时间，下午主要是锻炼和去书店和图书馆。每年他有6个月在进行采访，先用笔记在黄色便笺上，然后每天在电脑上写3页，每月写100页，这样四个月可以完成400页，最后再用两个月修改，在将作品交给出版社之时他就开始计划另一部作品［这是学习他的好友默多克（Iris Murdoch）的习惯］。迈耶斯现居美国加州伯克利。参见 http://alumni.berkeley.edu/news/california-magazine/fall-2009-constant-change/5-questions-serial-biographer-jeffrey-meyers。

verstiy of Colorado）英语教授，也是英国皇家文学学会（the Royal Society of Literature）中12个美国会员之一，2005年他获得美国艺术文学院（the American Academy of Arts and Letters）颁发的"文学奖"（Award in Literature）以"奖励他非凡的成就"。迈耶斯对奥威尔研究学术贡献主要是在奥威尔批评文献的整理、传记和作品研究等方面。①

迈耶斯说："乔治·奥威尔是20世纪拥有最多读者、最有影响力的严肃作家，我对他的兴趣持续一生。"② 他对奥威尔的兴趣始于他的第一部小说《缅甸岁月》。1973年，迈耶斯出版了他的博士学位论文《小说与殖民经历》（Fiction and the Colonial Experience），关注的是欧洲文明与殖民地文明之间的文化冲突。《缅甸岁月》作为"20世纪英国最重要的反帝国主义小说之一"自然引起了他的关注，并激发了他"对奥威尔的强烈兴趣"。

吸引迈耶斯学术兴趣的主要是奥威尔的人格魅力和文学成就。迈耶斯说："很少作家的生活能经受得住当代传记家细致入微的考察，但是奥威尔却是我研究的越多，对我的吸引力却越大。我在他那里发现很少的缺点，即使有，也只是使他显得更加独特，甚至更加有魅力。"③ 让迈耶斯钦佩的是奥威尔的文学、道德和政治三个方面的特征。从文学上来说，他具有"充满活力的风格、让人喜爱的诚实以及有点使坏的智慧"；从道德品质来说，他的"正直、理想主义和坚定信念"像"清澈小溪中的鹅卵石"在他的作品中"熠熠生辉"；④ 从政治方面来说，奥威尔终其一生都渴望在英国联合不同的阶级创造一

---

① 迈耶斯的奥威尔研究主要成果是《乔治·奥威尔：批评遗产》（George Orwell: Critical Heritage, 1975）、《乔治·奥威尔：注解批评文献目录提要》（George Orwell: Annotated Bibliography of Criticism, 1977, 与他的妻子 Valerie Meyers 合作）、《乔治·奥威尔读者指南》（A Reader's Guide to George Orwell, 1977）、《奥威尔：一代人冷峻的良心》（Orwell: Wintry Conscience of a Generation, 2000）和《奥威尔：生平和艺术》（Orwell: Life and Art, 2010）。另外，迈耶斯妻子也出版了奥威尔研究专著。参见 Valerie Meyers, George Orwell, Houndmills: the Macmillan Press Ltd., 1991。

② Jeffrey Meyers, Orwell: Life and Art, Urbana: University of Illinois Press, 2010, p. ix.

③ Jeffrey Meyers, Orwell: Life and Art, Urbana: University of Illinois Press, 2010, p. x.

④ Jeffrey Meyers, Orwell: Life and Art, Urbana: University of Illinois Press, 2010, p. iv.

个公平的社会,这"赢得了尊敬,也给他带来特殊的光环"。① 迈耶斯认为奥威尔传奇一部分是他自己创造的,他的作品已经产生了并且现在仍然具有"非同寻常的政治和文化影响",现在仍能感受到他"斗争的复杂性和成就的伟大"。②

迈耶斯特别提出他的历史和传记治学方法。他对此阐述道:

> 目前几乎所有重要的现代作品都被长篇累牍地分析,用于阐释的批评方法差不多走进了死胡同。除了极少数出彩的文章外,大多数文本阐释不是牵强附会就是毫无新意。在这种情况下,历史和传记的方法似乎是讨论现代作家最创新、最有用的方法,因为这种方法(经常根据档案材料)将新的事实和认识带到文学作品的阐释,能够发人深省。我对作品中的生活,对传记、文化、政治和文学之间的关系特别感兴趣。我的批评立场和 1842 年一位年轻的文化史家雅各布·布克哈特(Jakob Burckhardt)在信中表达的观点相似:"让我替代[抽象思维]的是每天都能尽可能地收获一些对本质更加直观的认识。我对可以触摸到的东西,对可见的现实和过去的历史有种天然的执着。但是我也喜欢不断地在互为关联的事实之中找到相似的结构,从而能够成功地归纳出一些整体原则。"③

迈耶斯还提出传记写作的 12 条原则:

> 1. 要阅读出版文献的所有内容,不放过每个字;2. 要坚持不懈,与每位可能成为你采访对象的人见面;3. 要像律师那样掂量所有的证据。传记家是"一位发了誓的艺术家";4. 要在前 5 页

---

① Jeffrey Meyers, *Orwell: Life and Art*, Urbana: University of Illinois Press, 2010, p. iv.
② Jeffrey Meyers, *Orwell: Life and Art*, Urbana: University of Illinois Press, 2010, p. x.
③ Jeffrey Meyers, *Orwell: Life and Art*, Urbana: University of Illinois Press, 2010, p. xi. 雅各布·布克哈特(1818—1897),19 世纪瑞士杰出的文化史、艺术史学家,曾师从实证主义学派创始人兰克,研究重点为欧洲艺术史与人文主义。主要历史著作有《君士坦丁大帝时代》(1853 年)、《意大利文艺复兴时期的文化》(1860 年)和《希腊文化史》(1898—1902 年)等。

就让你的传主出生。没有比摆家谱更枯燥了；5. 要描述传主的个人习惯和品位；6. 要尽可能地把次要人物描绘得丰满一些；7. 要揭示经常出现的生活模式。目光投向一幅大型的画，而不是琐碎的细节；8. 要保持一种戏剧化的叙述方式，采用一些小说家使用的技巧，关注你的读者的兴趣而不是你自己的意图；9. 不要聚焦在传主生活的事件，而是这些事件的意义；10. 要有选择性而不是累牍连篇，要进行分析而不是描述。定下写 400 页的目标，牢记一本长话短说的书虽然更加难写，但比长篇大论便于阅读；11. 最多在几年内就要完成，否则你会厌烦传主会耗尽你的生活；12. 要牢记传记家的责任是公正地对待传主。①

迈耶斯提出的历史和传记研究方法是基于文献学和实地考察的实证研究，因此不会因时间的流逝而减损学术价值。迈耶斯告诫的是，与其套用抽象的理论去分析文本，不如脚踏实地地收集和分析史料，然后从史料的内在关联中提炼出问题和观点。史料是基础，思想是提升，两者必须紧密结合。

三 罗登：接受研究

美国学者罗登（John Rodden）曾在美国弗吉尼亚大学（University of Virginia）和得克萨斯大学奥斯汀分校（University of Texas at Austin）担任英语教授。他是研究奥威尔接受的权威专家，学术成果丰硕。②

---

① Jeffrey Meyers, *Orwell: Life and Art*, Urbana: University of Illinois Press, 2010, p. 229.
② 罗登主要研究成果有：《文学声望的政治：圣乔治·奥威尔的形成和利用》（*The Politics of Literary Reputation: The Making and Claiming of St. George Orwell*, 1989）、《理解〈动物庄园〉：问题、来源和历史文献学生指南》（*Understanding Animal Farm: A Student Casebook to Issues, Sources, and Historical Documents*, 1999）、《后世的场景：奥威尔的遗产》（*Scenes from an Afterlife: The Legacy of George Orwell*, 2003）、《每个知识分子的老大哥：奥威尔的文学后裔》（*Every Intellectual's Big Brother: George Orwell's Literary Siblings*, 2006）、《未看到的奥威尔》（*The Unexamined Orwell*, 2011）。另外主编《走向 21 世纪的乔治·奥威尔》（*George Orwell Into the Twenty-First Century, with Thomas Cushman*, 2004）和《剑桥乔治·奥威尔指南》（*The Cambridge Companion to George Orwell*, 2007）等。同时，他也是研究欧文·豪、特里林和东德的专家。

罗登把奥威尔视为"知识分子的榜样"。他坦承如果没有奥威尔,他可能只是一位文学研究专家,但是"你(奥威尔)的作品和遗产是我走向知识分子人生的大门,也是引领我通往当代文化史研究的护照"。①

吸引罗登的是奥威尔的文学成就、知识分子的正直、清晰的思想和普通人的常识。他概括了6点奥威尔对他的影响和启示:①不要随波逐流,知识分子的职责就是批判;②与各种权力中心保持批判的距离,知识分子不能被收编;③除良心、怀疑、批判之外,还需要有建构的信念,能够解决现实问题;④对个人而言,政治不是一切,重要的还有伦理、美学和情欲;⑤好的写作语言来自普通大众,而非专家或文化精英的术语;⑥同样不能受到上述规则的束缚,最重要的是保持知识分子的正直。②

罗登的奥威尔接受研究经历了"接受的政治"(the politics of reception)和"接受的伦理"(the ethics of reception)两个阶段。他的经典之作《文学声望的政治:圣乔治·奥威尔的形成和利用》主要研究"接受的政治",揭示有哪些社会力量参与并建构了奥威尔文学声望的形成。所谓"接受的政治",罗登解释说:"声望无法在价值中立的环境中产生。所有声望的兴与亡都与各种关系、权力和影响有关。声望永远都是'政治的',它与意识形态信仰纠缠一起,在现实社会和体制的具体形式下产生。奥威尔的声望甚至超出这些结构的范围之外,政治特征更加突出,这是因为他的声望的发展与战后的文化政治捆绑在一起,难分难解,另外他政治化的遗产本身也成为一个较为次要的政治问题。"③

罗登不仅揭示了奥威尔接受过程中的政治,而且还在《每个知识分子的老大哥:奥威尔的文学后裔》中对此进行了反思,提出对奥威

---

① John Rodden, ed., *The Cambridge Companion to George Orwell*, Cambridge: Cambridge University Press, 2007, p. 179.

② John Rodden, ed., *The Cambridge Companion to George Orwell*, Cambridge: Cambridge University Press, 2007, pp. 185 – 188.

③ John Rodden, *The Politics of Literary Reputation: The Making and Claiming of St. George Orwell*, Oxford: Oxford University Press, 1989, p. xii.

尔的接受还应该遵循一些基本的伦理规则。第一，避免忽视历史语境的阐释，例如对奥威尔性别或种族问题上的指责并没有"同情理解"他那个时代的总体特征；第二，要接受人并非完美的事实，避免只把奥威尔视为偶像而忽视了他的某些缺点；第三，要将奥威尔其人与其作区分开来，看到两者存在一些差异；第四，对所有的赏金猎人（bounty hunters）①要小心，他们根据意识形态立场对奥威尔作出褒贬不一的评论都不应作为评价奥威尔的依据。②

罗登的奥威尔接受研究涉及了经典化、文学与社会的关系、文化政治和知识分子等重要问题，能够给奥威尔研究者带来很多启示。首先，奥威尔研究必须要放置到宏大的历史和社会语境；其次，批评家对作家的阐释需要道德伦理层面的规范；另外，文学研究专家应该进入社会的公共领域，承担更多的社会责任。

戴维森、迈耶斯和罗登在不同的领域对奥威尔研究作出了卓越的贡献，同时他们也提出了一些重要的研究方法。通过比较可以发现，首先，他们都是大学英语教授，受过良好的文学研究专业训练，研究奥威尔都有几十年的积累；其次，他们长期从事奥威尔研究而兴趣不减主要是受到奥威尔人格魅力、文学成就和政治思想的感染和激励，奥威尔对他们的语言风格、学术追求和人生态度都产生了潜移默化的影响；最后，他们的研究都是基于十分扎实的文献学和实地调查、访谈的基础之上。他们对于奥威尔都有百科全书式的理解，罗登在《文学声望的政治：圣乔治·奥威尔的形成和利用》中提到曾参考罗森布拉姆（Marvin Rosenblum）"丰富的奥威尔文献个人收藏"（vast private collection of Orwelliana）③，"丰富的奥威尔文献个人收藏"正是他们成为"顶级奥威尔研究专家"的成功秘诀，这当然也包括他们对伦敦大

---

① "赏金猎人"这里是指受雇于某种意识形态团体而对奥威尔作出评论的人。
② John Rodden, *Every Intellectual's Big Brother: George Orwell's Literary Siblings*, Austin: University of Texas Press, 2006, pp. 181–191.
③ 指 Marvin Rosenblum 的奥威尔文献个人收藏，参见 John Rodden, *The Politics of Literary Reputation: The Making and Claiming of St. George Orwell*, Oxford: Oxford University Press, 1989, p. 406.

学学院奥威尔档案的频繁调阅。他们的研究是"站在文献的基础之上理解"的典范。

当然,对于这些顶级的奥威尔研究专家也要持有"批判之阅读"的严谨态度,不能一味接受。首先,他们都是从西方的视角或立场进行奥威尔研究,不可否认也带有政治意识形态的色彩,也就是说,他们也对奥威尔的声望进行了不同程度的利用,对此需要保持警惕。其次,他们的研究仍然存在一些漏洞或瑕疵,对此要有充分的认识。如果说戴维森的文献学研究政治意识形态特征不太明显的话,那么对他"按照奥威尔真实意图"原则勘定版本这一方法表示赞同的同时也要保持一定的距离,比如可以认真将他的版本与奥威尔妻子索尼娅的4卷本进行比对;迈耶斯的传记研究,可以感觉到有其市场因素的考虑,这可以从他的自述得知;罗登主要致力于奥威尔的接受研究,他因此考虑更多的是政治或伦理等外部因素,而对奥威尔作品经典化的内部文学特质分析得不够,奥威尔传奇有一部分是他自己造就的,研究奥威尔的文学特质(literary character)也非常重要。另外,罗登的结论有时过于绝对,这与他忽视奥威尔文本和奥威尔批评文本的细读有一定关系。但是,这些缺陷并不能否定他们是当代"最主要的奥威尔研究专家"。

本章小结

本章主要讨论20世纪80年代至今的,以英美国家为主的当代西方奥威尔批评,涉及了西方马克思主义左派、女权主义者、新实用主义者、知识分子个体和主要奥威尔研究专家,他们的代表人物分别是诺瑞斯、帕苔、罗蒂、希钦斯以及戴维森、迈耶斯和罗登等。这个时期的奥威尔批评体现了知识分子从团体走向个体、从公共走向专业的趋势以及后现代思潮影响下的时代特征。

1984年前后,诺瑞斯等当代西方马克思主义者左派挺身而出,迎战利用奥威尔声望攻击社会主义运动的新保守主义右派。他们延续了之前左派知识分子对奥威尔批判的传统，不同的是他们积极运用了阿尔都塞等的西方马克思主义理论武器，深刻地揭示了编织"奥威尔神话"过程中意识形态力量的角逐。诺瑞斯等认为之前左派对奥威尔的批判并不彻底，因为他们没有彻底摆脱英国经验主义的桎梏。从源自欧洲大陆理性主义的西方马克思主义理论来看，左派只能站在反人文主义、反常识经验主义的理论高度，坚持无主体性和意识形态权力关系的立场，才能真正地解构"奥威尔神话"，将奥威尔拉下神坛，瓦解他们借此攻击社会主义的企图。为此目的，西方马克思主义左派具体应用了症候式阅读方式分析了奥威尔文本的"知识论断裂处"，从而达到对其观点进行自我消解的效果。

以帕苔为首的女权主义者同样也是要破解"奥威尔之谜"。帕苔延续了西方马克思主义左派有关奥威尔对女性歧视的话题，深入和系统地从女权主义理论视角对奥威尔文本进行细读，旨在从中发现作家潜意识之下的真正立场。她发现了围绕奥威尔文本的一种"意识形态群"，即是其根深蒂固的"男性中心主义"，具体表现为"男子气概"和"厌女症"。以这一立场分析《一九八四》，帕苔认为小说描述的只不过是男性权力争夺的游戏，女性完全被排斥在外。帕苔得出结论：正是奥威尔"男性中心主义"导致他无法摆脱自身的矛盾性，从而对未来抱以悲观的态度。奥威尔同样也被女权主义者拉下了神坛，成为一个"男性中心主义者"。

美国新实用主义代表人物罗蒂将上述"奥威尔热"背后的意识形态左右之争放置一边。他高度赞扬奥威尔的贡献，即对世界的描绘提供了一种新的参照系。同时，他特别强调了《一九八四》的后三分之一内容才是重中之重，充分揭示了知识分子走向为了权力而权力、为了施虐而施虐的现实可能性，他理想中知识分子形象从"反讽的自由主义者"转变成了"施虐者"。罗蒂将其新实用主义思想完美地运用在奥威尔批评，也是为1989年冷战结束后的世界提供另外一种理论思考。

2003年前后，西方再次掀起"奥威尔热"。被誉为"奥威尔后继者"的独立知识分子希钦斯提出了"奥威尔为何重要"的命题，即讨论奥威尔在当代社会的文化价值。希钦斯提出奥威尔是后殖民主义的先驱，同时在文化研究、英国性、生态主义等诸多方面仍具有重要的现实意义。希钦斯着重分析了奥威尔与左派的关系，特别是奥威尔与威廉斯。希钦斯指出，英国左派常常把奥威尔引用别人说的话当作他本人的观点，因此他们指责奥威尔是悲观主义者毫无根据。在"奥威尔名单"问题上，希钦斯也极力为奥威尔辩护。希钦斯对奥威尔的高度认同，实质上反映出其本人极力维护"正派反对者"的知识分子形象，他借助奥威尔的声望扩大了自己在当代西方知识界的影响力。

本章最后分析了当代西方最主要的奥威尔研究专家戴维森、迈耶斯和罗登以及他们的文献学、历史和传记、接受研究等研究方法。他们在长期研究奥威尔的过程中也对奥威尔产生了高度认同。从整个当代西方的奥威尔批评来看，知识分子从团体走向个体、从公共走向专业的趋势较为明显，意识形态之争逐渐减弱。从思想史的意义来看，西方奥威尔批评的阐释也终于此。

结　语

　　纵观20世纪以降的西方奥威尔批评，特别是已经详细讨论过的英国（老）左派、英国新左派、美国纽约知识分子以及以英美国家为主的当代西方知识分子，一条清晰的主线贯穿其中，那就是西方知识分子团体和个体通过奥威尔批评，主要表达的是自身的学术主张和政治主张，从本质上来说，这是对奥威尔声望进行文化和政治的利用。通过思想史视域下的文本阐释，这一特征尤显突出。例如，新左派威廉斯毫无疑问是重要的奥威尔批评家，他在"大师书系"中介绍了奥威尔，并汇编了奥威尔批评集，同时提出了一些影响后世的批评话语，如"流放者的悖论"等，但是将其放置到英国新左派思想史语境中考察，威廉斯的学术研究凸显出强烈的政治诉求。他在奥威尔介绍中将作家塑造为"流放者"的形象，实质上是对"奥威尔现象"进行文化政治解读，对读者的奥威尔接受进行政治规范，引导他们转向新左派主张的发展社会主义事业的文化政治策略。他编订奥威尔批评选集，也是为了传递新左派成员的政治声音和立场，目的同样是表达英国新左派的政治诉求。

　　西方奥威尔批评的典型特征还体现在西方左、右两种势力围绕奥威尔展开了激烈的意识形态争夺战。奥威尔导致左、右意识形态之争首先源自其声望巨大的影响力。特别是在奥威尔去世后20世纪50年代、20世纪80年代和21世纪初出现的三次"奥威尔热"，奥威尔批评都成为西方左、右意识形态争夺的战场。在冷战之始的20世纪50

年代，奥威尔被西方资本主义右派知识分子当作反社会主义阵营的"斗士"，英国新左派则将其拉下神坛，揭示其"悖论性"和"悲观主义"；在80年代，美国新保守主义者将奥威尔称为他们的"先驱"和"精神领袖"，西方马克思主义者则再次将其拉下神坛，致力于分析其"症候"（包括厌女症）；在21世纪初，虽然意识形态气氛不如冷战时期紧张，但是西方左、右两派知识分子仍然围绕着"奥威尔名单"、反恐战争以及奥威尔的"当代性"展开激烈讨论。对于西方左、右两派有关奥威尔或褒或贬的评论，主要反映的是右派反社会主义和左派捍卫社会主义的意识形态冲突。当然，奥威尔本人将自己视为左派，并称是为民主社会主义而写作，只不过他认为自己是左派内部的批评者。所以，西方左派对奥威尔的批评，除了对其非正统的社会主义观进行批判，还在于他们所承认的，奥威尔及其文本给资产阶级右派提供了"弹药"来反对左派，反对社会主义事业。

　　西方奥威尔批评的特征还体现在其丰富的思想史意义，首先反映在对20世纪以降西方的主要意识形态问题展开了讨论。西方奥威尔批评涉及了各种"主义"，串联起来可谓一个世纪以来西方思想史演变的缩影，其中争论最为激烈的正是上面所说的"社会主义"。奥威尔提出"民主社会主义"，他认为"民主社会主义就是社会主义加上普通正派"。"普通正派"指所有国家公民或社团成员都应该遵循的基本道德规范，包括文化传统、习俗、生活方式、人与自然的关系等方面。具体而言，奥威尔的社会主义观可以归纳为：政治上没有种族歧视和阶级压迫，人人享有平等、自由和尊严；文化上深深植根于英国传统；道德上行为正派；生态上人与自然和谐相处，追求物质简单，精神丰富的幸福生活。与奥威尔的社会主义观不同，正统的马克思主义者坚持工人运动，强调阶级斗争和经济决定论，英国左派读书俱乐部强调"科学社会主义观"，威廉斯主张文化唯物主义，汤普森主张社会主义人道主义，欧文·豪主张社会主义和自由主义的融合，当代西方马克思主义者主张反人文主义、反常识经验主义的社会主义理论建构。西方知识分子通过奥威尔批评积极参与了对社会主义的理论讨论和行动实践，在一定程度上丰富了西方社会主义理论的思想内涵。

西方奥威尔批评的思想史意义还反映在前面讨论中经常出现的一个重要话题——对知识分子职责的讨论。作家奥威尔强调其写作的政治目的，这是指广义的政治，即"把世界推向一定的方向"，[①] 同时还应该像"一个正规部队侧翼的不受欢迎的游击队员"[②] 那样保持写作的独立性和批判性。西方知识分子的奥威尔批评凸显的也是政治诉求，旨在推动社会的前进方向与其政治主张一致。例如，特里林借助奥威尔批评，试图说服美国知识分子可以通过文学批评在社会转型过程中发挥主导作用，积极走向他所主张的新自由主义道路。也就是说，诸如特里林这样的奥威尔批评家（不包括极端的党派批评），不仅是奥威尔的专业研究者，而且还是意识形态与文化领域的直接生产者，他们具有强烈的社会介入意识和批判意识，其文学批评发挥着促进社会和文化均衡协调发展的功能，诠释了知识分子的职责应该在于职业素养和社会责任的统一。[③]

"有学术的思想和有思想的学术"正是文学批评者担当其知识分子职责的具体体现。这不仅说明了学术与思想、学术史与思想史具有密不可分的关系，而且也为回答"何为有生命力的学术研究"这个最开始提出的问题提供了一种参考。

---

① [英]乔治·奥威尔：《奥威尔文集》，董乐山编译，中国广播电视出版社1997年版，第94页。

② George Orwell, *CW*, Vol. 19, ed. Peter Davison, London: Secker & Warburg, 1998, pp. 288 - 292.

③ 但必须强调的是，对于西方知识分子在奥威尔批评中讨论知识分子职责的观点，我们一定要坚持历史的"同情之理解"和当代的"批判之阅读"的立场。

参考文献

一 英文文献

（一）英文论著

Alldritt, Keith, *The Making of George Orwell: An Essay in Literary History*, London: Edward Arnold Ltd., 1969.

Atkins, John, *George Orwell: A Literary Study*, London: John Calder Ltd., 1954.

Bloom, Harold, ed., *Bloom's Modern Critical Interpretations: Animal Farm—New Edition*, New York: Bloom's Literary Criticism, 2009.

Bloom, Harold, ed., *George Orwell*, New York: Chelsea House Publishers, 1986.

Bloom, Harold, ed., *George Orwell*, Updated edition, New York: Chelsea House Publisher, 2007.

Bloom, Harold, ed., *George Orwell's Animal Farm*, Broomall: Chelsea House Publishers, 1974.

Bloom, Harold, ed., *George Orwell's 1984*, New York: Chelsea House Publishers, 1987.

Bloom, Alexander, *Prodigal Sons: The New York Intellectuals & Their World*, New York: Oxford University Press, 1986.

Brander, Laurence, *George Orwell*, London: Longmans, Green & Co. Ltd., 1954.

Carter, Michael, *George Orwell and the Problem of Authentic Existence*, London: Croom Helm Ltd., 1985.

Chomsky, Noam, *American Power and the New Mandarins*, New York: the New Press, 2002.

Chun, Lin, *The British New Left*, Edinburgh University Press, 1993.

Crick, Bernard, *Essays on Politics and Literature*, Edinburgh: Edinburgh University Press, 1989.

Crick, Bernard, *George Orwell: A Life*, Boston: Little, Brown and Company, 1980.

Crossman, Richard, ed., *The God That Failed*, New Yorker: Bantam Books, Inc., 1959.

Cushman, Thomas and John Rodden, eds., *George Orwell Into the Twenty-first Century*, Boulder: Paradigm Publishers, 2004.

Deutscher, Isaac, *Heretics and Renegades: And Other Essays*, London: Hamish Hamilton Ltd., 1955.

Eagleton, Terry, *Exiles and émigrés: Studies in Modern Literature*, London: Chatto & Windus, 1970.

Fenwick, Gillian, *George Orwell: A Bibliography*, Winchester: St Paul's Bibliographies, 1998.

Forster, E. M., et al., *Talking to India*, London: George Allen & Unwin Ltd., 1943.

Fowler, Roger, *The Language of George Orwell*, Houndmills: the Macmillan Press Ltd., 1995.

Friedrich, Carl J. and Zbigniew K. Brzezinski, *Totalitarian Dictatorship and Autocracy*, Cambridge: Harvard University Press, 1956.

Gardner, Averil, *George Orwell*, Boston: Twayne Publishers, 1987.

Gertrude Clarke Whittall Poetry and Literature Fund, *George Orwell & Nine-*

teen eighty-four: the man and the book: a conference at the Library of Congress April 30 and May 1, 1984, Washington: Library of Congress, 1985.

Gollancz, Victor, ed., *The Betrayal of the Left*, London: Victor Gollancz Ltd., 1941.

Hammond, J. R., *A George Orwell Chronology*, Houndmills: Palgrave, 2000.

Hammond, J. R., *A George Orwell Companion: A Guide to the Novels, Documentaries and Essays*, Houndmills: the Macmillan Press Ltd., 1982.

Hitchens, Christopher, *Why Orwell Matters*, New York: Basic Books, 2002.

Howe, Irving, *A Margin of Hope: An Intellectual Autobiography*, Orlando: Harcourt Brace Jovanovich Publishers, 1982.

Howe, Irving, ed., *Beyond the New Left*, New York: Horizon Press, 1970.

Howe, Irving, ed., *1984 Revisited: Totalitarianism in Our Century*, New York: Harper & Row, Publishers, Inc., 1983.

Howe, Irving, *Orwell's Nineteen Eighty-four: Text, Sources, Criticism*, New York: Harcourt, Brace & World, Inc., 1963.

Howe, Irving, *Politics and the Novel*, New York: Meridian Books, Inc., 1960.

Hynes, Samuel, *The Auden Generation: Literature and Politics in England in the 1930s*, London: Farber and Farber, 1976.

Ingle, Stephen, *George Orwell: A Political Life*, Manchester University Press, 1993.

Ingle, Stephen, *The Social and Political Thought of George Orwell: A Reassessment*, Abingdon: Rouledge, 2006.

Jumonville, Neil, ed., *The New York Intellectuals Reader*, New York: Routledge, 2007.

Kerr, Dougals, *George Orwell*, Horndon: Northcote House Publishers Ltd., 2003.

Larkin, Emma, *Finding George Orwell in Burma*, New York: The Penguin

Press, 2004.

Lea, Daniel, ed., *George Orwell Animal Farm/Nineteen Eighty-Four: A Reader's Guide to Essential Criticism*, Houndmills: Palgrave Macmillan, 2001.

Leavis, Q. D., *Collected Essays*, Vol. 1, Combridge: Cambridge University Press, 1983.

Leavis, Q. D., *Fiction and the Reading Public*, Harmondsworth: Penguin Books Ltd., 1932.

Lee, Robert A., *Orwell's Fiction*, London: University of Notre Dame Press, 1970.

Lucas, Scott, *The Betrayal of Dissent: Beyond Orwell, Hitchens and the New American Century*, London: Pluto Press, 2004.

McCarthy, Mary, *The Seventeenth Degree*, New York: Harcourt Brace Jovanovich, Inc., 1974.

McCarthy, Mary, *The Writing on the Wall and Other Literary Essays*, New York: Harcourt, Brace & World, Inc., 1970.

McCarthy, Mary, *Vietnam*, New York: Harourt, Brace & World, Inc., 1967.

McKenzie, Barbara, *Mary McCarthy*, New York: Twayne Publishers, Inc., 1966.

Meyers, Jeffrey, *A Reader's Guide to George Orwell*, Totowa: Rowman & Allanheld, 1977.

Meyers, Jeffrey and Valerie Meyers, *George Orwell: Annotated Bibliography of Criticism*, New York & London: Garland Publishing, Inc., 1977.

Meyers, Jeffrey, *George Orwell: The Critical Heritage*, London: Routledge, 1975.

Meyers, Jeffrey, *Orwell: Life and Art*, Urbana: University of Illinois Press, 2010.

Meyers, Jeffrey, *Orwell: Wintry Conscious of a Generation*, New York: Norton, 2000.

Milner, Andrew, ed., *Tenses of Imagination: Raymond Williams on Science Fiction, Utopia and Dystopia*, Bern: Peter Lang, 2010.

Newsinger, John, *Orwell's Politics*, Houndmills: the Macmillan Press Ltd., 1999.

Norris, Christopher, ed., *Inside the Myth: Orwell: Views from the Left*, London: Lawrence and Wishart, 1984.

Oldsey, Bernard and Joseph, Browne, eds., *Critical Essays on George Orwell*, Boston: G. K. Hall & Co., 1986.

Orwell, George, *The Complete Works of George Orwell*, Vol. 1 – 9. Ed. Peter Davison, London: Secker & Warburg, 1986—1987.

Orwell, George, *The Complete Works of George Orwell*, Vol. 10 – 20. Ed. Peter Davison, London: Secker & Warburg, 1998.

Orwell, George, *The Collected Essays, Journalism and Letters of George Orwell*, Vol. Ⅰ – Ⅳ. eds. Sonia Orwell and Ian Angus. Harmondsworth: Penguin Books Ltd., 1970.

Orwell, George, *The Lion and the Unicorn: Socialism and the English Genius*, London: Secker and Warburg, 1962.

Orwell, George, *The Lost Orwell: Being a Supplement to The Complete Works of George Orwell*, ed. Peter Davison. London: Timewell Press Ltd., 2006.

Patai, Daphne, *The Orwell Mystique: A Study in Male Ideology*, Amherst: the University of Massachusetts Press, 1984.

Phelps, Gilbert and British Broadcasting Corporation, eds., *Living Writers: Being Critical Studies Broadcast in the B. B. C. Third Program*, London: Sylvan Press, 1947.

Podhoretz, Norman, *The Bloody Crossroads: Where Literature and Politics Meet*, New York: Simon and Schuster, 1986.

Quinn, Edward, *Critical Companion to George Orwell: A Literary Reference* to His Life and Work, New York: Facts On File, Inc., 2009.

Rahv, Philip, *Image and Idea: Twenty Essays on Literary Themes*, London: Weidenfeild and Nicolson, 1957.

Rodden, John, *Every Intellectual's Big Brother: George Orwell's Literary Siblings*, Austin: University of Texas Press, 2006.

Rodden, John, *Scenes from an Afterlife: The Legacy of George Orwell*, Wilmington, DE: ISI Books, 2003.

Rodden, John, ed., *The Cambridge Companion to George Orwell*, Cambridge: Cambridge University Press, 2007.

Rodden, John, *The Politics of Literary Reputation: The Making and Claiming of St. George Orwell*, Oxford: Oxford University Press, 1989.

Rodden, John, *The Unexamined Orwell*, Austin: University of Texas Press, 2011.

Rorty, Richard, *Contingency, Irony, and Solidarity*, Cambridge: Cambridge University Press, 1989.

Shelden, Michael, *Orwell: The Authorised Biography*, London: William Heinemann Ltd., 1991.

Slater, Ian. Orwell, *The Road to Airstrip One*, New York: W·W·Norton & Company, 1985.

Smyer, Richard I., *Primal Dream and Primal Crime: Orwell's Development as a Psychological Novelist*, Columbia, MO: University of Missouri Press, 1979.

Stansky, Peter and William, Abrahams, *The Unknown Orwell and Orwell: The transformation*, Stanford: Stanford University Press, 1994.

Strachey, John, *The Strangled Cry and Other Unparliamentary Papers*, New York: William Sloane Associates, 1962.

Thomas, Edward M., *Orwell*, Edinburgh: Oliver and Boyd Ltd., 1965.

Thompson, E. P., *Out of Apathy*, London: Stevens & Sons Ltd., 1960.

Trilling, Lionel, *The Liberal Imagination: Essays on Literature and Socie-*

ty, New York: The Viking Press, 1950.

Trilling, Lionel, *The Liberal Imagination: Essays on Literature and Society*, New York: New York Review Books, 2008.

Trilling, Lionel, *The Opposing Self: Nine Essays in Criticism*, New York: The Viking Press, 1955.

Williams, Raymond, *George Orwell*, New York: The Viking Press, 1971.

Williams, Raymond, ed., *George Orwell: A Collection of Critical Essays*, Englewood Cliffs: Prentice-Hall, Inc., 1974.

Willison, Ian, *George Orwell: Some Materials for a Bibliography*, Librarianship Diploma Thesis. University College London, 1953.

Woodcock, George, *The Crystal Spirit: A Study of George Orwell*, New York: Schocken Books, 1984.

Wright, Anthony, *British Socialism: Socialist Thought from the 1880s to 1960*, London: Longman Group, 1983.

Zeke, Zoltan G. and William, White, *George Orwell: A Selected Bibliography*, Boston: Boston Linotype Print, 1962.

（二）英文论文

Hassan, Ihab, "Quest for the Subject: The Self in Literature", *Contemporary Literature*, Vol. 29, No. 3 (1988: Autumn).

Hitchens, Christopher, "George Orwell and Raymond Williams", *Critical Quarterly*, Vol. 41, No. 3 (1999).

Neavill, Gordon Barrick, "Victor Gollanz and the Left Book Club", *The Library Quarterly*, Vol. 41, No. 3, (July, 1971).

Meyers, Jeffrey, "George Orwell: A Bibliography", *Bulletin of Bibliography*, 31 (July-September 1974).

Meyers, Jeffrey, "George Orwell: A Selected Checklist", *Modern Fiction Studies*, 21: 1 (1975: Spring).

Muggeridge, Malcolm, "Burmese Days", *World Review*, 16 (June 1950).

Russell, Bertrand, "George Orwell", *World Review*, 16 (June 1950).

Schlueter, Paul, "Trends in Orwell Criticism: 1968—1983", *College Literature*, 11: 1 (1984: Winter).

"Sir Stephen Spenser", *The Times*, July, 18, 1995.

Thomas, Paul, "Mixed feelings: Raymond Williams and George Orwell", *Theory and Society*, Vol. 14, No. 4 (July, 1985).

Voorhees, Richard J., "Some Recent Books on Orwell: An Essay Review", *Modern Fiction Studies*, 21: 1 (1975: Spring).

Williams, Raymond, "George Orwell", *Essays in Criticism*, 5 (1955).

Woodcock, George, "Orwell, Blair, and the Critics", *The Sewanee Review*, Vol. 83, No. 3 (1975: Summer).

二 中文文献

（一）中文论著、译著

［英］艾萨克·多伊彻：《斯大林政治传记》，于干译，四川人民出版社1982年版。

［英］艾萨克·多伊彻：《先知三部曲》，王国龙等译，中央编译出版社1998年版。

［美］爱德华·W.萨义德：《知识分子论》，单德兴译，生活·读书·新知三联书店2002年版。

［英］伯兰特·罗素：《罗素自传》第一卷，胡作玄、赵慧琪译，商务印书馆2002年版。

陈勇：《跨文化语境下的乔治·奥威尔研究》，中国社会科学出版社2018年版。

陈众议：《塞万提斯学术史研究》，译林出版社2011年版。

［英］D.J.泰勒：《奥威尔传》，吴远恒、王治琴、刘彦娟译，文汇出版社2007年版。

［美］丹尼尔·贝尔：《意识形态的终结》，张国清译，江苏人民出版社2001年版。

［美］丹尼尔·贝尔：《资本主义文化矛盾》，赵一凡等译，生活·读书·新知三联书店1989年版。

［英］E. P. 汤普森：《英国工人阶级形成》，钱乘旦等译，译林出版社2001年版。

［英］F. R. 利维斯：《伟大的传统》，袁伟译，生活·读书·新知三联书店2002年版。

［美］汉娜·阿伦特：《极权主义的起源》，林骧华译，生活·读书·新知三联书店2008年版。

何宁：《哈代研究史》，译林出版社2011年版。

侯维瑞：《现代英国小说史》，上海外语教育出版社1985年版。

黄梅：《推敲"自我"：小说在18世纪的英国》，生活·读书·新知三联书店2003年版。

黄梅：《现代主义浪潮下：1914—1945》，中国社会科学出版社1995年版。

［美］杰弗里·迈耶斯：《奥威尔传》，孙仲旭译，东方出版社2003年版。

［英］柯林伍德：《历史的观念》（增补版），何兆武等译，北京大学出版社2010年版。

［美］克里斯托弗·希钦斯：《致一位"愤青"的信》，苏晓军译，上海人民出版社2005年版。

［英］雷蒙·威廉斯：《文化与社会》，高晓玲译，吉林出版集团有限责任公司2011年版。

［英］雷蒙德·威廉斯：《马克思主义与文学》，王尔勃、周莉译，河南大学出版社2008年版。

［英］雷蒙德·威廉斯：《政治与文学》，樊柯、王卫芬译，河南大学出版社2010年版。

［美］雷纳·韦勒克：《近代文学批评史》第六卷，杨自伍译，上海译文出版社2002年版。

［美］利昂·P. 巴拉达特：《意识形态：起源和影响》，张慧之、张露

璐译，世界图书出版公司2010年版。

梁启超：《中国近三百年学术史》，东方出版社2004年版。

［英］迈克尔·肯尼：《第一代英国新左派》，李永新、陈剑译，凤凰出版传媒集团2010年版。

钱满素：《美国自由主义的历史变迁》，生活·读书·新知三联书店2006年版。

［英］乔治·奥威尔：《1984》，董乐山译，花城出版社1985年版。

［英］乔治·奥威尔：《奥威尔文集》，董乐山编译，中国广播电视出版社1997年版。

［英］乔治·奥威尔：《动物农场：一个童话》，方元伟译，上海翻译出版公司1989年版。

［英］乔治·奥威尔：《动物农庄》，任穉羽译，商务印书馆1948年版。

［英］乔治·奥威尔：《动物庄园：一个神奇的故事》，张毅、高孝先译，上海人民出版社1988年版。

［英］乔治·奥威尔：《向加泰罗尼亚致敬》，李华、刘锦春译，江苏人民出版社2006年版。

［英］乔治·奥威尔：《一九八四》，董乐山译，花城出版社1988年版。

［英］乔治·奥威尔：《一九八四》，董乐山译，辽宁教育出版社1998年版。

［英］乔治·奥威尔：《政治与文学》，李存捧译，译林出版社2011年版。

［英］乔治·奥威尔著，彼得·戴维森编：《奥威尔日记》，宋佥译，上海译文出版社2014年版。

［美］斯特龙伯格：《西方现代思想史》，刘北成、赵国新译，中央编译出版社2005年版。

［英］斯威夫特：《格列佛游记》，张建译，人民文学出版社1979年版。

谈瀛洲：《莎评简史》，复旦大学出版社2005年版。

王佐良等编：《英国二十世纪文学史》，外语教学与研究出版社1994年版。

[德]沃尔夫冈·B. 斯波里奇：《乔姆斯基》，何宏华译，北京大学出版社 2010 年版。

袁刚、孙家祥、任丙强编译：《中国到自由之路：罗素在华讲演集》，北京大学出版社 2004 年版。

[英]詹姆斯·塔利：《语境中的洛克》，梅雪芹等译，华东师范大学出版社 2005 年版。

张和龙主编：《英国文学研究在中国：英国作家研究（上下卷）》，上海外语教育出版社 2015 年版。

张亮：《英国新左派思想家》，凤凰出版传媒集团 2010 年版。

赵国新：《新左派的文化政治：雷蒙·威廉斯的文化理论》，外语教学与研究出版社 2009 年版。

中国大百科全书总编辑委员会《外国文学》编委会等编：《中国大百科全书》外国文学Ⅰ，中国大百科全书出版社 1982 年版。

（二）中文报纸、期刊论文、学位论文

[英]阿伦·马西：《富有同情心的艺术大师——访当代最杰出的、最谦逊的作家维克托·普里切特》，华思译，《文化译丛》1989 年第 4 期。

[英]阿诺德·凯特尔：《谈谈英国文学》，《译文》1956 年 7 月号。

[英]布鲁克：《赫胥黎：〈美丽的新世界重游记〉》，周煦良译，《现代外国哲学社会科学文摘》1959 年第 10 期。

陈勇、葛桂录：《奥威尔与萧乾、叶公超交游考》，《新文学史料》2012 年第 4 期。

陈勇：《"真相的政治"——论莱昂内尔·特里林的奥威尔批评》，《外国文学评论》2014 年第 2 期。

陈勇：《奥威尔批评的思想史语境阐释——以 20 世纪英美知识分子团体为中心》，博士学位论文，福建师范大学，2013 年。

陈勇：《关于国内对乔治·奥威尔研究的述评——以 20 世纪 50—90 年代的研究为据》，《安顺学院学报》2012 年第 3 期。

陈勇：《乔治·奥威尔在中国大陆的传播与接受》，《中国比较文学》

2017年第3期。

陈勇:《新世纪以来国内乔治·奥威尔研究综述》,《兰州学刊》2012年第8期。

陈勇:《新世纪以来西方奥威尔研究综述》,《佳木斯大学社会科学学报》2012年第4期。

丁卓:《〈1984〉的空间解读》,《东北师大学报》(哲学社会科学版)2011年第2期。

丁卓:《乔治·奥威尔三十年代小说研究(1934—1939)》,博士学位论文,吉林大学,2015年。

[加拿大] E. 沃尔伯格:《1984年——当代西方文化研究》,迪超译,《国外社会科学》1984年第8期。

[苏] 弗·伊瓦谢娃:《五十年代的英国小说》,《译文》1958年6月号。

葛桂录:《思想史语境中的文学经典阐释——问题、路径与窗口》,《福建师范大学学报》(哲学社会科学版)2012年第3期。

侯维瑞:《试论乔治·奥韦尔》,《外国文学报道》1985年第6期。

华慧:《陆建德谈乔治·奥威尔》,《东方早报》2010年2月7日。

贾福生:《〈1984〉的聚焦分析:自我的追寻与破灭》,《河南大学学报》(社会科学版)2004年第3期。

李锋:《从全景式监狱结构看〈一九八四〉中的心理操控》,《外国文学》2008年第6期。

李锋:《当代西方的奥威尔研究与批评》,《国外理论动态》2008年第6期。

李锋:《乔治·奥威尔作品中的权力关系》,博士学位论文,南京大学,2007年。

李零:《读〈动物农场〉(一)、(二)、(三)》,《读书》2008年第7、8、9期。

[美] 路易斯·门德:《历史的浪漫——埃德蒙·威尔逊的共产主义之旅》,王一梁译,《书城》2004年第4期。

罗晓荷:《行走在入世与出世之间——论奥威尔和卡尔维诺对王小波

小说的影响》，硕士学位论文，复旦大学，2005 年。

潘一禾：《小说中的政治世界——乔治·奥威尔〈动物庄园〉的一种诠释》，《宁波大学学报》（人文科学版）2008 年第 2 期。

乔治·奥威尔：《动物农庄》，龚志成译，《译海》1988 年第 4 期。

乔治·奥威尔：《动物农庄》，景凯旋译，《小说界》1988 年第 6 期。

Robert H. Maybury：《本期说明》，田冬冬译，《科学对社会的影响》1983 年第 2 期。

孙宏：《论阿里斯托芬的〈鸟〉和奥威尔的〈兽园〉对人类社会的讽喻》，《西北大学学报》（哲学社会科学版）1996 年第 3 期。

孙怡冰：《乔治·奥威尔后期作品中的无政府主义思想》，博士学位论文，北京外国语大学，2016 年。

提姆：《埃德蒙·威尔逊》，《读书》1989 年（增刊）第 1 期。

王小梅：《女性主义重读乔治·奥威尔》，博士学位论文，北京外国语大学，2004 年。

王晓华：《奥威尔研究中的不足》，《东岳论丛》2009 年第 3 期。

王晓华：《乔治·奥威尔创作主题研究》，博士学位论文，山东大学，2009 年。

翁路：《语言的囚笼——〈一九八四〉中极权主义的语言力量》，《乐山师范学院学报》2002 年第 6 期。

仵从巨：《中国作家王小波的"西方资源"》，《文史哲》2005 年第 4 期。

许卉艳：《奥威尔〈动物农庄〉在中国大陆的翻译出版与展望》，《时代文学》（下半月）2010 年第 8 期。

许卉艳：《奥威尔〈一九八四〉在中国的翻译与出版》，《名作欣赏》2011 年第 5 期。

许淑芳：《肉身与符号——乔治·奥威尔小说的身体阐释》，博士学位论文，浙江大学，2011 年。

杨敏：《穿越语言的透明性——〈动物农场〉中语言与权力之间关系的阐释》，《外国文学研究》2011 年第 6 期。

叶子：《普里切特〈有识之士〉》，《读书》1986 年第 12 期。

张辉:《文学与思想史研究的问题意识》,《中国比较文学》2017 年第 2 期。

张中载:《十年后再读〈1984〉——评乔治·奥威尔的〈1984〉》,《外国文学》1996 年第 1 期。

朱望:《乔治·奥韦尔的〈一九八四〉与张贤亮系列中篇小说之比较》,《外国文学》1999 年第 2 期。

三　网络资源

http://alumni.berkeley.edu/news/california-magazine/fall-2009-constant-change/5-questions-serial-biographer-jeffrey-meyers.

http://marxists.anu.edu.au/chinese/Isaac-Deutcher/deutcher-Perry-Anderson.htm.

https://rwskc.hznu.edu.cn/c/2012-10-16/290195.shtml.

http://www.studiesinanti-capitalism.net/RAYMONDWILLIAMS.html.

http://www.ucl.ac.uk/Library/special-coll/orwell.shtml.